Melissa Foster

Von der Liebe bestimmt

Die Autorin

Melissa Foster ist eine preisgekrönte *New-York-Times-* und *USA-Today*-Bestsellerautorin. Ihre Bücher werden vom *USA-Today-Bücherblog*, vom *Hagerstown Magazin*, von *The Patriot* und vielen anderen Printmedien empfohlen. Melissa hat mehrere Wandgemälde für das *Hospital for Sick Children*, eine Kinderklinik in Washington, D. C., gemalt.

Besuchen Sie Melissa auf ihrer Website oder chatten Sie mit ihr in den sozialen Netzwerken. Sie diskutiert gern mit Lesezirkeln und Bücherclubs über ihre Romane und freut sich über Einladungen. Melissas Bücher sind bei den meisten Online-Buchhändlern als Taschenbuch und E-Book erhältlich.

www.MelissaFoster.com

Melissa Foster

Von der Liebe bestimmt

Die Ryders

LOVE IN BLOOM – HERZEN IM AUFBRUCH

Aus dem Amerikanischen von Anne Sommerfeld

Die Originalausgabe erschien erstmals 2015 unter dem Titel
»Seized by Love« bei World Literary Press, MD, USA.

Deutsche Erstveröffentlichung
2022 bei World Literary Press, MD, USA
© 2015 der Originalausgabe: Melissa Foster
© 2022 der deutschsprachigen Ausgabe: Melissa Foster
Lektorat: Judith Zimmer, Hamburg
Umschlaggestaltung: Elizabeth Mackey Designs

ISBN: 978-1-948004-12-1

Für Aimee Suter aus meinem fantastischen Streetteam. Danke, dass ich mir deine kostbaren Listen ausborgen durfte und dass du eine *Filthy Fosterette* bist!

Vorwort

Auf Blue Ryders Geschichte freue ich mich schon, seit er zum allerersten Mal aufgetaucht ist, und als ich Lizzie Barber kennenlernte, wusste ich sofort, dass sie die perfekte Frau für unseren treuen sexy Helden ist. Äußerlich wirken beide ganz lieb, sind insgeheim aber absolut leidenschaftlich und sinnlich – eine sehr unterhaltsame Mischung, nicht wahr? Ich hoffe, dass Sie sie genauso lieben wie ich.

Blues Geschichte ist die erste in der Serie der Ryder-Familie. Die Liebesgeschichten von vier seiner Geschwister folgen (Cash Ryders Geschichte wurde bereits in *Herzen in Flammen, Die Remingtons* erzählt). Damit Sie keine Neuerscheinung verpassen, können Sie meinen Newsletter abonnieren: www.MelissaFoster.com/Newsletter_German

Wenn dies Ihr erstes Buch aus der Reihe »Love in Bloom – Herzen im Aufbruch« ist, gibt es eine ganze Sammlung von Geschichten über loyale, sexy und unverschämt unanständige Helden und schlagfertige Heldinnen aufzuholen. Sie können ganz am Anfang mit *Schwestern im Aufbruch*, dem allerersten Band der Reihe, beginnen. Die Figuren aus allen Serien (Die Snow-Schwestern, Die Bradens, Die Remingtons, Seaside Summers) tauchen in den Folgebänden immer wieder auf. Eine Serien-Checkliste, Familienstammbäume und mehr gibt es hier: www.MelissaFoster.com/RG

Viel Freude beim Lesen!
~ Melissa

Eins

An manchen Abenden war Lizzie Barber einfach nicht in der Stimmung, sich eine Schürze und High Heels anzuziehen, eine Brille mit schwarzem Rahmen aufzusetzen, ihre schimmernden braunen Locken unter einer Perücke zu verbergen und halb nackt durch die Gegend zu stöckeln. Heute war einer dieser Abende. Sie betrachtete sich im Badezimmerspiegel, schob die letzten Haarsträhnen unter die Perücke und zwang sich, zu lächeln. Zum Glück waren ihre elfenhaften Lippen von Natur aus nach oben gebogen – selbst wenn sie nicht lächelte, sah sie freundlich aus. Und heute war sie definitiv nicht zum Lächeln aufgelegt. Ihr Ofen hatte in letzter Zeit Probleme gemacht, und sie betete zu den Zuckergöttern, dass er heute Abend funktionieren würde.

Um Kleiderpannen zu vermeiden, band sie die Schürze in Nacken und Taille fest und zupfte noch einmal am Saum, damit ihr hautfarbener String und anderweitige Körperteile bedeckt waren, ehe sie in ihr kleines Studio ging. Im Grunde war es nur eine winzige Küche im Keller ihres süßen Cottages am Cape Cod. Ein letztes Mal überprüfte sie ihre Zutaten und Backutensilien, dann spielte sie das Intro für den Webcast und setzte ihr perfektes, munteres Lächeln auf.

»Willkommen zurück, meine heißen, knackigen Bäcker«, schnurrte sie in die Kamera. »Heute werden wir köstliche Angel Food Cupcakes mit einer schaumigen Glasur backen, bei denen euch das Wasser im Mund zusammenläuft.«

Sie beugte sich vor, um der Kamera einen Blick auf ihren Ausschnitt und ihr verführerischstes Lächeln zu schenken, während sie die Zuschauer mit dem Finger lockte. »Und da wir alle wissen, dass nur das zählt, was *unter* der Glasur ist, werden wir ein paar Überraschungen im cremigen Inneren verstecken.«

Lizzie hatte die Kunst, Backen versaut klingen zu lassen, auf dem College perfektioniert, als ihr Vater krank geworden war und ihre Eltern das Gasthaus für sechs Monate hatten schließen müssen, um sich um seine Gesundheit zu kümmern. Dadurch hatten sie Lizzie nicht weiter bei den Studiengebühren unterstützen können. Ihre Teilzeitstelle in einem Blumenladen hatte nicht ausgereicht, um den wachsenden Studienkredit abzutragen, und als eine Freundin vorgeschlagen hatte, sie sollte Videos machen, um schnelles Geld zu verdienen, hatte sie ihre Leidenschaft fürs Backen genutzt und im Stillen ihren *Cooking with College Girls*-Webcast ins Leben gerufen. Wie sich herausstellte, konnte man als spärlich bekleidete Bäckerin einen Haufen Geld machen. Auf diese Weise hatte sie ihre Bücher und das Essen bezahlt und schließlich genug verdient, um den Großteil ihrer Studiengebühren aufzubringen. Lizzie hatte zwei Leidenschaften, Backen und Blumen, und sie hatte immer gehofft, später ihren eigenen Blumenladen zu führen. Nach dem Abschluss hatte sich *Cooking with College Girls* zu *The Naked Baker* gewandelt, und sie hatte dadurch genug Geld zusammenbekommen, um den Rest des Studienkredits abzubezahlen und in Provincetown am Cape Cod tatsächlich einen eigenen Blumenladen zu eröffnen, wie sie es sich immer erträumt hatte.

Eigentlich hatte sie nicht vorgehabt, nach der Eröffnung von ›P-town Petals‹ mit dem Webcast weiterzumachen, aber als ihre Eltern wieder in Schwierigkeiten geraten waren und die Mittel für die Ausbildung ihrer jüngeren Schwester Maddy dafür aufgewendet werden mussten, hatte Lizzy mit *The Naked Baker* ihren Beitrag geleistet. Ihre sehr konservativen Eltern würden einen hysterischen Anfall bekommen, wenn sie wüssten, was ihr anständiges kleines Mädchen hinter verschlossenen Türen anstellte, aber was sollte sie denn tun? Ihre Eltern betrieben ein kleines Bed and Breakfast in Brewster auf dem Festland vor dem Cape, und da der Gesundheitszustand ihres Vaters stark schwankte, verdienten sie kaum genug Geld, um über die Runden zu kommen – und die College-Gebühren für ein Kind aufzubringen, das sieben Jahre nach Lizzies Geburt eine Überraschung gewesen war, stellte sich als schwierig heraus.

Lizzie senkte verführerisch die Lider, während sie in die Kamera schaute und den Teig anrührte. Sie tauchte den Finger in die cremige Masse, schob ihn in den Mund und leckte ihn sinnlich ab. »Mmmh. Nichts geht über *dicken, cremigen Teig.*« Sie fuhr sich mit der Zunge über die Unterlippe und spulte mechanisch all die Gesten und Bewegungen ab, mit denen sie einen *Backporno*, wie sie es nannte, erzeugte.

Wenn sie ihre Show aufnahm, erinnerte sie sich selbst oft daran, warum sie immer noch etwas tat, wofür sie sich schämte und was sie geheim hielt. Auf gar keinen Fall würde sie zulassen, dass sich ihre süße, neunzehnjährige Schwester allein durch-schlagen musste und am Ende Gott weiß was tat, um Geld zu verdienen wie sie selbst, anstatt sich auf ihr Studium zu konzentrieren. Oder schlimmer noch, das College ganz hinschmiss. Madison war mehr als nur unschuldig, und obwohl Lizzie vielleicht auch einmal so gewesen war, hatten ihr der

Ehrgeiz und die Lebensumstände das schnell ausgetrieben. Den Webcast zu machen war die beste Entscheidung, die sie je getroffen hatte – selbst wenn es bedeutete, ihr nichtexistentes Sozialleben hintanzustellen und online ein geheimes Leben zu führen. Die blonde Perücke und die Brille mit dem dicken Rahmen halfen, ihre Identität zu verbergen. Zumindest schien es so. Niemand hatte je vermutet, dass sie hinter *The Naked Baker* steckte. Allerdings ging sie davon aus, dass die Gestalten, denen einer abging, wenn sie in Schürze und High Heels herumtänzelte, wahrscheinlich nur selten aus ihren eigenen Kellerräumen herauskamen.

Sie war stolz darauf, Maddy zu helfen, und hatte das Gefühl, für ihre Schwester in die Bresche zu springen. Etwas zu tun, was keine Frau je tun müssen sollte. Sich tapfer in der wilden Nackt-Back-Arena zu schlagen, um der geliebten Schwester eine höhere Bildung zu ermöglichen.

Als Lizzie eine Weile später nach den Cupcakes sah und feststellte, dass der Ofen zwar warm war, sich aber ausgeschaltet hatte, rutschte ihr der Magen in die Kniekehlen. Mit einem gezwungenen Lächeln und einem Zwinkern verbarg sie ihre Beunruhigung, streckte den Hintern heraus und bückte sich, ehe sie hastig das Blech aus dem Ofen nahm. Aus diesem Winkel würde man nur einen Seitenblick erhaschen und ihren nackten Hintern nicht sehen. Zum Glück schien der Ofen gerade erst ausgegangen zu sein, denn er war noch warm und die Cupcakes fest genug, um glasiert zu werden.

Notfall-Neuaufnahme vermieden!

Dieses Lächeln ist echt!

Ein paar Minuten später verteilte sie die letzten Kokosraspeln auf den Cupcakes und ratterte ihren Text herunter.

»Jeder möchte ein kleines Extra obendrauf, und ich besorge

es euch.« Nach einem letzten Zwinkern in Richtung Kamera fügte sie hinzu: »Wir sehen uns nächste Woche wieder. Bis dahin wünscht euch *The Naked Baker* eine süße, verführerische Nacht mit verlockenden Verkostungen.«

Sie schaltete die Kamera mit der Fernbedienung aus und stützte die Unterarme auf die Theke. Nach einem Blick auf die frischen Tausendschönchen, die sie aus dem Laden mit nach Hause gebracht hatte, ließ sie schwer seufzend den Kopf sinken. Es war nach Mitternacht und sie musste früh raus, um den Laden zu öffnen. Morgen Abend würde sie das Video bearbeiten, damit es übermorgen hochgeladen werden konnte. *Und* sie musste ihren Ofen reparieren lassen.

Verdammtes Ding.

Nachdem sie ihre Schuhe ausgezogen hatte, ging Lizzie nach oben, legte die Schürze ab und wickelte sich in ein dickes Handtuch. Eine warme Dusche war genau das Richtige, um die Scham abzuwaschen, die nach der Aufnahme an ihr klebte. Beim Gedanken an den kaputten Ofen schrieb sie ihrem Freund Blue Ryder, ob er ihn vielleicht reparieren konnte. Blue war ein heißbegehrter Handwerker, der für die Kennedys und andere prominente Familien am Cape arbeitete. Als das Rohr in ihrem Badezimmer über der eigentlichen Küche geplatzt war, während sie übers Wochenende auf einer Blumenmesse gewesen war, hatte Blue sich bereitwillig Zeit genommen, um sich um die Renovierung zu kümmern. So war er einfach. Er war immer da, um anderen zu helfen. In letzter Zeit teilte er seine Zeit zwischen ihrer Küchenrenovierung und der Arbeit an dem Cottage auf, das er gerade gekauft hatte. Morgen wollte er dort sein, aber sie hoffte, dass er sie irgendwo dazwischenschieben konnte.

Kannst du morgen meinen Ofen reparieren?

Blue schrieb ein paar Sekunden später zurück. Er war genauso verlässlich wie heiß – eine gefährliche Kombination.

Ist das ein Code für etwas Versautes? Lachend schüttelte sie den Kopf, als sie seine Antwort las.

Grinsend schrieb sie: *Nur, wenn du auf Ofenschmalz stehst.*

Blue hatte sie oft um ein Date gebeten, seit sie sich letztes Jahr auf der Vierfach-Hochzeit seiner Freunde kennengelernt hatten, für die sie die Blumen gestellt hatte. Seine Einladungen abzulehnen war nicht leicht und hatte zu zahlreichen sexy Fantasien geführt. Doch ihr Doppelleben war schon ohne einen attraktiven Mann verrückt, der wie Magic Mike aussah und Augen hatte, mit denen er eine blinde Frau hätte hypnotisieren können. Ihre Gründe reichten jedoch weitaus tiefer. Blue war mehr als ein Augenschmaus. Er war auch ein aufrichtiger Freund, für den Familie und Freunde an erster Stelle standen. Dazu noch sein wahnsinnig gutes Aussehen und sein Gentleman-Verhalten, und Lizzies Hirn bekam einen Kurzschluss. Es wäre so leicht, sich heftig in einen fürsorglichen, treuen Mann wie Blue Ryder zu verlieben. Und das konnte sie sich nicht leisten. Maddy zählte auf sie.

Schön, dass du endlich zur Vernunft gekommen bist. Wann hast du Zeit?

Oh, hatte *sie* mit ihm geflirtet?

Es war an der Zeit, das Ganze im Keim zu ersticken. Ihr Finger schwebte über dem Display, während sie in Gedanken mit dem Bild von Blue spielte: eins zweiundneunzig, heiße, harte Muskeln und stahlblaue Augen.

Es war viel zu lang her, seit sie mit einem Mann zusammen gewesen war, und sie war jedes Mal verleitet, wenn Blue sie um ein Date bat. Aber sie hatte ihn als Freund so gern und wusste, dass der Wechsel von Freundschaft zu Beziehung nur dafür sorgen würde, dass sie heftiger von ihm angezogen und ihr Doppelleben schwieriger wurde.

Genau das war der Grund, warum sie morgens jedes Mal fluchtartig das Haus verließ, bevor er kam, um an ihrer Küche zu arbeiten. Das war der einzige Weg, um Abstand zu halten. So gut aussehend war er. So freundlich. Und so eine gute Gesellschaft. Nicht nur, dass sie keine Zeit für eine Beziehung hatte, sie war auch ziemlich sicher, dass kein Typ es gutheißen würde, wenn seine Freundin als *The Naked Baker* im Internet zu sehen war. Natürlich hinterließ sie ihm am Morgen nach ihren Aufnahmen immer etwas Süßes und eine Notiz auf der Anrichte, um sich zu bedanken.

Obwohl Blue nicht sehen konnte, wie sie die Schultern straffte und ihre feierlichste Miene aufsetzte, tat sie trotzdem genau das, um ihren Entschluss zu bekräftigen. Dann tippte sie die Nachricht, die ihn hoffentlich sanft in die Schranken wies. *Nach der Arbeit, aber du sollst WIRKLICH meinen Ofen reparieren. Den, mit dem ich koche! Danke! Sehen wir uns gegen sieben?*

Sie legte das Handy weg, stieg unter die Dusche und war entschlossen, nicht an seine blauen Augen oder das Spiel seiner Armmuskeln zu denken. Ihre Gedanken wanderten zu gestern zurück, als sie von der Arbeit nach Hause gekommen war und Blue sich über seine Werkzeugkiste gebeugt hatte, sodass sich die Jeans über seinem perfekten Hintern spannte. Allein bei der Erinnerung wurden ihre Nippel hart. Er war der Mann, der seit letztem Sommer in ihren nächtlichen Fantasien auftauchte. Was sprach schon dagegen? Er würde es nie erfahren. Sie schloss die Augen und strich mit einer Hand über ihre Brüste, ihren festen Bauch und schließlich zwischen ihre Beine. Vielleicht hatte sie keine Zeit für eine Beziehung, aber eine kleine mitternächtliche Fantasie konnte viel bewirken …

Zwei

Schweiß tropfte von Blues Haut, als er das Holz, das er gerade aus dem Schlafzimmer im ersten Stock gerissen hatte, nach unten in die Spätnachmittagssonne trug. Bis jetzt war der Herbst auf Cape Cod mild, und so dankbar er auch für die gemäßigten Temperaturen war, sorgte die Arbeit im Obergeschoss eines Cottages ohne Klimaanlage dafür, dass er sich wünschte, der Winter würde endlich auf der Sandinsel ankommen. Er warf das alte Holz in den Container und wischte sich über die Stirn, während er sein neu erworbenes Eigentum betrachtete – den Leuchtturm von Bowers Bluff und das dazugehörige Cottage. Bowers Bluff war eine anderthalb Kilometer breite und knapp dreizehn Kilometer lange Halbinsel an der Nordseite von Cape Cod und der perfekte Ort, um irgendwann eine Familie zu gründen.

Blue hatte sich auf den ersten Blick verliebt, als er diesen Ort vor zwei Jahren mit seinem Bruder Duke, einem Investor, besucht hatte. Sie hatten die Immobilie gemeinsam erwerben und renovieren wollen, um ein Restaurant daraus zu machen, aber je mehr Zeit Blue hier verbracht hatte, desto mehr hing er daran. Schließlich hatte er seinem Gefühl nachgegeben und Duke von seinem Wunsch erzählt, es für sich selbst zu kaufen.

Sein Bruder war wie immer verständnisvoll gewesen und hatte ihn unterstützt, wie es sich für den ältesten der sechs Ryder-Geschwister gehörte.

Blue hatte Tag und Nacht an der Renovierung gearbeitet, bis es in Lizzie Barbers Küche einen Schaden gegeben hatte. Seitdem teilte er seine Zeit zwischen den beiden Häusern auf. An beiden Baustellen machte er gute Fortschritte. Und zusätzlich konnte er auch noch jeden Tag Lizzie sehen – zumindest für ein paar Minuten. Lizzie war ein hinreißendes Energiebündel, einfach verführerisch. Ihre Persönlichkeit konnte einen ganzen Raum erhellen, und Blue hatte so das Gefühl, dass sie schnell feststellen würden, dass ihre Freundschaft nur die Spitze des Eisbergs war, falls Lizzie jemals nachgeben und mit ihm ausgehen sollte. Aber sie hatte ihn öfter abblitzen lassen, als die Sonne untergegangen war. Das schreckte ihn jedoch nicht ab. Je öfter sie ihn abwies, desto mehr dachte er an sie – und desto mehr wollte er sie. Blue glaubte an sein Bauchgefühl, und sein Bauch – genau wie sein Herz – zogen ihn kontinuierlich zu der zierlichen, frechen Frau hin, die ihn mit einem einzigen Lächeln verrückt machen konnte.

Von der Tür seines Cottages aus bewunderte er die Ergebnisse seiner harten Arbeit. Er hatte im Erdgeschoss bereits die Holzböden aufgearbeitet, die Küche renoviert, die alte Vertäfelung entfernt und im ersten Stock alle Wände eingebaut und Zierleisten angebracht. Da er hier unten nun fertig war, würde der erste Stock ein Klacks werden. Alles an diesem alten Haus fühlte sich bereits wie Zuhause an, obwohl er in der Nähe von New York City aufgewachsen war. Doch im Gegensatz zum Großteil seiner Geschwister hatte er sich nie zum Stadtleben hingezogen gefühlt. Seine Familie hatte am Cape Urlaub gemacht, als er noch ein kleiner Junge gewesen war, und seitdem liebte er diesen Ort.

Er sah auf seinem Handy nach der Uhrzeit. Um sieben traf er sich mit Lizzie, um ihren Ofen zu reparieren. Doch das war sicher nur ein Vorwand, immerhin renovierte er bereits ihre Küche und sie hatte einen brandneuen Ofen. Mit etwas Glück war sie endlich zur Vernunft gekommen und würde mit ihm ausgehen. Jedes Mal, wenn er sie um ein Date bat, bekam er dieselbe Antwort – entweder hatte sie keine Zeit, oder sie wollte ihre Freundschaft nicht gefährden. Ihre Freundschaft war wirklich toll, aber Himmel, lernte man sich nicht so kennen, bevor mehr daraus wurde?

Bevor er wieder ins Haus ging, fielen ihm zwei verpasste Nachrichten auf. Das war keine Überraschung. Er konzentrierte sich meistens so auf seine Arbeit, dass er alles andere ausblendete.

Die erste Nachricht war von seinem jüngeren Bruder Cash, der als Feuerwehrmann in New York arbeitete. Nächsten Monat würde er endlich seine Verlobte Siena Remington heiraten, ein weltberühmtes Model. Siena war die Schwester seines Kumpels Kurt Remington, dem Bestseller-Thrillerautor, der Leanna Bray letzten Sommer bei einer Viererhochzeit hier am Cape das Ja-Wort gegeben hatte. Auf dieser Hochzeit hatten sich Blue und Lizzie zum ersten Mal getroffen.

Er las Cashs Nachricht. *Brauche die Gästezahl. Bringst du jemanden zur Hochzeit mit?*

Am liebsten würde er Lizzie mitnehmen, aber die Hochzeit fand in New York statt, und wenn sie schon hier nicht mit ihm ausgehen wollte, würde sie ganz sicher nicht mit ihm wegfahren. Normalerweise hätte seine beste Freundin Sky Lacroux ihn begleitet und als die Schönheit an seinem Arm die Single-Frauen auf Abstand gehalten. Aber sie hatte sich kürzlich verlobt, was bedeutete, dass Blue auf sich allein gestellt war. Er war nie der Typ gewesen, der auf einer Hochzeit jemanden aufriss, und sein Leben spielte sich hier am Cape ab. Das Letzte, was er wollte, war, mit Frauen zu flirten, die ihm nichts bedeuteten. Nicht, da ihm jetzt seit einem Jahr jeden Tag ununterbrochen eine gewisse freche kleine Brünette mit straffem Körper und quirliger Persönlichkeit durch den Kopf ging.

Ich komme allein. Danke fürs Nachfragen, antwortete er in dem Wissen, dass er die Hochzeit wohl in Gesellschaft seiner Familie verbringen würde. Seine Brüder würden jedem Rock hinterherschauen und ihre Schwester Trish würde sich über sie lustig machen. Er hatte nichts dagegen, Frauen abzuchecken, doch während einige seiner Brüder einen One-Night-Stand genossen, war das für Blue schon seit einer Weile nicht mehr attraktiv. In den letzten Jahren hatte er nicht nur zugesehen, wie sich seine engsten Freunde verliebten und heirateten und neuerdings sogar Familien gründeten. Er war außerdem von einer Ex-Freundin tief verletzt worden, die der Meinung gewesen war, dass ein One-Night-Stand, der ihr nichts bedeutet hatte, ihn nicht bis ins Mark treffen würde.

Sarah Jane war Blues erste große Liebe gewesen. Als unschuldige Teenager waren sie zusammengekommen, gerade achtzehn Jahre alt, und mehr als ein Jahr lang ein Paar gewesen. Eines Abends hatte sie sich von einem Kollegen nach Hause fahren lassen, während er einen Abendkurs besuchte, und als er bei ihr aufgetaucht war und die beiden beim Sex erwischt hatte, hatte Sarah Jane versucht, es zu erklären. *Es hat nichts bedeutet!* Sie hatte so dermaßen falsch gelegen. Die Erinnerung an die Verletzung und sein zerstörtes Vertrauen versetzte ihm noch immer einen Stich. Er hatte geschworen, nie wieder in diese Lage zu geraten, und konnte dieses Versprechen mit Leichtigkeit halten. Keine Freundin bedeutete: kein Platz für Schmerz.

Die zweite Nachricht war von Hunter, einem von Skys älteren Brüdern und Blues Kumpel. *Heute Abend Lagerfeuer. Bist du dabei?*

Ein Lagerfeuer klang toll, und er würde eine gute Ablenkung brauchen, wenn Lizzie ihn doch wieder abblitzen ließ. *Verdammt, ja*, schrieb er und fügte dann hinzu: *Ich repariere Lizzies Ofen. Komme vielleicht etwas später.*

Ein paar Stunden später fuhr er zurück in seine Hütte im Wald außerhalb von Wellfleet, sprang unter die Dusche und machte sich anschließend auf den Weg zu Lizzie. Er liebte ihr Haus. Dieser Inbegriff eines Cape-Cod-Cottages strahlte schlichte Eleganz aus. *Genau wie sie.* Um den Holzzaun rankten sich pinke Rosen und den Vorgarten schmückten mehrere wunderschöne Blumenbeete. Er folgte dem Schieferplattenweg, der sich zwischen den Beeten hindurchwand, und hörte Lizzie durch das offene Fenster reden. Ihr Lachen erklang in der Luft, und Blue hielt inne, um es in sich aufzunehmen. Er war nicht nach der Atmosphäre des Hauses verrückt, sondern nach Lizzie. Sie war überall.

Lizzie kam mit dem Handy am Ohr zur Tür und hob einen Finger, während sie lautlos sagte: *Tut mir leid. Eine Sekunde.* Dann trat sie zurück, damit er reinkommen konnte.

»Hör zu, Maddy«, sagte sie ins Handy, »tu nichts, womit du dich nicht wohlfühlst, okay? Versprich es mir.« Erneut hob sie einen Finger, und selbst wenn Blue Madisons Namen nicht gehört hätte, hätte er bei Lizzies fürsorglichem Tonfall gewusst, dass sie mit ihrer jüngeren Schwester sprach.

Er bemühte sich, den Blick nicht schweifen zu lassen, konnte sich aber nicht davon abhalten, ihre schmalen Hüften und die gebräunten Beine in den weißen Jeansshorts zu betrachten, oder wie ihre Schulter unter einem cremefarbenen Pullover mit weitem Ausschnitt hervorblitzte, auf den ein Elefant gestickt war. Wie sich der Elefant an ihre Kurven schmiegte, machte ihn ein bisschen eifersüchtig. Was hätte er dafür gegeben, dieser Elefant zu sein.

Er hätte vorhin lieber *kalt* duschen sollen.

Lizzie beendete das Gespräch mit ihrer Schwester und schob das Handy in die Hosentasche.

»Entschuldige. Das war Maddy und sie hat heute Abend ein Date. Sie war etwas nervös. Ich mache mir Sorgen um sie. Hoffentlich gerät sie nicht in irgendeine schlimme Situation. Ich mache mir unnötig Gedanken, oder? Bitte sag, dass es so ist.« Sie blinzelte Blue an, der sie belustigt aus seinen stahlblauen Augen anschaute. Bei seinem schiefen Grinsen blieb ihr das Herz stehen. Wenn sie nervös war, plapperte sie immer. Besser er dachte, dass sie wegen Maddy nervös war als wegen seiner Nähe.

»Sie ist neunzehn, Lizzie. Sie kommt schon klar.«

»Stimmt. Danke.« Sie atmete geräuschvoll aus und versuchte, ihren rasenden Puls zu beruhigen, der beim Anblick seines hautengen T-Shirts in die Höhe geschnellt war. Er war wirklich wunderschön, mit einem Gesicht, das auf jedem Magazin abgedruckt werden sollte, und einem Lächeln, das Butter schmelzen konnte.

»Also, du hast einen Ofen, der repariert werden muss?« Als er seine Werkzeugkiste hob und eine Braue hochzog, wurde ihr klar, dass sie ihn anstarrte.

Super. Klasse, Lizzie.

»Ja. Hier lang.« Sie bedeutete ihm, ihr in den Keller zu folgen.

»Du gehst in die falsche Richtung.«

»Ich hab da unten ein kleines Apartment.« Sie führte ihn in die Küche. Obwohl er sich um die Renovierung kümmerte, hatte sie ihm nie den Rest des Hauses gezeigt.

Als sie den Lichtschalter betätigte, erstrahlte die Küche in hellem Licht. Perfekt für ihre Videos, nicht perfekt für eine Keller-Küche.

»Wow, das ist hell«, stellte er fest.

»Eine gut beleuchtete Küche ist wichtig. Das weißt du doch.« Sie lächelte ihn an und hoffte, dass er ihr die Ausrede abkaufen würde.

Blue stellte seine Werkzeugkiste auf den Boden und musterte den Laptop auf der Arbeitsplatte.

Gott sei Dank war er aus. Sie nahm das Gerät schnell von der Anrichte.

»Vermietest du das hier?«

»Nein.« Sie drückte sich den Laptop an die Brust, wie einen Schild zwischen Blue und ihrem Geheimnis.

»Also …« Er trat zum Ofen und stellte ihn an. »Dieser Ofen sieht älter aus als du. Kochst du oft hier unten?«

Sie lachte nervös, während sie versuchte, eine bessere Antwort zu finden als: *Nur wenn ich für die Studiengebühren meiner Schwester meinen Körper verkaufe.* »Manchmal. Ich mag die Abwechslung.«

Schief lächelnd beugte er sich über die Anrichte. »Wenn ich es nicht besser wüsste, würde ich denken, dass du mich nur hergerufen hast, um mich zu sehen, was mich überhaupt nicht stören würde.«

Sie ging um die Anrichte, stellte sich neben ihn und blickte anklagend auf den Ofen. »Das Ding ist wirklich kaputt, Blue. Außerdem, wenn ich dich sehen wollte, hättest du sicher nichts dagegen, wenn ich dich einfach genau darum bitte.«

Er grinste und die Schmetterlinge in ihrem Bauch flatterten. *Verdammte Biester.*

»Er ist wirklich kaputt.« Sie öffnete die Ofentür und ein Schwall warmer Luft drang heraus. *Natürlich.*

»Es wird definitiv heiß da drin«, bemerkte er mit tiefer Stimme, auf die all ihre besonderen Körperstellen reagierten.

Sie spürte seine Körperwärme hinter sich. Wenn sie sich auch nur einen Millimeter zurücklehnte, würde sie sich an ihn drücken. Dieser Mann verströmte pure Sinnlichkeit und hatte seinen Flirtmodus voll aufgedreht, was ihn noch heißer und unwiderstehlicher machte. Sein Duft war stark, erdig, berauschend und so männlich, dass ihr Entschluss, Sicherheitsabstand zwischen ihnen zu wahren, spürbar ins Wanken geriet. Sie krallte sich an die Arbeitsplatte, um sich nicht an ihn zu lehnen.

»Ich schwöre, dass er gestern Abend nicht funktioniert hat. Er ist von allein ausgegangen.«

»Vielleicht sollten wir ihn eine Weile laufen lassen, um zu sehen, ob er abschaltet.« Er lehnte sich an die Theke und musterte die weißen Hängeschränke aus den Achtzigern und die Resopal-Arbeitsplatten.

Lizzie schloss die Ofentür und verschränkte die Arme, um ihre gierigen Finger von Blue fernzuhalten. »Woran könnte es liegen, dass er einfach so ausgeht?«

Er sah sie an. »Ich kann mir nicht vorstellen, dass irgendetwas in deiner Nähe ausgeht.« Lächelnd fügte er seinem Flirt hinzu: »Wahrscheinlich ist es das Heizelement.«

Wie konnte *das* bei ihm verführerisch klingen? »Können wir

es reparieren?«

»Sicher, *wir* können es reparieren. Aber es ist ein alter Ofen, und wenn er nicht mehr zuverlässig läuft, solltest du irgendwann vielleicht darüber nachdenken, ihn gegen einen neuen auszutauschen.«

»Behandelst du deine Frauen so wie deine Öfen? Wenn sie anfangen, kaputtzugehen, tauschst du sie einfach aus?« *Himmel, woher kam das denn?*

Er verzog die Lippen zu einem verschmitzten Grinsen und seine Augen verdunkelten sich. »Dich würde ich nie austauschen, Lizzie.«

»Ich …« Super, er hatte sie vollkommen durcheinandergebracht. Wenn er das schon mit ein paar Wörtern schaffte, was würde er dann erst mit seinen fähigen Händen und diesem sexy Mund anstellen können? Sie musste damit aufhören. Das war der Grund, warum sie meistens ging, bevor er morgens zu ihr kam. Das war der Grund, warum sie seine Einladungen ausschlug. Blue war einfach unwiderstehlich.

»Ich mache dir einen Vorschlag. Hunter veranstaltet heute Abend ein Lagerfeuer und der Baumarkt schließt in einer halben Stunde. Wie wäre es, wenn *wir* in den Baumarkt fahren und das Heizelement kaufen und dann kurz beim Lagerfeuer vorbeischauen? Danach können wir wieder herkommen und den Ofen reparieren.«

Lizzie ließ sich das einen Augenblick durch den Kopf gehen. Es gefiel ihr, wie ihm das *wir* voller sexueller Anspielungen über die Zunge rollte. Wahrscheinlich gefiel es ihr zu sehr, denn sie zog den Vorschlag immer noch in Erwägung, anstatt ihn abzulehnen. Sie könnte behaupten, dass sie arbeiten musste, was auch stimmte. Der Webcast musste immer noch bearbeitet werden, aber der Ofen musste unbedingt vor der nächsten

Aufnahme wieder funktionieren. Sie konnte *The Naked Baker* nicht in der Küche oben drehen. In dem unwahrscheinlichen Fall, dass jemand aus ihrem Bekanntenkreis die Show sah, wäre ihre leuchtend orange Küche sofort zu erkennen. Aber war es nicht zu unhöflich, wenn sie sich dieses Mal wieder herausredete? Immerhin bat sie ihn, spätabends nach Feierabend um einen Gefallen.

»Okay«, sagte sie schließlich.

Blue zog überrascht die Brauen nach oben. »Okay?« Grinsend stieß er sich von der Anrichte ab.

»Ja, okay. Ich gehe mit dir zum Lagerfeuer. Aber es ist kein Date, also guck nicht so.«

Er stellte den Ofen aus. »Warum lässt du mich immer abblitzen? Ich verstehe es nicht.«

Ich auch nicht.

Sie fand es schrecklich, ihm ständig einen Korb zu geben. Es war ja nicht so, als würde sie nicht mit Blue ausgehen *wollen*. Aber wenn sie tatsächlich mit ihm ausgehen würde, seine Hand halten und diese vollen, köstlich aussehenden Lippen küssen würde, dann würde es ihr zu sehr gefallen, um sich wieder abzuwenden, das war ihr klar. Sie wusste bereits, dass er sie und alle anderen, mit denen sie ihn gesehen hatte, wie einen Schatz behandelte. Doch im Moment zählte Maddy auf sie. Sie konnte es nicht gebrauchen, etwas mit einem netten, umwerfenden Kerl wie Blue anzufangen und dann gezwungen zu sein, einen Teil ihres Lebens vor ihm geheim zu halten oder dauernd zu befürchten, dass er ihren Webcast vielleicht sah und irgendwie dahinterkam, dass sie *The Naked Baker* war. Obwohl sie gutes Geld damit verdiente, war sie nicht stolz darauf, dafür fast nackt durch die Gegend zu stöckeln.

Schließlich sah sie ihn wieder an. »Ich hab nur gerade so viel um die Ohren, dass ich kaum zum Durchatmen komme.«

Er trat einen Schritt näher und ihr wurde heiß. »Jeder hat etwas Raum zum Atmen.«

Du hast mir meinen gerade genommen. »Ich habe den Blumenladen und …«

»Und?« Blue sah sich in der Küche um. »Machst Öfen kaputt?«

»Es ist nichts Persönliches.«

Als er ihren Arm berührte, wurde sie von heißen Schauern erfasst. Sie war sicher, dass er direkt in sie hineinschauen und den Teil von ihr sehen konnte, der in eine Ecke gekauert darum betete, dass er *The Naked Baker* nie entdecken würde.

»Wie kann es nicht persönlich sein? Ich hab dich mindestens ein Dutzend Mal eingeladen und du hast immer abgelehnt. Da kann man als Mann Komplexe bekommen.« Er ließ seine Hand über ihren Arm gleiten und umfasste sanft ihren Ellbogen.

So eine harmlose Geste und doch kochte ihr gesamter Körper geradezu? Sie wusste, dass sie das Gefühl seiner Hände auf sich lieben würde, wie sie auf Erkundungstour gingen, ihr Lust schenkten und sie in Höhen hoben, die sie beim bloßen Gedanken an ihn nicht erreichen konnte.

Hervorragend. Jetzt war sie nicht mal mehr in der Lage zu antworten. Sie konnte sich glücklich schätzen, dass ihre Beine noch funktionierten, nachdem seine Stimme wie eine Berührung über ihre Haut geglitten war und sein Blick sie gefangen hielt. Wie zur Hölle hatte ihre Freundin Sky einen Tag nach dem anderen mit ihm verbringen können, ohne mehr zu wollen? Lizzie zwang sich, einen Schritt zurückzutreten. Wenn Sky das geschafft hatte, konnte sie es auch. Allerdings hatte Sky gesagt, dass sie sich nie auf diese Weise zu Blue hingezogen gefühlt hatte.

Das war der Unterschied. Lizzie hatte sich von dem Augenblick zu ihm hingezogen gefühlt, in dem sie ihn das erste Mal auf der Hochzeit gesehen hatte. Und je besser sie ihn als Freund kennenlernte, desto mehr mochte sie ihn – und malte sich Fantasien über ihn aus.

Ihr wurde klar, dass er sie beobachte und auf eine Antwort wartete, also entschied sie sich für eine Stichelei, um sich selbst von ihren sexy Gedanken abzulenken. »Wir sind Freunde und ich mag unsere Freundschaft. Außerdem siehst du zu gut aus, um einen Komplex zu bekommen. Und wenn wir nicht bald losfahren, ändere ich meine Meinung vielleicht doch wieder. Aber es ist kein Date.«

Er griff nach seinem Werkzeugkoffer. »Temperamentvolle Art, einen Kerl abblitzen zu lassen.«

Blues Pick-up war so hoch, dass Lizzie zum Einsteigen praktisch eine Trittleiter brauchte. Als sie den Türrahmen packte, legten sich von hinten seine Hände an ihre Hüften und hoben sie auf den Beifahrersitz.

»Verdammt, ich bin froh, dass mein Wagen so groß ist«, sagte er, während sie versuchte, nicht daran zu denken, wie fest sein Griff war und wie gut sich seine Hände angefühlt hatten.

Auf dem Weg zum Baumarkt schaltete er das Radio ein und sang schief mit, was Lizzie zum Lachen brachte und in ihr den Wunsch weckte, mitzusingen. Er wusste einfach, wie er sie beruhigen *und* sie zum Beben bringen konnte. Eine weitere verlockende und gefährliche Kombination, mit der sie zu kämpfen hatte.

Im Baumarkt flirtete Blue nicht so mit ihr wie im Haus, obwohl seine Hand auf ihrem unteren Rücken lag und ihr beinahe die Haut verbrannte. Lizzie war unsicher, ob sie enttäuscht oder erleichtert war.

»Hast du schon gegessen?«, fragte Blue, als sie Richtung Strand fuhren.

»Nein, aber das macht nichts.« Seit heute Morgen hatte sie nichts gegessen, da im Laden viel zu tun gewesen war, aber sie wollte nicht, dass Blue zu spät zum Lagerfeuer kam – und ihr saß außerdem der Webcast im Nacken, den sie noch bearbeiten musste.

Ein ungezwungenes Lächeln breitete sich auf seinem Gesicht aus, während er weiter auf die Straße sah, und ihr wurde klar, dass sie gerade zum ersten Mal wirklich mit Blue allein war. Sie waren in der Gruppe mit ihren Freunden ausgegangen und er hatte ihre kaputten Rohre repariert und im Laden ein paar Schränke für sie gebaut, und natürlich sah sie ihn zu Hause manchmal nach der Arbeit, wenn er an ihrer Küche arbeitete, aber in ihrer Freizeit war sie noch nie mit ihm allein gewesen. Sie fühlte sich wohl in seiner Gesellschaft – bis auf diese unterschwellige Hitze, die zwischen ihnen köchelte und ihre Konzentration störte.

»Holen wir uns schnell was, bevor wir zum Lagerfeuer fahren.« Er fuhr auf den Parkplatz von PJs Restaurant, bei dem es sowohl einen Straßenverkauf als auch einen Speiseraum gab, und kam um den Pick-up herum, um ihr beim Aussteigen zu helfen. Wortlos packte er ihre Hüften.

Sobald er sie berührte, verdunkelte sich sein Blick. Der sündige Ausdruck in seinen Augen und seine Hände auf ihr gefielen ihr viel zu sehr, und sie zwang sich, einen Schritt zurückzutreten. Das Verlangen brodelte so heftig in ihr, dass sie sicher war, es in der Luft zwischen ihnen zu schmecken.

Vor dem Restaurant gab es eine lange Schlange und auch die Picknicktische auf der Terrasse waren alle besetzt. Erneut legte Blue eine Hand auf ihren Rücken und führte sie zum Straßenverkauf. Dieses Mal war Lizzie von der Hitze seiner Berührung nicht überrascht, aber es verwirrte sie, wie sehr sie sie genoss und wie besitzergreifend diese Geste war, auch wenn sie für ihn vollkommen natürlich zu sein schien.

»Was macht dir Freude?«, fragte Blue.

»Das ist eine gefährliche Frage von einem Typ wie dir.«

Er lachte. »Einem Typ wie mir? Was soll das heißen?«

»Du lädst mich ein und fragst mich dann, was mir Freude macht? Was soll ein Mädchen da denken?« Lizzie hatte schon lange kein Date mehr gehabt, und obwohl das hier keins war, machte es deutlich mehr Spaß, als ihren Webcast zu bearbeiten, im Laden Inventur zu machen oder das nächste Rezept für *The Naked Baker* zu planen.

»Du solltest denken: Hm, was wäre mir lieber? Hummerbrötchen und Pommes oder ein Hamburger?« Er stieß sie mit der Schulter an und brachte sie ins Taumeln.

»Hey.« Blue schlang schnell einen Arm um ihre Mitte, um sie festzuhalten, und warf ihr ein umwerfendes Lächeln zu, das in ihr den Wunsch weckte, *The Naked Baker* in den Wind zu schießen und stattdessen an ihrer Schleck-Liste zu arbeiten – eine Liste, mit der sie im College begonnen hatte, als sie noch versucht hatte, ihre sexuellen Anwandlungen zu unterdrücken. Auf der Highschool hatte sie sich so daran gewöhnt, gegen ihre sich verändernden Hormone anzukämpfen, um ihrer strengen Erziehung gerecht zu werden, dass sie auf dem College schließlich beinahe geplatzt wäre. Anstatt ihre Gedanken auszuleben, hatte sie mit ihren Listen angefangen. Eine Schleck-Liste mit all den Dingen, die sie von einem Mann ablecken wollte und die er von ihr ablecken sollte, und eine Sex-Liste, auf der all die Orte standen, an denen sie mit einem Mann Sex haben wollte. Das alles aufzuschreiben hatte ihr irgendwie Hoffnung gemacht, eines Tages die richtige Person zu treffen und ihr Verlangen auszuleben. Aber sie hatte nie jemanden kennengelernt, mit dem sie all das entdecken wollte. Blue war eine sehr verlockende Option.

Oh, super. Jetzt denke ich daran, dich abzulecken.

»Entschuldige«, sagte Blue. »Ich vergesse immer, wie zierlich du bist.«

»Schon okay.« Sie schob die Hände in die Taschen, um sich nicht an ihn zu klammern.

»Also, was möchtest du?«, fragte Blue.

Sahne und Erdbeeren auf deinen Bauchmuskeln. Himmel noch mal. Innerhalb weniger Minuten hatte sie sich in eine Art sexuellen Perversling verwandelt. Sie schüttelte den Kopf, um die Lust aus ihrem verwirrten Hirn zu vertreiben.

»Such du was aus«, presste sie schließlich hervor.

Blue bestellte zwei Hummerbrötchen und Pommes, die sie zurück zu seinem Wagen brachten.

»Lass uns am Strand essen«, schlug er vor, als er ihr wieder beim Einsteigen half.

Am liebsten wäre sie den ganzen Abend ein- und wieder ausgestiegen. Es fühlte sich einfach so gut an, wenn er sie hielt.

Sie fuhren über die schmale Straße zum Cahoon Hollow Beach. Die Tüte mit dem Essen zwischen ihnen roch himmlisch, und als Lizzies Magen knurrte – lautstark –, wollte sie sich vor Scham zusammenrollen.

»Ah, du bist also doch ein normaler Mensch.« Lächelnd wühlte er mit einer Hand in der Tüte, zog eine Pommes heraus und hielt sie ihr vors Gesicht. »Mund auf.«

»Ich kann warten«, log sie, denn eigentlich wollte sie ihm die köstlich riechende Pommes aus der Hand reißen.

»Wie kannst du dem Duft von PJs Pommes widerstehen?« Er wedelte damit vor ihrer Nase, und als sie danach greifen wollte, zog er die Hand weg. »Nein, nein. Mund auf.«

»Gott, du bist eine Nervensäge.«

»Die beste Nervensäge der Welt«, scherzte er und schob ihr die Pommes in den Mund.

Drei

Es war vielleicht kein Date, aber Blue war zum ersten Mal mit Lizzie allein und hatte es nicht eilig, sie mit Hunter und ihren Freunden zu teilen. Er hielt am Rand des Parkplatzes und ging um den Wagen herum, um ihr die Tür zu öffnen. Allein das Ein- und Aussteigen hatte sich als unterhaltsam und erfreulich herausgestellt. Er liebte es, Lizzies Kurven in seinen Händen zu spüren, und konnte dem Drang nicht widerstehen, ihr zu helfen, indem er sie an der Taille heraushob. Ihr heißer Blick war entweder eine Warnung oder eine Einladung, und zum ersten Mal in seinem Leben wusste er nicht, was es war. Sie vernebelte ihm definitiv den Verstand.

Er nahm das Essen aus der Fahrerkabine und zog die Decken hinter dem Sitz hervor, ehe er die Heckklappe öffnete und erneut nach Lizzies Taille griff.

»Wir essen auf der Ladefläche deines Pick-ups?«

Er hob sie mit Leichtigkeit hoch und kletterte ebenfalls hinauf. Sanft drehte er sie an den Schultern, sodass sie den Ozean sehen konnte, und sagte: »Sieh mal. Deshalb essen wir hier.«

Der Mond war beinahe voll und leuchtete in Orange und Gelb am blaugrauen Himmel, sodass sein Licht auf das dunkle

Wasser fiel. Eine Laterne erhellte die Spitze eines Segelboots, das am Ufer vorbeifuhr, und am Strand waren zwei Lagerfeuer zu erkennen.

»Es ist umwerfend«, flüsterte sie leise.

Er hob ihr Kinn an und blickte in ihre grünbraunen Augen. »Ich bin kein schlechter Kerl, Lizzie. Ich weiß nicht, warum du dich so dagegen wehrst, mit mir auszugehen. Wenn du uns eine Chance gibst, könnte es ziemlich schön werden, gemeinsam Zeit zu verbringen.«

Er wich etwas zurück, um die Decken auszubreiten und nichts zu tun oder zu sagen, was er nicht sollte. Sobald er sie auf der Hochzeit ihrer Freunde am Strand hatte herumwuseln sehen, hatte er ihr nahe sein wollen. Selbst als Bradley Cooper aufgetaucht war, war sie nicht einen Moment ins Stocken geraten. Sie bewegte sich mit einer unvergleichlichen Anmut, voller Selbstbewusstsein und Konzentration, und hatte etwas an sich, was ihn sofort angezogen hatte. Das war mit jedem weiteren Treffen stärker geworden.

Sie wandte ihm den Rücken zu und schlang die Arme um ihre Mitte, während sie sich mit den Händen über die Arme strich. Sie hatte nicht nur Anmut und Klasse, sondern auch einen tollen Hintern, wohlgeformte Beine, schlanke Schultern und … ach, einfach alles an Lizzie war *erlesen*.

Als er schließlich die Decken ausbreitete, bemerkte er, dass sie zitterte. Er wollte sie so gerne an sich ziehen, um sie zu wärmen, doch er konnte es nicht riskieren, sie zu verschrecken, indem er zu vorschnell war. Immerhin war das hier kein Date. Also sprang er von der Ladefläche und holte eine Kapuzenjacke aus der Kabine, ehe er wieder hochkletterte und sie ihr um die Schultern legte.

»Danke.« Sie drehte sich zu ihm, als er ihr half, in die Ärmel zu schlüpfen.

Er musste sie vier Mal umkrempeln und Lizzie sah unglaublich süß aus. Es war Folter, den Drang zu unterdrücken, sie in seine Arme zu ziehen und ihre Lippen zu küssen.

»Du hättest dir nicht so viel Mühe machen müssen«, sagte sie, als sie sich zum Essen auf die Decke setzten.

»Lizzie, ernsthaft. Wie lange lebst du schon hier?« Er reichte ihr ein Hummerbrötchen.

»Ich bin hier aufgewachsen.« Sie biss ab und musterte ihn fragend.

»Dann weißt du, dass Abendessen am Strand nie Mühe macht. Wirf eine Decke in den Wagen, schnapp dir einen Pullover und alles ist gut.« Er lehnte sich näher und fügte hinzu: »Und wenn du das Glück hast, das schönste Mädchen vom Cape dabeizuhaben, ist es mehr als gut.«

Lizzie lächelte und ihre Schultern entspannten sich. »Du weißt, wie man einem Mädchen schmeichelt. Blue, darf ich dich etwas fragen?«

»Natürlich.«

»Du warst jahrelang mit Sky befreundet und ihr seid nie einen Schritt weitergegangen, zumindest laut Sky nicht. Sie ist wunderschön, klug, witzig.« Sie musterte sein Gesicht, als würde sie nach einer Antwort suchen. »Warum habt ihr es nie miteinander versucht? Und warum willst du so sehr mit mir zusammen sein?«

Ihre Freunde fragten sich häufig, warum Sky und er nie zusammen gewesen waren, wo sie sich doch so nahestanden, dass sie beieinander übernachteten und früher, bevor Sky ihren Verlobten Sawyer kennengelernt hatte, öfter miteinander Zeit verbracht hatten als er mit seinen Kumpels. Er verstand es selbst nicht wirklich und wusste nicht, wie er es erklären sollte, aber er konnte Lizzie nur eine Sache bieten – die Wahrheit.

»Das ist, als würde man jemanden fragen, warum er Schokoeis mag, Vanille aber nicht. Ich kenne die genauen Gründe nicht, aber wir waren vom ersten Moment an Freunde.« Er zuckte mit den Schultern, denn für ihn war es schlicht so. »Sky ist all das, was du beschrieben hast, und sie ist seit ein paar Jahren meine beste Freundin, aber aus welchem Grund auch immer habe ich mich nie auf diese Weise zu ihr hingezogen gefühlt.«

Er berührte Lizzies Hand, und als sie sich nicht zurückzog, hielt er sie fest. »Ganz im Gegensatz zu dem, was ich empfunden habe, als ich dich das erste Mal gesehen habe. Ich habe mich sofort zu dir hingezogen gefühlt, und so geht es mir immer noch. Nicht nur wegen deines Aussehens, Lizzie, obwohl du verdammt sexy bist und schöner als irgendeine Frau, die ich je gesehen habe.«

Sie errötete und ihm wurde warm.

»Sondern einfach wegen dir, Lizzie. Wegen allem an dir. Wie konzentriert und organisiert du auf der Hochzeit warst. Und wenn ich in den Laden komme, versuchst du immer, dich um alle zu kümmern, damit sich niemand ausgeschlossen fühlt. Du passt mit einer Heftigkeit auf Maddy auf, die über deine liebe Persönlichkeit hinwegtäuscht. Und wie du dich bewegst, als wüsstest du nicht, dass du das süßeste Mädchen auf der Welt ...«

»Oh mein Gott.« Sie schlug sich die freie Hand vors Gesicht. »Du trägst ganz schön dick auf, oder?«

Er zog die Hand von ihrem Gesicht und hielt auch diese fest. Ihre Hände waren zierlich und weich und passten so perfekt in seine, wie er es vermutet hatte.

»Nein«, widersprach er und hielt ihren Blick fest. »Ich sage nur die Wahrheit.«

Die Aufrichtigkeit in Blues Augen war atemberaubend. Wie konnte er so viel in ihr sehen? Andererseits, hatte sie nicht genauso viel in ihm gesehen, als sie ihm das erste Mal begegnet war? Er war der attraktivste Mann auf der Hochzeit gewesen, und sie hatte bemerkt, dass er sie beobachtete – hatte die Hitze seines Blickes gespürt, die sinnliche Wirkung seines Lächelns. In dem Moment hatte sie gewusst, dass sie sich fernhalten musste. Und seitdem ermahnte sie sich bei jeder Begegnung wieder, wiederholte wie ein Mantra, dass sie ein geheimes Leben führte, das sie niemandem erklären wollte. Schon gar nicht einem Mann wie Blue, der jede Frau haben konnte. Mit Sicherheit würde er nichts mit einer Frau zu tun haben wollen, die in ihrem Keller insgeheim *The Naked Baker* spielte.

Bei dem Gedanken, dass er es herausfinden könnte, wurde ihr ein wenig übel.

Sie aßen schweigend, während Blues Geständnis schwer zwischen ihnen hing und sie irgendwie näher zueinander zog, ehe sie gemeinsam zum Strand gingen, um sich zu den anderen am Lagerfeuer zu gesellen. Lizzie war nicht klar gewesen, wie viele Leute da sein würden, und war überrascht, Sky zu treffen. Sky hatte ein Tattoostudio neben P-town Petals und normalerweise sahen sie sich jeden Tag zumindest für ein paar Minuten, aber heute war Lizzie zu beschäftigt gewesen, um vorbeizuschauen. Sawyer spielte Gitarre, während sich Sky mit ihren älteren Brüdern Hunter und Grayson unterhielt.

Sky entdeckte Lizzie, quietschte erfreut und rannte über den

Sand, um sie in die Arme zu schließen. »Ich bin so froh, dass du da bist! Hunter hat mich vor einer Stunde angerufen und vom Lagerfeuer erzählt. Ich hab versucht, dich zu erreichen, aber du bist nicht rangegangen.«

»Ich muss das Handy überhört haben. Wir waren unterwegs, um ein Ersatzteil für meinen Ofen zu kaufen.« Lizzie beobachtete, wie Blue eine Decke für sie ausbreitete, und dachte noch immer an seine Worte. Er hatte sich ihr geöffnet, als hätte er über all das schon sehr lange nachgedacht.

Sky senkte die Stimme. »Und du bist mit *Blue* hier.« Sie hob die Brauen und zog ihre Jacke zu, als eine Meeresbrise ihr den langen weißen Rock um die Beine bauschte.

»Es ist kein Date, Sky«, sagte Blue kategorisch, als er sich auf die Decke setzte und neben sich klopfte, damit Lizzie sich zu ihm gesellte.

Sky beugte sich hinunter und umarmte Blue, während Lizzie sich neben ihn setzte. »Du bist ein Spielverderber. Es *sollte* ein Date sein.«

Als er mit den Schultern zuckte, fragte sich Lizzie, warum er Sky nicht sagte, dass sie diejenige war, die es nicht zu einem Date werden ließ. Sie hatte Sky nie erzählt, dass Blue sie in den letzten Monaten immer wieder gefragt hatte, weil sie ihre Gründe für die Absagen nicht erklären wollte – und nicht überredet werden wollte, zuzusagen. Schon jetzt drängte sie Sky mindestens einmal pro Woche, mit ihm auszugehen. Sie konnte sich gut vorstellen, was erst los wäre, wenn sie herausfand, dass er sie gefragt hatte. Lizzie hatte nicht viele Geheimnisse vor Sky, nur das und *The Naked Baker*. Sie wollte nicht mal daran denken, was Sky von diesem kleinen Abenteuer hielt.

»Ich hatte schon befürchtet, du hättest es dir anders überlegt«, sagte Hunter und warf jedem von ihnen ein Getränk zu.

»Ach was. Wir mussten nur erst das Heizelement kaufen«, erklärte Blue. Es war interessant, dass er sie vor ihren Freunden nicht drängte oder mit ihr flirtete, und sie fragte sich, was wohl der Grund dafür war. »Sawyer, der Song ist toll. Ist der neu?«

Sawyer legte seine Gitarre zur Seite und zog Sky auf seinen Schoß. »Ich hab ihn letztes Wochenende für Sky geschrieben.« Er schob ihr die Haare über die Schulter und gab ihr einen Kuss auf die Wange. Sawyer hatte sich als Profi-Boxer zurückgezogen und arbeitete als Trainer. Songs zu schreiben war eines seiner Hobbys. Er und sein Vater, der Dichter war und an Parkinson erkrankt, hatten kürzlich gemeinsam einen Gedichtband veröffentlicht.

Lizzie versuchte, sie nicht um ihre Beziehung zu beneiden, aber ihre Sehnsucht war nicht zu leugnen. Sie hätte nie gedacht, dass sie mit sechsundzwanzig keine feste Beziehung haben würde. Andererseits hätte sie auch nie damit gerechnet, dass sie nur mit einer Schürze bekleidet durch die Gegend tanzen würde, um Maddys Studiengebühren zu bezahlen. Das Leben war gut darin, ihr Steine in den Weg zu legen, doch auch wenn sie ihrerseits gut darin war, sie aus dem Weg zu räumen, bedeutete das nicht, dass sie sich in Momenten wie diesen nicht mehr wünschte.

»Blue, wann ist Cashs Hochzeit?«, wollte Sky wissen.

»Am sechzehnten.« Blue grinste Sawyer an. »Dank dir hab ich kein Date. Ich werde allein in den Big Apple fahren und mir die Frauen vom Hals halten müssen.«

Sawyer schmiegte sich enger an Sky. »Sie kann mit dir zur Hochzeit fahren. Ich werde sie heiraten, nicht ins Gefängnis sperren.«

»Als würde ich deine Verlobte für ein Wochenende entführen, damit ich nicht allein gehen muss.« Blue schüttelte den

Kopf. »So erbärmlich bin ich nicht.«

»Nimm doch Lizzie mit!« Sky riss begeistert die Augen auf und Lizzie blieb beinahe das Herz stehen.

Der hoffnungsvolle Ausdruck in Blues Augen zupfte an dem Teil in ihr, der wünschte, die Verpflichtungen des Webcasts nicht zu haben. Ein Wochenende mit Blue in New York City hörte sich nach der perfekten Abwechslung an.

»Ich muss mich um den Laden kümmern.« *Und den Webcast aufnehmen.*

»Die Hochzeit ist am Wochenende«, widersprach Sky. »Ich passe für dich auf den Laden auf.«

Übernimmst du auch den Webcast?

Ihre Show hatte so viel Dynamik entwickelt, dass sie nicht mal eine Episode auslassen konnte. Andernfalls würden die Einschaltquoten und die Einnahmen dramatisch sinken. Wie schön wäre es, den Webcast jemand anderem zu überlassen und das Leben ohne Scham und die ständige Verantwortung zu genießen!

Wunschträume.

Sie brauchte das Geld für Maddy und würde die Sache so lange durchziehen, wie es sein musste. Bei jeder Folge hatte sie die Hoffnung, dass es die ganz große Nummer sein würde. Die Folge, mit der sie genug Geld verdiente, um die ganze Sache zu beenden. Ihr Alltag war ermüdend: Zusätzlich nahm sie nach Feierabend am Montag und Donnerstag die Folgen auf und bearbeitete sie Dienstag und Freitag. Am Mittwoch und Samstag lud sie die Folgen hoch und musste sich dabei immer die ersten Minuten ansehen, um sicherzugehen, dass es keine technischen Schwierigkeiten gab, sodass sie nur am Sonntag frei hatte – und das auch nur, wenn sie keine Folge neu aufnehmen musste.

»Freitag oder Samstag kann ich mir wirklich nicht freinehmen, und wenn du dich um meinen Laden kümmerst, fehlt dir das Einkommen aus deinem Studio.« Lizzie spürte, wie Blue auf der Decke über ihre Hand strich. Die Hoffnung in seinem Blick verwandelte sich in Verständnis.

»Ist schon okay, Lizzie. Sie ist einfach aufdringlich.« Er sah Sky finster an. »Ich brauche keine Begleitung. Es wird schön sein, mich auf meine Familie konzentrieren zu können.«

»Ich liebe deine Familie«, sagte Sky.

»Da wir gerade von Familie sprechen«, warf Lizzie ein. »Mir ist gerade eingefallen, dass ich Maddy nächstes Wochenende zum Essen bei meinen Eltern abholen muss.« Maddy ging in Harborside aufs College, etwa eine Stunde vom Cape entfernt.

»Wie geht's deinen Eltern?«, fragte Sky und grinste neckend.

Margaret und Vernon Barber waren eine beständige Größe in Lizzies Leben. Ihre Mutter war liebenswert und hakte nie zu viel nach, und ihr Vater war ein großer Mann mit strikter Moral.

»Sie sind so anständig wie immer«, antwortete Lizzie. Sie machte sich jedes Mal Sorgen, dass ihre Familie von dem Webcast erfahren haben könnte, wenn sie sie besuchte – und sie wusste, dass ihre Eltern nicht gut darauf reagieren würden. Dabei kam ihr das Wort *Verstoßen* in den Sinn und darüber wollte sie nicht nachdenken.

»Bei dir klingt es, als wäre das schlecht.« Erneut berührte Blue ihre Hand und ihr wurde ganz warm.

Blue hatte sich so sehr auf sie und alles, was sie sagte, eingestimmt, und wenn sie sich nah waren, knisterte es geradezu. Sie versuchte, nicht daran zu denken, während sie antwortete. »Nein, es ist nichts Schlechtes, aber es spielt bei ihnen eine große Rolle. Meine Eltern haben nie zugelassen, dass Maddy und ich ausgehen, nicht mal auf der Highschool. Und sie haben sehr darauf geachtet, was wir tragen – *Zuknöpfen, Mädchen, ihr wollt doch niemandem eine Show bieten.*« Bei der Erinnerung wand sie sich innerlich. Die Schleck-Liste hatte ihr eine Tür geöffnet. Als ihr Vater krank geworden war und eine Freundin vorgeschlagen hatte, mit Webcasts Geld zu verdienen, hatte sie die Idee sofort abgelehnt. Doch später an dem Abend, als sie ihrer geheimen Schleck-Liste einen Punkt hinzugefügt hatte, war ihr klar geworden, dass sie vielleicht doch dazu beitragen konnte, Geld für ihre Bildung zu sammeln – mit einem versteckten Webcast. Das stand in krassem Gegensatz zu ihrer Erziehung, aber es war auch ein Ventil für eine Seite an ihr, mit der sie sich in der Öffentlichkeit nicht wohlfühlte. Und als dann das erste Geld hereinkam, schämte sich Lizzie mehr und mehr für das, was sie tat, und fürchtete, ihre Eltern und Freunde könnten es erfahren. Aber als sie die Sache gerade hatte aufgeben wollen, hatten sie Geld für Maddys Collegestudium gebraucht. Da hatte sie auf keinen Fall aufhören können. Sie würde alles für Maddy tun, selbst wenn es bedeutete, ihre eigenen Beziehungen zu gefährden.

»Ich liebe meine Eltern. Mir geht nur gerade viel durch den Kopf.« Sie stand auf, denn sie wurde nervös, wenn sie an ihre Eltern und *The Naked Baker* dachte.

»Machst du dir Sorgen um deinen Ofen?«, fragt Blue und erhob sich ebenfalls.

Nicht zum ersten Mal wünschte sie sich, jemanden zu haben, dem sie von ihrem Doppelleben erzählen konnte, doch tief in ihrem Inneren schämte sie sich so sehr, dass sie sich nicht mal dazu durchringen konnte, es auch nur Sky anzuvertrauen.

Sie zuckte mit den Schultern.

»Ich hab eine Idee.« Blue schüttelte die Decke aus. »Hey,

Leute. Wir sind zwar gerade erst gekommen, aber wir gehen noch spazieren, bevor wir zurück müssen, um Lizzies Ofen zu reparieren.«

Ein Spaziergang?

»Geht nur. Viel Spaß.« Sky scheuchte sie viel zu begeistert weg. »Wir sehen uns morgen, Lizzie.«

»Klingt gut«, brachte Lizzie heraus, bemüht, nicht darüber nachzudenken, was ein Spaziergang mit Blue bedeuten könnte, oder daran, dass seine Hand schon wieder an ihrem unteren Rücken lag. Sie hatte so viele Monate damit verbracht, ein Date mit ihm zu vermeiden, und nun hatte sie an einem einzigen Abend bereits mehr Zeit mit ihm verbracht als im gesamten letzten Jahr. Zu ihrer Überraschung mochte sie das Flattern in ihrem Bauch und die Vorfreude, die an ihrer Wirbelsäule prickelte.

Vier

Als sie sich vom Lagerfeuer entfernten, wehte eine Brise vom Wasser herüber und brachte den Geruch von Meer mit sich. Lizzie runzelte die Stirn, und Blue war zwar klar, dass er sie stärker dazu drängte, mit ihm allein zu sein, als er vorgehabt hatte, aber Himmel, sie sah aus, als würde ihr Kopf auf Hochtouren laufen. Er wusste, dass es in ihrer Natur lag, sich um zwanzig Dinge gleichzeitig zu kümmern, aber selbst der Duracell-Hase brauchte mal eine Pause.

»Du bist also in einem konservativen Elternhaus aufgewachsen?«, fragte er, um das Eis zu brechen. Ihm gefiel die Tatsache, dass sie noch nicht versucht hatte, seine Berührung abzuschütteln.

»Das könnte man so sagen. Was ist mit dir? Ich hab ein paar deiner Brüder kennengelernt, und sie haben nicht sehr konservativ gewirkt, aber ...« Offensichtlich wollte sie nicht über ihre Kindheit sprechen. Sie betrachtete die Wellen, die ans Ufer schlugen, und das Mondlicht erhellte ihr Profil, hob ihre leichte Stupsnase, ihre hohen Wangenknochen und ihre unglaublich verlockenden Lippen hervor, die er so gerne küssen wollte.

Blue brauchte einen Moment, um sich wieder zu fassen, ehe er antwortete. »Mein Vater ist ein prinzipientreuer Mann.

Familie, Loyalität und Arbeitsmoral sind ihm sehr wichtig. Er hat uns seine Vorstellung davon, wie ein Mann sein sollte, eingeimpft und dabei wohl vergessen, dass meine Schwester Trish ein Mädchen war, denn ihr hat er dieselben strengen Standards abverlangt. Wahrscheinlich hat sie es deshalb in ihrer Schauspielkarriere so weit gebracht – mit bloßer Willenskraft und dem Verlangen, besser als alle anderen zu sein.«

»Ich wusste, dass sie Schauspielerin ist, aber wenn du sagst, sie will besser als alle anderen sein, meinst du damit, dass sie arrogant ist?«

Blue lachte. »Nein. Meine Schwester ist alles andere als arrogant. Sie liebt einfach den Wettbewerb. Selbst als wir noch Kinder waren, hat sie immer versucht, mit mir und unseren vier Brüdern mitzuhalten, und wir waren ein zäher Haufen. Wir haben ständig gerauft und sind wild herumgerannt.«

»Klingt, als hättest du mit deinen Geschwistern viel Spaß gehabt. Was machen deine Eltern?« Lizzie blieb stehen und sah hinaus aufs Wasser.

»Mein Vater ist einer der Gründer des Rettungsdienstes East Coast Search and Rescue.« Blue war immer stolz auf seinen Vater gewesen, und auch darauf, wie er erzogen worden war. »Ich denke, man kann von ihm sagen, dass er ein aufrechter Typ ist und keinen Unsinn duldet vom Thema Verantwortung bis zur Frage, wie man andere behandelt. Meine Mutter war weniger streng. Sie war nicht berufstätig und hat immer was Gutes gebacken, bei unseren Schulprojekten geholfen und Deckenburgen mit uns gebaut. Solche Dinge.«

»Das klingt wundervoll. Meine Mom ist ganz anders. Sie liebt uns, war aber nie der Typ Mutter, der sich mit den Kindern zum Spielen auf den Boden setzt. Aber ich werde so sein. Ich werde auf jeden Fall eine Mom sein, die backt und

Deckenburgen baut. Ich möchte, dass meine Kinder jedes Mal lächeln, wenn sie an mich denken.«

»Lächelst du nicht, wenn du an deine Mom denkst?« Blue beobachtete, wie sie den Blick wieder zu Boden richtete, und seine Brust zog sich zusammen. Er würde alles tun, um sie zum Lächeln zu bringen. Er wollte sie in die Arme schließen, bis sie wieder lächelte, in der Zeit zurückreisen und ihr die Kindheit schenken, die sie gerne gehabt hätte. Aber er war dankbar, dass sie hier war und allein mit ihm an diesem wunderschönen Strand im Mondschein spazieren ging. Er wollte nicht, dass sie sich bedrängt fühlte, also hielt er sich zurück.

Vor ihren Freunden hatte er darauf geachtet, seine Gefühle für Lizzie nicht einmal anzudeuten. Sie hatte ihn so oft abgewiesen und er wollte sie nicht in Verlegenheit bringen, auch wenn er sehr gegen das Verlangen hatte ankämpfen müssen, sie in seine Arme zu ziehen, wie Sawyer es mit Sky getan hatte. Als Lizzie ihm das erste Mal einen Korb gegeben hatte, hatte er Sky bewusst nicht davon erzählt. Wer räumte schon gern eine Niederlage ein? Das Letzte, was er brauchte, war, dass Sky Lizzie Druck machte, mit ihm auszugehen. Er wusste tief in seinem Herzen, dass sie sich genauso in ihn verlieben würde, wie er ihr verfallen war, wenn sie jemals ihre Meinung ändern und wirklich mit ihm ausgehen würde.

»Manchmal«, antwortete Lizzie und riss ihn wieder in die Gegenwart. »Aber viel öfter denke ich darüber nach, was sie von mir halten würde, wenn sie wüsste, wer ich wirklich bin.« Als hätte sie sich dabei ertappt, unbewusst etwas ausgeplaudert zu haben, fügte sie schnell hinzu: »Ich meine, sieh dir an, wie kurz meine Hose ist. Sie würde das auf jeden Fall für ordinär halten.«

»Ordinär zu sein hat viel mehr mit der Einstellung zu tun als mit der Kleidung, und du bist innerlich viel zu schön, um jemals ordinär auszusehen.«

Sie zitterte in der Brise. Am Cape war es nachts immer kühl und die Meeresbrise machte es nicht besser. Er würde sie jetzt gern auf seinen Schoß ziehen und eine Decke über ihre Beine legen. Er hätte vorhin vorschlagen sollen, dass sie etwas anderes als diese kurze Hose anzog, aber er hatte nicht klar denken können, als sie so unerwartet zugestimmt hatte, ihn zu begleiten. Stattdessen legte er ihr die Decke über die Schultern und schlang dann einen Arm darum, damit sie nicht herunterfiel. Hoffentlich würde sie das etwas warm halten. Lizzie drehte sich zu ihm und zitterte nicht mehr.

»Danke«, sagte sie leise. Ihre Lippen schienen immer zu lächeln, aber nun waren sie leicht geöffnet und sie sah ihn an, als überlegte sie, ob sie sich an ihn lehnen sollte, so wie er darüber nachdachte, ob er die Initiative ergreifen und sie küssen sollte.

»Lizzie.« Er war von seinem eigenen Flüstern überrascht. Doch wie sie da unter den Sternen standen, mit dem schimmernden Mondlicht auf dem Wasser und umgeben von Lizzies süßem Parfüm, überwältigten ihn die Gefühle, die er seit einem Jahr zu unterdrücken versuchte. Wenn er in einer Gruppe war, konnte er sich leichter ablenken, aber jetzt, da der Wind Lizzie das Haar ins Gesicht wehte, konnte er nicht mehr widerstehen und schob ihr die Strähnen hinters Ohr. Sie hatte seidiges, glänzendes Haar, und er hatte davon geträumt, seine Finger darin zu vergraben, während er ihren Mund eroberte und sie um den Verstand küsste. Diese einfache Berührung ihrer Haut verstärkte das Verlangen, das ihn erfasste.

Sie leckte sich über die Lippen, und das fühlte sich verdammt noch mal nach einer Einladung an, aber Blue wollte es nicht vermasseln. Mühsam versuchte er, nicht an ihren Mund zu denken und sich stattdessen auf etwas anderes zu konzentrieren. Irgendetwas.

Er nahm die Zipfel der Decke und drückte sie ihr in die Hand. »Hier. Das schützt vor dem Wind.«

Lizzie runzelte verwirrt die Stirn und das Verlangen brannte in ihren Augen. »Okay. Danke.«

Sie setzten ihren Weg über den Strand fort und Blue wusste, dass sich seine Selbstbeherrschung dem Ende neigte. »Wir sollten lieber zu dir fahren, um den Ofen zu reparieren, bevor« – *Ich dich in meine Arme ziehe und küsse* – »es zu spät wird.«

»Stimmt.«

Toll gemacht, Trottel. Jetzt ist alles noch verwirrender.

Als sie wieder zurückkamen, waren ihre Freunde schon weg und das Feuer gelöscht. Blue hatte gar nicht bemerkt, wie lange sie gelaufen waren. Auf dem Weg zu Lizzies Haus verfluchte er sich innerlich. Es war idiotisch gewesen, zuzulassen, dass sie sich so nah gekommen waren – und noch dämlicher, sie nicht zu küssen, als er die Chance gehabt hatte. Doch sie hatte deutlich gemacht, dass sie nicht mit ihm ausgehen wollte, was nur bedeuten konnte, dass er ihre Signale falsch interpretiert hatte.

Zurück im Haus folgte er ihr in den Keller und kniete sich neben den Ofen, um sein Werkzeug durchzusehen. Lizzie lehnte an der Arbeitsplatte und sah in dieser knappen weißen Hose verdammt heiß aus. Sie spielte am Saum seiner Kapuzenjacke herum, die sie immer noch trug, und lächelte. Er stand auf. *Mist, das war nicht hilfreich.* Sie war nur wenige Zentimeter entfernt, und als sie den Blick hob, um ihn anzusehen, hätte er schwören können, dass sich ihre Augen verführerisch verdunkelten. Als hätten seine Beine einen eigenen Willen, trat er näher. Die Luft um sie herum schwirrte vor Verlangen, und er konnte dem Drang nicht widerstehen, ihre Wange zu streicheln.

»Ich will das schon so lange tun.« Hatte Hunter ein Wahrheitsserum in den Drink gemischt? Was zur Hölle tat er da?

»Blue …«

Es war keine Warnung, und er war ziemlich sicher, dass sie ihn nicht bat, aufzuhören, aber er musste sich vergewissern.

»Ich kann nicht anders, Lizzie. So nah hast du mich noch nie kommen lassen. Ich werde nicht weitergehen. Ich will nur …« *Ich will dich küssen.*

»Ich tue dir nicht gut«, sagte sie so leise, dass er sie beinahe nicht hörte.

Suchend sah er ihr in die Augen, aber sie verrieten nichts. »Was soll das heißen?«

Sie hielt seinem Blick stand. »Es heißt, dass wir uns nicht zu nah kommen sollten.«

»Lizzie …«

Sie legte ihm einen Finger auf die Lippen. »Das ist nicht leicht für mich. Es war schön mit dir heute Abend, und es war toll, mal wegzugehen, dich besser kennenzulernen und so viel zu … fühlen.«

Das *Aber* war deutlich herauszuhören, und er befürchtete, ihre Verbindung würde gleich abbrechen. Also legte er ihr eine Hand in den Nacken und trat noch einen Schritt näher. »Ich verstehe nicht.«

Sie senkte den Blick und schloss einen Moment lang die Augen. »Es tut mir leid«, sagte sie, als sie ihn wieder ansah.

»Du empfindest nicht so wie ich? Als wäre da eine Kraft, die uns zueinanderzieht?«

»Ich empfinde …« Sie schluckte schwer. »Ich hab das Gefühl, dass ich dir verfallen könnte, wenn du mich küsst.«

Lieber Gott, danke für die kleinen Gefallen. Er konnte ein Lächeln nicht unterdrücken. »Und?«

Sie biss sich auf die Unterlippe. »Und das wäre nicht gut. Für dich. Vertrau mir. Ich werde dich nur enttäuschen.«

»Lizzie Barber, du bist eine kluge, wunderschöne Frau, aber lass mich das doch bitte selbst entscheiden.«

Lizzie versuchte wirklich, dem Drang zu widerstehen, Blue zu küssen, aber alle Mächte schienen sich gegen sie gewandt zu haben. Vielleicht war das die Strafe dafür, ihrer Familie etwas zu verheimlichen oder ein Doppelleben zu führen, aber sie war sicher, dass es ein Test ihrer Stärke war. Blue roch würzig und erdig und seine Hand lag heiß in ihrem Nacken. Er war muskulös und stark, seine Berührung jedoch sanft und gleichzeitig irgendwie besitzergreifend. Seine Hand in ihrem Nacken weckte in ihr den Wunsch, seine rauen Hände überall auf ihrer nackten Haut zu spüren. Sie wollte wissen, wie sein Mund schmeckte und ob seine Küsse hart oder sanft waren, ob er mit seiner Zunge vorsichtig erkunden oder fordernd erobern würde. Sie wollte jeden Punkt ihrer Schleck-Liste abarbeiten und sich vielleicht sogar an ihre Sex-Liste wagen. Noch nie hatte sie einen Mann kennengelernt, bei dem sie anständig und gleichzeitig schamlos sein wollte, aber in Blues Augen konnte sie sowohl den Gentleman als auch den Bad Boy erkennen. Es war eine verlockende Kombination, der sie vielleicht nicht lange widerstehen konnte. Aber sie war ihm den Versuch schuldig.

Seit einem Jahr fragte er sie. *Ein Jahr.* Welcher Mann bemühte sich ein Jahr lang um eine Frau?

Welche Frau weist jemanden ab, der so wundervoll ist wie Blue?

»Blue ...«

Bevor sie noch etwas sagen konnte, küsste er sie. Ihr Kopf schaltete sich ab und ihre Beine gaben nach. Haltsuchend krallte sie sich in sein Shirt, während er über ihre Unterlippe leckte und sie neckte, bevor er seine Zunge in ihren Mund gleiten ließ und ihre Zunge umspielte. Blue hatte es nicht eilig. Er vertiefte den Kuss und erkundete ihren Mund langsam, als würde er jede Sekunde des heißesten, leidenschaftlichsten Kusses aller Zeiten genießen. Ebenso wie sie. Es war lange her, seit sie einen Mann geküsst hatte, aber sie konnte sich nicht daran erinnern, dass es sich je so angefühlt hatte. Ihr gesamter Körper stand in Flammen, und was zum Teufel machte ihr Bein da? Glitt es an seinem Oberschenkel hinauf? Sie drückte die Hüften gegen ihn und – *Grundgütiger* – er stöhnte. Stöhnte! Als würde er sagen: *Gib. Mir. Mehr.* Sie klammerte sich an seine Schultern, aber das reichte nicht annähernd. Als sie versuchte, mit seinem Oberkörper zu verschmelzen, krallte sie ihre gierigen Finger in seine Haare und vertiefte den Kuss, doch auch das reichte noch nicht.

Ihr Handy vibrierte und widerwillig konzentrierte sich ihr benebelter Verstand wieder. Blues Hand lag auf ihrem Rücken, die andere hatte er in ihre Haare geschoben und mit seinem talentierten Mund schaltete er eine Gehirnzelle nach der anderen ab.

Oh ja. Bitte!

Ihr Handy vibrierte erneut und dann drehte sich die Welt rasend schnell. Sie hörte ein Stöhnen und stellte fest, dass es von ihr kam. Sie hatte kein Recht, ihm etwas vorzumachen. Lizzie versuchte, sich von ihm loszureißen, aber das stellte sich als schwierig heraus. Seine Küsse vereinnahmten sie. Sie wollte hier in seinen Armen bleiben, seinen Mund auf ihrem wissen und sein Herz so heftig schlagen spüren, dass es sich anfühlte, als wollte es in ihren Körper wandern.

Sie mussten aufhören. Es konnte nirgendwohin führen. Er würde keine Freundin wollen, die insgeheim *The Naked Baker* aufnahm, und sie konnte das nicht aufgeben, bis Maddy ihren Abschluss hatte. Die Realität weigerte sich, sich beiseiteschieben zu lassen. Verfluchte Realität! Lizzie drückte ihre Hand fest auf seine Brust, um ihn mit aller Kraft wegzuschieben, während sie gierig Luft holte. Er blinzelte ein paar Mal wortlos und sie krallte sich mit beiden Händen in sein Shirt.

»Sag was«, flehte sie. *Oh Gott, was haben wir getan?* Ihre Freundschaft stand auf dem Spiel, und je länger er schwieg, desto schlimmer fühlte sie sich. »Blue!« Sie hatte die Stimme nicht erheben wollen, aber sie war wütend auf sich selbst, weil sie ihrem Verlangen nachgegeben hatte – und gleichzeitig auch, weil sie sich losgerissen und den Kuss unterbrochen hatte.

Er schüttelte den Kopf und verengte die Augen, als wäre sie für ihn bis jetzt nur verschwommen gewesen.

»Entschuldige. Es tut mir leid. Ich dachte …« Er rieb sich mit einer Hand übers Gesicht und trat einen Schritt zurück, aber sie hielt sich noch immer an seinem Shirt fest. Also legte er eine Hand auf ihre und lächelte.

»Wir können das nicht tun«, brachte sie mit dünner Stimme hervor.

»Warum nicht?« Er trat wieder auf sie zu und sie drückte sich gegen die Arbeitsplatte, besorgt, dass sie ihn sonst wieder küssen würde.

»Darum.«

»Das ist keine Antwort«, flüsterte er, während er über ihre Seite zu ihrer Taille strich und Hitze über ihre Haut schoss.

»Ich kann nicht«, sagte sie, obwohl ihr die Stimme in ihrem Kopf sagte, dass sie den Mund halten sollte. »Mein Leben ist verrückt.«

»Meins auch.«

»Es ist kompliziert.« Was für eine lahme Ausrede, aber etwas Besseres fiel ihr nicht ein, dafür hatte dieser Kuss sie zu sehr aus der Bahn geworfen.

»Wir finden eine Lösung.« Sein Gesichtsausdruck war ernst, seine Stimme aufrichtig und seine Hand an ihrer Hüfte jagte kleine Funken des Verlangens durch ihren Körper. »Lizzie, ich will seit einem Jahr mit dir ausgehen. Wie kannst du nach diesem Kuss Nein sagen? Ich weiß, dass deine Emotionen auch verrücktspielen. Ich konnte es in dem Kuss spüren.«

Verrücktspielende Emotionen? Noch nie hatte sie ein so wildes Verlangen gespürt und sich so in einem Mann verloren. Sie löste seine Finger von ihrer Taille und zwang sich, zu sprechen. »Wir sollten den Ofen reparieren.«

»Es gibt einen Grund, warum ich nie aufgehört habe, dich um ein Date zu bitten.« Sein Tonfall war sanft, seine Worte jedoch entschlossen. »Ich wusste einfach, dass wir zusammen sein sollen, und nach diesem Kuss bin ich mir ganz sicher. Ich werde nicht weggehen, Lizzie.«

»Ich bitte dich nicht, zu gehen. Es ist nur … *Das* können wir nicht tun.«

Er runzelte die Stirn. »Du bittest mich also nicht, zu verschwinden? Du gehst wieder mit mir aus?«

»Das war kein Date.« *Ich bin so was von erledigt.* Solo-Sex in der Dusche würde nach diesem Kuss auf keinen Fall mehr reichen.

»Stimmt.« Er lächelte. »Geh morgen mit mir aus.«

»Blue …«

Er trat einen Schritt zurück und hob ergeben die Hände. Sofort vermisste sie deren Hitze auf ihrer Haut.

»Als Freunde«, fügte er hinzu. »Geh morgen als Freundin mit mir aus.«

Sie musste immer noch ihren Webcast bearbeiten. Eigentlich sollte sie schon fertig sein, aber sie hatte den ganzen Abend verschwendet. *Nein, ich habe nicht eine Sekunde verschwendet.* Sie würde die ganze Nacht an dem Video sitzen und am Samstag erschöpft sein. Auf keinen Fall sollte sie zustimmen.

Sie sollte nicht ja sagen. Sie sollte nicht lächeln. Warum lächelte sie? Warum berührte sie seinen Arm? *Gott!* Was stimmte bloß nicht mit ihr? Sie versuchte, ihre Hand von seinem muskulösen Unterarm zu nehmen, aber seine Haut war warm, seine Muskeln hart und sein verführerischer Blick nahm ihr erneut die Fähigkeit, klar zu denken.

Ach, zum Teufel damit. Noch einmal ausgehen. Als Freunde. Das konnte sie schaffen, oder nicht?

»Okay.«

Fünf

Blue tigerte mit dem Handy am Ohr im Schlafzimmer seines Cottages am Bowers Bluff herum und verzog das Gesicht, während er sich Dukes Beschwerden über Trishs neueste Rolle anhörte. Es war Samstagnachmittag und er hatte bereits die letzten Bodendielen in den Schlafzimmern verlegt. Eigentlich sollte er müde sein, nachdem er bis nachts um eins Lizzies Ofen repariert hatte und dann bei Sonnenaufgang aufgestanden war, um zur Arbeit zu gehen. Aber er war nicht müde, er fühlte sich frisch und belebt.

»Ich verstehe einfach dein Problem nicht«, erwiderte Blue, als er die Treppe hinunterging. »Sie ist Schauspielerin, Duke. Was soll sie denn deiner Meinung nach tun? Die lukrativsten Rollen ablehnen?«

»Moment mal kurz, B.« Seine Geschwister nannten ihn schon B, solange er denken konnte.

Während er auf Duke wartete, trat Blue in die Küche und bewunderte die Schränke, die er gebaut hatte, und sofort wanderten seine Gedanken zurück zu Lizzie und ihrem Kuss. Bedeutungslose Aufrisse waren schon länger nichts mehr für ihn, doch über die Jahre hatte er genügend Frauen gehabt. Blue liebte die Intimität beim Küssen. Er liebte die Nähe, das

Gefühl, wenn die Atmung einer Frau flacher wurde, der Druck ihrer Lippen, das Drängen oder das träge Genießen eines Kusses. Nach einem einzigen Kuss konnte er sagen, wie tief die Beziehung sein würde. Es gab oberflächliche Küsse – die Art, die er am Ende eines Dates sparsam verteilte, wenn es kein zweites geben würde. Dann gab es die hektischen, drängenden Küsse, die dem Sex vorausgingen. Leidenschaftliche, heiße, Ich-will-dich-Küsse. Die liebte er. Aber der beste Kuss war der allererste. Der Kuss, bei dem beide sich austesteten, auf die Reaktionen ihres Körpers achteten und die ihres Partners spürten. Abwarteten, ob die ersten Sekunden alles andere auf dieser Welt auslöschen konnten. Vor vierundzwanzig Stunden hätte Blue geschworen, dass sein erster Kuss mit Sarah Jane der intensivste seines Lebens gewesen war, aber nachdem er Lizzie geküsst hatte, wurde ihm klar, dass jeder andere Kuss und jede andere Frau im Vergleich dazu verblassten.

»Bin wieder da. Entschuldige, Kumpel.« Dukes Stimme holte Blue wieder zu ihrer Unterhaltung zurück.

Blue stellte sich vor, wie sich sein Bruder mit einer Hand durch die dichten Haare fuhr. Diese Angewohnheit hatten alle Ryder-Männer. Sich frustriert durch die Haare zu fahren, hatten sie sich bei ihrem Vater abgeguckt.

»Kein Problem. Hör zu, ich will nur sagen, dass Trish erwachsen ist. In ihrer Branche ist der Konkurrenzkampf groß. Sie wird die besten Rollen nehmen, die ihr angeboten werden. Sie ist kein Teenager mehr. Du kannst sie nicht kontrollieren.«

Duke lachte. »Als ob je jemand Trish kontrollieren konnte. Das weißt du. Ich will nur nicht, dass sie für immer als die Schauspielerin bekannt ist, die eine Rolle wie die Frau in *Fifty Shades of Grey* gespielt hat.«

Blue ging nach draußen. »Tja, komm drüber weg. Sie ist

selbstbewusst und in Hollywood verändern sich die Dinge schnell. In einem Jahr wird sich niemand mehr an diese Rolle erinnern.«

»Vielleicht hast du recht. Hey, hast du was von Jake gehört? Er ist vor zwei Tagen zu diesem Flugzeugabsturz in Colorado aufgebrochen und hat sich seitdem nicht gemeldet. Ich mache mir langsam Sorgen.« Jake war ihr jüngster Bruder. Er war in die Fußstapfen ihres Vaters getreten und arbeitete in einem Rettungsteam, weshalb er oft reisen musste. Er hielt immer engen Kontakt zur Familie, vor allem zu Duke. Als Ältester neigte Duke dazu, seine Geschwister intensiver im Auge zu behalten als die anderen, obwohl sie sich alle nahestanden.

»Nein, aber die haben da immer noch mit den Nachwirkungen zu kämpfen. Er wird sich melden, wenn er kann.« Blue nahm sich vor, Jake nach dem Telefonat eine Nachricht zu schreiben. Er trat einen Schritt zurück und bewunderte das Cottage. »Du solltest das Haus sehen. Mann, es sieht gut aus.«

»Ich kann es kaum erwarten. Hast du schon entschieden, was du mit dem Leuchtturm machst?«

»Noch nicht. Eins nach dem anderen.«

»Eins nach dem anderen?« Duke lachte. »B, seit du ihn zum ersten Mal gesehen hast, redest du nur noch von dem Leuchtturm. Warum die plötzliche Zurückhaltung?«

»Mir geht gerade etwas anderes durch den Kopf. Rate mal, mit wem ich heute ein Date habe?« Allein beim Gedanken an Lizzie musste Blue grinsen. Duke und ihm war Lizzie gleichzeitig auf der Hochzeit aufgefallen. Alle Männer der Ryders waren über eins neunzig groß, athletisch gebaut und klug. Blue musste zugeben, dass ihn in Bezug auf Lizzie ein gewisser Kampfgeist gegenüber seinem älteren, sehr erfolgreichen Bruder gepackt hatte. Und es fühlte sich verdammt gut an, als Sieger hervorzugehen.

»Echt jetzt? Lizzie geht endlich mit dir aus?«

»Ja, obwohl sie es nicht als Date bezeichnet. Aber ich hoffe, ihre Meinung in der Hinsicht noch zu ändern.«

»Du bemühst dich seit einem ganzen Jahr um sie. So überzeugt hast du seit *Du weißt schon wem* nicht mehr geklungen.«

Alle in Blues Familie waren so rücksichtsvoll, nicht oft über Sarah Jane zu sprechen, und wenn sie es taten, nannten sie sie nur selten beim Namen, was er sehr zu schätzen wusste. »Ich weiß. Erwähnen wir sie nicht, okay?«

»Das ist mehr als zehn Jahre her. Die Frau hat wahrscheinlich schon fünf Kinder von fünf verschiedenen Typen und Hängebrüste.«

»Duke.« Blue zuckte zusammen. »Du musst sie nicht so niedermachen.«

»Du hast wirklich Moms Gene geerbt, hm? Ich sag dir, du hättest damals mit jeder ihrer Freundinnen schlafen sollen. Dann hättest du dich sehr viel besser gefühlt.«

Blue war nie besonders rachsüchtig gewesen. Nachdem er Sarah Jane mit diesem Mistkerl erwischt hatte, war er wortlos aus ihrer Wohnung verschwunden und hatte nicht einen Blick zurückgeworfen.

Er unterhielt sich noch ein wenig mit Duke, und als sie das Telefonat beendet hatten, schrieb Blue seinem Bruder Jake eine Nachricht, um ihm vielleicht zumindest eine frotzelnde Antwort zu entlocken.

Alter, lebst du noch?

So, wie er Jake kannte, hatte er sich wahrscheinlich mit einer Frau in einem Hotelzimmer verkrochen. Das war seine Form der Stressbewältigung.

Blue schloss das Cottage ab und fuhr nach Hause, wobei er

an Lizzie dachte. Er war so froh, dass sie zugestimmt hatte, noch mal mit ihm auszugehen. Heute hatte er sich bemüht, nicht zu viel an sie zu denken, weshalb er im Cottage anstatt in ihrer Küche gearbeitet hatte, aber bei jeder Diele, die er verlegt hatte, war die Hoffnung gewachsen, dass sie noch ein Date und noch eins und noch eins haben wollen würde. Jetzt konnte er das wachsende Verlangen nicht abschütteln, dass sie vielleicht noch mehr als das wollen würde. Wenn es um die süße und sinnliche Lizzie Barber ging, reichte ein Kuss definitiv nicht aus.

Lizzie liebte alles an ihrem eigenen Blumenladen. Jeden Tag neue Leute kennenzulernen und von den wunderbaren Gerüchen der Natur und den umwerfenden Farben der Pflanzen und Blumen umgeben zu sein. Aber am meisten liebte sie die Lage von P-town Petals. Provincetown war eine vielseitige Stadt, in der außerhalb der Saison etwa dreitausend Menschen lebten. Im Sommer platzte sie jedoch mit fast fünfzigtausend Touristen aus allen Nähten und war immer Lizzies Lieblingsort gewesen. Die Stadt war für ihren Hafen, die Strände und besonders für die Diversität ihrer Kulturszene und ihre Regenbogen-Community bekannt. Jede Woche vibrierte die Stadt vor Begeisterung, wenn neue Touristen kamen und es verschiedene Veranstaltungen und Straßenkünstler gab. Selbst jetzt im Oktober waren noch viele Touristen da. Aber Lizzie wusste, dass die Straßen in etwa einem Monat wie leergefegt sein würden, während sich die Begeisterung dämpfte und die Anwohner ihre ruhigen Straßen wieder für sich beanspruchten.

Lizzie kassierte einen Blumenstrauß ab und begleitete den

Kunden nach draußen. »Vielen Dank.« Sie atmete tief die kühle Nachmittagsluft ein und bewunderte Skys Tattoostudio nebenan. Sky hatte Inky Skies kürzlich renoviert und die Fassade in einem leuchtenden Gelb gestrichen. Es passte zu den anderen bunten Läden auf der Commercial Street, wie das mit Graffiti bemalte Shop Therapy und der grellorange Süßwarenladen am Ende der Straße. Lizzies Laden war blassblau und um die Säulen davor wanden sich Blumen und Grün.

Sie winkte Sky durch die offene Tür zu. Ihre Freundin strahlte, als sie in einem ihrer langen Röcke und einem weichen, lilafarbenen Pullover nach draußen kam. Die dunklen Haare hatte sie sich auf dem Kopf zu einem unordentlichen Dutt gesteckt, wobei einige verirrte Strähnen ihr Gesicht einrahmten. Aber es war der verschmitzte Ausdruck in ihren Augen, der auch Lizzie dämlich grinsen ließ. Sie wusste, dass Sky Einzelheiten zu ihrem Abend mit Blue haben wollte, und allein der Gedanke daran ließ ihr Inneres verrücktspielen. Es waren Skys Nachrichten gewesen, die sie gestern Abend verpasst hatte, als Blue und sie sich geküsst hatten, und als sie ihr zwei Stunden später nach der Bearbeitung des Webcasts endlich geantwortet hatte, war sie immer noch verwirrt gewesen und hatte sich vage gehalten.

»War bei dir heute auch so viel los wie bei mir?«, fragte Sky und musterte die Touristen, die sich auf den Straßen tummelten. »Wissen die nicht, dass Oktober ist? Ich meine, ich freue mich übers Geschäft, aber, Himmel! Das war eine ziemlich hektische Saison.«

»Ja, es war der Wahnsinn. Das ist meine erste Pause heute und ich bin echt erledigt.« Nach dem Kuss mit Blue war sie in einer solchen Hochstimmung gewesen, dass die Videobearbeitung sie nicht wie sonst erschöpft hatte. Anschließend hatte sie hellwach im Bett gelegen, förmlich vibriert und an Blue gedacht, bis sie in den frühen Morgenstunden schließlich eingeschlafen war. Es war überraschend, dass sie überhaupt Energie hatte.

»Darauf wette ich.« Sky hob die Brauen. »Du hast mir erst nach drei zurückgeschrieben. Ich vermute mal, dass du dich sehr gut mit Blue amüsiert hast.«

Lizzie lachte. »Nicht so gut. Er hat meinen Ofen repariert und dann konnte ich einfach nicht schlafen.«

»Deinen Ofen repariert. Ernsthaft, Lizzie? Du weißt schon, mit wem du hier redest, oder?« Sky lächelte und stieß sie mit der Schulter an. »Einzelheiten, meine Liebe. Komm schon.«

»Ich habe keine Einzelheiten. Wir haben uns geküsst. Einmal.«

»Nur ein Kuss? War er so schlecht?« Skys Enttäuschung war ihr deutlich anzuhören.

»Nein. Er war *so* gut.« Sie zog Sky vom belebten Bürgersteig zur Tür ihres Ladens und senkte die Stimme. »Der Mann küsst, als wäre er dazu geboren. Ich glaube, er hat die Kunst der Verführung mit einem atemberaubenden Kuss perfektioniert.«

»Das ist gut, oder? Warum habt ihr also aufgehört? Als Sawyer und ich unseren ersten Kuss hatten, konnte ich kaum denken, geschweige denn aufhören.«

»Ja, nun, es war definitiv nicht leicht.« Das war noch milde ausgedrückt. Sie hatte sich die ganze Nacht selbst in den Hintern getreten, weil sie sich aus dem Kuss gelöst hatte. Sie wünschte, sie hätte ein normales Leben, ohne belastende Geheimnisse, doch sie hatte sich die Suppe eingebrockt, also musste sie sie auch auslöffeln. »Aber Blue ist dein bester Freund. Na ja, jedenfalls bis du Sawyer kennengelernt hast, und wir beide wissen, dass er kein Player ist und sein letztes Hemd einem Fremden geben würde. Er ist … perfekt.«

»Und?«

»Und er kann es wohl kaum gebrauchen, dass ich sein Leben kompliziert mache.«

Sky verdrehte die Augen. »Du bist das Beste, was ihm je passiert ist. Du bist das Gesamtpaket. Umwerfend, klug und eine tolle große Schwester für Maddy. Du bist eine großartige Freundin, und ich bin sicher, dass du eine unglaubliche Partnerin wärst.«

Lizzie lächelte ein Pärchen an, das gerade ihren Laden betrat und die Kokedama – topflose Pflanzen, deren Wurzelballen in einer schicken Mooskugel verpackt waren – im Schaufenster bewunderte. Ob Sky sie auch noch für eine so unglaubliche Freundin oder Partnerin halten würde, wenn sie ihr Geheimnis erfuhr?

»Ich gehe besser rein, aber ich hab Blue versprochen, mich heute noch mal mit ihm zu treffen.«

»Wirklich?« Sky umarmte sie. »Das ist toll. Perfekt. Siehst du? Blue weiß, dass du die beste Frau bist. Ihr werdet super zusammen sein!«

Darüber machte sich Lizzie keine Gedanken. Nach dem Kuss gestern wusste sie, dass die Chemie zwischen ihnen großartig war. Sorgen machte ihr der Rest ihres Lebens, der mit seinem kollidieren würde.

Sie begrüßte das junge Pärchen im Laden. Die Frau berührte eine der Mooskugeln. Ihre langen dunklen Haare waren zu einem Pferdeschwanz gebunden, und als sie sich auf die Zehenspitzen stellte, legte ihr der Mann eine Hand auf den Rücken, genau wie Blue es bei Lizzie tat. Sie musste sich anstrengen, um das Verlangen zu unterdrücken, das sie bei der Erinnerung an seine Berührung überkam.

»Man nennt sie Kokedama. Kennen Sie das schon?«, fragte

Lizzie.

»Nein«, antwortete die Frau. »Aber sie sind ziemlich cool.«

»Das sind sie. Im Grunde sind es Erdklumpen, die durch Moos und Stricke zusammengehalten werden, statt in Töpfen zu stecken. Sie sind nicht schwer zu machen, sobald man das Prinzip einmal verstanden hat, und ich gebe jeden Monat einen kostenlosen Kurs. Diesen Monat findet er am Mittwochabend statt, falls Sie Interesse haben.« Lizzie hatte mindestens ein Dutzend Kokedama an der Decke hängen, und sie waren nicht nur ein perfekter Gesprächseinstieg, sondern auch Ausdruck ihrer Leidenschaft, einzigartige Pflanzenarrangements zu kreieren. Sie erklärte den beiden, wie so ein Kokedama entstand, und sie kauften zwei ihrer Lieblingspflanzen und meldeten sich für ihren Kurs an, bevor sie gingen.

Im Anschluss wurde Lizzie praktisch von Kunden überrannt. Sie war den ganzen Tag auf den Beinen, und als sie den Laden schließlich abschloss, war sie spät dran. Sie lehnte sich mit dem Rücken an die Tür, während sich die Erschöpfung schwer über sie legte. Sie war so müde, dass sie heute Abend nicht ganz bei Verstand sein würde, und schon gestern hatte es sie all ihre Kraft gekostet, den Kuss mit Blue zu unterbrechen. Wenn sie sich heute Abend küssten – und sie hoffte sehr, dass es dazu kommen würde –, konnte sie womöglich nicht aufhören.

Sie hatte bei Blue ein gutes Gefühl. Er war nicht nur angenehme Gesellschaft, sondern hatte sie bei ihrem Spaziergang auch angesehen, als wäre sie der Mittelpunkt des Universums. Sie konnte sich nicht daran erinnern, wann sie das letzte Mal jemand so angesehen hatte – wenn überhaupt. Sie wollte ihm näherkommen, wusste aber gleichzeitig, dass sie Abstand halten musste. Vielleicht sollte sie das Date doch absagen. *Es ist kein Date.*

Ihre Gedanken wanderten wieder zu dem Ausdruck, der in seinen Augen gelegen hatte, als er gesagt hatte, dass er nicht einfach verschwinden würde. Schon gar nicht nach diesem Kuss. *Diesem Kuss.* Der Kuss, bei dem ihr der Kopf schwirrte und ihr Körper an Stellen prickelte, von denen sie nicht einmal gewusst hatte, dass sie prickeln konnten. Wenn er das mit einem perfekten Kuss schaffte, wie würde es dann sein, einen Schritt weiterzugehen? Seinen Mund an ihrem Hals zu spüren, während er ihre nackte Haut streichelte? Ihre Brüste? Bei dem Gedanken wurde sie von einem Schauer erfasst.

Lizzie nahm das Handy aus ihrer Handtasche, während sie mit dem Gedanken spielte, das Ganze abzusagen, bevor sie zu tief hineingezogen wurde. Blue hatte ihr eine Nachricht geschrieben und trotz ihrer Sorge machte ihr Herz einen freudigen Satz.

Bleibt es bei unserem freundschaftlichen Treffen heute Abend?

Ihr Webcast lief heute, und sie sah sich immer die ersten paar Minuten an, um sicherzugehen, dass es keine technischen Probleme gab. Aber das konnte sie auch auf dem Handy überprüfen, wenn sie ausgingen. Sie wollte nicht absagen. Eigentlich wurde sie immer aufgeregter, je mehr sie daran dachte.

Bevor sie ihre Meinung ändern konnte, schickte sie ihm schnell eine Bestätigung und betete, dass es keine technischen Schwierigkeiten geben würde. Das kam nur selten vor, aber es würde zu ihr passen, dass gerade heute etwas schieflief. Sie schob die nervenaufreibenden Gedanken beiseite und sammelte die unverkauften Blumen ein. Was sollte sie damit machen? Lizzie verschwendete nur ungern etwas und teilte gern, was sie hatte. Deshalb brachte sie das Gebäck aus ihrem Webcast am Morgen nach der Aufnahme auf dem Weg zur Arbeit in die Obdachlosenunterkunft. Bei den Blumen hatte sie verschiedene Optionen, aber heute war Friedhofstag.

Ihr Handy kündigte eine weitere Nachricht von Blue an. *Super. Ich freue mich, dich noch besser kennenzulernen. Treffen wir uns in 20 min?*

In Wahrheit wollte sie ihn auch besser kennenlernen. Ihre Brust zog sich zusammen, als ihr klar wurde, dass es eine ganze Seite an ihr gab, die sie weder ihm noch sonst jemandem zeigen konnte. Doch dieses eine Mal würde sie sich davon nicht aufhalten lassen. Sie hatte sich gestern toll amüsiert. Und verdiente sie nicht einen weiteren Abend mit einem Freund? Es war ja nicht so, als würde sie mit ihm ins Bett hüpfen – obwohl ihr der Gedanke heute schon tausend Mal gekommen war.

Wenn er sie wirklich besser kennenlernen wollte, konnten sie gleich damit anfangen. *Ich bin spät dran. Tut mir leid! Fahre vorher noch zum Shore's Edge Friedhof. Treffen wir uns da?* Nachdem sie die Nachricht geschickt hatte, verstaute sie die Blumen in ihrer Tasche. Als sie den Laden verließ, bemerkte sie, dass sie für einen Besuch auf dem Friedhof viel zu aufgeregt war. Sie musste ihre Emotionen wirklich unter Kontrolle bringen, was, wie sie letzte Nacht herausgefunden hatte, in Blues Nähe keine leichte Aufgabe war.

Lizzie parkte am Friedhof unter dem Blätterdach der Bäume. Gerade als sie die Blumen vom Sitz nahm und ausstieg, fuhr Blues Pick-up auf den Parkplatz. Ein angenehmer Schauer durchfuhr sie, als er mit diesem sexy Lächeln ausstieg, bei dem sie vergaß, dass sie Abstand halten wollte.

»Das hatte ich mir für unseren Abend nicht unbedingt vorgestellt, aber ich bin dabei.« Er legte ihr eine Hand auf den Rücken und küsste ihre Wange. Er roch frisch, als hätte er gerade geduscht, wodurch ihr auffiel, dass sie es nicht getan hatte.

Sie hatte es so eilig gehabt, auf den Friedhof zu kommen – und Blue zu sehen –, dass sie nicht eine Sekunde lang über die Grundregeln eines Dates nachgedacht hatte.

Prima, Lizzie.

Aber es ist kein Date.

Vielleicht nicht, aber es fühlte sich ganz sicher danach an.

»Ich kann nicht glauben, dass du gekommen bist«, sagte sie aufrichtig.

Er trat näher und die Luft um sie herum wurde dünn. »Du glaubst doch nicht, dass ich Zeit mit dir ausschlagen würde, oder?«

Sie atmete abgehackt ein und füllte ihre Lunge mit seinem frischen, männlichen Duft. Alles, was sie zustande brachte, war ein Lächeln. Das hier war definitiv ein Date. Vielleicht hatte sie ihren Verstand austricksen können, um das Angebot anzunehmen, aber ihr Körper erkannte den Unterschied.

Ihr Körper sehnte sich nach diesem Unterschied.

Ihr Körper sehnte sich nach Blue.

Sie räusperte sich und versuchte, ihre verrücktspielenden Gedanken abzuschütteln. »Ich bin froh, dass du es nicht getan hast.«

»Besuchen wir ein bestimmtes Grab?« Blue folgte ihr und gemeinsam gingen sie die leichte Steigung über den Rasen hinauf zu dem Meer aus Grabsteinen.

»In gewisser Weise. Wenn ich Blumen übrig habe, die ich nicht mehr verkaufen kann, bringe ich sie manchmal zu den Gräbern, um die sich keiner kümmert.« Das hatte sie noch nie jemandem erzählt, und sie wusste nicht, wie er reagieren würde – oder warum sie ihn überhaupt hierher eingeladen hatte, wo sie es doch sonst geheim hielt.

Erneut legte er eine Hand auf ihren Rücken und schwieg. Sie mochte seine stille Akzeptanz genauso wie seine Hand, die sie geradezu elektrisierte.

»Manche Leute finden Friedhöfe abends unheimlich, wenn ihnen die Sonne kein Gefühl von Sicherheit vermittelt«, sagte Lizzie, als sie zwischen den Grabsteinen hindurchgingen. »Aber ich denke eher an all die Menschen, die hier begraben sind, und ich bin mir ziemlich sicher, dass sie es gern gehabt hätten, dass man sich an sie erinnert.«

»Jeder möchte, dass sich die geliebten Menschen an einen erinnern. Auf welche Gräber legst du die Blumen?«

Es gefiel ihr, dass sein Interesse groß genug war, um Fragen zu stellen. »Ich komme seit Jahren hierher, deshalb weiß ich, welche Gräber besucht werden und welche nicht. Manche Leute hinterlassen bemalte Steine oder Briefe, aber auf einigen Gräbern liegt nie etwas. Es kann knifflig sein, den Unterschied zu erkennen, aber das da drüben zum Beispiel.« Sie zeigte auf den Grabstein eines Kindes. »Es sieht wie alle anderen aus, richtig?«

Blue ließ seinen Blick über die anderen Grabsteine wandern. »Ja.«

Lizzie hockte sich vor das Grab, Blue tat es ihr gleich, sodass sich ihre Beine berührten und ihre Blicke trafen. Er machte es schon wieder. Er sah sie an, als gäbe es nichts Wichtigeres als sie, als würde ihr all seine Aufmerksamkeit gehören. Sie zwang sich, sich auf ihre Erklärung zu konzentrieren, obwohl sie sich einfach nur in den tiefen Emotionen verlieren wollte, die in seinen Augen schimmerten.

»Dieses Grab wird alle zwei Wochen besucht. Manchmal sind noch Blumenreste zu finden.« Sie deutete auf das Grab daneben. »Aber das da? Auf dem entdecke ich nie etwas.« Lizzie nahm eine Rose aus der Tasche und legte sie auf den Grabstein, ehe sie ihre Finger einen Augenblick auf dem kühlen Marmor ruhen ließ. »Ich frage mich, wie sie waren. War diese Person ernst und schüchtern oder aggressiv und unausstehlich?«

Sie schlenderten zwischen den Grabsteinen umher, seine Hand auf ihrem Rücken, und es fühlte sich ganz natürlich an, ihre Gedanken mit ihm zu teilen. »Ich frage mich, ob diese Menschen geliebt wurden und wen sie zurückgelassen haben.«

Blue nahm eine Blume aus der Tasche. »Darf ich?«

Lächelnd nickte sie.

Er hockte sich vor einen Grabstein und las nachdenklich die Inschrift. »Ich sehe keine Blumenreste. Die ist für dich, Helen Craft. Ich hoffe, dass dich gute Gefühle erreichen.« Er nahm Lizzies Hand, als er aufstand. »Ich hätte mir nie vorgestellt, dass du das tust, aber es überrascht mich nicht.«

»Ich bin sicher, dass ich viele Dinge tue, die du dir nicht vorstellen kannst.« Die Art, wie seine Mundwinkel zuckten, verriet ihr, dass er an etwas Unanständiges dachte. Sie liebte das verschmitzte Funkeln in seinen Augen, doch ihr Geheimnis wog zu schwer, um die Andeutung einfach so stehenzulassen. »So hab ich das nicht gemeint.«

»Ganz sicher steckst du voller Überraschungen, und ich kann es nicht erwarten, jede einzelne davon kennenzulernen.«

Wollen wir wetten?

Der goldene Schein des Mondes warf Schatten wie Erinnerungen über das Gras und in der Ferne stand das Pilgrim Monument wie ein Wachturm hinter den Bäumen. Blue war hunderte Male an diesem Friedhof vorbeigefahren, hatte aber nie darüber nachgedacht. Er beobachtete, wie Lizzie sich in Jeans und ihrem *P-town Petals*-T-Shirt vor ein weiteres Grab kniete und ihre Blume ablegte, während das Mondlicht in ihren nachdenklichen Augen schimmerte. Es war vielleicht kein typisches Date, aber an einem so unerwarteten Ort und ohne Ablenkungen Lizzies Hand zu halten, schien ihm der perfekte Abend zu sein.

»Warum siehst du mich so an?« Sie spielte am Bund ihrer Jeans.

Im Gegensatz zu anderen Frauen brauchte Lizzie keine besonderen Outfits oder viel Make-up. Sie war eine natürliche Schönheit, und nachdem er ihr bereits seit einem Jahr nah sein wollte, konnte Blue sich nicht vorstellen, sich zu jemand anderem noch mehr hingezogen zu fühlen. Er ging einen Schritt auf sie zu und strich mit dem Daumen über ihren Kiefer. »Es ist ein bisschen peinlich. Ich habe gerade bewundert, wie wunderschön und aufmerksam du bist.«

Selbst im Mondlicht konnte er die Röte auf ihren Wangen erkennen, als sie sich wieder in Bewegung setzten.

»Wie oft kommst du her?« Er wollte noch viel mehr über sie erfahren, aber obwohl sie seine Hand hielt, verriet ihm etwas in ihren Augen, dass sie immer noch sorgsam darauf achtete, ihn nicht zu nah kommen zu lassen.

»Etwa ein bis zwei Mal pro Woche. Ich bringe auch Blumen in die Einrichtung für betreutes Wohnen in Wellfleet, und manchmal verschenke ich sie an Touristen vor dem Laden oder bringe sie zum Polizeirevier oder zur Feuerwache.« Sie zuckte mit den Schultern, als wäre es keine große Sache, doch Blue wusste, wie hektisch es jeden Tag bei ihr zuging. Er hatte sie in Aktion gesehen und wusste, wie groß ihr Herz sein musste, um nach einem langen, anstrengenden Tag noch Zeit für so etwas zu haben, obwohl sie eigentlich müde sein müsste.

»Oh! Komm mit.« Ihre Augen weiteten sich begeistert, als sie ihn um einen großen Baum herum zu einem alten, brüchigen Grabstein zog, der mit Moos bewachsen war. Zusammen knieten sie sich davor hin. Ihr Lächeln war so strahlend, dass es sich um ein besonderes Grab handeln musste. »Das ist Henry.«

»Henry?«

Sie zog die unlesbare Inschrift auf dem Stein nach. »So nenne ich ihn. Ich hab eines Abends lange hier gesessen und versucht, den richtigen Namen zu entziffern, und wie du siehst, kann man nicht einen Buchstaben erkennen. Aber als ich hier so saß, kam mir der Name Henry in den Sinn. Also, das ist er.«

Seufzend legte sie die letzte Blume aus ihrer Tasche auf Henrys Grabstein, tätschelte ihn und lächelte Blue an. »Ich bin froh, dass du mit mir hier bist. Ich hab noch nie jemanden mitgenommen.« Ihr Blick richtete sich wieder auf den Grabstein. »Das fühlt sich gut an, nicht wahr?«

»Besser, als du dir vorstellen kannst. Ich fühle mich geehrt, dass du mir diesen Teil von dir gezeigt hast.« Blue nahm erneut ihre Hand und drückte sie leicht, um ihr zu zeigen, wie dankbar er war, miteinbezogen zu werden. Er tat viel für andere Menschen, aber es kam selten vor, dass jemand anderes auch etwas tat, ohne irgendeine Art von Anerkennung dafür zu erwarten. Er hatte das Gefühl, dass in Lizzie mehr steckte, als man auf den ersten Blick sehen konnte.

Hand in Hand gingen sie zurück zum Parkplatz, und als sie das Ende der Wiese erreichten, blieb Lizzie stehen und sagte: »Ich freue mich, dass du gekommen bist.« Sie lächelte ihn an und wie jedes Mal wurde er noch mehr von ihr angezogen.

»Ich freue mich, dass du gefragt hast.« Er trat näher.

»Tut mir leid, dass ich mich nicht umziehen oder duschen konnte.«

»Lizzie, du könntest voller Matsch sein und wärst immer noch wunderschön.« Er sah ihr tief in die Augen und sah, wie Verlegenheit darin aufblitzte. »Du bist wunderschön, Lizzie, egal, was du anhast.« Als er über ihre Wange strich, spürte er, wie sich die Haut unter seiner Berührung erhitzte. Er kämpfte gegen den Drang, sie zu küssen, konnte aber nicht verhindern, dass Worte hervorsprudelten. »Ich möchte dich küssen, hab aber solche Angst, dich zu verschrecken, dass ich jede Sekunde dagegen ankämpfe.« Er hielt ihren Blick fest, da er ihr den Kuss nicht wie letzte Nacht stehlen wollte. Dieses Mal wollte er Zustimmung, denn er musste wissen, dass sie es auch wollte.

»Wirklich? Das tust du?«

»Mehr als du dir vorstellen kannst.« Er zog sie in die Arme und sie krallte sich wie gestern in sein Shirt. »Was möchtest du, Lizzie? Sag es mir.«

Mit kleinen Schritten drehte sie sich so, dass Blue etwas abschüssig an dem kleinen Hang stand und sie auf Augenhöhe waren.

»Ich möchte, dass du mich küsst.« Sie drückte eine Hand flach auf seine Brust, fest und abwehrend. »Aber nur, wenn du mir versprechen kannst, dass wir nicht weitergehen. Denn ich vertraue mir selbst nicht und muss wissen, dass ich dir vertrauen kann.«

Sein Herz zog sich zusammen. Vertrauen bedeutete ihm alles. »Du bist sehr mutig.«

»Wie um alles in der Welt macht mich das mutig?«

»Und so süß, wenn du die Stirn runzelst. Es erfordert Mut, das einem Typen gegenüber zuzugeben. Was, wenn ich jemand wäre, dem du nicht vertrauen kannst? Man könnte dich so leicht ausnutzen.«

Sie krallte sich fester in sein Shirt und ihr Blick war scharf und abwägend. »Aber du bist jemand, dem ich vertrauen kann. Ich kenne dich seit einem Jahr. Ich weiß, was für ein Mann du bist, Blue, und ich vertraue dir. Darum geht es.«

»Und was ist mit dir, Lizzie? Bist du jemand, dem ich vertrauen kann?«

Wärme schimmerte in ihren Augen. »Fragst du mich, ob ich dich ausnutzen werde?«

Nichts wäre ihm lieber als das, aber den Gedanken behielt er für sich. »Nein, ich meine im Allgemeinen. Wenn wir zusammen wären, könnte ich dir vertrauen?«

Sie zog die Brauen weiter zusammen und etwas Unlesbares flackerte in ihren Augen auf. »Davon würde ich gerne ausgehen.«

Er berührte ihre Hand auf seiner Brust, und sie spreizte die Finger, um sie mit seinen zu verschränken.

»Du kannst mir immer vertrauen, Lizzie. Ich würde nie etwas tun, das dich verletzt.«

Sie stellte sich auf die Zehenspitzen, und als ihre Lippen nur noch einen Hauch voneinander entfernt waren, flüsterte sie bebend: »Dann küss mich, Blue. Bitte, küss mich.«

Jeder Muskel in Blues Körper spannte sich an, während er das ansteigende Drängen in ihm im Zaum hielt und sie mit herzzerreißender Zärtlichkeit küsste. Er berührte ihre weichen Lippen, während er versuchte, sie nicht mit der Intensität zu verschlingen, die in seinen Adern summte. Sie zog ihre Hand aus seiner und legte sie an seine Taille, und er zog sie näher, um den Kuss zu vertiefen, als er spürte, wie sich ihre weichen, nachgiebigen Kurven an ihn schmiegten. Das pure Vergnügen, ihren Körper zu spüren, entlockte ihm ein Stöhnen. Er hatte so lange darauf gewartet. Und dieser Kuss war so viel mehr als nur ein zweiter.

Er spürte, wie sie sich ihm öffnete und überließ. Sie musste die Wirkung wahrnehmen, die sie auf seinen Körper hatte, verstehen, wie schwer es war, so nah zu sein und gleichzeitig zu wissen, dass es nicht weitergehen würde, sie musste sein Verlangen mit jedem Zungenschlag schmecken können. Ihr musste klar sein, dass es jeden Funken seiner Selbstbeherrschung erforderte, seine Hände nicht über ihre üppigen Kurven wandern zu lassen. Er verlor sich in ihrem Kuss, in Lizzies Hingabe, aber er stand zu seinem Wort – bei Lizzie würde er das immer tun – und zwang sich, sich zurückzuziehen. Ein paar sanfte Küsse noch auf ihre Lippen, dann löste er sich ganz von ihr.

Beim Anblick ihrer halb geschlossenen Augen, ihrem entspannten Körper ganz ohne ihre üblichen Schutzschilde schlug sein Herz schneller. Er brauchte mehr, und sei es auch nur ein weiterer Kuss, eine Kostprobe, um der Frau näher zu sein, von der er schon seit Monaten träumte. Er legte die Hand in ihren Nacken und zog sie wieder näher.

»Lizzie«, flüsterte er an ihren Lippen, wollte sich vergewissern, dass sie es auch wollte. Blinzelnd öffnete sie die Augen. »Soll ich jedes Mal fragen, wenn ich dich küssen möchte, oder vertraust du mir genug, um mich einfach machen zu lassen?«

»Ich vertraue dir«, antwortete sie und ihre Grübchen zeigten sich.

»Danke«, murmelte er, ehe er ihren Mund wieder eroberte. Dieses Mal war er verlangender. Sie schmiegte sich an ihn, und er begrüßte die Hitze, als ihre Zungen wieder einen gemeinsamen Rhythmus fanden. Dieses Mal war ihr Mund noch süßer und heißer, als würde sie sich genauso in ihm verlieren wie er in ihr. Aber er hatte ihr ein Versprechen gegeben.

»Ich werde nie genug davon bekommen, dich zu küssen«, gestand er, als sie sich voneinander lösten.

»Ja.« Ihr atemloses Flüstern beschwor Bilder von ihr herauf, nackt und verlangend unter ihm, und ließ ihn stahlhart werden.

Es kostete ihn all seine Selbstbeherrschung, sie nicht zu packen, auszuziehen und zu lieben, bis keiner von ihnen mehr klar denken konnte.

Sie schlang die Arme um seinen Hals und drückte ihre Wange an seine Brust. In diesem Moment, mit den Sternen hell über ihnen und den Geräuschen des Meeres in der Ferne, wusste Blue, dass sie füreinander bestimmt waren.

Als sie sich mit einem verführerischen Blick zurückzog, musste er all seine Willenskraft zusammenkratzen, um sie nicht gleich wieder zu küssen. Stattdessen strich er ihr die Haare von der Schulter – zumindest eine kleine Berührung – und fragte: »Bist du bereit für unseren Ausflug?«

»Hm …« Sie lächelte ihn an. »Wie wäre es, wenn wir es ein Date nennen?«

»Ein Date. Wirklich? Du willst mit mir auf ein Date gehen?« Er nahm ihre Hand, als sie den Hügel zum Parkplatz hinuntergingen.

Sie stieß ihn spielerisch an. »*Du* willst mit *mir* auf ein Date gehen.«

Erneut zog er sie an sich und küsste sie. »Verdammt richtig.«

Sie stellten Lizzies Auto bei ihr zu Hause ab. Bevor sie wieder losfuhren, schlang Blue einen Arm um sie und hob sie über die Sitzbank zu sich heran, damit er locker einen Arm um sie schlingen konnte. Mit offenem Mund starrte sie ihn an.

»Du hast mich einfach hochgehoben!«

»Oh, Babe, du erhebst mich auch«, antwortete er grinsend. »Schnall dich besser an, damit wir keinen Strafzettel bekommen.«

Lizzie legte den Sicherheitsgurt an. »Machst du das mit all deinen Dates?«

Sie hatte keine Ahnung, wie besonders sie war. »Eigentlich hab ich das noch nie gemacht«, gestand er und umfasste das Lenkrad fester.

»Du hast mich wortwörtlich geschnappt und umgesetzt.« Sie verengte die Augen. »Das hat sich routiniert angefühlt.«

»Ernsthaft, ich hab das noch nie gemacht. Keine Ahnung, warum ich es gerade getan habe. Es fühlte sich einfach richtig an.« Er ließ den Motor an, dankbar, dass sie wieder mit ihm ausging. »Genau wie das.« Er drückte seine Lippen auf ihre und war sofort von ihrem Geschmack, ihrem Geruch und dem leisen ergebenen Seufzen hingerissen, als er den Kuss vertiefte.

»Wow«, flüsterte sie. »Dich zu küssen ist eine absolut sinnliche Erfahrung.«

»Tja, genieß es, denn mehr wirst du nicht bekommen. Sinnliche Küsse, das war's. Ich habe jemandem, den ich respektiere, ein Versprechen gegeben und habe nicht vor, es zu brechen.«

Ihr Kichern war das schönste Geräusch der Welt.

Sechs

Blue parkte vor dem Paintery, einem Restaurant, das gleichzeitig als Veranstaltungsort für Künstler diente. Zusätzlich zu den Kunststunden, die während des Essens angeboten wurden, traten hin und wieder Komiker oder Musiker auf. Das Gebäude war im Graffiti-Stil bemalt, mit bunten Blumen und dunklen, eindringlichen Tier- und Pflanzenbildern, die aussahen, als würden sie in einen tropischen Regenwald gehören, wodurch das Gebäude lebendig wirkte.

»Ich hätte dich nicht für den Paintery-Typ gehalten. Was für eine schöne Überraschung«, sagte Lizzie. »Ich war noch nie hier.«

»Ich auch nicht, aber ich dachte, da es kein Date sein sollte, wäre ein weniger romantischer Ort besser.« Blue hielt ihr die Tür auf und nahm im Vorbeigehen wieder ihre Hand.

Zwischen Blues Bitte, ihm zu vertrauen, und ihrem letzten Kuss hatte sich Lizzies Bedürfnis, Abstand zwischen ihnen zu wahren, gewandelt. Nun wollte sie ihm näher sein und den Abend als richtiges Date genießen. Mit Blue zusammen zu sein, ihn zu küssen und sich ihm zu öffnen, hatte sie daran erinnert, was es hieß, zu fühlen und sich selbst zu gestatten, jemandem nah zu sein. Sie hatten die platonische Grenze überschritten und befanden sich nun auf sinnlichem, prickelnden Gebiet. Lizzie wollte es erkunden, was sie reizte und ihr gleichzeitig Angst machte.

In den letzten Jahren hatte sie so dicke Mauern um sich gezogen, dass es schon eine große Sache war, sich einzugestehen, dass dieser Abend ein Date war. Und sie ermahnte sich, wie groß das Risiko war, diese Mauern einzureißen, als ihre Gedanken kurz abdrifteten und ihr einfiel, dass ihr Webcast in einer halben Stunde begann.

Sie folgten der Kellnerin an einigen runden Tischen mit Staffeleien vorbei zu einer Nische im hinteren Bereich. Auch dort standen sich zwei Staffeleien mit Farben gegenüber.

Blue beäugte das Ensemble. »Tja, das passt nicht, oder?« Er stellte die Staffeleien nebeneinander und die Farben und Pinsel auf eine Seite des Tisches, ehe er das Ganze von der Kante wegschob, sodass sie nebeneinander essen und malen konnten.

»Viel besser.« Er deutete auf die Bank. »Nach dir.«

»Das sieht für mich nicht sehr platonisch aus«, stichelte sie.

»Du hast gesagt, dass ich es als Date bezeichnen darf, also werde ich in die Vollen gehen und dir den Hof machen, bis du es zurücknimmst.« Er rutschte neben sie und beugte sich näher. »Und wenn der Abend vorbei ist, wirst du es nicht mehr zurücknehmen wollen.«

»Du bist ziemlich selbstsicher.« Und das sollte er auch sein. Blue war nicht nur attraktiver als alle anderen Männer, sondern auch ein Gentleman und wahrscheinlich der weltbeste Küsser.

Er legte einen Arm um ihre Schultern, öffnete die Karte und hielt sie vor sie, damit sie beide hineinsehen konnten. Auch das gefiel ihr.

Sie bestellten Getränke und teilten sich eine Vorspeise, was Blue einen weiteren Bonuspunkt einbrachte. Lizzie liebte es,

Mahlzeiten zu teilen. Alles schmeckte besser, wenn es jemand anderem gehörte. Ein paar Minuten später wurden ihre Getränke gebracht und die Bestellungen aufgenommen.

Blue hob sein Glas für einen Toast. »Auf unser erstes Date.«

Sie stießen an, und während Lizzie an ihrem Drink nippte, bewunderte sie den unglaublich attraktiven, selbstbewussten Mann neben sich. Sie hatte so erbittert gegen seine Anziehungskraft angekämpft, dass sie ihn erfolgreich als *Blue Ryder, Freund,* abgespeichert hatte. Geschafft hatte sie das mithilfe ihrer Liste von Gründen, warum zwischen ihnen nicht mehr sein konnte, die sie wiederholte wie ein Mantra – angefangen bei ihrer Freundschaft bis hin zu *The Naked Baker.* Doch wenn sie ihn jetzt ansah, konnte sie nur daran denken, wie viele Küsse sie in diesem Jahr verpasst hatte, wie viele Chancen, seine Hand zu halten, dieses Lächeln zu sehen, das nur für sie bestimmt war – und ihn besser kennenzulernen.

»Also, wie läuft das?«, fragte sie und betrachtete die Farben.

»Das Prinzip ist recht schwer. Wir nehmen die Pinsel.« Er reichte ihr einen. »Und dann malen wir.«

»Gut zu wissen, dass ein Date deine Klugscheißerfähigkeiten nicht einschränkt.« Sie dämpfte ihre Stichelei mit einem Lächeln. »Ich kann wirklich gar nicht malen.«

»Irgendwie bezweifle ich, dass du irgendetwas nicht kannst.« Er beugte sich vor, um sie zu küssen, und sie schloss die Augen, damit er nicht so schnell wieder aufhörte.

Sie hatte gewusst, dass es so sein würde, dass es sich richtig und gut und unglaublich natürlich anfühlen würde, Blues Zauber zu verfallen. Noch ein Grund, warum sie sich so lange dagegen gewehrt hatte, mit ihm auszugehen. Sie hatte gewusst, dass sie ihm nicht würde widerstehen können, wenn sie diese Tür einmal aufgestoßen hatte. Seine Lippen verweilten auf ihren, um den Kuss in die Länge zu ziehen, sodass sie sich atemlos nach mehr sehnte, als er sich schließlich zurückzog.

Mit den Fingerspitzen fuhr er durch ihre Haare und lehnte die Stirn an ihre. »Ich mag es wirklich, dich zu küssen.«

Weil sie fürchtete, etwas wie *Dann hör nicht auf* zu sagen, entschied sie sich für Schweigen.

»Möchtest du zu den anderen gehen oder wollen wir unser eigenes Ding machen?«

Ihr schwirrte von dem Kuss noch immer der Kopf. Anscheinend hatte Blue das bemerkt, denn er erklärte: »Als ich reserviert habe, wurde mir gesagt, dass wir malen können, was der Kursleiter vorgibt.« Er deutete auf einen großen Kerl, der von Tisch zu Tisch ging, sich die Gemälde ansah und kommentierte. »Oder wir werden abtrünnig und machen unsere eigene Sache.«

»Das will ich.« Sie fühlte sich ein wenig albern, weil der Kuss sie so benommen gemacht hatte. »Unser eigenes Ding.«

»Eine Frau ganz nach meinem Geschmack.« Er hielt ihren Blick fest, bis auf einmal sein Handy vibrierte, was sie daran erinnerte, dass sie nach ihrem Webcast sehen musste.

»Nimm du doch den Anruf an und ich gehe für kleine Mädchen. Dann können wir gleich in Ruhe malen.«

Blue rutschte von der Bank und nahm ihre Hand, um sie an sich zu ziehen. »Ist es kitschig, wenn ich sage, dass ich dich vermissen werde?« Er lächelte, doch seine Arme um ihre Taille und seine Muskeln an ihrem Körper fühlten sich zu gut an, um sich Gedanken darüber zu machen, ob irgendetwas kitschig war.

»Irgendwie gefällt mir kitschig.«

Erneut zog er sie in einen sinnlichen, prickelnden Kuss und als sie wegging, hielt er ihre Hand bis zum letzten Moment. In dieser Sekunde, in der er sie ansah und mit den Fingerspitzen streichelte, hatte sie das Gefühl, mitten in einem Film zu sein.

Wie auf Wolken ging sie zur Damentoilette, wurde aber wieder in die Gegenwart gerissen, als sich die Tür hinter ihr schloss. Sie holte ihr Handy hervor, um den Empfang zu überprüfen. Beinahe überall auf dem Cape war der Internet- und Handyempfang unregelmäßig. Sie hielt das Handy über ihren Kopf. Immer noch kein Empfang. *Verdammt.* Mit dem Handy in der Hand ging sie in den Flur, der zum Glück um eine Ecke ging, sodass Blue sie nicht sehen konnte. Endlich entdeckte sie einen Balken. Sie öffnete die Seite von *The Naked Baker* und spielte die neueste Folge ab.

Sie ging in dem schmalen Flur auf und ab, hielt sich das Handy über den Kopf und betete, dass niemand aus dem Gastraum kam. Ihr Herz hämmerte wie verrückt, während das Video quälend langsam lud, bis plötzlich ihre sexy Stimme zu hören war.

Mistmistmistmist. Gerade als Blue um die Ecke kam, schaltete sie das Video stumm.

»Hey, alles in Ordnung?« Er warf einen Blick auf ihr Handy, während sie den Bildschirm sperrte und es sich zurück in die Tasche steckte.

»Ja.« *Denk nach! Denk nach!* »Maddy hat angerufen, aber plötzlich war der Empfang weg.« Sie log allgemein nicht gern, aber Blue nicht die Wahrheit zu sagen, fühlte sich wie die größte und schmerzhafteste aller Lügen an. Schlimmer noch als damals auf der Highschool, als sie sich aus dem Haus geschlichen hatte, um sich mit einem Jungen zu treffen. Und das war schon ziemlich schlimm gewesen.

»Willst du sie zurückrufen? Wir können rausgehen, da hast du besseren Empfang.«

Er war so rücksichtsvoll und aufmerksam und sie hatte noch

immer ein Geheimnis. Das konnte sie ihm nicht antun, nicht, während er bei allem, was er tat, nur ihr Bestes im Sinn hatte. Das war nicht fair. Sie würde dieses Date überstehen und es dann beenden. Sie konnte nicht mit seinem Vertrauen spielen, aber sie konnte einem Mann wie Blue auch nicht gestehen, dass sie *The Naked Baker* aufnahm.

Ich hoffe, du weißt zu schätzen, was ich alles für dich tue, Maddy.

Sie setzte ein Lächeln auf und wusste, dass Maddy alles zu schätzen wusste, was sie je bekommen hatte. Ihre jüngere Schwester war nicht so egoistisch wie andere Teenager. Sie war übertrieben besonnen, was einer der Gründe war, warum Lizzie tat, was sie tat, um ihr einen guten Start ins Berufsleben zu geben. Es war nicht Maddys Schuld, dass sich ihre Eltern das College nicht leisten konnten, und Lizzie wusste, wie sehr die Studienkredite ihre Schwester auch nach dem Abschluss noch fesseln würden. Zum Glück hatte sie *Cooking with College Girls* und dann *The Naked Baker* gehabt.

»Nein, ist schon in Ordnung«, antwortete sie, als sie zum Tisch zurückgingen. »War ich so lange weg?«

»Nicht sehr lang. Der Kellner hat unser Essen gebracht.«

Sie hatte wirklich zu lange gebraucht. Doch zumindest hatte sie den Anfang ihres Webcasts gesehen und gehört, also lief er wahrscheinlich reibungslos.

Sie aßen gemeinsam und tranken Wein, während sie sich unterhielten. Es war schön, mit Blue allein zu sein. Genauso hatte sie es sich vorgestellt.

»Ich wusste, dass du und Maddy euch nahesteht, aber mir war nicht klar, dass sie dich wegen Dates und solchen Dingen anruft. Das ist schön«, sagte er.

»Ist es. Wir können über alles reden. Aber du scheinst deinen Geschwistern genauso nahezustehen.« Man konnte sich leicht mit ihm unterhalten. Er hörte ihr so gebannt zu, während er sie mit seinem durchdringenden Blick beobachtete, dass sie unwillkürlich wieder in diese vertrauensvolle Nähe verfielen. Sie piekste ein Stück Steak auf die Gabel und hielt es ihm hin.

»Mmh. Das gefällt mir.« Er schluckte, ehe er fortfuhr. »Wir können auch über alles reden. Aber wir sind viele, deshalb neigen wir dazu, immer paarweise viel miteinander zu sprechen. Diese Zusammensetzungen verändern sich mit den Dingen, die in unserem Leben passieren.« Er fütterte sie mit einer Tomate aus seinem Salat und küsste sie dann kurz, wodurch das Essen um Längen besser schmeckte.

»Paarweise?«

»Ja. Wenn Jake zum Beispiel zu Besuch kommt, stehen wir in den folgenden Wochen in engem Kontakt. Dann hat er wieder mit seinen eigenen Dingen zu tun, und Gage oder Duke haben etwas, worüber wir reden können, oder ein Problem, das gelöst werden muss. Das ist im Prinzip ein Kreislauf. Dynamik in einer Großfamilie, so ist das eben.«

»Und was ist mit Trish? Wo passt sie rein?« Lizzie wusste, dass seine Schwester Schauspielerin war und ihrer Familie nahestand, aber sie hatte sie noch nicht kennengelernt und fragte sich, wie es sein mochte, mit so vielen Brüdern aufzuwachsen.

»Wo passt sie mal *nicht* rein?« Blue lachte, als sie fertig waren und ihre Teller zur Seite schoben, damit sie malen konnten. »Sie schummelt sich in alle Angelegenheiten hinein, wie es vermutlich jede Schwester tun würde. Ist immer neugierig auf der Suche nach Einzelheiten aus unserem Privatleben.«

Lizzie nahm einen Pinsel. »Und tut ihr Jungs das bei ihr auch?«

»Die Einzelheiten ihres Privatlebens will ich gar nicht wissen. Ich möchte nur, dass sie sicher und glücklich ist. Als sie auf der Highschool war, haben wir bestimmt viele ihrer Dates vergrault, aber sobald sie aufs College ging, hat sie uns die Köpfe geradegerückt.« Blue tauchte seinen Pinsel in die blaue Farbe und hielt ihn vor den Blumenstrauß, den Lizzie malte. »Darf ich?«

»Sicher.«

Er glättete die Ränder der Vase, ehe er Schattierungen hinzufügte, wodurch sie dreidimensional wirkte.

»Bis auf Duke hat Trish uns alle zurechtgewiesen. Duke ist unnachgiebig, was seinen Beschützerinstinkt angeht. Er passt auf uns auf, als wäre es sein Job. Ich glaube, das liegt daran, dass er der Älteste ist.«

»Dem kann ich wohl zustimmen. Ich habe Maddy immer beschützt, als sie jünger war.« Selbst jetzt passte sie doch auf sie auf, indem sie sich um ihre Studiengebühren kümmerte, damit Maddy es nicht tun musste, oder? Sie schob den Gedanken beiseite, da sie weder an den Webcast noch an die Tatsache erinnert werden wollte, dass sie nur dreißig Sekunden davon gesehen hatte und nicht sicher sein konnte, ob alles glatt lief.

Stattdessen richtete sie ihre Aufmerksamkeit wieder auf die Staffelei und malte Blütenblätter, die von den Blumen in die Vase fielen. Blue malte ein Fenster hinter den Strauß, das so realistisch aussah, dass man den Himmel dahinter praktisch spüren konnte.

»Wo hast du so malen gelernt?«

»Das hab ich mir während der Ausbildung angeeignet. Wer hätte gedacht, dass Architekturkenntnisse auch auf Kunst zu übertragen sind?«

Sie malten gemeinsam, zogen sich gegenseitig auf und lachten, während sie sich über ihre Familien, Freunde und das Leben am Cape unterhielten. Schließlich legte Lizzie ihren Pinsel hin, um Blue beim Malen zu beobachten. Er hatte die dunklen Brauen zusammengezogen und seine Kiefermuskeln waren angespannt. Normalerweise war er so entspannt, dass er beinahe wie ein ganz anderer Mensch wirkte, wenn er sich so aufs Malen konzentrierte. Wahrscheinlich sah er so aus, wenn er arbeitete und niemand in der Nähe war.

Sie unterdrückte ein Gähnen, als der lange Tag seinen Tribut forderte.

»Ich hab dich gestern Nacht zu lange wachgehalten.« Blue legte den Pinsel ab und zog sie an sich, um ihr einen Kuss auf die Stirn zu drücken. Sie liebte die Intensität ihrer wilden Küsse ebenso sehr wie die Zärtlichkeit der sanfteren, und obwohl sie wusste, dass sie nur dieses eine Date haben konnten, wollte sie jede Sekunde davon und von ihm genießen.

»Nein, mir geht's gut.« Als sie das Gemälde ansah, stellte sie fest, dass er zwei Kokedama neben die Vase gemalt hatte. Die Perspektive war perfekt und sie sahen zwei ihrer Lieblinge verblüffend ähnlich.

»Sind das meine?«, fragte sie leise.

»Ja. Du hast mir gesagt, welche du am liebsten hast, als ich diese Aloe-Vera-Pflanze bei dir gekauft habe.«

»Aber das ist Monate her. Daran hast du dich erinnert?«

Er rieb sich den Nacken und atmete tief ein, ehe er schließlich antwortete. »Lizzie.« Sein Blick war so brennend heiß und aufrichtig, dass ihr am ganzen Körper warm wurde. »Ich glaube nicht, dass ich irgendetwas vergessen könnte, was du mir mal gesagt hast.«

Sehnsucht und Verlangen zogen ihr das Herz zusammen. Blue war ohne Frage der ehrlichste Mann der Welt und kein

Teil von ihr wollte je wieder Abstand zwischen sie bringen. Aber sie wusste, dass sie es musste. Sie nahm seine Hand, um ihre Nähe den restlichen Abend zu genießen. Selbst wenn sie ihn nicht für immer haben konnte, würde sie eine Nacht nehmen. Eine Nacht mit zärtlichen Küssen, die ihr den Kopf verdrehten, und das perfekteste Date, auf dem sie je war. Und dann würde sie wieder zum Alltag zurückkehren.

Blue wusste schon vom ersten Kuss an, dass er zu tief drinsteckte, und hatte kein Verlangen, sich freizukämpfen. Als sie das Restaurant verließen, kletterte Lizzie in den Pick-up und setzte sich neben ihn, ohne dass er sie drängte. Alles fühlte sich natürlich und richtig an, genau, wie er es gewusst hatte. So nah wie ihr hatte er sich noch keiner Frau gefühlt. Sie fuhren mit ihrem Gemälde im Gepäck los, doch er wollte nicht, dass der Abend endete.

»Das war ein toller Abend«, sagte Lizzie. »Mein letztes Date ist lange her. Ich hatte vergessen, wie schön es sein kann, etwas gemeinsam zu erleben.«

»Das geht mir genauso, und ich wusste, dass wir uns gut verstehen. Egal, wie oft du mich abgewiesen hast, ich hab immer gewusst, dass wir zusammenkommen werden. Wahrscheinlich habe ich Sky deshalb nie erzählt, dass ich dich eingeladen habe und du mir einen Korb gegeben hast.«

»Oh Gott.« Lizzie keuchte. »Du hast es ihr auch nicht gesagt?«

Lachend schüttelte er den Kopf. »Du auch nicht? Ich dachte, ihr beide redet über alles.«

»Normalerweise ja, aber das habe ich ihr nie erzählt, weil ich mich nicht dazu genötigt fühlen wollte, dein Angebot anzunehmen.«

»Und ich wollte nicht, dass sie dich drängt.« Er zog sie an sich und küsste sie erneut. Seit Jahren trug er sein Herz nicht mehr auf der Zunge, aber bei Lizzie konnte er einfach nicht anders.

»Siehst du, wie ähnlich wir uns sind?«, fragte er. »Ich weiß, dass es spät ist, und du bist sicher zu müde, aber ich hab noch etwas geplant, falls du …«

»Blue, ich will auch nicht, dass unser Date endet, also bin ich bei allem dabei. Morgen ist Sonntag und normalerweise habe ich da frei, also kann ich mich später ausruhen.«

»Willst du nicht erst hören, was ich vorhabe?«, fragte er, als er auf die Straße zu seinem Haus abbog.

»Nein, es spielt keine Rolle.« Sie legte den Kopf an seine Schulter, als wären sie schon ewig zusammen. »Was auch immer es ist, ist sicher perfekt.«

Blue lebte so einfach, wie es ein Mensch konnte, ohne auf grundlegende Annehmlichkeiten verzichten zu müssen. Seine bescheidene Hütte lag am Ende einer schmalen, gewundenen Straße mitten in den Wäldern von Wellfleet auf dem Weg zum Cahoon Hollow Beach. Er parkte vor der eingeschossigen, mit Zedernholz verkleideten Hütte und half Lizzie beim Aussteigen. Dabei hielt er sie fest und genoss das Gefühl, ehe er sie auf die Füße stellte. Sie überraschte ihn erneut, als sie auf dem Weg zur Tür einen Arm um seine Taille legte. Wieder fragte er sich, womit er das Glück verdient hatte, ihre Schutzmauern endlich zu durchdringen.

»Ich hätte dich wohl warnen müssen. Mein Haus ist ziemlich klein.«

Er schloss die Haustür auf und schaltete das Licht ein. Seine gemütliche Hütte erstrahlte in behaglichem Lichtschein. Er beobachtete, wie ihr Blick über die Küche zur offenen, gewölbten Decke und der kleinen Galerie über seinem Schlafzimmer wanderte. Im Haus gab es keine Innenwände, bis auf die von Schlaf- und Badezimmer. Blue liebte das offene Konzept. Was sie wohl dachte? Sie strich mit den Fingerspitzen über den Marmortresen, der Wohnzimmer und Küche unterteilte.

Lächelnd betrachtete sie alles. »Das fühlt sich sehr nach dir an. Es ist ein bisschen rau und natürlich wunderschön gebaut.« Ein leicht flirtender Unterton lag in ihrer Stimme. »Und es fühlt sich sicher an. Wie du. Du fühlst dich sicher an.«

Er schlang von hinten die Arme um sie und küsste ihren Nacken. »Genau das, was ein Mann hören will. *Sicher.*«

Sie legte den Kopf zur Seite, sodass er besser an ihrer weichen Haut knabbern konnte. Als er mit der Zunge über ihr Ohr fuhr, erzitterte sie.

»Okay, *sicher* hat sich gerade erledigt«, sagte sie und drehte sich zu ihm. »Du hast mir nur Küsse versprochen, schon vergessen?«

»Das war wie ein Kuss.« Er trat einen Schritt zurück und verbeugte sich mit einer ausladenden Geste. »Dein Wunsch ist mir Befehl.«

Sie lachte. »Mein Wunsch ist definitiv mehr als nur Küsse, aber das hier ist erst unser erstes Date ...«

Er ging um den Tresen, um etwas Abstand zwischen sie zu bringen, bevor er nicht mehr aufhören konnte, sie zu berühren, und nahm eine Flasche Wein aus dem Regal.

»Ich bin froh, dass es dir hier gefällt. Ich hab die Hütte gebaut, als ich hierhergezogen bin.« Er hatte die Hütte immer geliebt, und obwohl Sky sehr oft hier gewesen war, hatte er nie eine Frau hergebracht, mit der er ausgegangen war.

»Aber du hast doch gerade den Leuchtturm gekauft. Wirst du dorthin ziehen?«

»Als ich dieses Grundstück hier gekauft habe, habe ich mich verliebt. Das war einer dieser Momente, die man nie vergisst.« *Wie damals, als ich dich zum ersten Mal gesehen habe.* »Ich konnte das Meer riechen und die Wälder schirmten mich von der Außenwelt ab. Und als ich mit Duke zu Bowers Bluff kam, hatte ich dasselbe Gefühl. Ich wusste, dass ich dort sein wollte.«

Er schenkte ihnen jeweils ein Glas Wein ein, und sie gingen gemeinsam ins Wohnzimmer, wo sich Lizzie die Familienfotos auf dem Kaminsims ansah, während er einen Film einlegte.

»Also wirst du dort rausziehen?«, hakte sie nach.

Schulterzuckend trat er neben sie. »Ich bin nicht ganz sicher. Wenn ich dort bin, ist es, als würde ein anderer Teil von mir angesprochen. Der Teil, der bereit ist, über die Zukunft nachzudenken und irgendwann eine Familie zu haben.«

»Versuchen die meisten Kerle nicht, sich *nicht* festzulegen?«, fragte sie.

»Ich bin nicht wie die meisten Kerle.« Er zog sie an sich, und ihre Augen wurden dunkler, als sich ihre Blicke trafen.

»Nein, das bist du wirklich nicht.«

Er stellte ihre Weingläser auf den Kaminsims und senkte den Kopf für einen langsamen und berauschenden Kuss. Sofort öffnete sie die Lippen und jede Bewegung ihrer Zungen schürte das Verlangen.

»Ich liebe deinen Mund«, flüsterte er, ehe er sie wieder küsste. »Ich habe schon viel zu lange davon geträumt, dich zu küssen.« Doch als sich ihre Lippen wieder fanden, wusste er, dass er sich zurückziehen musste, weil er sonst sein Versprechen nicht würde halten können. Lizzie küsste ihn hungrig, als könnte sie ebenfalls nicht aufhören. Verdammt, das war wirklich unfair. Warum musste er der Anständige sein?

»Ich hab dir ein Versprechen gegeben«, presste er mit lustvoller Stimme hervor, als er sich von ihr losriss.

Sie legte die Hände an seine Wangen, stellte sich auf die Zehenspitzen und küsste ihn erneut. Sie sank gegen ihn, als hätte sie das Gleichgewicht verloren, und er nahm sie in die Arme, hielt sie und wollte jeden Zentimeter ihres weichen Körpers ohne etwas zwischen ihnen spüren.

»Lizzie«, warnte er sie.

»Ich weiß«, antwortete sie zwischen ihren Küssen.

»Film.« Er zwang sich, einen Schritt zurückzutreten. Sie beide atmeten schwer, und er zweifelte nicht daran, dass er sie ins Schlafzimmer tragen und die ganze Nacht über lieben könnte. Aber er hatte ihr versprochen, dass sie sich nur küssen würden, und wenn Blue eins war, dann vertrauenswürdig.

Er stellte ihre Weingläser auf den Couchtisch, während es sich Lizzie auf der Couch bequem machte. Wie oft hatte er sich vorgestellt, mit ihr nach Hause zu gehen und ihre Anwesenheit in seinem Haus zu spüren? Er zog sich die Schuhe aus, half Lizzie bei ihren und dimmte das Licht, während sie die Füße auf die Couch zog. Der Film begann, als er sich neben sie setzte und sie wieder an sich zog. Sie fühlte sich wunderbar an ihm an.

»Du hast *Tatsächlich Liebe*?« Sie hob den Kopf von seiner Schulter und sah ihn neugierig an.

»Erzähl es nicht meinen Kumpels, sonst werden sie mir das ewig vorhalten.« Sie kicherte und er küsste sie erneut. Er wusste, dass es nicht gerade etwas Besonderes für ein Date war, sie zu sich mitzunehmen und einen Film anzuschauen. Aber er hatte sich so lange nach Zeit zu zweit mit Lizzie gesehnt, und da er noch nie eine Frau mit nach Hause gebracht hatte, fühlte es sich für ihn sehr bedeutungsvoll an. Und da er nun wusste, wie müde sie war, war er froh, nichts Spannenderes geplant zu haben. »Du bist gefährlich süchtig machend, Lizzie.«

»Fang nicht damit an«, antwortete sie leise.

»Warum nicht? Was ist so falsch daran, dass ich dich mag?«

Sie sah zu ihm auf. Dieses Mal lagen Verwirrung und auch ein Hauch von Traurigkeit in ihrem Blick, wenn er sie nicht vollkommen falsch einschätzte. »Daran ist gar nichts falsch. Du solltest nur nicht süchtig nach mir werden. Das wäre nicht sicher.«

Er küsste sie erneut. »Nun, wie du schon gesagt hast, du bist bei mir sicher. Ich habe ein Versprechen gegeben, und das werde ich halten, selbst wenn es mich umbringt.«

Sie unterdrückte ein Gähnen und schmiegte sich wieder an ihn. »Entschuldige. Ich glaube, die Uhrzeit und der Wein fordern jetzt doch ihren Tribut.«

»Wenn du willst, kannst du dich hinlegen. Dann ist es bequemer.« Ihm war klar, dass sie erschöpft sein musste.

»Warum bist du so nett zu mir, nachdem ich dir so oft einen Korb gegeben habe?«

»Warum sollte ich es nicht sein?« Er lächelte. »Ich bin ein netter Typ. Wusstest du das noch nicht? Glaubst du wirklich, ich würde mich verändern, wenn du zustimmst, mit mir auszugehen?« Er drückte seine Lippen auf ihre. »Ich will dich nur glücklich machen, dein Leben bereichern und dir näher sein.«

»Das ist der Grund, warum ich nicht mit dir ausgehen wollte.« Sie senkte den Blick, und er hob ihr Kinn an, um ihr ins Gesicht zu sehen.

»Weil ich nett bin? So nett nun auch wieder nicht. Nett sein ist nicht das Gleiche wie ein Waschlappen sein.«

Daraufhin lächelte sie. »Du bist alles andere als ein Waschlappen. Nein, was ich meinte, ist, ich bin nicht mit dir ausgegangen, weil ich wusste, wie leicht ich dir verfallen kann. Und mein Leben ist kompliziert. Das hab ich dir schon gesagt.« Sie wandte den Blick ab und fragte leise: »Würdest du dich mit mir hinlegen?«

Während Hugh Grant im Hintergrund zu hören war, streckten sie sich auf der Couch aus. Blue rutschte hinter Lizzie, legte einen Arm über sie und schob die Knie in ihre Kniekehlen, sodass sich ihr hübscher Hintern fest an seine Erektion drückte. Pure Folter. Die Tatsache, dass sie ihm gerade gesagt hatte, dass sie wusste, sie würde ihm verfallen, machte es ihm noch schwerer, seine Emotionen zurückzuhalten. Sie war geradezu schmerzhaft ehrlich, selbst wenn sie sich in die Karten schauen ließ, und das machte sie noch liebenswerter.

Sie kuschelte sich enger an ihn und flüsterte: »Danke, dass du so vertrauenswürdig bist.«

Zum ersten Mal in seinem Leben wünschte er sich, ein Versprechen zu brechen, sie in seine Arme zu nehmen und so zu lieben, wie er es tun wollte. Stattdessen tat er das Richtige.

»Jederzeit.«

Sieben

Lizzie wachte in Blues Armen auf. Er hatte erneut eine sehr verlockende Erektion und die fühlte sich an ihrem Hintern verdammt gut an. Es war so lange her, seit sie einen muskulösen Männerkörper an sich gespürt hatte, dass sie es genoss. Mit geschlossenen Augen entspannte sie sich und redete sich ein, dass ihr Date noch ein kleines bisschen länger dauern konnte, bevor sie die Reißleine zog. Immerhin war Sonntag, der einzige Tag in der Woche, an dem sie nicht an ihrem Webcast arbeiten oder in den Blumenladen gehen musste, wenn sie nicht wollte. Und was konnte schöner sein, als die nächsten Minuten an Blue gekuschelt zu verbringen?

Sie ließ den Blick durch die kleine, aber ordentliche Hütte schweifen. Die Zedernholzdecke und die Holzböden verliehen ihr eine maskuline, rustikale Atmosphäre. Sie war überrascht, einige Pflanzen aus ihrem Laden auf dem Kühlschrank und dem kleinen Küchentisch zu entdecken. Blue war ständig bei ihr im Laden, aber ihr war nicht klar gewesen, dass er die Pflanzen für sich selbst gekauft hatte.

Blue regte sich hinter ihr. Seine unrasierte Wange rieb über ihre Haut, dicht gefolgt von seinen Lippen. Oh, wie sie seine Lippen und die Stoppeln liebte. Er zog sie fest an sich und küsste ihren Nacken, während er die Hände flach auf ihren Bauch und gegen ihre Rippen drückte. Sie liebte seine großen, starken Hände, und sein sexy Stöhnen jagte Hitze in Körperstellen, die schon seit sehr langer Zeit nicht mehr ohne ihre Hilfe heiß geworden waren. Sie konnte dem Drang nicht widerstehen, sich zu ihm zu drehen. Er wirkte verschlafen und seine dichten Haare waren zerzaust. Er sah einfach zu hinreißend aus, um ihn nicht zu küssen. Noch immer schmeckte er vage nach Wein, und sobald sich ihre Zungen berührten, wurde sie von elektrischen Schauern erfasst. Er drückte seine Hand auf ihren unteren Rücken, sodass seine harte Länge an sie gepresst wurde.

»Weißt du, wie lange ich schon davon geträumt habe, dich so zu halten? So zu küssen?« Er tat es gleich noch einmal, und sie strich über seinen muskulösen Rücken, um seine Stärke, Sicherheit und Geborgenheit zu spüren.

»Verrat es mir«, flüsterte sie an seinen Lippen.

Wieder küsste er sie, ehe er prickelnde Küsse auf ihrem Kiefer verteilte und dabei ihren Rücken und ihre Hüften streichelte und bei jeder Berührung ein Beben in ihr auslöste.

Blue flüsterte ihr heiß und lustvoll ins Ohr: »Jede Nacht, seit ich dich zum ersten Mal gesehen habe.«

Als er das Gewicht verlagerte und ein Bein über sie legte, rutschte sie weiter unter ihn. Sie wollte sein Gewicht auf sich spüren. Wollte spüren, wie es sein könnte, wenn sie ein normales Leben hätte und sich gestatten könnte, ihren Gefühlen nachzugeben und sich in einen so großartigen Mann zu verlieben. Sie ließ ihre Finger über seinen Rücken wandern, bis sie bebend an seinem festen Hintern ankamen, den sie unwillkürlich packen musste.

»Du bist morgens wunderschön. Entschuldige den Atem.« Er nahm ein Stück Kaugummi aus seiner Tasche, teilte es und legte ihr ein Stück auf die Zunge, ehe er sich das andere selbst in den Mund schob.

»Ich liebe Männer, die vorbereitet sind.« Sie wollte sich den ganzen Tag nicht hier wegbewegen.

Er wollte sie küssen, während sie versuchte, den Kaugummi zwischen Wange und Zähne zu schieben, was sie beide zum Lachen brachte. Kurzerhand legte Blue beide Stücke auf eine Zeitschrift auf dem Couchtisch.

»Jetzt schmecken wir nach Minze.« Wieder küsste er sie. »Aber nur fürs Protokoll, der Kaugummi war nur dazu da, damit du dich nicht ekelst. Ich liebe es, wie du morgens schmeckst. Da wäre kein Kaugummi nötig.«

»Du bist so ein Süßholzraspler.« Sie zog ihn in einen gierigen Kuss, wollte mehr von ihm spüren und vergessen, dass sie ins reale Leben zurück musste – das noch einen Tag warten konnte –, und einfach in ihm untertauchen.

Sein Mund war heiß und fordernd, seine Hände strichen schwer und besitzergreifend über ihre Hüften und Taille, und sein Körper war so hart, dass sie sich leicht vorstellen konnte, wie gut er sich in ihr anfühlen würde. Er hielt ihre Hüften fest, während er ihren Mund eroberte und seine harte Länge an ihr rieb. Damit entlockte er ihr ein lüsternes Stöhnen, das sie beim besten Willen nicht hätte zurückhalten können.

»Oh Gott, Blue … Wir sollten aufhören«, keuchte sie und streckte den Hals, um seinem talentierten Mund mehr Platz zu geben, während sie die Finger in seinen Haaren vergrub und ihn festhielt. Er kratzte mit den Zähnen über ihre Haut und seine Zunge jagte Schauer über ihren Rücken.

»Okay.« Langsam zog er sich zurück.

»Nein.« Sie zog seinen Mund wieder auf ihren Hals und er umfasste eine ihrer Brüste. »*Ja.*«

»Du bist so wunderschön.« Ihre Lippen fanden sich, als er mit dem Daumen über ihren Nippel strich, sodass er sich zusammenzog und der Kuss erneut bis tief in ihre Seele brannte.

Atemlos löste sie sich von ihm. Verlangen benebelte ihren Geist. »Blue«, flüsterte sie drängend.

Er sah sie lustvoll an. »Es tut mir leid.« Er nahm seine Hand von ihrer Brust, doch sie führte sie ohne nachzudenken wieder zurück.

»Du hast gesagt, nur Küsse. Ich sollte nicht …« Als er wieder versuchte, sich zurückzuziehen, legte sie eine Hand auf seine.

»Ich meinte damit nicht *Hör auf*, sondern *Oh mein Gott, Blue, du fühlst dich so gut an.*«

Lächelnd lehnte er seine Stirn an ihre. »Trotzdem. Ich hab mich mitreißen lassen. Du hast mir vertraut und …«

»Und ich will es. Ich will dich.«

»Lizzie, wenn wir so weitermachen, gibt es kein Zurück mehr.«

Sie hielt den Atem an, suchte verzweifelt nach ihrer sich auflösenden Entschlossenheit und versuchte, wieder auf den Boden der Tatsachen zurückzukehren und eine Entscheidung zu treffen, die sie nicht fällen wollte. Ihr Herz flehte nach mehr. Ihr Verstand war unentschieden. Sollte sie das Vernünftige tun und die Sache hier und jetzt beenden oder tun, was sie so verzweifelt wollte und sich so richtig anfühlte, dass es nicht falsch sein konnte? Sie forschte in seinen Augen nach Antworten, die er unmöglich haben konnte, und ihr Herz überstimmte ihren Kopf.

»Küss mich, Blue. Berühr mich.«

Er zögerte nur eine Sekunde, ehe ungezügelte Leidenschaft in seinem Blick aufflammte und ihre Münder aufeinandertrafen, um auch das letzte bisschen Zurückhaltung auszulöschen. Blue schob die Hände unter ihr Shirt und der Hautkontakt brachte sie beide zum Stöhnen. Lizzie wölbte sich ihm entgegen und schlang ein Bein um seine, während ihre Hüften einen gemeinsamen Rhythmus fanden. Und dann war ihr Shirt weg und sein Mund – sein heißer, feuchter, talentierter Mund – lag auf ihrer Brust und die Worte, die sie versucht hatte zurückzuhalten, platzten aus ihr heraus.

»Oh Gott, ja. Mehr. Genau da. Blue.«

Verloren in einem Sturm der Empfindungen sehnte sie sich nach mehr. Er riss ihr den BH vom Leib, neckte und reizte ihre Nippel und streichelte ihre Brüste, während er unzählige Küsse auf ihren Rippen und ihrem Bauch verteilte. Er umfasste ihren Brustkorb und leckte über ihren straffen Bauch und um ihren Bauchnabel herum. Mit dem Daumen kreiste er immer wieder langsam darum, während er sie über dem Bund ihrer Hose küsste und sie wahnsinnig machte. Sie drückte ihre Hüften an ihn, um ihm die Erlaubnis zu geben, sich mehr zu nehmen, doch anstatt darauf einzugehen, küsste er sich an ihrem Bauch hinauf, um sich erneut ihren Brüsten zu widmen. Seine Augen waren vor Verlangen beinahe schwarz und sein besitzergreifender Blick hypnotisierte sie. Beim nächsten erregenden Kuss ging ihr Atem stoßweise.

Lizzies Mund wurde trocken, als Blue sein Shirt auszog und sie all diese Muskeln über sich erblickte. Und als er sich wieder auf sie legte, raubte ihr das Gefühl seiner Haut an ihrer auch den letzten Funken Verstand. Leckend, saugend, schmeckend und einnehmend erkundete sie seinen Oberkörper. Seine Nippel zogen sich unter ihrer Zunge zusammen und entlockten ihm ein tiefes Stöhnen. Das heiße Verlangen, das in ihr brodelte, ließ sich nicht zurückhalten und sie strich über seine

Erektion. Sofort stürzte er sich wieder auf sie und drückte seine Mitte gegen ihre. Selbst durch die Kleidung spürte sie die Hitze. Sie konnte das nicht tun. Nein. Sie musste aufhören.

Aber es fühlte sich so gut an!

Er packte ihre Hüften, rieb sich an ihr, und sie spürte den vollen Umfang seiner Erregung. Sie spreizte die Beine, um mehr von der verlockenden Reibung und Hitze zu spüren. Er hob ihr Knie und drängte sich an sie, während er an ihrem Hals saugte und sie dann in einen weiteren heißen Kuss zog.

Es war wunderbar, dass er vorsichtig mit ihr umging und sich versicherte, grünes Licht zu haben, ehe er die Kontrolle übernahm. Dieser wilde, ungezähmte Mann konnte alles haben. Sie liebte es, wie er ihren Mund für sich beanspruchte, als würde er sie als die Seine markieren – und Gott, sie wollte ihm gehören.

Sie schien in einem Schnellzug zu sitzen und wollte damit bis zum Himmel fahren.

»Blue. *Gott*, Blue.«

»Zu viel?« Er hielt inne. Seine Rücksichtnahme weckte in ihr den Wunsch, ihm noch mehr von sich zu geben.

»Nein.« Sie zog seinen Mund auf ihren. »Vielleicht«, sagte sie zwischen ihren Küssen. »Nein«, korrigierte sie sich. »Auf keinen Fall.«

»Deinetwegen bekomme ich noch ein Schleudertrauma.«

Er ließ von ihr ab, sie waren beide atemlos. »Lizzie, wir können aufhören. Ich will nicht, dass du es bereust.«

Erneut kamen Schuldgefühle in ihr hoch, weil sie ihm *The Naked Baker* verheimlichte. Ob diese Schuldgefühle zu Reue führen würden oder nicht – sie wollte Blue mehr, als sich darüber Gedanken zu machen.

»Das werde ich nicht.« Sie verwickelte ihn in einen weiteren

Kuss und führte seine Hand an ihre Jeans, die er in Windeseile öffnete.

Als er seine große Hand in ihr Höschen schob, legte sie den Kopf zurück und genoss das entzückende Gefühl, von *ihm* berührt zu werden. Wie oft hatte sie sich vorgestellt, ihre eigene Hand wäre seine? Wie oft hatte sie den Drang bekämpft, seine Einladung zu einem Date anzunehmen, nur um nach Hause zu kommen und von ihm zu fantasieren – *davon*?

Er küsste ihren Hals und ihre Wange, ehe er ihr Ohrläppchen in den Mund nahm und mit der Zunge darüberstrich, während seine Finger über die Feuchtigkeit zwischen ihren Beinen tanzten. Sie wölbte sich ihm entgegen, und er nahm die Einladung an, indem er mit den Fingern in sie eindrang.

»Oh, ja …«

Er war mit den Händen genauso geschickt wie mit dem Mund, reizte genau die richtigen Stellen, küsste sie und brachte sie ihrer Grenze näher. Sie biss sich auf die Unterlippe und kniff die Augen zusammen, um nicht aufzuschreien.

»Lass los, Lizzie.« Sein verführerisches Flüstern legte sich über sie, packte sie und gab ihr das Gefühl, platzen zu müssen. »Ich will meinen Namen aus deinem Mund hören.«

Mit dem Daumen strich er kreisend über ihre Klitoris, während er seine Finger tiefer in sie schob. Sie stieß gegen seine Hand und wand sich lustvoll, während er ihre Brust in den Mund nahm. Elektrische Hitze breitete sich in ihren Gliedmaßen aus. Sie krallte sich in die Kissen, als sie die Kontrolle verlor und immer wieder seinen Namen schrie, während der Orgasmus sie erfasste. Sie hob die Hüften von der Couch, als er sie nun küsste, ihr Stöhnen und Flehen und alles andere schluckte, was aus ihrem Mund kam. Dann drückte er seine Wange an ihre und sie spürte seinen heißen Atem auf ihrer Haut.

»Du bist so verdammt heiß, so umwerfend, wenn du kommst.« Dieses Mal küsste er sie sanfter. Noch immer wurde sie von den Nachbeben erfasst, obwohl sie langsam von ihrem Hoch herunterkam. Sie atmete tief ein und versuchte, den Sturm des Verlangens zu beruhigen, der in ihr toste. Er hatte Gefühle in ihr geweckt, die sie noch nie zuvor gespürt hatte, und sie wollte immer mehr und mehr.

Lizzie versuchte, den lustvollen Nebel in ihrem Kopf wegzublinzeln, und streckte die Hände nach ihm aus, denn sie musste ihn wieder küssen und wollte noch so viel mehr.

»Das war … unglaublich.« Mit geschlossenen Augen genoss sie die süßen Küsse, die er auf ihren Wangen, ihrem Mund, ihrer Stirn und ihrem Hals verteilte. Als sie schließlich die Augen öffnete, sah Blue sie so fürsorglich an, dass sie die Lider wieder schließen musste, um die Emotionen in Blues Blick nicht zu sehen, denn sie fürchtete, dass ihre eigenen zum Vorschein kommen würden.

Er drückte ihr einen weiteren Kuss auf. »Verbring den Tag mit mir.«

Die Realität schlich sich an, als sie die Augen öffnete. Das war der Moment der Entscheidung. Sie wusste, dass sie es hier und jetzt beenden sollte. Sie sollte nehmen, was sie bekommen hatte, und wieder zu ihrem geheimen Leben zurückkehren. Aber wie sollte sie das tun, wenn sie der Mann, den sie schon so lange wollte, ansah, als wäre sie wirklich all das, was er immer gewollt hatte? Das hatte sie nicht bedacht, obwohl sie die Gefahren gekannt hatte. Sie hatte nicht damit gerechnet, sich jeden Moment mehr von ihm eingenommen zu fühlen. Draußen vor der Hütte wartete die Wirklichkeit. Am Montag würde sie ihren Webcast aufnehmen müssen. Am Dienstag musste sie ihn bearbeiten … Sie unterbrach diese Gedanken, indem sie heftig schluckte.

Wie sich herausstellte, hatte die Realität ihrem Herzen nicht viel entgegenzusetzen.

»Okay.«

Blue konnte sein Glück kaum fassen. Ein Jahr lang hatte er Lizzie immer wieder um ein Date gebeten, und jetzt war er nicht nur mit der großartigsten Nacht gesegnet worden, sondern bekam auch noch einen weiteren Tag mit ihr geschenkt. Genauso fühlte es sich an: wie ein Geschenk. Wie konnte sich ein bevorstehender Nachmittag schon so besonders anfühlen? Darüber musste er nicht groß nachdenken, denn er kannte die Antwort bereits. Jedes Mal, wenn er sie gesehen hatte, war er ihr verfallen, und jedes Mal, wenn sie ihn abgewiesen hatte, hatte es das nur verstärkt. Er hatte bemerkt, wie Lizzie ihn angesehen hatte, und wusste, dass sie eine starke Frau sein musste, um gegen die Anziehung anzukämpfen, die so lange zwischen ihnen geschwelt hatte – und diese Stärke war nur eines der Dinge, die er an ihr bewunderte, auch wenn er nicht verstand, warum sie sich so lange dagegen gewehrt hatte.

»Okay? Willst du gar nicht Nein sagen? Oder Bedingungen stellen?«

»Nur eine«, sagte sie und schlang die Arme um ihn. »Ich muss nach Hause und duschen.«

»Verdammt. Ich dachte, ich könnte dich überzeugen, mit mir zu duschen.« Wieder küsste er sie. Er würde nie genug von ihren Lippen bekommen, und so rosa und geschwollen von ihren intensiven Küssen waren sie noch verlockender.

»Wenn wir einmal nackt sind, werden wir den ganzen Tag nur *nackte* Dinge tun.« Sie kicherte und er hob die Brauen.

»Und das ist ein Problem, weil …?« Er zog sie nur auf, aber ihr Blick wurde neugierig.

»Weil wir noch nicht so weit sind.«

»Stimmt. Immerhin sind wir noch teilweise angezogen, aber das könnte sich schnell ändern.«

Sie verdrehte die Augen.

»Wir sind zu vorschnell gewesen. Tut mir leid, Lizzie.« Er nahm ihr Shirt und ihren BH und half ihr beim Anziehen.

»Nein, sind wir nicht. Du bist so vorsichtig mit mir. Das weiß ich zu schätzen. Aber dadurch vergisst man leicht …«

Er stand auf und zog sie an sich. »Vergessen?« Als er sie anschaute und ihren ertappten Gesichtsausdruck sah, zog sich sein Bauch zusammen. »Was ist? Was ist los?«

»Nichts. Es ist nur allzu leicht zu vergessen, dass mein Leben kompliziert ist.«

»Das sagst du ständig, aber ich verstehe es nicht. Du hast ein Unternehmen? Das habe ich auch.« Er strich ihr die Haare aus dem Gesicht und küsste sie noch einmal. »Lizzie, wir sind beide ziemlich beschäftigt. Na und? Ich liebe es, mit dir zusammen zu sein, und du scheinst es auch zu genießen.«

»Viel zu sehr. Das ist das Problem.« Sie umschlang ihn, wie sie es gestern Nacht getan hatte. Ihr Verlangen war deutlich in ihrem Griff zu spüren und ein starker Kontrast zur Sorge in ihren Augen. Er wünschte, er wüsste, was sie zurückhielt. Er wollte nicht einfach nur bei ihr sein. Er wollte alles über sie wissen, sich um sie kümmern, wollte, dass sie ihm gehörte und er ihr.

»Warum?«

»Weil in meinem Leben kein Platz ist, um mit einem tollen

Mann zusammen zu sein.« Ihre Stimme hob sich. »Oder auf seiner Couch zu schlafen, gemütlich und sicher an ihn gekuschelt, oder morgens mit ihm rumzumachen und den ganzen Tag in seinen Armen verbringen zu wollen.«

»Hey, langsam.« Das bittere Bedauern in ihrer Stimme erschreckte ihn. Er drückte sie an seine Brust und spürte ihren schnellen, intensiven Herzschlag. »Du bist wirklich aufgewühlt.« Er hob ihr Kinn und sie sah ihn verwirrt an. »Rede mit mir.«

Sie schluckte schwer, als könnte sie damit zurückhalten, was auch immer die Kluft zwischen ihnen bildete, und schüttelte schweigend den Kopf.

»Soll ich dich nach Hause fahren? Wir müssen den Tag nicht gemeinsam verbringen.« Das Letzte, was er wollte, war, ihr irgendwie Kummer zu bereiten. Selbst wenn er nicht verstand, warum sie Raum brauchte, würde er ihn ihr geben. Er würde ihr alles geben, was sie brauchte.

»Nein.« Sie klammerte sich an seine Arme. »Mehr als alles andere will ich den Tag mit dir verbringen.«

»Na ja, das macht mich glücklich, aber wir werden uns wieder nur mit Küssen begnügen.« *Auch wenn es mich umbringt.* »Ich möchte nicht, dass du es bereust, mir nahe zu sein.«

Sie drückte die Wange an seine Brust und schlang die Arme um seine Taille. »Ich werde es niemals bereuen, dir nah zu sein.« Lächelnd sah sie zu ihm auf, aber er hätte schwören können, dass er noch etwas anderes in ihrem Blick erkannte. Vielleicht nicht Reue, aber irgendetwas Seltsames. »Ich habe noch nie so schnell so viel für jemanden empfunden, und ich bin sicher, dass es daran liegt, dass wir so lange Freunde waren, bevor wir den nächsten Schritt gegangen sind. So eine Grundlage hatte ich noch nie. Ich fühle mich mit dir so wohl. Es ist leicht, all die üblichen peinlichen Momente zu überspringen. Und das ist großartig, aber auch beängstigend.«

Angst. Das musste es sein, was er eben in ihren Augen gesehen hatte.

»Du hast Angst.« Das Atmen fiel ihm leichter. Damit konnte er umgehen. Das verstand er. Sarah Jane hatte in ihm die Angst geweckt, jemanden zu nah an sich heranzulassen. Lizzie hingegen berührte etwas in ihm, wodurch er den Willen hatte, zum ersten Mal seit mehr als zehn Jahren über diese Angst hinauszugehen. »Ich habe auch Angst.«

Sie hielten einander lange, und Blue wusste, dass sie beide über ihre Ängste und die Bedeutung ihrer Gefühle nachdachten. Als sich Lizzies Atmung beruhigte und sie einen Schritt zurücktrat, machten sie sich auf den Weg zu ihr nach Hause, damit sie duschen und sich umziehen konnte, wie Blue es versprochen hatte – hoffentlich würde sie dort ihre Meinung nicht ändern.

Im Wagen setzte sich Lizzie neben ihn und legte den Kopf an seine Schulter. Es fühlte sich bereits wie *ihre* Stelle an. Während der Fahrt öffnete er sich ihr, ohne darüber nachzudenken.

»Ich hatte schon lange keine Beziehung mehr und bin nicht sicher, welche Regeln gelten. Welches Tempo richtig ist und all das. Ich weiß nur, dass ich seit dem College zum ersten Mal eine Beziehung will, und zwar mit dir. Ich möchte eine Lösung finden, wenn es kompliziert wird, und erfahren, was dir Angst macht.« An einer roten Ampel schaute er Lizzie an. »Ich will der Mann sein, auf den du zählen kannst. Die Person, der du deine Geheimnisse anvertraust, und der Kerl, den du hier reinlässt.« Er drückte einen Kuss auf ihr Herz.

»Bei dir klingt das alles so einfach.« Sie spielte mit dem Saum ihres Shirts.

»Es wird nicht einfach, aber wir beide wissen, dass nichts leicht ist, das etwas wert ist. Ich möchte nicht *einfach*, ich möchte *glücklich*, und ich weiß, dass wir das zusammen haben können.«

Acht

Nachdem Blue sie zu Hause abgesetzt und mit weiteren Küssen versorgt hatte, bei denen ihr das Herz stehenblieb, sprang sie unter die Dusche und zog sich danach so schnell wie möglich an. Dabei ließ sie sich durch den Kopf gehen, was er gesagt hatte. Er wollte eine Beziehung mit ihr, und genau wie befürchtet hatte das Date mit Blue die Gefühle ans Licht gebracht, die im letzten Jahr langsam in ihr gewachsen waren. Über Nacht waren sie zu etwas Wunderschönem und Erstrebenswertem erblüht. Doch über ihr schwebten drohend dunkle Wolken, die nur sie sehen konnte.

Darüber konnte sie sich im Moment keine Gedanken machen. Blue würde in weniger als einer Stunde wieder da sein, und sie musste bis dahin die E-Mails für *The Naked Baker* durchgehen, die Zuschauerzahlen der gestrigen Folgen analysieren und sich überlegen, was sie morgen backen sollte.

Als sie ihr E-Mail-Programm öffnete, wappnete sie sich für die Flut von anzüglichen und zweideutigen Nachrichten, die zu ihrem Fluch geworden waren.

Einhundertundsiebzehn neue Nachrichten.

Toll.

Sie überflog die Mails auf der Suche nach etwas Wichtigem.

Manchmal schickten Zuschauer Backideen, und sie war dankbar für diejenigen, die keine Kronjuwelen-Kuchen oder Penis-Kekse haben wollten. Obwohl es tatsächlich nicht uninteressant war, so etwas zu backen. Es hatte eine Weile gedauert, bis sie ihre eigenen Komplexe in Bezug auf unanständig geformte Backwaren überwunden hatte, aber wenn sie ihre *Naked-Baker*-Perspektive einnahm, war im Grunde alles möglich. Je mehr Sexappeal sie in der Show zeigte, desto länger blieben die Zuschauer dabei und desto mehr Geld verdiente sie. *Oh, die Freuden eines monetarisierten Videos.* Ganz zu schweigen davon, dass auch ihre Website Geld einbrachte. In manchen Monaten erwirtschaftete sie mehr als zehn Riesen, womit sie die weniger guten Zeiten ausglich, in denen nur wenig hereinkam. Natürlich meldete sie das Einkommen bei der Steuerbehörde, schließlich war Lizzie ein gutes Mädchen und zahlte brav ihre Steuern. Sie wollte keinesfalls mit heruntergelassenen Hosen erwischt werden, um es so auszudrücken.

Zwischen Angeboten, die vom besten Sex, den sie sich vorstellen konnte, bis zu einem Typen reichten, der bereit war, ihr Sahne von den Zehen zu lecken – Igitt –, fand sie eine Perle. MrWhipIt@whipmegood.com bat um einen Kuchen in Form von Handschellen. Das konnte sie backen!

Als Nächstes überprüfte sie die Statistiken ihrer Website. Sowohl die Klicks als auch die Verweildauer waren gestiegen. Irgendetwas musste sie in der letzten Folge richtig gemacht haben. Sie hielt die Daten in dem Notizbuch fest, das sie sich für diese Zwecke zugelegt hatte. Morgen würde sie sich das Video noch einmal ansehen und es mit den anderen, die gut liefen, und denen, die weniger gut liefen, vergleichen. Lizzie versuchte immer herauszufinden, was ihren Zuschauern am besten gefiel. Das schien sich jedoch ständig zu ändern.

Bei diesem Gedanken stellte sie sich Typen mit Bierbauch vor, die sich auf ihre Videos einen runterholten, versuchte jedoch, nicht daran zu denken, aber manchmal war es unmöglich, diese Bilder auszublenden.

Das Klingeln ihres Handys erschreckte sie. *Mom.* Sie klappte den Laptop zu und ging nach oben, um den Anruf anzunehmen. Sie fühlte sich nicht wohl dabei, im selben Raum mit ihrer Mutter zu sprechen, in dem sie auch ihre Videos aufnahm.

»Hi, Mom.«

»Hi, fleißiges Bienchen. Wie geht's dir?«

Die liebevolle Bezeichnung brachte sie zum Lächeln. »Gut. Tut mir leid, dass ich in letzter Zeit nicht angerufen habe. Ich war sehr beschäftigt.«

»Das ist in Ordnung, Liebling. Ich weiß, wie viel du mit dem Blumenladen zu tun hast. Wir haben uns nur gefragt, ob es dabei bleibt, dass du Madison dieses Wochenende abholst, oder ob Daddy das übernehmen soll.«

»Nein, nein, es bleibt dabei. Ich hole sie Freitagabend ab und komme dann direkt zum Essen. Sie will bei mir übernachten und fährt dann am Samstag mit meinem Auto zu euch.« Lizzie schloss die Augen, während am anderen Ende Stille herrschte. Dieses Thema wiederholte sich ständig. Madison wohnte gern bei Lizzie. Wer würde nicht lieber bei einem Geschwisterteil bleiben als bei Eltern mit Adleraugen, die sich unter einem lustigen Abend die Diskussion der aktuellen Nachrichten vorstellten?

»Oh.« Ihrer Mutter war die Enttäuschung anzuhören.

»Mom?« Lizzie ging ins Schlafzimmer und überprüfte ein letztes Mal ihr Outfit. Sie trug ihren Lieblingsrock aus Baumwolle und ein langärmliges Shirt mit V-Ausschnitt, das weich wie Butter war. Da sie sich einen weiteren Tag mit Blue gestattet hatte, hoffte sie, dass er sie unwiderstehlich finden würde und eng bei sich haben wollte – selbst wenn sie nicht mit ihm schlafen würde. Das war die Grenze, die sie gedanklich gezogen hatte, und nun fragte sie sich, ob es ihm gegenüber fair war, sich zu wünschen, dass er sie unwiderstehlich fand. Nein. Es war eine Sache, den Tag zu genießen, bevor sie die Verbindung abbrach, aber eine ganz andere, noch intimer zu werden, um danach in ihr reales Leben zurückzukehren. Sie fuhr sich mit den Fingern durch die Haare und erinnerte sich an das wundervolle Brennen auf ihrer Kopfhaut, als Blue seine Finger in ihre Haare geschoben hatte. Bei der Erinnerung lief sie rot an.

»Okay«, sagte ihre Mutter schließlich und lenkte Lizzies Gedanken wieder auf die Unterhaltung. »Wir genießen die gemeinsame Zeit, wenn ihr hier seid. Wir haben dich lieb, Schätzchen.«

Altbekannte Schuldgefühle wallten in ihr auf, als sie das Telefonat beendete. Nicht, weil ihre Schwester bei ihr übernachtete, sondern weil sie einen Teil von sich vor ihrer Familie verbarg. Sie wünschte sich, sie könnte über den Webcast und über Blue sprechen *und* dass ihre Eltern sie unterstützen und verständnisvoll sein würden. Vielleicht sogar dankbar, dass sie Maddy finanziell half und es aus eigener Kraft geschafft hatte, ihre eigene Collegezeit zu finanzieren. Aber da sie wusste, wie sie reagieren würden, war das keine Option. Genau aus diesem Grund hatte sie es nicht einmal Maddy oder Sky erzählt. Sie konnte das Risiko nicht eingehen, dass ihre Eltern von *The Naked Baker* erfuhren. Sie konnte es nicht riskieren, sie zu verlieren.

Ein Klopfen an der Tür holte sie wieder in die Gegenwart

und sie verspürte eine ganz neue Art von Schuld. Sie warf einen Blick auf ein Foto von Madison und ihr, auf dem sie beide die Zunge heraussteckten, und erinnerte sich daran, dass diese Halbwahrheiten einfach nun mal sein mussten, um ihrer Schwester zu helfen. Durch ihren Blumenladen hatte sie zwar ein gutes Einkommen, aber nur im Sommerhalbjahr, da das Cape im Winter ziemlich verlassen war, und sie verdiente nicht annähernd genug, um Madison vier Jahre das College zu finanzieren. Sie hatte das Geld von *The Naked Baker* weder für sich noch für den Blumenladen angerührt, aber wenn sie ehrlich war, half ihr allein das Wissen, dass es da war, über die harten Winter.

Blue stützte sich lässig mit einem Arm am Rahmen ab, als sie die Tür öffnete, und hielt in der anderen Hand das Bild, das sie gemeinsam gemalt hatten. Ihr stockte der Atem und ihr Herz stolperte. Es lag nicht nur an seinen tintenschwarzen Haaren, die die harten Kanten seiner Wangen und seines Kiefers umspielten, oder an seinem athletischen Körper, neben dem sie geschlafen, den sie berührt und sich praktisch eingeprägt hatte. Dass ihr Herz in einem neuen Rhythmus schlug, lag nicht einfach an seiner fesselnden Präsenz. Was sie fühlte, lag nicht an seinem guten Aussehen. Es war die Tiefe der Emotionen in seinen Augen, die sie so anzog, dass sie zu ihm trat, sich auf die Zehenspitzen stellte und ihn küsste, als gehörte er ihr. Und als er seine starken Arme um sie legte, sie so eng an sich drückte wie nur möglich und sie besitzergreifend küsste, wusste sie, dass sie eine unsichtbare Linie überschritten hatte. Sie gehörte bereits ihm.

»Das war die längste Stunde meines Lebens.« Er küsste sie noch einmal. »Lass uns das nie wieder tun.«

Sie lachte. »Wie sollen wir zur Arbeit kommen?«

»Arbeit ist total überbewertet.« Er drückte sie an sich. »So sollten wir immer sein. Genau so.«

Erneut fing er ihre Lippen zu einem langsamen, sinnlichen Kuss ein, sodass sie seinem Charme unmöglich widerstehen konnte – und sie hatte auch gar nicht vor, es zu versuchen.

Nachdem sie das Gemälde zwischen Küche und Wohnzimmer aufgehängt hatte, sodass sie es aus beiden Räumen sehen konnte, fuhren sie nach Yarmouth und besorgten sich auf dem Weg Muffins und Kaffee. Blue wünschte, Lizzie wäre schon vor einem Jahr mit ihm ausgegangen. Obwohl sie behauptete, ihr Leben wäre zu kompliziert für eine Beziehung, war sie herzlich und zeigte offen ihre Zuneigung, indem sie seine Hand hielt und ihn küsste, auch wenn er nicht den Anfang machte. Er konnte nur vermuten, dass sie diese Sorgen in der vergangenen Stunde abgelegt hatte.

Sie verhielt sich anders, sogar noch entspannter als gestern Abend und heute Morgen. Präsenter und weniger zögerlich. Auf dem Weg nach Yarmouth sang sie nicht nur schief mit ihm mit, sondern quälte ihn – auf die süßeste Art – mit den albernsten Klopf-Klopf-Witzen der Menschheitsgeschichte. Er liebte ihre Unbefangenheit beinahe so sehr wie ihre Sinnlichkeit.

Den Vormittag verbrachten sie auf dem jährlichen Seaside-Festival, wo sie zwischen den Ständen herumschlenderten. Große blaue Zelte reihten sich auf dem Gelände aneinander, in denen von handgemachten Möbeln über gebrauchte Bücher bis hin zu Kinderspielzeug alles verkauft wurde. Lizzie zog es eher zu den Ständen mit Kunsthandwerk wie handgefertigten

Steppdecken und Keramik, was ihn angesichts ihrer eigenen Kreativität mit ihren Blumen und Pflanzen nicht überraschte.

Kinder rannten über die Wiese und ein Clown unterhielt die Menge vor dem größten Zelt. Lizzie zog Blue zur Vorführung.

»Als ich klein war, hatte ich Angst vor Clowns«, gestand sie, während der Clown Ballontiere für die Kinder bastelte.

»Weil sich ein fremder Mann verkleidet und mit kleinen Kindern spielt?«

Sie lachte und er zog sie zu einem Kuss an sich.

»Das macht mir auch Angst. Aber ich werde dich beschützen.«

»Darauf wette ich«, antwortete sie und lachte wieder.

Nachdem sie dem Clown eine Weile zugesehen hatten, schlenderten sie an weiteren Ständen vorbei und lauschten dann der Band am Strand, wo Lizzie ihn mitten in die Menge zum Tanzen zog.

»Ich bin ein wirklich schlechter Tänzer«, warnte er, hielt sie fest und hoffte, dass es bei einem langsamen Tanz bleiben würde.

»Du kannst in nichts wirklich schlecht sein. Lass dich einfach gehen.« Sie stieß sich von ihm ab und wiegte ihre sexy Hüften, was seinen ganzen Körper zum Leben erweckte. »Komm schon, beweg dich mit mir.« Sie kam wieder näher und legte die Hände an seine Hüften. Indem sie ihren Körper an ihn presste, lenkte sie ihn im Takt und erregte ihn auf der Stelle. »Siehst du? Du kannst tanzen. Du brauchst nur die richtige Motivation.«

Er spannte die Kiefermuskeln an, um das aufsteigende Verlangen zu unterdrücken. Mit ihren Grübchen, die zum Küssen geradezu einluden, war sie so verdammt sexy, und dabei hatte sie keine Ahnung, was *sie* mit ihm anstellte, wenn sie ihn so anlächelte.

»Nur mit dir, Lizzie.«

Sie strich über seine Brust, und er konnte an nichts anderes mehr denken als ihren verführerischen Tanz. Als sie die Hände über den Kopf hob und sich wiegte, sodass ihre Brüste seinen Oberkörper streiften, während sie sich an seiner Erektion rieb, musste er sich mit aller Macht davon abhalten, sie sich gleich hier zu schnappen.

»Lizzie«, warnte er.

Sie verengte ihre dunkler werdenden Augen und ein verschmitztes Grinsen schlich sich auf ihre Lippen. Offensichtlich war sie sich durchaus bewusst, welche Wirkung sie auf ihn hatte. Er nahm ihre Hand und führte sie aus der Menge.

»Wohin gehen wir?« Stolpernd versuchte sie, mit ihm Schritt zu halten, als er sie mit sich hinter die Bühne zog und ihren warmen, pulsierenden Körper an sich presste.

Er streichelte ihre Kurven, während er sie quälend intensiv küsste. Mehr würden sie nicht bekommen, das wusste er. Sie drückte sich an ihn, stöhnte lustvoll auf und weckte in ihm den Wunsch nach noch viel mehr, obwohl sie sich auf einem Festival befanden und nur wenige Meter entfernt hunderte Leute vorbeiliefen.

»Es tut mir leid«, sagte er an ihren Lippen. »Ich musste dich küssen.«

»Du musst mich nicht außer Sichtweite bringen, um mich zu küssen, Blue. Ich bin mit dir hier.«

Das hörte sich wunderbar an, auch wenn es ihm noch lieber gewesen wäre, sie hätte *Ich gehöre dir* gesagt. »Ich hab dich nicht nur entführt, um dich zu küssen.« Er trat zurück und ihr Blick landete auf seiner Erektion.

»Oh.« Kichernd legte sie sich eine Hand auf den Mund.

»Komm her.« Er küsste sie noch einmal und sie rieb sich an ihm. »Du bist nicht gerade hilfreich.«

»Oh, ich denke schon«, widersprach sie und lachte erneut auf. »Du wirst danach ganz sicher den ganzen Tag an mich denken.«

Er drängte sie gegen die Wand und drückte ihre Hände neben ihren Kopf. »Meinst du nicht, dass ich bereits jeden Tag seit unserer ersten Begegnung an dich denke?«

Sie drückte ihre Lippen auf seine Brust, ehe sie sich auf die Zehenspitzen stellte – langsam liebte er diese Bewegung – und flüsterte: »Küss mich noch mal.«

Er gab ein gequältes Stöhnen von sich. In dem Wissen, dass er nur weiter gefoltert werden und sie verzweifelter wollen würde, verschloss er ihre Lippen mit seinen und ließ ihre Hände los, damit er ihren wunderbaren Hintern packen und ihre Körper fest aneinanderpressen konnte.

»Du fühlst dich unglaublich an.« Er küsste ihren Hals, und sie hob das Kinn, um ihn zu ermutigen, sich mehr zu nehmen. Er vergrub die Finger in ihren Haaren, die er so liebte, strich mit den Lippen über ihre Haut und rieb seine Erektion an ihrem Bein. Lizzie schob eine Hand zwischen seine Beine und streichelte ihn durch die Jeans.

Er packte ihre Handgelenke. »Lizzie, ich werde hier nicht mehr wegkönnen.« Schnell schaute er sich um. Sie standen außer Sichtweite zwischen Kabeln und technischer Ausrüstung hinter der Bühne, doch obwohl er sie so sehr wollte – beinahe schon verzweifelt –, war er besitzergreifend und wollte Lizzie beschützen. Er wollte das Risiko nicht eingehen, dass jemand sie sah, wenn sie intim wurden.

Als sie sich auf die Unterlippe biss, sah sie noch hinreißender aus. Er hatte noch nie eine Frau getroffen, die gleichzeitig verführerisch und unschuldig aussehen konnte – und es erregte ihn ungemein.

»Du bist viel zu sexy.« Er küsste sie wieder, während er den Drang, sie mit nach Hause zu nehmen, sie auszuziehen und zu lieben, gegen den Teil von sich abwägte, der sich an ihre Bitte erinnerte, stark zu sein, wenn sie es nicht sein konnte.

»Ich hab mich noch nie in meinem Leben so sehr zu jemandem hingezogen gefühlt und ich habe Angst, eine Grenze zu überschreiten, wenn wir nicht von hier verschwinden.« Er zwang sich, einen Schritt zurückzutreten.

»Aber ich liebe es, dich zu küssen«, widersprach sie und streckte die Hände nach ihm aus.

Er umfasste ihr Gesicht und sah in ihre sinnlichen Augen. »Lizzie, ich will dich so sehr, dass es wehtut. Wenn ich dich weiter küsse, werde ich dich an die Wand drücken, dich ausziehen und mir alles nehmen.« Sie lächelte und ihre Wangen wurden rot. »Was unglaublich heiß wäre, bis ich einen Typen umbringe, der uns zufällig bemerkt, und wir wegen Erregung öffentlichen Ärgernisses – und Mordes – verhaftet werden, und du deinen Eltern erklären musst, warum wir im Gefängnis sitzen«, fügte er hinzu.

Sie lachte. »Na ja, also, ich habe eine Sex-Liste, an der wir arbeiten können, und das würde sehr gut dazu passen.«

»Eine Sex-Liste? Verdammt, Weib, wer bist du?« Noch erregter ging er wieder einen Schritt auf sie zu.

Mit einem Finger strich sie ihm über die Brust. »Es ist eine Liste mit all den Orten, an denen ich … du weißt schon.« Sie leckte sich über die Lippen und er knirschte mit den Zähnen.

»Du bist die wahrgewordene dunkle Fantasie eines jeden Mannes, aber ich will, dass du mir gehörst, Lizzie. Ich werde nicht teilen.«

»Kein Teilen. Verstanden.« Sie stellte sich auf die Zehenspitzen, um ihn zu küssen.

Eine Welle des Verlangens zog ihn noch näher zu ihr. »Verdammt, Lizzie«, murmelte er an ihren Lippen. Widerwillig und mit dem verzweifelten Versuch, sein Versprechen zu halten, zog er sich wieder zurück. »Ich kann es nicht erwarten, an deiner Liste zu arbeiten, aber damit das hier jugendfrei bleibt, solltest du hierbleiben, während ich ein paar Schritte gehe, um auf andere Gedanken zu kommen.« Kopfschüttelnd sah er auf seinen Ständer hinunter.

»Denk nicht an mich«, flüsterte sie. »Denk an Mathe oder Naturwissenschaften.«

Rasch überbrückte er den Abstand zwischen ihnen wieder. »Ich könnte an Seegras denken, aber sobald ich deine Stimme höre, bin ich verloren.«

»Oh, welche Macht.« Sie grinste verschmitzt.

Er fing ihre Lippen zu einem letzten Kuss ein und sagte: »Versuch, nicht sexy zu klingen.«

Lange, schmerzhafte Minuten später kehrten sie zum Festival zurück.

»Ich liebe es, Zeit mit dir zu verbringen«, gestand Lizzie, als sie zu den Kunstständen schlenderten.

»Ich liebe es auch, Zeit mit dir zu verbringen.« Er zog sie in die Arme, küsste sie wieder, und obwohl er wusste, dass er sie viel zu oft küsste, war er so von ihr hingerissen, dass er weder aufhören konnte noch wollte. »Gott, und wie ich es liebe. Es sollte illegal sein, so gut zu schmecken.« Er küsste sie noch einmal. »Und sich so gut anzufühlen.«

Kichernd zog sie ihn mit sich zurück den Zelten. »Na komm. Sonst lasse ich dich Dinge mit mir anstellen, die du wirklich tun willst.«

»Himmel. Das hältst du für eine Drohung?«

An einem Stand, an dem man basteln konnte, schnitzten sie einen Kürbis und schenkten ihn dann einem kleinen Mädchen, das ihn bewunderte. Anschließend aßen sie Hotdogs, während sie weiter zwischen den Ständen umhergingen. Die ganze Zeit über küssten sie sich, berührten sich und neckten sich. Es war das schönste Date, das Blue je gehabt hatte.

»Ich brauche was Süßes«, verkündete Lizzie.

»In fünf Minuten gibt es ein Kuchen-Wettessen. Willst du mitmachen?«

»Wirklich?« Sie zog ihn bereits zum entsprechenden Zelt. »Ich liebe Kuchen. Machst du auch mit?«

»Sicher, aber du kannst unmöglich mehr essen als ich. Ich bin doppelt so groß wie du.«

»Pass nur auf.« Sie sah ihn herausfordernd an.

Mit Plastiklätzchen ausgestattet, setzten sie sich zu den mit Gabeln bewaffneten Kontrahenten an einen langen Tisch.

»Ich werde dich auf jeden Fall schlagen«, sagte Lizzie. »Selbst wenn ich niemand anderen besiege, werde ich mehr Kuchen essen als du.«

Blue lachte. »Ich könnte dich unter den Tisch essen.«

Sie verdrehte die Augen. »Leere Versprechungen.«

Ein Pfiff ertönte, und während Lizzie schon den Blaubeerkuchen verschlang, versuchte Blue noch, seinen heruntergefallenen Kiefer wieder aufzusammeln.

»Das ist unfair«, sagte er, bevor er sich auf seinen Kuchen stürzte.

»Ich hab auch eine Schleck-Liste. Wenn du Glück hast, darfst du mir vielleicht helfen, sie abzuarbeiten.« Sie stopfte sich noch ein Stück Kuchen in den Mund.

»Schleck-Liste?« Er hielt mit der Gabel in der Luft inne. »Du meinst ...?«

»Dinge, die ich einem Mann gern vom Körper schlecken will.« Sie fuhr sich mit der Zunge über die Lippen und aß weiter. »Und Dinge, die ein Mann von mir abschlecken soll.«

»Heilige ...« Der Kontrast zwischen ihren Worten und der Unschuld in ihren Augen weckte seinen Körper wieder. »Ich glaube, ich hab die perfekte Frau gefunden.«

Fast gleichzeitig waren sie mit ihrem ersten Kuchen fertig. Lizzie lehnte sich näher an Blue, als sie mit dem zweiten begannen. Sie hob den Löffel und leckte betont verführerisch die süße Füllung ab.

Zum Teufel mit dem Wettbewerb.

Er umfasste ihren Nacken und zog sie in einen Blaubeer-kuss, den er vertiefte, bis er ihr ein lustvolles Stöhnen entlockte und den Atem raubte. »Rache ist süß.« Langsam aß er sein zweites Stück Kuchen und genoss jeden Bissen, während sie sich von dem Kuss erholte.

Als ein weiterer Pfiff das Ende des Wettbewerbs verkündete, tauchte er den Finger in die süßen Blaubeeren und hielt ihn ihr an die Lippen. »Ich lass dich nicht hängen, Babe.«

Sie ließ ihre Zunge um seinen Finger tanzen, ehe sie ihn in den Mund nahm und daran saugte, als wäre es der sehr erregte Teil unterhalb seiner Hüfte.

»Nein, aber ich dich«, erklärte sie, als sie aufstand. »Das wird dir eine Lehre sein, nicht zu schummeln.«

»Schummeln?« Er nahm sie in die Arme und sie wand sich kichernd. »Du bist gerade noch heißer geworden, aber sei gewarnt. Beim zweiten Mal ist Rache noch süßer.«

»Ich freue mich schon darauf.«

Er küsste sie, ehe er sie wieder auf dem Boden absetzte. »Es gefällt mir, dass du beim Essen nicht so schüchtern bist wie die meisten Frauen, und ich liebe deine Versuche, mich mit Anzüglichkeiten herauszufordern.«

»Ich glaube, du wirst feststellen, dass ich ganz und gar nicht wie die meisten Frauen bin.«

Er zog sie wieder an sich. »Süße, das wusste ich schon vom ersten Tag an.«

»Das sagst du, aber ich hab keine Ahnung, warum. Ich bin nichts Besonderes.« Sie sah ihn so unschuldig und ungläubig an, dass sich seine Brust zusammenzog.

»Womit habe ich es verdient, dass du endlich mit mir ausgehst? Du bist nicht einfach nur besonders, Lizzie. Du bist in jeder Hinsicht einzigartig. Du stellst Regeln zum Küssen auf und manchmal erwischst du dich dabei, uns zu sehr zu genießen, und ich kann sehen, wie du versuchst, dich zurückzuziehen, spüre aber gleichzeitig, wie sehr du es nicht willst. Deine Persönlichkeit erhellt einen ganzen Raum. Du bist klug und witzig und verdammt sexy. Wie kommst du darauf, nicht besonders zu sein? Ich habe noch nie eine Frau wie dich getroffen.«

Sie runzelte die Stirn. »Du spürst, wenn mir etwas zu sehr gefällt?«

»Nicht heute, aber letzte Nacht und heute Morgen. Ich dachte, du würdest dich einfach nur daran gewöhnen, deinen Gefühlen nachzugeben, wie ich auch.«

»Und du denkst, ich würde einen Raum erhellen?«

»Als ich heute Morgen nach Hause gekommen bin, nachdem ich dich abgesetzt hatte, hat sich meine Hütte weniger lebendig angefühlt. Deine Abwesenheit war spürbar, als würde ein Teil von mir fehlen. Mir ist klar, dass das das Verrückteste ist, was ich je nach zwei Dates gesagt habe.« Er begegnete ihrem weicher werdenden Blick und stellte fest, dass die Ungläubigkeit langsam verschwand. »Es stimmt, Lizzie. Wir haben ein Jahr lang eine Freundschaft aufgebaut. Ein Fundament, wie du gesagt hast. Da ist es nur einleuchtend, dass wir einander schnell und heftig verfallen.«

Sie klammerte sich knapp über seiner Taille an sein Shirt und wurde wieder ernst.

»Du weckst in mir den Wunsch, meinen Gefühlen nachzugeben und mir keine Sorgen darum zu machen, wie kompliziert mein Leben ist.«

Er lehnte die Stirn an ihre und genoss das Wissen, dass sie sich auf die Emotionen zwischen ihnen einlassen wollte. »Lass es uns gemeinsam unkompliziert machen. Für uns ist keine Hürde zu groß.«

»Ich will dir glauben.« Ihr Griff wurde fester, sodass sie sogar leicht an seiner Haut zog.

Besitzergreifend legte er seine Hand auf ihre und versicherte ihr: »Vertrau mir, Lizzie, wie ich dir vertraue. Wir gehören zusammen. Ich wusste das seit unserer ersten Begegnung und seitdem ist es mit jedem Tag stärker geworden.«

Neun

Es war nach acht, als sie das Festival verließen. Die Sonne war bereits untergegangen, sodass es kühl wurde, aber Lizzie saß auf dem Heimweg warm und glücklich neben Blue und kuschelte sich in seinen Arm. Sie hatte ihren Plan, die Beziehung zu beenden, bereits verworfen, denn innerhalb eines Tages war es genau das geworden. Eine Beziehung. Sie hatte noch keine Ahnung, wie sie ihm von *The Naked Baker* erzählen sollte. Sie wusste, dass Blue ihr vertraute, und die Schuldgefühle fraßen sie auf. Vielleicht war es egoistisch, diesen wunderschönen Tag nicht ruinieren zu wollen, indem sie mit etwas herausplatzte, was ihn abschrecken könnte. Aber als sie sich enger an ihn schmiegte und er einen Kuss auf ihre Schläfe drückte, wusste sie, dass sie nie genug von ihm bekommen würde. Wie auch? Blue war genauso, wie sie es erwartete hatte, und so viel mehr.

»Ich würde gern das Haus an der Klippe sehen, das du gekauft hast. Du hast davon erzählt, aber ich war noch nie dort.«

»Ich würde es dir liebend gern zeigen.« Er zog sie fester an sich. »Was hältst du davon, ein Feuer zu machen und eine Weile am Strand zu sitzen?«

Auf dem Weg zu Bowers Bluff rief Blues Bruder Jake an. Blue schaltete die Freisprechanlage an. »Jake, schön zu hören, dass du noch lebst.«

»Alter, hast du was anderes erwartet? Es war ein absolutes Chaos. Tut mir leid, dass ich mich nicht gemeldet habe.« Jakes Stimme war so tief wie Blues. »Wir haben jede Nacht nur zwei Stunden geschlafen, bevor wir wieder rausmussten. Hast du mich auf laut gestellt?«

»Ja, tut mir leid. Ich bin im Auto. Lizzie sitzt neben mir.« Lizzie hatte Blues jüngeren Bruder letzten Sommer kennengelernt, als er zu Besuch gewesen war. Jake war groß und athletisch wie Blue und flirtete auf Teufel komm raus.

»Hi, Jake«, begrüßte sie ihn.

»Hey, Lizzie. Wie geht's?«

»Super, danke.«

»Was machst du mit B? Vertreibst du dir die Zeit mit den einfachen Leuten, weil ich nicht in der Stadt bin?«, fragte Jake lachend.

»Ich kann dich immer noch vermöbeln«, spottete Blue.

»Ja, ja.« Jake schnaubte. »Wir werden sehen, ob das stimmt, wenn wir uns auf Cashs Hochzeit sehen. Kommst du auch, Lizzie?«

»Nein«, sagte sie in dem Moment, in dem Blue mit »Vielleicht« antwortete.

»Alles klar«, meinte Jake. »Hör zu, ich rufe nur an, damit du weißt, dass es mir gut geht. Ich muss mich jetzt bei Duke melden. Er hat ungefähr fünfzig Mal angerufen. Wir sehen uns auf der Hochzeit. Amüsiert euch und tut nichts, was ich nicht auch tun würde.«

»Super, dann muss ich mich also nicht zurückhalten. Hab dich lieb, Bruderherz«, sagte Blue lässig.

»Ich dich auch.«

Blue legte lächelnd auf. Lizzie hatte ihn schon mit Duke

und Jake erlebt und wusste, wie nah sie sich standen, aber zu hören, wie er seinem Bruder sagte, dass er ihn lieb hatte, versetzte ihr einen Stich in die Brust.

»Ich finde es schön, dass ihr eure Zuneigung nicht versteckt.«

»Familie ist alles«, erwiderte Blue. »Sagst du deiner Familie nicht, dass du sie lieb hast?«

»Doch, ständig. Aber ich habe noch nie gehört, dass Männer es so offen aussprechen.« Sie sah aus dem Fenster, als Blue auf eine Schotterstraße bog. »Das ist wirklich abgeschieden.«

»Genauso, wie ich es mag.«

Er parkte vor einem hinreißenden weißen Cottage mit rotem Dach am Rand eines Sandstrandes, auf dem sich langes Dünengras im Wind wiegte. Es gab keine Bäume oder Büsche, um die Meeresbrise abzufangen. Rechts neben dem Haus befand sich ein imposanter weißer Leuchtturm mit umlaufender Plattform hoch oben und schwarzer Glaskuppel.

»Es ist wunderschön.«

»Danke.« Blue hob sie aus dem Pick-up.

Lizzie war nie die Art Frau gewesen, um die man sich kümmern musste, aber es fühlte sich gut an, von Blue aus dem Pick-up gehoben zu werden und zu sehen, wie sein Blick umherschweifte, als würde er immer dafür sorgen, dass sie in Sicherheit war. Viele Jahre lang hatte sie so viel Energie darin investiert, einen Teil ihres Lebens zu verbergen, dass sie vergessen hatte, wie es sich anfühlte, nicht so allein zu sein. Und ihr war nicht einmal klar gewesen, dass sie einsam gewesen war, doch Blue berührte einen Teil in ihr, der ihr genau das vor Augen führte. Jede gemeinsame Minute brachte sie einander näher und verstärkte die Gründe, warum sie füreinander bestimmt waren.

»Ich kann nicht glauben, dass du einen Leuchtturm gekauft hast. Es ist so anders als deine Hütte.«

»Stimmt, aber wie schon gesagt, es hat mich angesprochen. Der Innenausbau ist noch nicht ganz fertig.« Er schloss die Haustür auf und trat zur Seite, damit Lizzie hineingehen konnte.

Nachdem sie ihre Sandalen ausgezogen hatte, betrat sie die glänzenden Holzböden. Der offene Eingangsbereich ging rechter Hand in ein Esszimmer über und geradeaus in ein Wohnzimmer mit hoher Decke. An der gegenüberliegenden Wand befand sich ein Kamin aus Naturstein, der von zwei Glastüren flankiert wurde, die zur Terrasse führten. Lizzie schlenderte durchs Wohnzimmer, betrachtete die dekorativen Zierleisten und den Kaminsims aus dunklem Kirschholz. Die steinerne Einfassung der Feuerstelle zog sich hoch bis zur Gewölbedecke. Im Obergeschoss gab es eine offene Galerie. Sie wusste ja, dass Blue all das mit seinen eigenen, geschickten Händen zum Leben erweckt hatte, und spürte seine Handschrift überall.

»Es ist umwerfend. Hast du die Decke über diesem Raum geöffnet, oder war es schon so?«

Blue trat neben sie und strahlte sie stolz an. »Ich habe diese Seite hier entkernt und die Decke herausgenommen, und auf der anderen Seite zwei Schlafzimmer gelassen.«

»Es ist ein Kunstwerk«, sagte Lizzie, als sie durch einen Bogen in die Küche ging, wo sie die maßgefertigten Möbel bewunderte. Blue prahlte nie mit seinem Talent. Er war ebenso bescheiden wie großzügig und diese Eigenschaften verstärkten seinen Reiz nur noch mehr. »Ich liebe die gedämpften Grün- und Erdtöne. Ich kann mir vorstellen, wie wunderschön es sein wird, wenn die Fenster geöffnet sind und die Meeresbrise beim

Kochen hereinweht.« Sie seufzte. »Himmlisch.«

Er schlang von hinten die Arme um sie und küsste ihre Wange. »Freut mich, dass es dir gefällt. Und du bist die Erste, die es sieht.«

»Wirklich?« Sie drehte sich zu ihm um. »Ich fühle mich geehrt, dass du es mit mir teilst.«

»Ich möchte noch so viel mehr mit dir teilen, Lizzie.«

Bei dem Gedanken, ihr Leben mit Blue zu teilen, wurde sie von einem Schauer erfasst, doch gleich darauf ertönte die nagende Stimme in ihrem Hinterkopf und erinnerte sie daran, dass es Dinge in ihrem Leben gab, die sie nicht teilen konnte. Wie befürchtet wurde daraus ein ständiges Tauziehen, und nun musste sie herausfinden, wie sie damit umgehen sollte.

»Wenn das Haus fertig ist, reißen wir die Fenster auf und kochen etwas Wundervolles. Komm, ich zeig dir den ersten Stock und den Leuchtturm.«

Sie gingen über die Holztreppe nach oben in den Flur, der zu den beiden Schlafzimmern mit den angrenzenden Badezimmern führte.

»Ich bin gerade mit den Böden fertig geworden. Als Nächstes sind die Schränke und Zierleisten dran.«

»Wahnsinn, was du alles kannst, und du hast so tolle Ideen.« Sie dachte an seine großartige Arbeit in ihrer Küche, wodurch sie unwillkürlich an die Küche in ihrem Keller und den Webcast erinnert wurde. Einen Moment lang fragte sie sich, ob sie Blue ihr Geheimnis anvertrauen konnte. Ob er darüber hinwegsehen konnte. Sie ging zum Fenster und blickte aufs Wasser. Erst einmal würde sie diesen Gedanken unbeantwortet lassen. »Es ist einfach schön hier. Ich verstehe, warum dich dieser Ort angezogen hat.«

»Warte nur, bis du den Leuchtturm siehst.«

Ein paar Minuten später standen sie an der Wendeltreppe im Leuchtturm. Die Treppe hatte schmiedeeiserne Setzstufen mit kompliziertem Muster, durch die man hindurchsehen konnte. Lizzies Herz schlug so schnell, dass sie glaubte, zu hyperventilieren.

»Offene Treppen sind nicht so mein Ding.« Sie hasste es, schwach zu klingen. Sie hatte ihre Panik vor offenen Treppen vergessen. Es gab keinen Grund dafür, aber die Angst war real und schnürte ihr die Brust zu.

»Kein Problem. Wir müssen nicht raufgehen.« Blue nahm ihre Hand und sie stand wie angewurzelt.

»Ich will es aber. Ich will es wirklich.«

»In Ordnung, dann machen wir es.« Er trat neben sie ans Geländer und schlang fest einen Arm um sie, während er die andere Hand auf ihren Bauch legte. Sie fühlte sich sicher, beschützt. »Ich hab dich. Hast du Höhenangst?«

»Nein. Diese Art von Treppen hat nur irgendetwas an sich, was mir Angst macht. Ich hab noch nicht viele solcher Orte erlebt, sonst hätte ich dich vorgewarnt.«

Schritt für Schritt stiegen sie die Treppe hinauf. Blue war geduldig und passte sich ihrer Geschwindigkeit an. Als sie die Tür zur Plattform erreichten, blieb er stehen und hielt sie fest.

»Du musst mich nie vorwarnen. Es gibt nichts, womit ich nicht umgehen kann. Bist du sicher, dass du draußen klarkommst? Wir sind wirklich weit oben.«

Nichts, womit du nicht umgehen kannst? Wieder fragte sie sich, ob das wirklich stimmte.

»Ja, das wird gehen. Mich hat nur die offene Treppe durcheinandergebracht.«

Als er die Tür öffnete, wurden sie von einem kalten Windstoß erfasst. Lizzie drückte sich enger an Blue, an seine Wärme, und trat mit ihm hinaus. Der Anblick des Wassers und der kilometerlangen, unberührten Küstenlinie war atemberaubend.

»Danke. Tut mir leid.«

»Lizzie, für so etwas musst du dich nie entschuldigen. Wir alle haben Ängste.«

Wenn er doch nur ihre größte kennen würde: ihn wegen ihres Webcasts zu verlieren. Doch sie verdrängte den Gedanken und konzentrierte sich auf das Hier und Jetzt, darauf, mit Blue an diesem unglaublichen Ort zu sein.

»Danke für dein Verständnis. Es ist verrückt, dass dir all das hier gehört. Was hast du mit dem Leuchtturm vor?«

»Ich bin noch nicht sicher. Ich hab darüber nachgedacht, ihn originalgetreu zu restaurieren.«

»Klingt nicht schlecht. Aber wenn er mir gehören würde, würde ich etwas ganz anderes machen. Du hast hier einen spektakulären Ausblick. Warum machst du keinen Wohnraum daraus? Ich würde eine weitere Etage einziehen und noch einen Balkon und Fenster einbauen. Oder ist das baulich nicht möglich? Aber wie cool wäre das wohl?«

Er stand hinter ihr, die Arme um sie gelegt. »Ich liebe deine Vorstellungskraft. Du siehst nicht das, was alle anderen sehen. Wie bei deiner orangenen Küche und den Kokedama. Du gibst allem deine persönliche Note.«

»Willst du mir auf nette Art und Weise sagen, dass ich einen komischen Geschmack habe?«

Die kalte Luft brannte auf ihren Wangen, doch Blue wärmte alles andere.

»Nein, ich will dir damit sagen, dass ich mich zu allem an dir hingezogen fühle, Lizzie, und dass ich dabei bin, mich in dich zu verlieben.« Er drehte sie in seinen Armen um und sah ihr in die Augen. »Ich stelle mir immerzu vor, wie du hier bei mir bist. Im Haus. Im Leuchtturm. Am Strand.«

Ihr Herz schlug so schnell, dass sie fürchtete, es würde auf ihrer Zunge tanzen, wenn sie den Mund öffnete.

»Macht dir das Angst?«

Sie schüttelte den Kopf und stellte sich dasselbe vor – trotz des Teufels auf ihrer Schulter, der leise *The Naked Baker* flüsterte. Der Wind zerzauste ihre Haare. Blue schob sie ihr über die Schulter und beugte sich hinab, um sie zu küssen, und sein Kuss legte sich wie ein Siegel auf ihr Geheimnis.

Das Rauschen der Wellen untermalte ihren Spaziergang am Strand. Sie gingen barfuß und der Sand war kühl unter ihren Füßen. Zurück am Leuchtturm breitete Blue eine Decke auf dem Strand aus und entzündete ein Feuer, ehe er sich neben Lizzie legte und sich auf dem Ellbogen abstützte.

»Ich kann mich nicht erinnern, wann ich das letzte Mal einen so tollen Tag hatte. Und ich weiß immer noch nicht, wie fast zwei ganze Kuchen in deinen winzigen Körper gepasst haben.«

Lachend streckte sie sich neben ihm aus. »Meine Mom hat früher immer gesagt, dass ich irgendwann dreihundert Kilo wiege. Ich hab dann immer geantwortet, dass das schon in Ordnung wäre, weil ich dann wenigstens den Weg dorthin genossen hätte.«

Er legte eine Hand auf ihre Hüfte. »Du wärst immer umwerfend, egal, welche Kleidergröße du hast. Deine Schönheit kommt von innen.«

Sie wurde rot und senkte den Blick. Als sie ihn wieder ansah, schimmerte Ernst in ihren Augen. »Blue, du bist so ein toller Typ. Du bist so offen und ehrlich, wie es nur die wenigsten Männer sind, und dazu noch romantisch und rücksichtsvoll. Warum bist du noch Single?«

»Warum? Na ja, ich hab das ganze letzte Jahr versucht, die Aufmerksamkeit einer gewissen Frau zu erregen.« Er wusste, dass sie mehr wissen wollte, und obwohl er über seine Vergangenheit bisher ausschließlich mit seiner Familie gesprochen hatte, wollte er Lizzie in seine Welt lassen. Er wollte nicht, dass es Geheimnisse zwischen ihnen gab.

»Davor lag es wohl an einer Mischung aus der Vergangenheit und der Tatsache, dass ich nicht die richtige Person getroffen habe.«

»Der Vergangenheit?«

Bei der Erinnerung verknotete sich sein Magen, aber er wollte ehrlich sein. »Ich war etwas mehr als ein Jahr mit einem Mädchen zusammen und dachte, sie wäre die Eine, weißt du? Wir waren jung, und ganz ehrlich, wahrscheinlich hat sie mir einen Gefallen getan, aber ich hab sie beim Fremdgehen erwischt und …« Er zuckte mit den Schultern und hoffte, dass das als Erklärung reichen würde.

»Und es hat wehgetan«, schlug sie vor.

Er nickte.

»Ätzend. Ich habe nie verstanden, warum Leute fremdgehen, anstatt einfach Schluss zu machen. Es tut mir leid, dass du das durchmachen musstest. Obwohl ich mir nicht vorstellen kann, dass irgendjemand *dich* betrügt.«

Er rutschte näher an sie heran, legte einen Arm um sie und zog sie an sich. Lizzie schob einen Fuß zwischen seine Beine, und er wusste, dass sie nach Wärme suchte. Der Feuerschein tanzte in ihren Augen, und als sie lächelte, spürte er ein Echo tief in seiner Brust.

»Was ist mit dir? Du bist umwerfend, hast deinen eigenen Laden und bist süßer als der Kuchen, den wir heute Nachmittag hatten. Warum hat sich dich noch keiner geschnappt?«

»Ich hab dir doch gesagt, dass mein Leben kompliziert ist. Nach dem College hab ich meinen Blumenladen eröffnet und das hat mich sehr in Anspruch genommen. Und in letzter Zeit … Ich bin einfach ständig beschäftigt.«

»Also keine schrecklichen Trennungen? Kein stalkender Ex-Freund?« Er hatte nie etwas darüber gehört, dass Lizzie mit jemandem zusammen gewesen war, und sich schon nach dem Grund gefragt.

»Nein, Gott sei Dank. Ich habe mich auf andere Dinge konzentriert.«

»Das scheint sich bezahlt gemacht zu haben. P-town Petals ist in Provincetown die Adresse für Blumen. Vielleicht ist es jetzt an der Zeit, sich auf dich zu konzentrieren. Auf uns.«

»Das wäre schön«, flüsterte sie.

Blue ließ eine Hand über Lizzies Rücken gleiten, während er sie küsste.

»Hast du eine Ahnung, was für eine Folter es ist, in deinem Haus zu arbeiten? Dein Parfüm zu riechen, wenn du vorbeigehst? Zu wissen, dass du alles, was ich baue, berühren wirst?«

Sie atmete abgehackt ein.

»Ich will einer dieser Schränke sein und jeden Tag deine Hände auf mir spüren.« Er küsste ihren Mundwinkel. »Ich will die Arbeitsplatte sein, über die du im Vorbeigehen streichst.« Er küsste ihren zarten Kiefer. »Ich will dich auf jeder Oberfläche lieben, sodass du jedes Mal, wenn du ein Glas nimmst oder kochst, an mich denkst. An uns. Wie gut wir uns zusammen anfühlen.«

»Oh, ja«, hauchte sie.

Hungrig küsste er sie, und sie gab sich seinen Lippen hin, beantwortete sein Fordern mit ebenso drängendem Spiel ihrer Zunge. Seit ihrem ersten Kuss hatte er sein Verlangen im Zaum gehalten und nun, da sie sich an seinen Rücken klammerte und sich an ihn drückte, wollte er sich nicht mehr zurückhalten. Er schob eine Hand unter ihr Shirt, wollte das Gewicht ihrer Brust spüren.

»Du fühlst dich so gut an«, sagte er zwischen zwei Küssen.

Er wanderte mit den Lippen zu der Vertiefung an ihrem Hals. Sie legte den Kopf zurück und bot sich ihm an, während er ihr Shirt hochschob. Schlagartig erinnerte er sich an sein Versprechen und hielt schwer atmend inne. Er brauchte erst ihre Erlaubnis, um weiterzugehen.

»Hör nicht auf«, drängte sie.

»Bist du sicher?« Suchend sah er ihr in die Augen.

»Ich war mir noch nie bei etwas so sicher.«

Verlangen pulsierte heiß in seinen Adern, als er im nächsten versengenden Kuss mit ihr versank. Er wollte es langsam angehen lassen, ihr auf jede erdenkliche Art Vergnügen schenken, sie reizen und hinhalten, bis sie ihn anflehte, aber sein Körper hatte andere Vorstellungen. Wie ferngesteuert bewegte er sich nach unten und schob dabei ihr Shirt und ihren BH hoch, entblößte ihre perfekten Brüste, die er kosten musste. Er stöhnte lustvoll auf, als er ihren Nippel mit der Zunge umspielte. Er sog ihn in den Mund, was ihm ein erregtes Stöhnen von Lizzie einbrachte. Sie drückte ihm ihre Hüften und Brüste entgegen. Lecken und kosten war nicht genug. Nichts würde je genug sein. Blue strich über ihren Bauch zu ihrem Rock, doch bevor er ihn packen konnte, zog sie ihn bereits aus. In der Zwischenzeit entledigte er sich seines Shirts und riss sich schnell die Hose von den Beinen, ehe er sich über sie legte, verzaubert von ihrem Geruch und ihren Fingern, mit denen sie sich an seinen Rücken klammerte.

»Du fühlst dich so gut an«, hauchte er an ihrem Hals.

Er strich über ihre Seiten, und ihre Brüste drückten gegen seinen Oberkörper, als sie ihn an sich presste und ihm entgegenkam. Blue packte ihre Hüften und rieb seine harte Länge an ihrem Bauch. Er wollte so sehr in ihr sein, aber es gab so viel, was er vorher tun, so viel Vergnügen, das er ihr vorher schenken wollte, also drückte er ihr einen weiteren, ungestümen Kuss auf.

»Blue, ich brauche dich«, flehte sie.

Er lächelte sie an. »Oh, du bekommst mich, Baby. Du bekommst mich.«

Mit den Lippen wanderte er über ihre Brüste und ihren Bauch zu den feuchten Locken zwischen ihren Oberschenkeln. Sie krallte sich in die Decke und spreizte einladend die Beine. Blue erkundete mit den Händen ihre cremeweißen Oberschenkel, während er den Kopf senkte. Die erste Berührung seiner Zunge war himmlisch, offenbar für sie beide, denn sie stöhnte laut auf und schob die Finger in seine Haare. Himmel, er liebte es, von ihr geführt und gelockt zu werden. Sein Herz hämmerte wie wild in seiner Brust, als er ihre Süße schmeckte und sie erst keuchte, dann stöhnte, als er seine Zunge etwas tiefer gleiten ließ. Die Welt verblasste und Lizzie Vergnügen zu bereiten überschattete alles. Er drang mit der Zunge in sie ein, während er ihre Klitoris geübt mit den Fingern bearbeitete. Lizzie atmete schwer und Blue öffnete die Augen. Er wollte sie ansehen, wenn sie kam. Wie sie im Mondschein dalag, nackt, mit aufgefächerten Haaren, so offen, so vertrauensvoll, weckte ein tiefes, ursprüngliches Verlangen in ihm, das er unmöglich zurückhalten konnte.

Er hielt ihre Schenkel fest, während er über sie herfiel und sie schnell an den Rand des Höhepunkts brachte. Ihre Hüften zuckten und ihre Fingernägel gruben sich in seine Kopfhaut.

»Ogottogottogott.«

Hitze breitete sich wie ein Lauffeuer in seiner Brust aus. Geschickt drang er mit den Fingern tief in sie ein und strich über die Stelle, die sie bei jeder Bewegung scharf einatmen ließ. Sie zog sich pulsierend um ihn zusammen, während er sie weiter leckte und sie schließlich an seinem Mund kam. Eine kühle Meeresbrise strich über seine Haut, ein scharfer Kontrast zu der Hitze, die in ihm brodelte. Es war beinahe zu viel für ihn, als er seinen Namen aus ihrem Mund hörte. Sie entfachte seine Leidenschaft wie keine andere Frau zuvor, und er musste sie haben. Alles von ihr. Er musste sie für sich beanspruchen. Er glitt an ihr hinauf und spürte ihre feuchte Hitze.

»Bitte sag mir, dass du die Pille nimmst«, brummte er rau.

»Ja. Gott, ja.«

Er versiegelte ihre Lippen mit einem Kuss, während er in ihre enge Hitze eindrang. Das erlesene Gefühl, endlich, endlich mit ihr vereint zu sein, entlockte ihm ein Stöhnen. Sie verharrten gemeinsam, und ein tiefer, innerer Frieden stellte sich ein. Doch das drängende Verlangen, sie um sich zu spüren, gewann die Oberhand. Ihre Sinnlichkeit hatte die Macht, ihn direkt in den Abgrund zu stoßen, aber es war der Ausdruck in ihren Augen, der ihm den Atem raubte.

»Das. Hier. Jetzt«, keuchte er. »Jeder Augenblick meines Lebens hat zu diesem Moment geführt. Zu dir.«

Ihre Bewegungen passten perfekt zueinander, jeder Stoß machte sie atemlos, jede Berührung brannte vor Verlangen. Nichts war mit dem Gefühl vergleichbar, sie zu spüren, wie sie ihn berührte, als würde er ihr gehören. Er verlor sich in ihren

Küssen, während er immer wieder in sie eindrang und sie mit jedem Stoß ganz ausfüllte. Eine Welle aus Emotionen trieb ihn immer näher an den Rand des Höhepunkts. Lizzie schlang die Beine um seine Hüfte, sodass er noch tiefer in sie eindringen konnte. Er spürte ihr Beben, als sie die Beine fester um ihn schloss und ihr Atem stockte.

»Blue …«

»Lass los, Baby«, drängte er und überließ sich dem Strudel ihres Verlangens.

Er stieß härter und tiefer zu, packte ihren Hintern und raubte sich einen weiteren gierigen Kuss, sodass sie alle Kontrolle verlor. Er atmete ihre Luft, verschluckte ihre Schreie. Ihr Körper vibrierte und sie pulsierte wie flüssiges Feuer um ihn herum, sodass er ihr besinnungslos über die Klippe in seinen eigenen, intensiven Höhepunkt folgte.

Eine Weile blieben sie einfach still liegen, mit wild klopfenden Herzen und befriedigten Körpern. Blue wollte sich neben sie legen, doch sie hielt ihn auf und bat: »Bleib.«

Noch nie hatte er so viele Emotionen in einem Wort gehört, und als er seine Stirn an ihre lehnte und »Immer« flüsterte, wusste er, dass sie ihn genauso tiefgreifend für sich beansprucht hatte wie er sie.

Zehn

Lizzie schwebte durch den Montagvormittag und fühlte sich, als hätte sich ihre gesamte Welt verändert. Als Blue gekommen war, um mit der Renovierung fortzufahren, hatte er sie sofort in seine Arme gezogen. Es hatte sie all ihre Konzentration gekostet, nicht einfach mit ihm zu Hause zu bleiben, und stattdessen schnell zum Laden zu fahren. Aber ihr Lieferant brachte frische Blumen und Blue hatte mit ihrer Küche und den Arbeiten an seinem eigenen Haus genug zu tun. Er konnte es nicht gebrauchen, von ihr aufgehalten zu werden, so genüsslich es auch sein würde.

»Klopf, klopf.« Sky schwebte in einem kurzen Kleid, Strumpfhose, kniehohen Plateaustiefeln und mit zwei Kaffeebechern bewaffnet in den Laden. »Ich hab flüssige Energie mitgebracht.«

»Du bist eine Göttin.« Lizzie nippte an dem köstlichen Kaffee, während sie Ausstellungsstücke platzierte und die Blumen zurechtrückte.

»Also? Ich hab geschrieben und Nachrichten hinterlassen, aber du hast mich total ignoriert.« Sky setzte sich auf den Tresen und beobachtete Lizzie, die durch den Laden wuselte. »Entweder bist du ungesellig geworden oder du warst bei Mr.

Blue Eyes. Deinem Strahlen nach zu urteilen, würde ich auf Letzteres wetten.«

Lizzie stellte ihren Kaffee neben Sky ab, seufzte verträumt und betrachtete den bunten Blumenstrauß vor sich.

»Sky, er ist so …« Sie seufzte erneut, denn es fiel ihr nicht leicht, Blue zu beschreiben. Sie empfand so schnell so viel für ihn und alles an ihm wirkte wie scharf gestellt. Wenn sie die Augen schloss, konnte sie seinen verruchten, sinnlichen Blick sehen, aber auch noch etwas anderes, das viel tiefer ging. Da Sky immer noch darauf wartete, dass sie ihren Gedanken zu Ende brachte, sagte sie schließlich: »Er ist alles. Heiß, sexy, süß, aber trotzdem durch und durch männlich.«

»Das weiß ich. Ich hab's dir doch gesagt!« Sie strampelte begeistert mit den Füßen. »Also. Habt ihr …?«

»Und wie.« Lizzie spürte, wie ihre Wangen rot wurden, und als Sky vom Tresen sprang und sie so fest umarmte, dass sie kaum atmen konnte, musste sie unwillkürlich lachen.

»Ich bin so glücklich. Zwei meiner besten Freunde sind zusammen. Warum zum Teufel hast du so lange gebraucht?« Sie strich sich die langen dunklen Haare über die Schulter und umarmte Lizzie gleich noch einmal. »Also seid ihr jetzt ein Paar, richtig? Ihr geht nicht mit anderen Leuten aus?«

»Wir haben nicht darüber gesprochen, aber ich denke schon.« Als sie ihre Freundin ansah, wollte sie ihr so verzweifelt die Sache mit dem Webcast anvertrauen und herausfinden, ob sie vielleicht wusste, wie Blue reagieren könnte. Sie musste ihm davon erzählen, wenn sie zusammen sein wollten. Er war so gut, so aufrichtig und vertrauensvoll, doch so sehr sie es ihm auch beichten wollte, sie wollte ihn vor allem nicht verlieren.

»Was ist denn los?«, fragte Sky. »Du lächelst nicht mehr.«

»Ich … also …« Allein bei dem Gedanken, Sky zu erzählen,

dass sie für Geld fast nackt durch die Gegend stöckelte, fühlte sie sich billig und beschämt. Es ging nicht. Zumindest noch nicht. Im Moment wollte sie das Gefühl genießen, das seit zwei Tagen in ihrem Herz gewachsen war.

»Wir hatten erst zwei Dates, und trotzdem fühlt es sich an, als wären wir schon ewig zusammen. Ich fühle mich in seiner Nähe wohl. Das ist komisch, nicht wahr? Dass es so schnell geht?« Sie ging in den hinteren Teil des Ladens, um sich davon abzulenken, was sie ihrer Freundin *nicht* verriet, und füllte eine Gießkanne. Sky folgte ihr.

»Das ist nicht komisch. Als ich Sawyer getroffen habe, hatte ich gleich nach unserem ersten Date das Gefühl, ihn schon immer zu kennen, und du kennst Blue schon seit einem Jahr. Was empfindet er?«

Lizzie goss ein Einblatt und erinnerte sich an den Ausdruck in seinen Augen, als er ihr gestanden hatte, sich in sie zu verlieben, und wie sein Blick später noch intensiver wurde und er gesagt hatte, dass alles in seinem Leben zu dem Moment geführt hatte, in dem sie sich geliebt hatten. Bei der Erinnerung rann ihr ein Schauer über den Rücken.

»Er hat gesagt, dass er sich in mich verliebt«, sagte sie.

»Ich wusste es. Ich sollte Wahrsagerin werden.« Sky lächelte und Lizzie lachte. »Was denn? Ich wusste, dass ihr perfekt füreinander seid. Ich hab nie verstanden, warum er dich all die Zeit nie um ein Date gebeten hat.«

Oh nein. Noch etwas, was sie Sky verheimlicht hatte. Sie fühlte sich mies. Aber immerhin konnte sie damit aufräumen, ohne sich billig zu fühlen oder zu riskieren, dass ihre Eltern von *The Naked Baker* erfuhren. »Sky, er hat mich gefragt. Das erste Mal gleich nach der Hochzeit deiner Freunde, aber ich hab Nein gesagt.«

»Was?« Ihr Mund klappte auf und sie verengte die Augen. »Das hast du mir nie erzählt.«

»Ich weiß, und es tut mir leid. Aber ich wollte nicht, dass du mich drängst. Du weißt, wie verrückt mein Leben ist, mit dem Blumenladen und …«

»Schwer beschäftigt hin oder her, du hättest es mir sagen müssen. Oh mein Gott, Lizzie. Ich hab ihm ein Jahr lang das Leben schwer gemacht, weil er dich nicht einlädt.« Sky verschränkte wütend die Arme vor der Brust. »Wie konntest du mich so im Dunklen tappen lassen?«

Der verletzte Ausdruck in ihren Augen schnitt direkt in Lizzies Herz.

»Es tut mir leid. Wirklich. Ich war einfach noch nicht bereit, und wenn du mich gedrängt und mir die ganze Zeit gesagt hättest, wie wundervoll er ist, hätte ich nachgegeben.« Sie nahm Skys Hand, spürte jedoch ihren Widerstand und wünschte, sie hätte es ihr früher erzählt. »Jetzt, da ich mit ihm ausgegangen bin, wünschte ich, ich hätte sein Angebot früher angenommen. Es tut mir so leid, Sky. Ich hab es nur aus Selbstschutz für mich behalten.« Die Schuldgefühle lasteten schwer auf ihr. Wenn Sky darauf schon so reagierte, wie würde sie dann auf *The Naked Baker* reagieren? Und Blue erst?

»Selbstschutz?« Sky verdrehte die Augen. »Klar. Bin ich so aufdringlich?«

»Nein.« Sie lächelte. »Vielleicht.«

Sky schüttelte den Kopf. »Tja, wenn ich es bin, dann nur, weil ich wusste, wie gut ihr zusammenpasst. Ich bin wohl einfach froh, dass ihr jetzt zusammen seid. Was hast du mir noch verschwiegen?«

»Nichts.« Lizzie schloss die Augen und wartete darauf, vom Blitz getroffen zu werden.

»Okay, aber du schuldest mir einen Drink. Wollen wir im Governor Bradford zur Open-Mic-Night gehen?« Das Governor Bradford war ein Restaurant mit angeschlossener Bar hier in der Stadt.

Sie musste heute Abend eine Folge aufnehmen und wollte davor Zeit mit Blue verbringen, auch wenn sie nicht wusste, was er heute vorhatte.

»Ich möchte mich unbedingt mit Blue treffen, bevor ich heute Abend Inventur mache.« *Inventur.* Sie würde nicht nur vom Blitz getroffen werden, ihre Nase würde wahrscheinlich auch wachsen.

»Hast du es nie satt, das brave Mädchen zu sein, alles nach Plan zu machen und deine To-do-Liste abzuhaken?«

Doch, jeden einzelnen Tag. »Es macht das Leben leichter« – *und die Einschaltquoten meines Webcasts höher, wodurch ich mehr verdiene* – »wenn ich mich an einen Plan halte.«

Sky sah sich im Laden um. »Tja, du scheffelst einen Haufen Geld, also machst du was richtig. So viel ist sicher.«

Oder sehr falsch.

»Wie läuft die Küchenrenovierung? Oh! Mir ist gerade aufgefallen, wie oft Blue bei dir zu Hause ist. Wie praktisch.«

Außer, wenn ich aufnehme. »Ja, sehr. Seine Arbeit ist großartig. Die Küche ist schon umwerfend.«

»Das wussten wir doch. Er ist so talentiert. Ich muss wieder ins Studio – Cree passt für mich auf –, aber ich freue mich so für euch.« Cree war eine Kellnerin aus dem Governor Bradford und Sky hatte sie ein paar Mal tätowiert. »Sie möchte, dass ich ihr das Tätowieren beibringe.«

»Das klingt doch gut.« Sky umarmte sie erneut und verabschiedete sich winkend, während Lizzies Gedanken zurück zu Blue wanderten.

Lange konnte sie sich jedoch nicht damit aufhalten, da sie den ganzen Nachmittag mit einem stetigen Kundenstrom zu tun hatte. Am Ende des Tages brachten ihre Füße sie um. Sie stöhnte bei der Vorstellung, sie für ihren Webcast in High Heels stecken zu müssen. Eigentlich wollte sie sich nur mit Blue einrollen und diesen Tag von seinen Küssen vertreiben lassen. Er hatte sie heute zwei Mal angerufen, und während sie die unverkauften Blumen einsammelte, die bald verwelken würden, rief sie ihn endlich zurück.

»Wie geht's meinem Lieblingsmädchen?« Seine Stimme jagte Hitze durch ihren Körper.

»Sie vermisst dich. Ich wusele immer noch rum und sammle die Blumen für die Feuerwache ein.«

»Glückliche Feuerwehrmänner«, neckte Blue.

»Was ist mit dir?« Wie war er ihr so schnell so wichtig geworden? Allein der Klang seiner Stimme gab ihr neue Kraft. »Hast du es schon satt, in meiner Küche zu sein?«

»Niemals. Aber ich habe es satt, ohne dich zu sein. Darf ich dich zum Abendessen ausführen?«

Sie warf einen Blick auf die Uhr. Wenn sie abgeschlossen und die Blumen abgeliefert hatte, würde es fast acht Uhr abends sein. Es würde keine Zeit bleiben, sich für die Aufnahme des Webcasts vorzubereiten, aber sie wollte unbedingt Zeit mit Blue verbringen.

»Liebend gern. Ich würde ja anbieten, für dich zu kochen, aber dieser heiße Kerl hat meine Küche auseinandergenommen.«

»Wie wäre es, wenn wir bei mir kochen? Oder wir fahren zum Pier und essen bei Mac's, wenn dir das lieber ist.«

Mit Blue allein zu sein war genau das, was sie brauchte. »Abendessen bei dir klingt perfekt. Was soll ich mitbringen?«

»Nur dich, Babe. Ich besorge alles andere auf dem Nachhauseweg.«

Lizzie schluckte angesichts der Schuldgefühle, die ihr die Kehle zuschnürten. Sie musste ihm von dem Webcast erzählen. *Heute Abend,* versprach sie sich. Heute Abend würde sie es ihm sagen.

Blue stellte Kerzen auf den Tisch, schaltete die Stereoanlage an und ging Lizzie entgegen, als sie den Weg hinaufkam. Obwohl sie sich erst vor zwölf Stunden das letzte Mal gesehen hatten, schoss sein Puls in die Höhe, als er sie in Minirock und Riemchensandalen erblickte. Ihr Lächeln und der verführerische Ausdruck in ihren Augen hauten ihn um. Verdammt, er konnte sich wirklich glücklich schätzen.

Er zog sie in seine Arme und küsste sie in der Absicht, sie sanft zu begrüßen, doch das hatte sich schnell erledigt, als er ihre wunderbaren Kurven an sich spürte und sie den Kuss leidenschaftlich erwiderte. Wie sollte er das Abendessen überstehen, wenn er sie jedes Mal verschlingen wollte, wenn sie in seiner Nähe war? Ihr Körper, ihr Blick, sogar ihr Atem strahlten Verlangen aus, und er wusste, dass es ihr genauso erging wie ihm. Waren all diese Leidenschaft und diese Begierde so heftig, weil sie sich ein ganzes Jahr lang angestaut hatten? Oder war es etwas Größeres? Etwas noch Stärkeres? Etwas, das in ihm den Wunsch weckte, sie ganz und gar für sich zu erobern und für immer an sich zu binden?

»Himmel, ich hab dich vermisst«, flüsterte er an ihren Lippen, ehe er ihr einen weiteren Kuss gab.

»Ich dich auch.« Sie ließ ihre Hände seinen Rücken hochgleiten und drückte ihn dann an sich, so nah wie möglich. »Es war heute Morgen so schwer, aus dem Haus zu gehen und zu wissen, dass du den ganzen Tag dort sein würdest.«

»Für mich war es sogar noch schwerer, dich gehen zu lassen.«

Auf dem Weg ins Haus küssten sie sich alle paar Schritte. Beim Anblick des Candlelight-Dinners riss Lizzie die Augen auf und lächelte schließlich breit.

»Das hast du alles gemacht? Für mich?«

Sie drehte sich zu ihm, und er konnte dem Drang nicht widerstehen, sie wieder an sich zu ziehen. Ihre Küsse schienen geradezu Funken zu schlagen. Er hob sie hoch und sie schlang die Beine um ihn, sodass ihr Rock hochrutschte.

»Willst du was essen?«, fragte er atemlos.

»Zuerst den Nachtisch«, antwortete sie, küsste seinen Hals und saugte so fest an seiner Haut, dass seine Gedanken verschwammen.

Er drückte sie mit dem Rücken an die Tür und schob die Hände unter ihr Spitzenhöschen, um ihre erhitzte Haut zu ertasten. »Du fühlst dich himmlisch an.«

Mit den Zähnen kratzte er über ihren Kiefer, woraufhin sie ein kleines, sexy Geräusch von sich gab, das seine Härte zucken ließ. »Ich liebe deine Laute.« Ihr Kopf fiel zurück, sodass er besser an ihren Hals herankam, den er nun küsste und liebkoste, bis Lizzie sich vor Lust wand. Sie grub ihre Fingernägel in seinen Rücken, als er seine Erektion an sie drückte. Der Wunsch, in ihr zu sein, schickte seine Finger auf eine Erkundungsreise zu ihrem Hintern und zwischen ihre Beine, auf der Suche nach der Hitze, die er an sich spürte.

Er schob die Zunge in ihren Mund, tastend, kostend, besitzergreifend, hungrig nach immer mehr. Das Wissen, dass sie seinetwegen feucht war und sich ebenso sehr nach ihm sehnte, wie er sich nach ihr, entfesselte seine Begierde vollends.

»Du bist so heiß, Lizzie. Ich kann nicht warten. Ich muss in dir sein.«

»Ja«, hauchte sie erhitzt.

Er schaltete den Ofen ab, blies die Kerzen aus und trug sie mit wenigen entschlossenen Schritten ins Schlafzimmer. Erst da setzte er sie auf dem Boden ab. Sie griff nach ihrem Rock, doch er legte seine Hände auf ihre. »Lass mich das machen.«

Ohne den Blickkontakt zu lösen, zwang er sich, einen Gang runterzuschalten, auch wenn er quasi sofort hätte kommen können, so sehr hatte er den ganzen Tag an sie gedacht. Er zog ihr das Oberteil aus und küsste sie, während er langsam über ihre Arme strich und dabei Gänsehaut hinterließ. Dann war ihr BH an der Reihe. Er verteilte Küsse auf ihre Schulter, ehe er mit der Zunge über den immer schneller schlagenden Puls an ihrem Hals fuhr, das seidige Dessous zu Boden fallen ließ und ihre Brüste entblößte.

»Du machst mich verrückt, wenn du mich berührst«, sagte sie mit geschlossenen Augen.

»Dann werde ich dich noch mehr berühren.« Als er über ihr Dekolleté glitt, hielt sie die Luft an. »Und noch mehr.« Er wanderte tiefer, um ihren Nippel mit der Zunge zu umspielen, ehe er sanft mit den Zähnen daran zupfte.

»Blue«, flehte sie und grub die Finger in seine Schultern.

»Geduld«, flüsterte er, packte ihre Hüfte und wanderte noch tiefer.

Er schob die Hände unter ihren Rock und zog ihr das Höschen aus, ließ sich auf ein Knie sinken, um ihr zu helfen, einen Fuß nach dem anderen herauszuheben. Während er die

Sandalen von ihren Füßen löste, ließ er die Hände immer wieder langsam an den Rückseiten ihrer Beine hinauf- und hinabgleiten. Ihr Körper bebte unter seiner Berührung, als er schließlich den Rock mit einem Ruck nach unten riss.

»Oh, Baby. Du bist so wunderschön, dass ich es gar nicht in Worte fassen kann.« Er hielt ihre Hüften fest, leckte über die Vertiefung zwischen ihrer Scham und ihrem Bein und entlockte ihr damit ein verführerisches Seufzen. »Das gefällt dir.«

»Ja«, hauchte sie.

Er liebkoste auch die andere Seite und ihr Körper zitterte. Als er schließlich ihre Hitze erreichte, ihre Nässe kostete und sich ihrer geschwollenen Klit widmete, gaben langsam ihre Beine nach. Also schlang er einen Arm um sie und hielt sie fest, während er ihre Klitoris in seinen Mund sog und mit den Fingern in sie eindrang. Lizzie keuchte, drückte sich an ihn und ließ sich von ihm zum Höhepunkt ihrer Leidenschaft lecken und streicheln. Sie erschauderte und bebte, während sie ihren Orgasmus an seinem Mund auskostete.

»So süß. So gut.«

Schnell zog er sich aus, er musste jetzt ihre Hände auf sich spüren. Er küsste sie, strich über ihren Rücken, ließ seine Hände ihre Seiten hinuntergleiten, bis er schließlich ihren Hintern packte. Obwohl sie sich selbst auf seiner Zunge schmecken konnte, küsste sie ihn, und nichts konnte attraktiver als das sein. Als sie. Nichts kam auch nur annähernd in die Nähe der Gefühle, die sie in ihm weckte, und er wusste, dass das nur der Anfang war, dass sie sich zu ganz neuen Höhen treiben und alles gemeinsam erleben würden.

Sie zog ihn an den Hüften an sich. »Ich brauche dich.«

»Noch nicht«, flüsterte er. »Du musst noch etwas länger verwöhnt werden.«

Diesmal küsste er sie fordernder, spürte ihre Nippel an seinem Oberkörper. Sie streichelte seine Länge, und er stieß in ihre Hand, ließ sie alles spüren, was sie mit ihm machte. Dabei strich er sachte über die Rückseiten ihrer Oberschenkel und spielte mit den Fingerspitzen an ihrer feuchten Mitte. Sie spreizte die Beine etwas weiter, und er sank wieder auf die Knie, umfasste ihre Schenkel und verwöhnte die zarte Haut an der Innenseite mit dem Mund. Mit starkem Griff hielt er sie fest, leckte erneut über die Vertiefung zwischen ihrem Geschlecht und ihrem Bein, ehe er sich den feuchten Locken widmete.

Sie klammerte sich an seine Schultern, als er ihre Beine auseinanderdrückte und seine Zunge über ihre Spalte gleiten ließ. Dann erhob er sich, tauchte mit den Fingern in sie ein und nagelte sie mit seinem erhitzten Blick fest.

»Du schmeckst wie Honig«, flüsterte er, ehe er mit einem weiteren Kuss Besitz von ihr ergriff. Seine Finger ließen nicht von ihr ab. »So süß.« Er umfasste ihren Hintern, hielt sie fest, während er gezielt die Stelle liebkoste, bei der sie die Augen schloss und seufzend den Kopf in den Nacken fallen ließ. Dann nahm er die Hand von ihrem Hintern, befeuchtete seine Finger und ließ sie zwischen ihre Pobacken gleiten. »Okay?«, flüsterte er an ihrer Wange.

»Hör nicht auf«, flehte sie.

Er küsste ihren Hals, während ihr Körper bebte und erschauerte, und trieb sie an den Rand und immer weiter darüber hinaus, ohne ihr wirklich Erlösung zu schenken.

»Mehr«, bat sie atemlos.

Gierig drückte er seine Erektion an ihr Bein. »Du willst mehr?« Er küsste sie erneut. »Wie viel mehr?«

Wieder glitt er an ihrem Körper hinab, nahm ihre wundervolle Brust in den Mund, ohne die süße Folter seiner Hände zu unterbrechen. Ihr Atem ging stockend, während sie seine Hand ritt und er sich erst ihren Brüsten und dann ihrem Mund widmete, um sie schließlich über die Klippe zu treiben. Er spürte, wie ihre Beine schwach wurden, und schlang einen Arm um sie, hielt sie an sich gepresst, während er an ihrem Mund und ihrer samtigen Hitze weiter im selben wilden Rhythmus blieb.

»Genau so, Baby«, drängte er sie, als er spürte, wie sie um seine Finger herum pulsierte. »So gut. So verdammt gut. Du bist so unfassbar schön.«

Mühelos hob er sie hoch und trug sie zum Bett, wo sie die Arme nach ihm ausstreckte.

»Bald«, versprach er. Sanft führte er ihre Hand an seinen Mund und leckte über ihre Finger und ihre Handfläche, ehe er sich so drehte, dass sie Kopf an Fuß lagen. »Sag mir, wenn es nicht in Ordnung ist, Lizzie. Wir können langsamer machen. Du musst nicht …«

»Oh, Gott … *Ja* …« Sie umfasste seine Erektion und mehr Zustimmung brauchte er nicht. Sie streichelte ihn, während er den Kopf zwischen ihre Beine senkte.

Jedes Mal, wenn er sie mit der Zunge berührte, wurde ihr Griff fester. Am liebsten hätte er gar nicht mehr aufgehört. Er drang mit den Fingern in sie ein, während sie mit der Zunge seine Spitze umspielte. Sorgsam achtete er darauf, die Hüften nicht zu bewegen, auch wenn er eigentlich in ihren heißen, feuchten Mund stoßen und ihre Lippen um sich spüren wollte. Stattdessen überließ er ihr die Führung. Während er sie weiter reizte und lockte, leckte sie ihn von der Wurzel bis zu Spitze – und entlockte ihm damit ein tiefes Stöhnen. Als er ihre Schenkel packte, nahm sie ihn in den Mund und umfasste seine Hüften. Dieser süßen Einladung konnte er nicht widerstehen.

Er stieß vor und sie nahm ihn auf, entspannte den Kiefer, um ihn noch tiefer gleiten zu lassen. Sie saugte und leckte und beantwortete jede Bewegung seiner Zunge mit ihrer eigenen. Schnell erreichte er den Rand des Höhepunkts.

»Lizzie«, warnte er.

Sie packte fester zu und hielt ihn fest, wo er war. Er spürte, wie ihre Oberschenkel sich anspannten und ihre inneren Muskeln sich verkrampften. Hitze schoss über seine Wirbelsäule und gemeinsam gerieten sie in einen Strudel aus zuckenden Hüften und ekstatischem Stöhnen, das sie beide über die Klippe jagte, während sie die Beweise für ihre Leidenschaft verschluckten.

Blue konnte kaum atmen. Noch nie war er so heftig gekommen und hatte auch noch nie gespürt, wie eine Frau so intensiv gekommen war oder so gut geschmeckt hatte. Er drehte sich um und schaute Lizzie an, betrachtete den vor Lust vernebelten Blick in ihren Augen und ihre glänzenden, geschwollenen Lippen. Dann küsste er sie. Es war ihm egal, dass sie nach ihm schmeckte. Er wollte ihr näher sein, so nah, dass er ihr unter die Haut kriechen würde, wenn es möglich gewesen wäre. Und so, wie sie ihn hielt, ihn küsste und ihre Nässe an ihn drückte, verspürte sie den gleichen Wunsch.

»Lizzie«, sagte er zwischen ihren Küssen. »Verdammt, Lizzie. Ich kann nicht genug von dir bekommen.« Sein Kuss wurde fester, ein Verlangen übermannte ihn und innerhalb von Sekunden war er wieder hart. Er kam über sie, schob seine Beine zwischen ihre und drang in sie ein, bis er vollständig in ihr versunken war. Dieses intensive Gefühl ließ sie beide aufschreien.

»Härter … schneller«, flehte sie. »Tiefer …«

Er stieß so heftig zu, dass er fürchtete, ihr wehzutun, konnte aber nicht aufhören. Zu viele Emotionen durchfluteten ihn. Er zog ihre Beine an den Kniekehlen hoch zu seinen Hüften, während er wieder und wieder in sie eindrang.

»Ja. So gut …« Sie schlang die Arme um seinen Hals und schob ihre Zunge in seinen Mund.

Noch nie hatte er so intensive Leidenschaft verspürt. Er fühlte, wie ihre Muskeln sich anspannten, und wusste, dass sie kurz vor dem nächsten Orgasmus stand. Deshalb verlangsamte er das Tempo und wurde sanfter, denn er wollte gemeinsam mit ihr kommen und ihr in die Augen sehen, wenn sie sich im Taumel verlor.

»Hör nicht auf«, bettelte sie.

»Niemals. Ich werde niemals aufhören.« Langsam und quälend bewegte er sich in ihr, bis sie sich aufbäumte.

»*Ogottogottogott. Blue … Bitte … Ich muss …*«

Ihr Aufschrei, dieses sinnliche, gierige Geräusch, erfüllte das Schlafzimmer. Ihre schweißnassen Körper kamen in einer perfekten Bewegung zusammen, und er vergrub das Gesicht an ihrer Halsbeuge, kam heftig stöhnend und hielt sich an ihr fest, während die Nachbeben sie erschütterten. Schließlich brachen sie schwer atmend und ineinander verknotet zusammen.

Er legte eine Hand an ihre Wange und küsste sie mit all der Liebe in seinem Herzen und all den Emotionen, die sich so lange angestaut hatten.

»Ich gehöre dir, Lizzie. Mit Herz, Körper und Seele.«

Sie sah ihn mit dem trägen Lächeln einer befriedigten Liebhaberin an, dann nahm er sie in die Arme und wollte sie nie wieder loslassen.

Elf

Lizzie blinzelte ein paar Mal, während sich ihr Kopf langsam klärte. Blue hatte die Arme fest um sie geschlungen. Selbst im Schlaf war er besitzergreifend und sie liebte es. Im Schlafzimmer war es still, bis auf den friedlichen Rhythmus seiner Atmung. Ihr Blick wurde vom Wecker angezogen, der wie ein Leuchtfeuer in der Dunkelheit glühte.

Mist!

Es war schon nach Mitternacht und sie musste noch ihre Show aufnehmen – und jetzt erst einmal duschen. So leise wie möglich rutschte sie aus Blues Armen und spürte die Erschöpfung in ihren Muskeln. Die Art von Erschöpfung, die nur auf eine Nacht mit unglaublichem Sex folgte. Ihr Körper tat an Stellen weh, von denen sie nicht einmal gewusst hatte, dass sie wehtun konnten. Himmel, dieser Mann wusste, wie man eine Frau befriedigte.

Hin- und hergerissen zwischen dem Wunsch, sich wieder an Blue zu kuscheln und die Nacht hier zu verbringen, und der Notwendigkeit, nach Hause zu fahren und ihren Webcast aufzunehmen, hockte sie auf der Bettkante. Sie wusste, dass die Bewertungen um mindestens vierzig Prozent sanken, wenn sie die neue Folge nicht pünktlich hochlud. Sie hatte ihre Zuschauer wie Pawlowsche Hunde konditioniert. Sie wussten genau, wann sie mit der nächsten Dosis Backporno rechnen konnten. Die wenigen Male, die sie keine Aufnahme hatte machen können, waren sowohl die Zuschauerzahlen als auch die Einnahmen eingebrochen. Maddy brauchte nächstes Semester Bücher, und Lizzie klammerte sich an die winzige Hoffnung, dass sie mit einem Video das große Geld machen würde und dann aufhören konnte. Sie musste noch genug verdienen, dass es für Maddys letzte beide Schuljahre reichte, Steuern einberechnet.

Immer wenn sie eine Folge aufnahm, hoffte sie darauf, damit doppelt so viele Zuschauer zu gewinnen. Dass es die eine Folge sein würde, die viral ging und es ihr erlaubte, die Show ganz einzustellen. Der eine Glückstreffer.

Als würde das jemals passieren.

Sie hatte keine Wahl. Sie musste nach Hause und die Show aufnehmen. Unentschlossen ließ sie den Blick durch den Raum schweifen, als würde sie dort irgendwelche Antworten finden. Sie blieb am Mondlicht hängen, das durch die Vorhänge fiel, und an dem Kokedama, das sie Blue vor ein paar Monaten zum Geburtstag geschenkt hatte. Sie lächelte. Wie schön, dass er es in seinem Schlafzimmer hatte und sich so gut darum kümmerte, dass es noch lebendig war. Warum sollte sie daran zweifeln, dass er für eine Pflanze sorgte? So war er doch. Man musste sich doch nur ansehen, wie gut er sich um sie kümmerte. Ob sie nun ausgingen oder er sie liebte, er hatte immer nur ihr Bestes im Sinn.

Lizzie warf einen Blick über die Schulter, als er sich gerade zu ihr rollte und einen Arm um sie legte, um sie an sich zu ziehen.

»Schleichst du dich raus?« Er rutschte auf ihre Bettseite und küsste sie auf den Rücken.

»Ich schleiche nicht, aber ich muss gehen.«

»Bleib. Ich mach dir morgen Frühstück.« Seine Stimme war schläfrig und klang nach Behaglichkeit.

Sie drehte sich um und küsste ihn. »Ich wünschte, ich könnte, aber ich muss morgen früh raus und heute immer noch die Inventarliste durchgehen.« Sie würde mit Sicherheit in der Hölle landen, so wie sie den besten Mann auf diesem Planeten anlog. *Äußerlich ein Gentleman und im Schlafzimmer ein Tier. Der perfekte Mann.*

Ihr perfekter Mann.

Er zog sie auf sich, um sie ebenfalls zu küssen. »Okay, wenn es sein muss. Aber ich werde dich vermissen.«

Eine Dreiviertelstunde später stieg Lizzie zu Hause aus der Dusche, trocknete sich die Haare und fragte sich, was zum Teufel sie eigentlich mit ihrem Leben machte. Der umwerfendste Mann flehte sie an, mit ihm im Bett zu bleiben, und sie stand hier, schminkte sich mitten in der Nacht, band sich eine Schürze um und schob ihre Füße in einengende High Heels.

Das ist doch wirklich bescheuert, schoss ihr zuerst durch den Kopf. *Ich tue es für Maddy*, folgte jedoch sofort.

Sie trug ihren Laptop in den Keller, wünschte sich stattdessen in Blues Schlafzimmer zurück, legte die Backutensilien bereit und sah den Computer finster an. Dabei hatte sie kein Recht, das verdammte Ding so böse anzustarren. *The Naked Baker* war der einzige Grund, warum sie ihre Studienkredite hatte abbezahlen und den Blumenladen hatte kaufen können. Und das Backen mochte sie wirklich. Sie liebte den Geruch von Zucker, Mehl, Vanille und die anderen Düfte, die sich vermischten, wenn sie auf die perfekte Temperatur erhitzt wurden. Sie liebte es, ihr Herzblut in alles hineinzustecken –

ihre Blumen, das Backen … und jetzt Blue.

Die Gedanken an ihn schob sie zur Seite oder versuchte es zumindest, um sich auf das zu konzentrieren, was sie am Backen noch liebte, damit sie mental auf *The Naked Baker* vorbereitet war. Die Ergebnisse ihrer Betätigung waren jedes Mal köstlich, keine Frage, doch die andere Seite – das Show-Backen – vermieste ihr alles. Das trübte alles Schöne am Backen völlig ein und gab ihr das Gefühl, eine Video-Prostituierte zu sein.

Sie warf einen Blick auf das Foto von Maddy, das sie als Motivation auf der gegenüberliegenden Wand aufgehängt hatte.

Also setzte sie ein Lächeln auf, zeigte auf das Foto und sagte: »Das ist für dich, Maddy.« Anschließend schaltete sie die Kamera ein, streckte die Brust raus, blinzelte verführerisch in das kleine schwarze Objektiv und sah plötzlich Blue vor sich, der sie direkt anzusehen schien.

Schnell stellte sie die Kamera aus. Die Vorstellung hatte sie geschockt. Sie kniff fest die Augen zusammen, beruhigte ihren Atem und murmelte: »Ich kann das. Für Maddy.«

Schließlich schaltete sie die Kamera wieder ein und sagte mit ihrer verführerischsten Stimme: »Willkommen bei *The Naked Baker*. Ich hab an dich gedacht.«

Sie fuhr mit dem Finger über die Arbeitsplatte, und dabei fiel ihr ein, wie Blue gesagt hatte, dass er ihre Arbeitsplatte sein wollte. Und doch ließ sie den Finger als Nächstes über ihren Hals gleiten und vergrub diesen Gedanken, so tief sie konnte. Sie musste. Für Maddy.

»Hast du an mich gedacht?«, schnurrte sie in die Kamera.

Plötzlich fühlte es sich an, als würde sie durch tiefes Wasser waten, während sie versuchte, die sexy Fassade für das Video aufrechtzuerhalten. Jedes Mal, wenn sie lüstern in die Kamera sah, dachte sie an Blue. Jede sinnliche Bewegung machte ihr

Schuldgefühle. Jedes Wort aus ihrem Mund triefte vor Selbstverachtung. Es musste ihre schlechteste Folge sein, und als sie mit dem Rührkuchen in Handschellenform fertig war, war sie völlig erledigt. Die Ekstase, die noch vor wenigen Stunden jeden Atemzug und jeden Gedanken begleitet hatte, als sie mit Blue zusammen gewesen war, war verschwunden. Befleckt. Ruiniert.

Sie stieg noch einmal unter die Dusche, fühlte sich schmutzig und des einzigen Mannes, den sie wollte, nicht würdig. Mit dem heißen Wasser versuchte sie, die Schuldgefühle abzuschrubben. Tränen liefen ihr über die Wangen, und bis sie endlich versiegten, schrubbte und schrubbte sie. Als sie sich schließlich abtrocknete, hatte sie Blue und all das Gute abgewaschen und den Dreck ihres schmutzigen kleinen Geheimnisses ein wenig tiefer begraben.

Zwölf

Am Dienstagmorgen fuhr Blue besonders früh zu Lizzie, um sie vor der Arbeit noch zu sehen, aber trotz der frühen Stunde war ihr Auto schon weg. Es war gestern so schön gewesen, den Tag mit ihrem Anblick zu beginnen, dass er auf eine Wiederholung gehofft hatte. Und nach ihrem unglaublichen Abend gestern ging ihm der Wunsch nicht aus dem Kopf, jede Nacht mit ihr einzuschlafen und jeden Morgen mit ihr aufzuwachen. Die Enttäuschung erfasste ihn unerwarteterweise so heftig, dass er sich richtig anstrengen musste, um das unvertraute Gefühl loszuwerden. Was er für sie empfand, war viel mehr als sich nur in sie zu verlieben.

Er stellte seine Werkzeugkiste ab und musterte sein bisheriges Werk. Er hatte die vom Wasserschaden zerstörte Decke ersetzt, die Holzböden erneuert und bereits den Großteil der maßgefertigten Schränke eingebaut. Lizzie hatte darauf bestanden, dass sie wieder orange wurden. Anfangs hatte ihn diese Farbe stutzig gemacht, doch nun wusste er, dass sie perfekt zu ihrer Persönlichkeit passte. Er hatte noch ein paar Tage Arbeit vor sich, bis die Kücheninsel aufgebaut, die Fußleisten angebracht und alle Geräte installiert waren. Dann folgte noch der letzte Anstrich.

Sein Blick landete auf einem Stück Rührkuchen mit pinker Glasur und einem Zettel auf der Anrichte. Der vertraute Anblick brachte ihn zum Lächeln. Wann hatte sie denn noch Zeit zum Backen gehabt? Bevor sie miteinander ausgegangen waren, hatte manchmal neben einem Muffin, einem Cupcake oder einer anderen süßen Leckerei ein Zettel mit einer Botschaft wie *Danke, dass du an meiner Küche arbeitest!* oder *Es sieht großartig aus!* gelegen. Heute Morgen las er: *Schleck-Liste Punkt 1: Glasur von deinem Waschbrettbauch lecken. Willst du für Punkt 2 aussuchen, wer als Nächstes was von welchem Körperteil ableckt? xo, Lizzie.*

Ihm wurde allein bei dem Gedanken heiß, dass Lizzie über seine Haut leckte. Verdammt, ja, er würde gern aussuchen, was er von ihrem umwerfenden Körper leckte. Sahne zwischen ihren Beinen oder Schokoladensoße auf ihren Brüsten? Wie es wohl wäre, beide ihrer sinnlichen Listen zu kombinieren …

Eine Schleck- und eine Sex-Liste.

Sie war der Inbegriff von süß und sinnlich, und er konnte es kaum erwarten, sie wiederzusehen.

Bevor er mit der Arbeit begann, schickte er ihr eine Antwort. *Schleck-Liste Punkt 2: Mit deiner anderen Liste verbinden. Was auch immer dein erster Punkt auf dieser Liste ist, ich bringe die Sahne mit.* Er schickte die Nachricht ab und konnte nichts gegen das dämliche Grinsen tun, das sich auf seinem Gesicht ausbreitete.

Lizzie brachte den Handschellenkuchen – bis auf das Stück, das sie für Blue aufgehoben hatte – vor der Arbeit zur Obdachlosenunterkunft. Sie hatte ihn in Stücke geschnitten und so angeordnet, dass niemand die ursprüngliche Form erkennen konnte. Wie immer, wenn sie Gebäck brachte, umarmte Paul, der Leiter der Unterkunft, sie innig.

»Du bist so gut zu uns, Lizzie. Danke.« Paul war groß und schlank, hatte dichte, blonde Haare und grasgrüne Augen. Er war immer dankbar für die Dinge, die sie brachte, und es störte ihn nie, dass sie morgens immer nur ganz kurz blieb, bevor sie wieder verschwand.

»Es ist keine große Sache, wirklich. Ich komme am Freitag mit mehr Leckereien wieder!«

»Danke, Schätzchen.« Paul winkte zum Abschied.

Lizzie fuhr über den Highway nach Provincetown. Sie hatte das Gebiet zwischen Truro und Provincetown schon immer geliebt. Das Wohngebiet wich der Küstenlinie, auf der vereinzelte Sommerhäuser standen. Ihre Gedanken wanderten wieder zurück zu Blue. Es hatte sie all ihre Willenskraft gekostet, nicht auf ihn zu warten, aber der Konflikt zwischen ihrem Kopf und ihrem Herz war in seiner Gegenwart zu schwer kontrollierbar. Sie wusste, dass sie sich wieder dem Luxus hingeben würde, mit ihm eins zu sein, wenn sie in seinen Armen lag und er sie hielt, als würde er sie nie wieder loslassen wollen. Doch wenn sie herausfinden wollte, wie sie ihm von dem Webcast erzählen sollte, brauchte sie einen klaren Kopf, und den hatte sie bei ihm einfach nicht – nicht, wenn er dafür sorgte, dass sie sich so gut fühlte und auf mehr und eine Zukunft ohne den Webcast hoffte.

Und Maddy konnte es sich nicht leisten, dass sie diese Wahl traf.

Auf der Fahrt zum Laden bestaunte sie mal wieder, wie die malerische kleine Stadt zum Leben erwachte. Leute, die mit einer Hundeleine in der einen und einem Kaffeebecher in der anderen Hand spazierten, frühmorgendliche Jogger und Ladenbesitzer, die ihre Geschäfte öffneten.

Sie konnte sich nicht vorstellen, ihren Blumenladen irgendwo anders zu betreiben. Schon als sie aufgewachsen war – in Brewster am unteren Cape –, hatte sie gewusst, dass sie einmal hier landen würde. Provincetown war voller Leben, und sie zehrte von dieser Energie. Der Gedanke, dass sie an dem Ort gelandet war, an dem sie immer hatte sein wollen, weckte in ihr die Frage nach Schicksal und Vorsehung. Eigentlich glaubte sie eher nicht an diese Dinge, da sie sich im Leben alles hatte erkämpfen müssen. Als sie die Studienkredite aufgenommen hatte, hatte sich jeder Tausender wie eine weitere Schaufel Erde angefühlt, die sie immer tiefer unter Schulden begrub und sie damit einer Realität aus einem Job mit Mindestlohn näherbrachte, ohne je Licht am Ende des Tunnels zu sehen.

Nein, Schicksal und Vorsehung waren ihr nicht gewogen. Nur Menschen, die alles hatten, glaubten daran. Sie hingegen glaubte daran, ihr eigenes Leben zu gestalten. So, wie sie es haben wollte, durch ihre eigene Entschlossenheit und pure Willenskraft. Weder hatte das Schicksal sie zu *Cooking with College Girls* gebracht, noch schloss die Vorsehung sie in ihrem Keller ein, um unanständige Videos zu drehen. Das war einfach nur dem Wunsch nach einem besseren Leben geschuldet und dem Antrieb, es auch zu bekommen, was es auch kosten möge.

Ihr Lebensweg hatte ziemlich klar ausgesehen, bis Blue plötzlich mittendrin aufgetaucht war und die vorgetäuschte Unkompliziertheit sich verabschiedete – denn er hatte ihr gezeigt, wie kompliziert ihr Leben tatsächlich war. Blue war wie eine unerwartete Mautstelle auf der Straße. *Zeit, die Zeche zu zahlen und meine Sünden zu gestehen, wenn ich durchkommen will.* Das Problem war, dass sie nicht wusste, wie sie darum herumkommen sollte. Mitten hindurchzugehen war bestenfalls riskant.

Sie parkte hinter dem Laden und ging noch zu der portugiesischen Bäckerei hinüber. Blues Nachricht spukte ihr durch den Kopf. Würde er ihre geliebten Listen immer noch kombinieren wollen, wenn er herausfand, dass sie halb nackt vor der Kamera backte? Würde er immer noch mit ihr zusammen sein wollen?

Vielleicht zerbrach sie sich zu sehr den Kopf. Vielleicht war der Webcast gar keine so große Sache, und er würde lachen und es sexy oder lustig finden.

Oder total nuttig.

Sie schob den schrecklichen Gedanken beiseite, kaufte zwei Kaffee und machte sich auf den Weg zu Inky Skies, um sich bei Sky dafür zu entschuldigen, dass sie ihr verheimlicht hatte, wie oft Blue sie um ein Date gebeten hatte. Sky war genau wie Lizzie Frühaufsteherin – bei Sonnenaufgang auf den Beinen und bereit, sich dem Tag zu stellen. Lizzie hörte Sawyers Gitarre schon, bevor sie die Augen gegen das Morgenlicht abschirmte und zum Balkon ihrer Wohnung über dem Tattoostudio hochschaute.

»Hey, Sawyer«, rief sie. Seit ihrer ersten Begegnung waren Sawyer und Sky unzertrennlich.

»Hi, Lizzie. Sky ist schon im Studio.«

»Danke.« Sie musterte die Kaffeebecher in ihrer Hand. »Willst du einen?«

»Nein, danke. Ich muss in ein paar Minuten in die Boxhalle für eine Trainingseinheit.« Seit er sich aus dem aktiven Sport zurückgezogen hatte, arbeitete Sawyer als professioneller Trainer in der Boxhalle in Eastham.

Als sie Skys Studio betrat, dachte Lizzie schon wieder an

Blue. Sky hatte sich genauso heftig in Sawyer verliebt, wie es ihr gerade mit Blue erging. Wenn ihr Timing nur so gut wäre, wie das ihrer Freundin. Allerdings hatten auch Sky und Sawyer Startschwierigkeiten gehabt. Als nach einer Gehirnerschütterung bleibende Hirnschäden gedroht hatten, hatten sie Entscheidungen treffen müssen, die sowohl ihr Leben als auch ihre Karrieren veränderten. Vielleicht gab es einfach keine richtige Zeit für die Liebe.

Sky kam durch den Perlenvorhang aus dem hinteren Teil des Tattoostudios und nahm ihr freudig den Kaffee ab. »Du bist meine Retterin. Ich hab gerade daran gedacht, wie sehr ich etwas Heißes und Nasses brauche.« Lachend senkte sie die Stimme. »Das sagt Sawyer jeden Morgen, wenn ich aus der Dusche komme.«

»So viel wollte ich gar nicht wissen.« Lizzie lachte auch. »Ich finde es so schön, dass er morgens da oben sitzt und Gitarre spielt.« Sie ließ sich auf der Couch im Empfangsbereich nieder und Sky plumpste neben sie.

»Ja, ich auch.«

»Jetzt, wo er den Vorschuss für den Gedichtband mit seinem Vater hat, werdet ihr aus deiner Wohnung ausziehen?« Sie wusste, dass Sky ihre kleine Wohnung über dem Studio liebte.

»Nein, noch nicht. Aber nach der Hochzeit wahrscheinlich. Ich möchte eine Familie, und die können wir oben wirklich nicht gründen. In jeder Ecke steht eines von Merlins Körbchen und es gibt kaum genug Platz für unser eigenes Bett.« Merlin war Skys sehr verwöhnte Perserkatze.

Lizzie verspürte einen Stich. Sie hatte es sich nicht gestattet, ihre eigene Zukunft über die nächsten zwei Jahre hinaus zu planen, in denen sie genug Geld verdienen musste, um Maddy zu helfen. Sobald ihre Schwester das College abgeschlossen hatte, konnte sie sich ernsthaft darüber Gedanken machen, was sie wollte. Aber als Sky nun davon sprach, eine Familie zu gründen, rührte sich etwas in ihr. Und wenn sie ehrlich zu sich war, hatte schon Blue diese Tür einen Spalt aufgestoßen.

Um sich von dieser ungewohnten Sehnsucht abzulenken, wechselte sie das Thema. »Habt ihr schon ein Datum für die Hochzeit festgelegt?«

»Wir haben den Frühling im Auge, wenn Matt während der Ferien hochkommen kann.« Skys Bruder Matt war Professor in Princeton und nahm sich nur selten frei. »Schaffst du eine Frühjahrshochzeit, oder ist da zu viel los, um uns reinzuquetschen?«

»Für dich kriege ich alles hin. Wisst ihr schon, wo ihr heiraten wollt?« Sie lächelte ihre Freundin an und fragte sich zum x-ten Mal, wie es wäre, sich nur um den Blumenladen und ihre Beziehung mit Blue Gedanken machen zu müssen und nicht auch noch um Maddys Studiengebühren und den Webcast.

»Noch nicht. Aber vielleicht bei Sawyers Eltern, so ist es leichter für seinen Vater.« Sawyers Vater litt an Parkinson und seine Bewegungsfreiheit war immer mehr eingeschränkt. Sky nippte an ihrem Kaffee. »Wann brauchst du die Einzelheiten?«

»Wann immer du so weit bist. Normalerweise habe ich gern so viel Vorlauf wie möglich, damit ich alles gut vorbereiten und auch wirklich die Blumen bekommen kann, die du willst. Aber ich weiß ja, dass du nicht gerade der Typ für Vorbereitungen bist, also gib mir drei Wochen und ich sorge dafür, dass deine Hochzeit wunderschön wird.«

»Und ich bin sicher, dass wird sie durch dich auch. Wie geht's deinem Mann?«, fragte Sky und hob eine Braue.

»*Meinem* Mann.« Sie liebte es, das zu sagen. Die Erinnerung an die letzte Nacht kam schlagartig zurück, dicht gefolgt von der Notwendigkeit, ihm von dem Webcast zu erzählen. Mit Blue zusammen zu sein rückte nicht nur ihre Zukunft in den Fokus, sondern warf auch ein Schlaglicht auf ihre Gegenwart. Mit allen Fehlern. »Da wir gerade von Blue sprechen … Es tut mir wirklich leid, dass ich dir nicht früher erzählt habe, dass er mich um ein Date gebeten hat. Ich fühle mich schlecht, weil ich es geheim gehalten habe.«

Sky winkte ab. »Pfft. Ich bin darüber hinweg. Wir alle tun dämliche Sachen.«

»Ich glaube, dass ich mich wirklich in ihn verliebe, Sky.« Bei dem Geständnis zog sich ihr Herz zusammen, denn sie wusste, dass es real war. »Ich glaube sogar, dass ich mich schon das ganze letzte Jahr über in ihn verliebt habe. Er ist so ein großartiger Mensch. Ich wusste, dass ich mich unweigerlich in ihn verlieben würde, wenn ich mit ihm ausgehe. Deshalb habe ich immer abgelehnt.«

»Du könntest auch gar nicht anders, als dich in ihn zu verlieben.« Sky umarmte sie lächelnd. »Ernsthaft, ihr seid füreinander bestimmt.«

Lizzies Puls beschleunigte sich hoffnungsvoll. Sie dachte das ja auch, aber wie konnte das sein? Es war ein grausamer Scherz, Blue eine Frau mit einem solchen Geheimnis und ihr einen Mann wie Blue zu geben, der bei jeder Gelegenheit dafür sorgte, dass sie ihren Zwei-Jahres-Plan in Frage stellte.

»Sky, darf ich dich was fragen?«

»Sawyer ist mehr als gut bestückt und im Bett wirklich talentiert.« Sie grinste anzüglich. »Was noch?«

»Das waren wieder zu viele Informationen«, stichelte Lizzie, war aber nicht in der Stimmung dafür. Sie legte den Kopf zurück und betrachtete die Wolken und Sterne, die Sky an die Decke gemalt hatte. *Meinst du, dass man zu der Person, die man liebt, immer hundert Prozent ehrlich sein muss? Selbst wenn es ihn und jemand anderen langfristig verletzen könnte?* Diese Fragen hielt sie zurück und fragte stattdessen: »Erzählst du Sawyer alles?«

»Immer.«

Sie beobachteten eine Gruppe, die lachend am Studio vorbeiging. Wie viele Lügen sie wohl mit sich herumtrugen? Seltsam, dass ihr *The Naked Baker* nie wie eine Lüge vorgekommen war, sondern nur wie ein unglaublich peinliches Geheimnis.

Aber nun, da sie mit Blue zusammen war, hatte es sich irgendwie in eine Lüge verwandelt, und es fühlte sich falsch an, es vor ihm zu verbergen.

Und es war viel zu riskant, es zu offenbaren.

Dreizehn

An diesem Abend bearbeitete Lizzie den Webcast so schnell sie konnte, doch während sie sich selbst dabei zuschaute, wie sie verführerisch ihren Finger ableckte und sich genau im richtigen Winkel bückte, sodass die Zuschauer ganz knapp den Ansatz ihres Hinterns sehen konnten, schämte sie sich noch mehr. Wie sollte sie Blue erzählen, dass sie so etwas tat? Sie hatte sich etwas vorgemacht, als sie geglaubt hatte, er könnte es sexy oder lustig finden. Für sie war es das nicht – und gleichzeitig konnte sie nicht wütend auf sich sein, denn nur dadurch konnte sie ihr Leben leben und Maddy würde bald einen Collegeabschluss haben, ohne an Studienkredite gefesselt zu sein.

Das war den inneren Kampf und die Peinlichkeit wert.

Wenn sie Blue doch erst in zwei Jahren getroffen hätte, wenn sie dieses Kapitel für immer schließen konnte.

Blue arbeitete heute Abend an seinem Cottage, und sie wollten sich später treffen, aber je länger Lizzie an ihrem Video arbeitete, desto weniger wollte sie Blue von der Show erzählen. Sie hatte noch mindestens eine halbe Stunde Material vor sich, aber mit jeder Sekunde wurden die Schuldgefühle tiefer. Ihr schlug das Herz bis zum Hals, als sie schließlich ihren Laptop einpackte und zu Blue fuhr.

Auf dem Gelände war es bis auf das Licht im Cottage dunkel. Als sie aus dem Auto in die kühle Luft stieg, entdeckte sie Blue durch eines der oberen Fenster und hielt inne, um ihn einen Moment zu beobachten. Ob er an sie dachte? Was ihm wohl noch so durch den Kopf ging? Je länger sie ihn betrachtete, desto schmerzhafter wurde die Realität. Er war so liebevoll, so vertrauenswürdig, und sie würde die beste Beziehung beenden, die sie je gehabt hatte – und die einzige, die sie wollte. Blue war schon einmal verletzt worden, und sie wollte nicht die Frau sein, die es wieder tat.

Ich tue es bereits.

Als sie über den sandigen Weg zum Haus ging, war es, als würde sie sehenden Auges zu ihrer eigenen Hinrichtung gehen. Beinahe wünschte sie, dass er zufällig über die Show stolperte oder ihm jemand davon erzählte. Würde sie damit nicht leichter umgehen können? Sie klopfte und kämpfte gegen ihren Fluchtimpuls.

Sie hörte Musik, er hatte also wahrscheinlich ihr Klopfen nicht gehört, daher schob sie die Tür auf. »Blue?«

Die Musik war lauter als ihre Stimme. Beklommen ging sie die Treppe hinauf. Blue stand auf einer Trittleiter und verpasste dem Raum die Farbe von Vanilleeis. Seine Schultermuskeln spannten sich unter dem T-Shirt, als er am Rand einer Zierleiste entlangpinselte. Sie könnte sich umdrehen und auf Zehenspitzen hinausschleichen, sodass er nie erfuhr, dass sie hier gewesen war. Die ganze Sache einfach vergessen und wieder in die Blase zurückkehren, die sie sich mit ihm geschaffen hatte.

Gerade in diesem Moment stieg Blue von der Leiter und drehte sich, um den Pinsel in die Farbe zu tauchen. Er erschrak, doch als er sie sah, breitete sich ein Lächeln auf seinen Lippen aus. Himmel, war er sexy.

»Hey, Babe. Ich hab dich gar nicht erwartet. Hab ich die Zeit aus den Augen verloren?«

Er kam mit diesem Gesichtsausdruck auf sie zu, den sie bereits liebte, denn er hatte eine klare Botschaft: *Ich bin so froh, dass du hier bist. Küss mich.* Besitzergreifend zog er sie an sich und eroberte ihre Lippen. Sofort wurde ihr gesamter Körper heiß. Er sah sie so gefühlvoll an, dass sie spürte, wie sich ihre Entschlossenheit auflöste. Ihre Atmung stockte und ihr Herz ebenfalls.

Oh mein Gott.

Sie war ihm bereits ganz und gar verfallen.

Ihre Beine waren so wacklig, dass sie sich an seinen Arm klammerte. *Ich liebe dich.* Sie versuchte, klar zu denken, aber ihr schwirrte der Kopf. Vielleicht lag es daran, dass ihr bevorstehendes Geständnis sie völlig durcheinanderbrachte. Sie sah ihm in die Augen, und die Art, wie er einen Mundwinkel hob, jagte ihr einen Speer ins Herz. Nein. Es lag an ihm. An ihm und ihr. Daran, wie sie zusammen waren, wie viel Spaß sie hatten, an der Liebe, die sie so mühelos teilten. Sie liebte ihn. Da war weder Zweifel noch Zögern, nur aufrichtige Emotion.

»Ich bin so froh, dass du hier bist.« Er küsste sie noch einmal.

In seinen Armen zu sein, fühlte sich wie nach Hause kommen an.

»Jedes Mal, wenn wir getrennt sind«, fuhr er fort, »vermisse ich dich mehr als beim letzten Mal.«

Nichts hatte sich je so richtig angefühlt – und sie hatte nie so falsch gelegen. Das hier war schlimmer als zur eigenen Hinrichtung zu gehen. Es fühlte sich eher wie ritueller Selbstmord an.

Der Drang, ihre Meinung zu ändern und ihm nicht die

Wahrheit zu sagen, war so stark, als würde sie gegen eine greifbare Präsenz ankämpfen. Wie die Leiche im Keller, die plötzlich hinter ihm stand und darauf wartete, mit nur wenigen Worten enthüllt zu werden. Worten, die sie nicht aussprechen wollte, Worten, die das verfluchte Ding zum Leben erwecken würden, das sich zwischen sie stellen und sie auseinandertreiben würde.

»Ich hab dich auch vermisst«, sagte sie aufrichtig. »Tut mir leid, dass ich dich bei der Arbeit störe.«

Er schloss den Farbeimer und legte ihr eine Hand auf den Rücken, als sie nach unten gingen. »Du störst nie. Ich kann mir keinen besseren Grund vorstellen, um Feierabend zu machen.«

Musste er so positiv gestimmt sein? Konnte er nicht einmal ein Mistkerl sein und ihr sagen, dass es ihn unendlich nervte, wenn sie ihn störte, oder etwas ähnlich Blödes? Das würde die Sache deutlich einfacher machen.

Blue wusch die Pinsel im Vorraum aus, während Lizzie durch den Flur tigerte und versuchte, sich einen Rückzieher auszureden.

Kurz darauf kam er mit ausgebreiteten Armen zu ihr, zog sie an sich und roch dabei wie der Himmel auf Erden. Warum, oh, warum, musste alles an ihm ihr Innerstes nach außen kehren?

»Hast du Sahne mitgebracht, damit wir an deinen Listen arbeiten können?« Das Funkeln in seinen Augen verriet ihr, dass er sie nur aufzog. Dennoch traf sie die Erkenntnis wie ein Schlag, dass sie endlich jemanden gefunden hatte, der ihr so viel bedeutete, bei dem sie sich so wohl fühlte – den sie so sehr liebte –, dass sie die Dinge auf ihren Listen mit ihm entdecken wollte.

Sie wurde rot, als sie seinen erhitzten Blick bemerkte. »Ich hatte es so eilig, dich zu sehen ...«

»Gott, du bist so süß, wenn du verlegen bist.« Er drückte ihr einen sanften Kuss auf die Lippen. »Ich hab nur Spaß gemacht. War dein Abend in Ordnung?«, fragte Blue. »Hast du alles geschafft?«

»Ähm … nicht ganz, aber ich wollte dich sehen.« *Weil ich eine Idiotin bin.* Zum ersten Mal in Lizzies Leben wünschte sie sich, einer dieser Menschen zu sein, die ohne Reue eine Lüge leben konnten.

Nein.

Nicht wirklich.

Aber es würde die Dinge einfacher machen.

Oh mein Gott. Nein, würde es nicht. Hatte sie das nicht jahrelang versucht?

Er küsste sie wieder. »Ich finde es toll, dass du vorbeigekommen bist. Sollen wir zu mir fahren?«

»Nein«, erwiderte sie so schnell, dass er die Stirn runzelte. Wenn sie zu ihm fuhren, würde sie sich an ihn kuscheln wollen, was zu Küssen führen würde, und Blue zu küssen war nie genug.

»Ich meine, lass uns spazieren gehen.«

»Sicher.« Er schnappte sich eine Decke und sie machten sich auf den Weg zum Strand. »Geht's dir gut, Süße? Du wirkst ein wenig nervös.«

Nein. Nicht mal annähernd gut. »Mhm.«

Er breitete die Decke aus und nahm dann Lizzies Hand, als sie am Ufer entlang schlenderten. Mit Blue fühlte sich alles so natürlich und einfach an. Allein bei dem Gedanken, ihm ihr peinliches Geheimnis zu gestehen, wurde ihr übel.

»Ich hab nachgedacht.« Er spielte mit ihren Haarspitzen. »Nein, eigentlich habe ich gehofft, *du* würdest noch mal darüber nachdenken, mich zu Cashs Hochzeit zu begleiten. Ich finde die Vorstellung furchtbar, übers Wochenende von dir getrennt zu sein.«

Sie wollte zustimmen, so sehr, dass es wehtat, aber vielleicht wollte er sie gar nicht mehr sehen, wenn sie ihm erst einmal von dem Webcast erzählte.

»Ich möchte schon gern mitkommen, aber ich habe gerade so viel um die Ohren.«

Während sie am Ufer entlangspazierten und der Geruch des Meeres sie umgab, wärmte diese Beziehung sie trotz der abendlichen Brise. Sie war nicht bereit, das loszulassen – ihn loszulassen. Würde sie es je sein?

Erleichterung stieg in ihr auf, und sie klammerte sich daran, als wäre es ein Rettungsanker, schob den Grund, aus dem sie hergekommen war, beiseite. Sie würde es ihm erzählen, aber nicht an einem so perfekten Abend. Nicht, wenn er so glücklich war, sie zu sehen, nicht, wenn allein seine Hand zu halten, sie so erfüllte. Sie tat so viel für andere. War es wirklich zu viel verlangt, sich ein kleines Stück Glück für sich selbst zu wünschen?

Blue war vollkommen durcheinander. Beim Arbeiten hatte er die ganze Zeit an Lizzie gedacht und plötzlich war sie da, als hätte sie seine Gedanken gelesen, und machte seinen Abend um Welten besser. Er hatte ihre Anspannung gespürt, doch die schien schnell verflogen zu sein, denn sie lächelte nun und war so entspannt wie sonst auch. Er machte sich Sorgen um sie. Mit dem Blumenladen hatte sie schon viel zu tun, und dann der zusätzliche Aufwand, nach der Arbeit noch Blumen zu verteilen, damit sie nicht verkamen, sondern irgendjemand irgendwo Gefallen daran fand, oder damit Menschen nicht vergessen wurden. Ihre Großzügigkeit war nur eines der Dinge, die er an ihr bewunderte. Und wie er sie bewunderte. Er wollte ihr Leben wundervoll machen.

»Danke, dass ich dich von der Arbeit losreißen durfte«, sagte sie.

»Süße, du kannst mich jederzeit von allem losreißen.« Er blieb stehen, um eine Muschel aufzusammeln, streifte den Sand ab und hielt sie ihr ans Ohr. »Was hörst du?«

»Dich, der flüstert, wie sehr er mich küssen will.«

Sie lächelten beide, bevor er seine Lippen auf ihre legte, und sie schmiegte sich an ihn. Danach hatte er sich den ganzen Tag gesehnt, nach diesem Gefühl, dass sie sich ihm überließ und er sich ihr sofort hingab. Ihr Körper, ihr süßes, ergebenes Seufzen und die Art, wie sie ihn ansah, als hätte sie ihr ganzes Leben auf ihn gewartet, verdrehten ihm den Kopf.

»Mmh. Genau das habe ich gebraucht. Mit dir zusammen zu sein.« Sie drückte ihm einen Kuss auf die Brust.

»Es ist ein wundervoller Abend, nicht wahr? Bald wird es ohne Feuer schon zu kalt sein.«

Sie legte den Kopf an seine Schulter, als sie Hand in Hand weitergingen. »Dann sollten wir es so lange wie möglich genießen.«

Blue stellte sich vor, wie er in Zukunft mit Lizzie spazieren ging, vielleicht sogar mit ein oder zwei Kindern im Schlepptau, und er spürte ein Ziehen in der Brust, als wäre sein Herz bei diesem Gedanken tatsächlich angeschwollen.

Lizzie setzte sich in den Sand und zog ihn neben sich. Dass der Sand kalt und feucht war und dass eine kühle Brise vom Wasser her wehte, spielte keine Rolle. Mit Lizzie zusammen zu sein schien alles neu und irgendwie besser zu machen.

Sie schob die Hände in den Sand und ließ ihn vor sich auf einen kleinen Haufen rieseln. »Ich liebe den Strand so sehr. Als ich klein war, habe ich den Großteil meiner Freizeit dort verbracht. Viel anderes habe ich nicht getan.« Ihr Blick wurde nachdenklich. »Ich war nicht gerade rebellisch.«

»Na ja, bei Jungs kommt die Rebellion praktisch von allein mit der Teenagerzeit. Gab es etwas, was du nie getan hast, dir aber immer gewünscht hast?«, fragte Blue.

»Willst du die Wahrheit oder eine ungefährliche Antwort?« Sie schichtete noch mehr Sand auf ihren Hügel.

»Die Wahrheit, auch wenn ich keine Ahnung habe, was auf mich zukommt.« Er beugte sich zu ihr hinüber und küsste sie.

»Ich wünschte einfach, meine Eltern hätten mich dabei erwischt, wie ich etwas angestellt habe. Dann hätte ich mich vielleicht später nicht so schuldig gefühlt oder das Gefühl gehabt, etwas vor ihnen verheimlichen zu müssen, wenn ich nach meinem Auszug etwas getan habe, was sie nicht gutgeheißen hätten.«

»Hm, das ist keine kleine Sache. Muss ich davon ausgehen, dass du deine Midlife-Crisis frühzeitig bekommst, so mit dreißig?«

Sie lachte. »Nein, nein. Meine Eltern sind bloß so konservativ. Ich glaube, dass es mir manches leichter gemacht hätte, wenn sie von mir *erwartet* hätten, dass ich fragwürdige Dinge tue, anstatt davon auszugehen, dass ich immer das Richtige tue. Vielleicht hätte ich nicht so viele Geheimnisse, wenn ich gewusst hätte, dass sie einfach die Augen verdrehen und sagen: *So ist Lizzie eben.*«

»Geheimnisse? Weihst du mich ein?«

Sie klopfte ihre Sandburg zu einer Bergspitze zurecht und

seufzte. »Du weißt schon, einfach normale Sachen wie auf dem College mit Jungs rummachen oder auf Partys gehen. Wenn Maddy älter wäre, hätte ich mich ihr anvertrauen können, aber sie war noch viel zu jung.« Sie zuckte mit den Schultern. »Also hab ich gelernt, Dinge für mich zu behalten. Das ist an sich gar keine schlechte Sache, nur … einsam.«

Er hatte Mitleid mit ihr. In seiner Familie waren sie immer offen und ehrlich miteinander gewesen, und mit so vielen Geschwistern hatte er ständig jemanden gehabt, mit dem er über Mädchen oder alles andere reden konnte.

»Es tut mir leid, dass du all die Jahre niemanden hattest, der dir nah genug stand, um über solche Dinge zu sprechen.« Er rückte näher an sie heran. »Aber jetzt bin ich hier und ich möchte deine Geheimnisse wissen. Und wenn du rebellisch werden willst, bin ich an deiner Seite.«

Neugierig sah sie ihn an und ihre Grübchen entfalteten ihre volle, hinreißende Wirkung. »Du würdest etwas Verbotenes mit mir anstellen?«

»Ich würde mit dir bis ans Ende der Welt gehen. Wenn du willst, lecke ich Schokolade von deinem gesamten Körper. Was für verbotene Dinge hast du denn im Sinn?«

Der Sand rieselte ihr aus der Hand. »Warte. Ich bin noch bei der Schokolade.« Sie hob die Brauen, und bei dieser subtilen Einladung hätte er sie am liebsten an sich gezogen und geküsst, doch bevor er es tun konnte, fuhr sie fort: »Nichts allzu Schlimmes.«

Er glaubte, einen leichten Schatten in ihren Augen zu sehen, als würde sie etwas zurückhalten, doch dann lächelte sie und der Schatten verschwand. »Du weißt doch, dass Sky und ihre Freundinnen nackt baden. Das hab ich noch nie gemacht.« Sie stand auf und klopfte sich auf dem Weg zum Wasser den Sand von den Händen.

Die Vorstellung, wie sie nackt ins Wasser rannte, weckte die erregbaren Bereiche seines Körpers, also gesellte er sich zu ihr. »Klar gehe ich mit dir nackt baden. Jetzt gleich?«

»Jetzt? Was ist mit Haien?« Sie streckte die Hand nach ihm aus.

»Auf diese Reaktion hatte ich gehofft.« Er rieb mit der Nase über ihren Hals. »Wir gehen in einem beheizten Pool nackt baden, wenn du mich zur Hochzeit meines Bruders begleitest.«

»Ich begleite dich zur Hochzeit deines Bruders?« Sie lächelte ihn an. »Was ist mit meinem Laden?«

»Deinem Laden? Ich habe noch gar keine Sorge um deinen Freund gehört, der das ganze Wochenende ohne dich sein muss, wenn du nicht mitkommst«, scherzte er.

»Mein Freund«, wiederholte sie verträumt. »Du kannst dir nicht vorstellen, wie gern ich das höre.«

»Doch, das kann ich, denn du hast sicher dasselbe Gefühl wie ich, wenn ich an dich als *mein Mädchen* denke.« Als sie zur Decke zurückgingen, nahm er wieder ihre Hand. »Ich möchte wirklich gerne, dass du mit mir nach New York kommst und meine Familie kennenlernst. Sky hat ja schon angeboten, dass sie auf deinen Laden aufpasst.«

»Ich hab noch nie jemanden gebeten, den Laden zu schmeißen. Vielleicht könnte ich ihn für einen Tag schließen. Dann mache ich ihr keine Umstände. Möchtest du wirklich, dass ich deine Familie kennenlerne? Das ist ziemlich ernst.«

»Machst du Witze? Ich möchte keinen Tag mehr ohne dich verbringen. Und für den Fall, dass es dir noch nicht aufgefallen ist, mir ist es mit uns sehr ernst.«

Sie sah zu ihm auf. »Ist mir schon aufgefallen, und ich möchte auch keinen Tag mehr ohne dich sein.«

Das klang verdammt gut. Sie machten es sich auf der Decke bequem und Blue fragte: »Was für rebellische Dinge möchtest du noch gern machen? Mir würden da ein paar unartige Sachen einfallen, die dir gefallen könnten.«

Sie lehnte sich an ihn. »Darauf wette ich und ich möchte sie alle mit dir tun.«

»Du weißt gar nicht, wie unartig ich sein kann. Du könntest es bereuen, so einfach nachgegeben zu haben.« Er spürte, wie die Erregung in ihm wuchs.

»Verrat es mir.« Sie leckte sich über die Unterlippe und ihre Augen verdunkelten sich verführerisch.

Himmel. Sie hatte keine Ahnung, wie sehr sie sein tiefstes Verlangen berührte. Verlangen, das er noch nie zuvor mit jemandem ausgelebt hatte. »Vielleicht sollten wir diese Unterhaltung eine Weile verschieben. Ich möchte nicht, dass du denkst, ich würde nur Sex von dir wollen.«

»Ich glaube, wir sind wirklich füreinander geschaffen«, gestand sie schüchtern lächelnd. »Ich habe mich nie jemandem wirklich nah genug gefühlt, um mich richtig gehen zu lassen, aber mit dir will ich es.«

Ihre Blicke trafen sich und die Luft erhitzte sich trotz der kühlen Meeresbrise spürbar.

»Lizzie, du hast keine Ahnung, was du mir antust.«

Sie kletterte auf ihn und setzte sich rittlings auf seinen Schoß. »Dann verrat mir all die unanständigen Dinge, die du mit mir anstellen willst.« Sie drückte die Lippen auf seine Brust.

Es war eine Sache, im Schlafzimmer eine Fantasie auszuleben, wenn sie beide damit einverstanden waren, aber eine ganz andere, sie in der Hitze des Gefechts auszusprechen. Er befürchtete, dass er vielleicht eine Grenze überschritt und sie schockierte, obwohl sie mitspielte. »Eines Tages zeige ich es dir.«

Sie verzog die Lippen zu einem unwiderstehlichen Schmollmund. »Das ist gemein.«

»Das ist alles andere als gemein, aber wenn ich es dir verrate, bezweifle ich, dass wir noch lange reden werden.« Er war bereits erregt, und der Gedanke an das, was er mit ihr anstellen wollte, sorgte nur dafür, dass er es – *sie* – mehr wollte. Er legte eine Hand in ihren Nacken und zog sie für einen Kuss zu sich, den er sofort vertiefte. Er brauchte mehr von ihr. Sie schmiegte sich an ihn, als würde sie in ihn hineinkriechen wollen, genauso wie er es auch bei ihr tun wollte.

Als sie sich schließlich voneinander lösten, hielt sie die Augen geschlossen, wie Verliebte es taten, wenn sie ganz vernebelt vor lauter Gefühl waren und diesen Zustand nicht verlassen wollten. Sacht strich er mit dem Daumen über ihre Unterlippe, bis sie schließlich die Augen öffnete. »Ich will, dass du mir gehörst. Ich will alles mit dir tun. Dinge, die ich noch mit niemandem getan habe.«

»Zum Beispiel?«, flüsterte sie an seinem Mund.

Ihre Zunge schnellte wieder über ihre Unterlippe, und er konnte nicht widerstehen, er musste sie wieder küssen und ihr süßes Verlangen kosten. Er verteilte zärtliche Küsse auf ihrer Oberlippe, und die Art, wie sie sich ihm entgegenwölbte, verriet ihm, dass sie sich nach mehr von ihm sehnte. Ihm ging es genauso. Er wollte bis zum Sonnenaufgang nichts anderes tun, als sie zu küssen und zu lieben.

»Erzähl es mir«, drängte sie mit rauer Stimme.

»Lizzie. Mit dir fühle ich Dinge, die ich noch nie zuvor gefühlt habe.« Wieder fing er ihre Lippen ein und atmete schwer bei der Vorstellung, seine geheimen Gedanken mit ihr zu teilen.

»Bitte, Blue. Ich möchte dir näher sein. Verrat mir deine

schmutzigen Gedanken.«

Er glitt mit den Lippen über ihre Wange, ihren Kiefer, ihren Hals, und grub seine Zähne in ihre zarte Haut. Sie presste sich an ihn, und er konnte dem Drang nicht widerstehen, sie auf den Rücken zu drehen und seine Erektion zwischen ihre Beine zu drücken. Dann schob er einen Arm unter sie, um ihren Hintern zu packen und sie festzuhalten. Sie waren vollständig bekleidet und trotzdem spürte er ihre Hitze auf seiner Haut.

»Ich verliebe mich Hals über Kopf in dich und weiß nicht, wie ich mich bremsen kann.« Als sich ihre Lippen trafen, konnte er kaum glauben, dass er die Worte ausgesprochen hatte, die jedes Mal in ihm brannten, wenn er mit ihr zusammen war.

»Dann brems dich nicht. Ich verliebe mich auch in dich. Ich möchte dir gehören. Ganz.«

Sein Herz platzte beinahe. Feuer brannte in seinen Augen und sein Herz hämmerte wie wild, als er die Worte heiß und schnell und voller Verlangen aussprach. »Ich will dich auf jede erdenkliche Art in Besitz nehmen. Dich festhalten, während ich dich in Höhen treibe, die du dir nie vorstellen konntest.«

Er hob ihre Hände an seine Lippen und küsste sie sanft. »Ich möchte diese zarten Handgelenke mit erlesener Seide fesseln, während ich jeden Zentimeter deines Körpers verwöhne, bis du so erregt bist und dich so in deiner Lust verloren hast, dass du kaum denken, geschweige denn atmen kannst.« Nun küsste er sie härter, um sein Geständnis zu besiegeln.

»Was noch?«, hauchte sie gierig.

»Lizzie …« Verdammt, er war steinhart, und sie trieb ihn so weit, dass er auch das letzte bisschen Kontrolle verlieren würde.

»Bitte, verrat es mir.« Sie zog die Brauen zusammen und dieser sexy Schmollmund gab ihm den Rest.

Er würde ihr nie auch nur irgendetwas abschlagen können.

»Es ist vielleicht zu viel für dich.« Seine Stimme war beinahe ein Knurren.

»Mit dir ist mir nichts zu viel.«

Suchend sah er sie an, und das verlockende Funkeln in ihren Augen verriet ihm, dass es stimmte. Nichts würde zu viel sein. Trotzdem wollte er nicht über das reden, was er mit ihr anstellen wollte. Er wollte sie lieben. Hier. Jetzt. »Manche Dinge müssen nicht in Worte gefasst werden.« Er umfasste ihre Wangen und strich mit den Daumen über ihre weiche Haut.

Lizzies Augen waren beinahe schwarz, und einen Moment lang gab es keine Worte, keine Gedanken, sondern nur ungezügelte sexuelle Spannung. Eines Tages … Sie packte ihn und küsste ihn so wild, dass er sich beinahe verlor.

»Ich bin dein«, sagte sie. »Ich möchte alles mit dir erleben.«

Atemlos versuchte er, einen Hauch Selbstbeherrschung wiederzuerlangen. »Ich liebe dich so sehr.« Er küsste sie noch einmal, und ihre Geständnisse sanken tief in seine Seele, während ihre Liebe sie umgab und aneinanderband.

Als sie sich schließlich voneinander lösten, hielt er sie fest an sich gedrückt und spürte ihren rasenden Herzschlag. »Lizzie, Liebe ist kein Wettrennen. Ich möchte alles mit dir haben, wenn wir bereit sind. Wenn ich nicht mehr den Hauch eines Zweifels in deinen Augen sehe.«

»Es gibt keinen Zweifel«, erwiderte sie zu überzeugt.

Lächelnd drückte er seine Lippen wieder auf ihre, dieses Mal zärtlich.

»Normalerweise nicht, aber manchmal sehe ich ein Zögern. Meine Mutter hat mal gesagt, dass Liebe stufenweise kommt, und wenn man es überstürzt, verpasst man das Beste. Ich möchte das Beste mit dir. Ich möchte alles mit dir. Die Vorfreude, das Lachen, die Gewissheit, dass wir am Ende des

Tages füreinander da sind, egal, was passiert. Dieses Gefühl, das wir gerade haben, wird wachsen, und ich verspreche dir, wenn wir irgendwann so weit sind, wirst du keine Zweifel mehr haben – und das wird unsere Liebe noch viel schöner machen.«

Vierzehn

Lizzie lag unter den Sternen in Blues Armen. Sein nackter Körper hüllte sie ein und ihre Haut glänzte schweißnass nach ihrem Liebesspiel. Doch mit jeder Meeresbrise wehten Schuldgefühle über sie hinweg. Sie war hergekommen, um ihr Geheimnis zu offenbaren, und hatte ihm stattdessen gesagt, dass sie ihn liebte. Das tat sie auch, aber das war nicht das, was sie ihm beichten musste. Wie sollte sie ihm nun die Wahrheit sagen und all das riskieren? Sie liebte ihn so sehr, dass ihr die Schuldgefühle körperlich wehtaten. Schließlich löste sie sich aus seinen Armen.

»Ist dir kalt?« Er half ihr, das T-Shirt wieder anzuziehen.

»Ein bisschen.« Schnell schlüpfte sie in ihre Kleidung. Wie hatte sie es so weit kommen lassen können? Als er ihr seine Gefühle gestanden hatte, ihr verraten hatte, was er mit ihr anstellen wollte, von einer Zukunft, *ihrer* Zukunft, gesprochen hatte, da hatte sie es klar vor sich gesehen. Für eine Weile war der Webcast verschwunden, als hätte er nie existiert. Und sie hatte sich erlaubt, sich an diese Fantasie und ihre Liebe zu ihm zu klammern.

»Bleib heute Nacht bei mir«, bat er, als er seine Jeans zuknöpfte.

»Ich würde gerne, aber ich kann nicht.« Sie war den Tränen nahe. Sie musste ihm die Wahrheit sagen. Jetzt nach Hause zu gehen, ohne es ihm gebeichtet zu haben, würde sie sich nicht verzeihen, auch wenn es sie umbrachte. »Blue, wir müssen reden.«

Er zog sich das Shirt über den Kopf und sein Blick wurde ernst. »Ich hätte dir diese Dinge nicht sagen sollen. Es ist noch zu früh für so was.«

Er streckte die Hand nach ihr aus und sie ließ sich in seine tröstenden Arme sinken. Das passte zu ihm. Er nahm die Schuld auf sich, ohne überhaupt zu wissen, worüber sie reden wollte. Es wäre so leicht, den Webcast aufzugeben und so zu tun, als hätte es ihn nie gegeben, aber das konnte sie Maddy nicht antun.

»Darum geht es nicht. Meine Gefühle für dich haben sich nicht geändert. Ich liebe dich mehr, als ich es mir je hätte vorstellen können.« Sie verabscheute die Angst in ihrer Stimme. Ihre Kehle wurde eng, und sie musste schwer schlucken, um wieder Mut zu fassen.

»Lizzie, was ist los?« Er hob ihr Kinn an und Tränen stiegen ihr in die Augen. »Süße?« Er schloss sie fest in die Arme und strich ihr beruhigend über den Rücken. »Du kannst mit mir reden. Was auch immer es ist, es kann nicht so schlimm sein.«

Schwer atmend zog sie sich zurück. »Ich …« *Ich kann das nicht. Aber ich muss. Oh Gott, warum hab ich überhaupt jemals mit diesem dämlichen Webcast angefangen?*

Weil ich keine Wahl hatte.

Wütend wischte sie die Tränen von ihren Wangen. Sie musste es tun. Blue verdiente die Wahrheit.

»Ich muss dir was sagen, aber ich will es nicht. Ich möchte einfach nach Hause gehen und so tun, als wäre ich nie hergekommen.«

»Das klingt ernst.« Er ließ sie los und plötzlich fühlte sie sich sehr allein.

»Ich glaube, das ist es auch.« *Ich wünschte, es wäre nicht so.* Vor lauter Angst konnte sie sich kaum konzentrieren. Ihr Herzschlag pochte laut in ihren Ohren. Sie wollte ihm nicht in die Augen sehen, konnte sich aber nicht abwenden. Wo sollte sie nur anfangen? Sollte sie ihm die Gründe erklären oder mit dem schlimmsten Teil beginnen und ihm verraten, was sie zwei Mal die Woche tat? Spielte es überhaupt eine Rolle, wenn das Endergebnis doch dasselbe war?

Sie könnte zu ihrem Auto rennen und ohne ein weiteres Wort wegfahren. Morgen könnte sie dann versuchen, so zu tun, als wäre das Ganze nie passiert – dass sie ihm nicht etwas hatte sagen wollen und dann einen Rückzieher gemacht hatte. Doch das war Unsinn. Der Schmerz zwang sie beinahe in die Knie. Was war mit der besonnenen Frau passiert, die sie normalerweise war? Wie hatte sie zulassen können, dass sich ihr Herz so in ihm verlor, wo sie doch wusste, dass es nicht fair war, ein solches Geheimnis vor dem Mann zu haben, den sie liebte?

Und sie liebte ihn, egal, wie schnell das alles ging. Diese Liebe war real und umgab sie ständig, sie steckte auch in ihrem Schmerz und genauso in der Sorge, die er jetzt ausstrahlte.

»Okay, ich höre«, sagte er und richtete seinen vernichtend sinnlichen und ernsten Blick auf sie.

»Bevor ich es dir sage, musst du wissen, dass ich nie vorhatte, dich zu täuschen.«

Blues Magen verkrampfte sich und seine Nerven standen in Flammen. Auf diese Worte konnte unmöglich etwas Gutes folgen. *Täuschen* war ein gefährliches Wort und von Lizzie hatte er es nicht erwartet. Trotz der Unsicherheit in ihrer Stimme streckte er erneut die Hand nach ihr aus. Er konnte und wollte seine Gefühle nicht abstellen, nicht wegen dieses einen Satzes.

»Komm her, Süße. Wie ich schon sagte, was auch immer es ist, es kann nicht so schlimm sein.« Sie erstarrte unter seiner Berührung, und als sie ihn endlich wieder ansah, wusste er, dass es sie innerlich zerriss.

»Vielleicht doch«, erwiderte sie zittrig. Sie atmete noch einmal bebend ein und neue Tränen schossen ihr in die Augen.

Mist.

Sein Selbsterhaltungstrieb zwang ihn, sie loszulassen. In ihm brach Aufruhr aus. Er wollte auf das Beste hoffen, befürchtete angesichts der Verwirrung und Traurigkeit in ihren Augen jedoch das Schlimmste.

»Ich weiß nicht, wo ich anfangen soll, also werde ich es dir einfach sagen.«

»Okay.« *Beeil dich einfach.* Jede Sekunde fühlte sich endlos an.

»Ich mache einen Webcast und bin nicht stolz darauf. Na ja, vielleicht ein bisschen, aber nicht wirklich, trotzdem mache ich es, und ich hätte es dir sagen sollen.« Sie hielt inne und schluckte schwer.

Blue benutzte das Internet kaum, war aber auch nicht ganz ahnungslos. »Ein Webcast? Ist das so was wie ein Podcast?« Wovon zum Teufel redete sie, und was hatte das mit einer Täuschung zu tun?

»In gewisser Weise. Im Grunde ist es eine Video-Show, die ich zwei Mal pro Woche aufnehme.«

»Okay. Und?«

Sie spielte mit einem losen Faden an der Decke, während sie leise und ernst fortfuhr. »Es ist eine Backsendung. Ich habe auf dem College damit begonnen.«

Er war vollkommen verwirrt. Was war denn so schlimm am Backen?

»Ich … also … ich verdiene Geld, indem ich die Videos monetarisiere. Du weißt schon, je länger die Leute zusehen, desto mehr Geld bekomme ich von meinen Partnerprogrammen.«

»Von so etwas habe ich keine Ahnung, Lizzie, aber inwiefern täuschst du mich damit? Es ist mir egal, ob du Backvideos machst. Hast du morgens deshalb immer Muffins und Gebäck für mich hingestellt?« Er griff nach ihrer Hand.

Sie nickte und eine Träne lief über ihre Wange. Der Anblick zerriss ihm das Herz. Er zog sie wieder fest an sich und legte ihr eine Hand auf den Hinterkopf. »Ich verstehe das nicht. Warum bist du so aufgewühlt? Du drehst also Backvideos. Hab ich irgendwas verpasst?«

Sie löste sich von ihm, und er sah, dass sie die Luft anhielt. »Atme, Baby.« Er drückte ihre Hand.

»Ich … Es sind nicht einfach nur Backvideos.« Lizzie wandte den Blick ab. »Ich bin *The Naked Baker* …« Schluchzend vergrub sie das Gesicht in den Händen.

Ihm schwirrte der Kopf vor Verwirrung. »*The Naked Baker?* Du backst nackt? Online? Für Geld?« *Heilige Scheiße.*

Sie schüttelte den Kopf. Gott sei Dank, er hatte sie missverstanden.

»Ich trage eine Schürze, die meine Brust und alles darunter bedeckt. Und High Heels.« Sie wischte sich mit dem Unterarm übers Gesicht, sah ihn aber immer noch nicht an.

»Eine Schürze?« Er konnte nicht mal annähernd verarbeiten, was sie ihm gerade gesagt hatte. Zu viele Emotionen wallten in ihm auf. »Und sonst?« Er atmete schwer und seine Brust brannte. *Eine verdammte Schürze und High Heels?*

»Nichts«, flüsterte sie.

»Nichts. Also trägst du nur eine Schürze und High Heels?«

Sie nickte kaum merklich. Wenn er sie nicht so angestarrt hätte, hätte er es nicht bemerkt. »Na ja, und einen hautfarbenen String.«

»Also sieht jeder, der sich deine Videos ansieht, deinen Hintern?« Er hatte sie nicht so anfahren wollen, aber verdammt, er fühlte sich völlig überfahren, sie hatte sein Vertrauen mit Füßen getreten, genau wie Sarah Jane.

»Nein«, fauchte sie. »Da bin ich vorsichtig.«

Blue sprang auf und ging auf und ab. »Da bist du *vorsichtig?* Verdammt, Lizzie, was soll das alles? Warum tust du das? Dein Blumenladen läuft super.«

»Ich brauchte das Geld, als ich auf dem College war, und …«

Ihm wurde schlecht, und er hob eine Hand, um sie zum Schweigen zu bringen. »Du machst das seit dem College und bist bis jetzt nie auf den Gedanken gekommen, es mal zu erwähnen? Bevor wir miteinander geschlafen haben? Bevor ich dir verdammt noch mal mein Herz geöffnet habe?«

»Verstehst du denn nicht, Blue? Deshalb hab ich dir immer einen Korb gegeben, wenn du mich um ein Date gebeten hast, und dir gesagt, dass ich nicht gut für dich bin. Ich wusste, dass es nicht fair war, es vor dir geheim zu halten, oder dich zu bitten, es zu akzeptieren.«

Er fuhr sich mit einer Hand durch die Haare, ballte dann die Fäuste und versuchte, die Frustration loszuwerden. »Sag nichts mehr. Bitte.«

Er starrte sie an und versuchte, das, was sie ihm erzählt hatte, mit der Frau in Einklang zu bringen, die er kannte. Der Ausdruck in ihren Augen war qualvoll und der Schmerz in seinem Herzen unerträglich. In Gedanken spulte er zehn Jahre zurück zu der Nacht, in der er Sarah Jane mit einem anderen Typen im Bett erwischt hatte.

Er konnte nicht glauben, was Lizzie gesagt hatte. Wie war das möglich? Log denn jeder in dieser verrückten Welt?

Lizzies Tränen versiegten. Sie hob das Kinn, straffte die Schultern und sah ihn entschlossen an. »Ich wollte dich nicht täuschen, Blue. Es ist ja nicht so, als würde ich meinen Körper verkaufen. Ich hab getan, was ich tun musste. Wenn du es mich nur erklären lässt.«

Er verengte die Augen und seine Stimme war so kalt, wie er sich noch nie zuvor gefühlt hatte. »Ich kann mir jetzt keine Erklärungen anhören, Lizzie. Ich brauche Zeit, um das zu verarbeiten. Ich liebe dich, aber du hast mich getäuscht, ob nun absichtlich oder nicht. So ist es eben.« Er hielt inne und schluckte mehrmals, um das Brennen in seiner Kehle zu mildern und den bitteren Geschmack loszuwerden. »Aber das Schlimmste ist, dass du dich selbst getäuscht hast. Und so, wie es sich anhört, tust du es immer noch.«

<h1 style="text-align:center">Fünfzehn</h1>

Lizzie fuhr eine Stunde lang durch die Gegend, hin- und hergerissen zwischen dem Wunsch, zurückzufahren, Blue alles zu erklären und die Sache ins Reine zu bringen, und ihrer Wut, die so groß war, dass sie kaum klar denken konnte. Wie konnte er behaupten, dass sie sich selbst etwas vormachte? Sie wusste schließlich, wie sehr es sie jeden gottverdammten Tag bedrückte, aber sie wusste auch, wie wichtig heutzutage ein Collegeabschluss war. Ganz zu schweigen davon, dass sie heute noch für zehn Dollar die Stunde in irgendeinem kleinen Blumenladen arbeiten würde, wenn sie ihren Studienkredit hätte abstottern müssen.

Sie war innovativ gewesen und hatte einen Weg gefunden, sich von ihren Schulden zu befreien und ihrer Schwester zu helfen, damit sie nicht dasselbe tun musste. Sie sollte stolz auf ihre Erfolge sein. Das hatte sie sich all die Jahre eingeredet, aber nun schien nichts davon mehr etwas zu bedeuten. Und das Schlimmste war, dass sie nun jemand anderen damit verletzt hatte, obwohl sie das niemals gewollt hatte. Schon gar nicht Blue. Sie hatte sich überhaupt nicht in ihn verlieben wollen, geschweige denn dieses Geheimnis vor ihm haben wollen. Aber es war ja nun nicht gerade etwas, was man bei einem Date zur

Sprache brachte.

Übrigens, ich bin The Naked Baker, nur für den Fall, dass du dich gefragt hast, was ich in meiner Freizeit so mache. Das wäre sicher nicht gut angekommen.

Sie fuhr den Highway rauf und runter, während sie abwechselnd mit sich schimpfte und sich Mut machte, bis ihr klar wurde, dass es bereits zwei Uhr morgens war und sie noch ein Video bearbeiten musste.

Nachdem sie das erledigt hatte und allein in ihrem dunklen, stillen Schlafzimmer ins Bett gefallen war, zog die Realität wie eine Gewitterwolke über ihr auf. Ihr Innerstes krümmte und wand sich vor Schmerz, bis sie kaum mehr atmen konnte.

Sie hatte alles zerstört.

Sie hatte den einzigen Mann verloren, den sie je geliebt hatte.

Nun war es halb sechs, und sie hatte keine Ahnung, ob Blue zum Renovieren herkommen würde, oder ob er sie hasste und nie wieder mit ihr sprach. In der Küche war seine Abwesenheit spürbar. Er hatte hier überall seine Spuren hinterlassen, wie Fingerabdrücke. Sie strich über die Arbeitsplatte und erinnerte sich daran, wie oft sie ihm Zettel hinterlassen hatte und wie überrascht sie gewesen war, als sie bei ihrer Rückkehr feststellte, dass er sie nicht in den Müll geworfen, sondern mitgenommen hatte. Wie oft war ihr das Herz aufgegangen, wenn sie morgens seinen Pick-up gehört hatte? Wie oft war sie vor seiner Ankunft schnell verschwunden, weil sie befürchtete, er könnte ihr am Gesicht ablesen, wie sehr sie sich zu ihm hingezogen fühlte?

Vielleicht sollte sie zu Hause bleiben, um auf ihn zu warten, falls er denn kam. Aber die Vorstellung, wieder den Schmerz in seinen Augen zu sehen und seinen giftigen Tonfall zu hören, bereitete ihr Übelkeit. Selbst ihre Haut kribbelte unangenehm bei dieser schmerzhaften Erinnerung. Nicht, dass sie Blue einen Vorwurf machte. Dieses Gespräch hatte nur einen Ausgang haben können. Das hatte sie seit ihrem ersten Date gewusst, oder nicht? Hatte sie die Dates nicht deshalb überhaupt erst abgelehnt? Und als sie doch mit ihm ausgegangen war, hatte sie es aus diesem Grund aufgeschoben, ihm von dem Webcast zu erzählen. Denn es fühlte sich so unglaublich richtig an, mit Blue zusammen zu sein, dass ihr bei der Vorstellung, ihre Beziehung zu ruinieren, schlecht geworden war. Hatte sie es nicht vor sich hergeschoben, um so viel Zeit mit ihm wie möglich herauszupressen? Um jeden Kuss zu genießen. Um in seiner Umarmung zu schwelgen. Um seine aufrichtigen Worte in sich aufzusaugen, bis sie ihm einfach reinen Wein einschenken *musste*.

Als sie in die Stadt fuhr, fühlte sie sich schrecklich selbstsüchtig, weil sie es so lange herausgezögert hatte, und kämpfte an jeder Ecke mit den Tränen. Der Kummer drohte sie zu überwältigen. Sie parkte und ging im frühmorgendlichen Nebel zum Pier. Die Schuldgefühle saßen schmerzhaft in ihrer Brust. Normalerweise liebte sie diese Tageszeit, bevor die Läden öffneten und Touristen die Straßen bevölkerten, aber heute verstärkte all das nur ihre Einsamkeit. Sie zog sich die Kapuze über den Kopf und schob die Hände tief in die Taschen, während sie durch den kühlen Morgen stapfte. Fischer bereiteten ihre Boote vor und zwei ältere Damen spazierten in Jacken und Mützen zum Strand. Der Rest der Welt nahm seinen gewohnten Gang, während Lizzie versuchte, die Teile ihres gebrochenen Herzens zusammenzuhalten.

Mühsam schluckte sie die Tränen hinunter und wünschte, Blue wäre hier, damit sie alles besprechen konnten. Sie konnte seine Hand beinahe auf ihrem Rücken spüren und das verschmitzte Glitzern in seinen Augen sehen, wenn er sie an sich zog – das hatte er immer getan, als könnte er nicht genug von ihr bekommen. *Hatte.* Sie erstickte beinahe an dem Wort.

Sie musste sich zusammenreißen. Der ganze Tag lag noch vor ihr, und jetzt fiel ihr ein, dass sie heute Abend auch noch den Kokedama-Kurs gab. Als sie das Ende des Docks erreichte, setzte sie sich und ließ die Beine über dem Wasser baumeln, während sie die Arme um sich schlang, um sich ein wenig gegen den Kummer zu wappnen.

So fühlte es sich also an, jemanden so sehr zu lieben, dass man nichts zurückhalten konnte. So fühlte es sich an, die unschöne Wahrheit zu sagen – und ihn zu verlieren. Wie sollte sie je wieder die werden, die sie gewesen war? Das brachte eine noch beunruhigendere Frage auf. Wer zum Teufel war sie? War sie das brave Mädchen, das ihre Eltern aufgezogen hatten? Die rebellische Studentin? Die stolze Geschäftsfrau? Oder war sie wirklich *The Naked Baker*? Eine Frau, die sich kaum bekleidet für Geld zeigte? Sie wusste, wer sie sein wollte. Eine Blumenladenbesitzerin, große Schwester und Blues Freundin. Das war alles, was sie wollte.

Aber was sie wollte, war nicht wichtig, das hatte sie akzeptiert, als sie sich Maddys Unterstützung verschrieben hatte.

Beim nächsten, noch tückischeren Gedanken vergrub sie das Gesicht in den Händen.

Was würde Blue von ihr denken, falls – oder eher *wenn* – er sich die Videos ansah?

Schnell schrieb sie ihm eine Nachricht: *Es tut mir leid, dass ich dich verletzt habe.* Dann legte sie sich auf das raue, harte Holz des Anlegers, starrte in den Himmel und betete, dass er ihr verzeihen konnte.

Blue zerquetschte sein Handy fast, als er Lizzies Nachricht las, und erinnerte sich daran, wie ihr alle Farbe aus dem Gesicht gewichen war, als er ihr gesagt hatte, dass sie nicht nur ihm, sondern auch sich selbst etwas vormachte. Er schob das Handy in die Tasche. Im Moment konnte er nicht mit der Achterbahn der Gefühle umgehen.

Er hatte sich die halbe Nacht die *Naked-Baker*-Videos angesehen. Es gab so viele davon, dass er eins nach dem anderen geschaut hatte, während ihm vor Wut immer übler wurde und sein Herz immer mehr schmerzte. Wie viele Typen hatten sich dabei einen runtergeholt? Wie viele betrunkene Collegestudenten hatten sich um ihre Computer versammelt und gegrölt, was sie alles mit ihr anstellen wollten, während sie halb nackt da herumstolzierte? Er hatte eine ziemlich genaue Vorstellung von der schieren Anzahl. Er hatte sich in Foren und Online-Communitys über *The Naked Baker* umgesehen, und was er gefunden hatte, hatte ihn angewidert. Chatrooms voller anonymer Posts über ihre Brüste und ihren Hintern und all die schmutzigen Dinge, die Männer mit ihr machen wollten. Wie zum Teufel sollte er die Frau, die er liebte, vor dieser Art von Angriff schützen?

Er schob den Stuhl zurück und tigerte auf der hinteren Veranda auf und ab. Das tat er schon den ganzen Vormittag. Wie hatte sie sich so herabsetzen können?

Selbst nachdem er sich die Videos angesehen hatte, konnte er die Lizzie, die er kannte, nicht mit der Verführungskünstlerin darin vereinbaren. Seine Lizzie war verlockend und sexy, aber die Frau in den Videos war eine ganz andere Liga. Und keine, in der man spielen wollte. All die Muffins und Leckereien, die Lizzie ihm morgens dagelassen hatte, waren Überbleibsel von den schmutzigen Shows, die sie am Abend zuvor aufgenommen hatte; hergestellt für das Vergnügen irgendwelcher Typen. Und nicht nur ein paar davon, sondern wahrscheinlich tausende perverse Kerle.

Wie konnte sie damit leben? Wie konnte sie in ihrem Alltag dieses mustergültige Bild aufrechterhalten und nachts in diese Rolle schlüpfen?

Und warum?

Der Grund hatte sich ihm immer noch nicht erschlossen. Er hätte sie es erklären lassen sollen, aber gestern hatte er sich nicht ein einziges Wort mehr anhören können, selbst wenn sein Leben davon abgehangen hätte.

Er stürmte in Richtung Schlafzimmer, blieb aber wie angewurzelt in der Tür stehen. Er konnte das Bett nicht ansehen, ohne sich vorzustellen, wie Lizzie unter ihm lag und ihn ansah, als wäre er ihr Ein und Alles. Mit zusammengebissenen Zähnen zwang er sich schließlich, zur Kommode zu gehen. Er riss die oberste Schublade auf, nahm die Zettel heraus, die sie in den letzten Wochen für ihn hinterlassen hatte, und zerknüllte sie in der Faust. Jeden einzelnen davon wollte er verbrennen, um die Erinnerungen auszulöschen. Er marschierte in die Küche, stellte den Gasherd an und hielt die Zettel über die Flamme. Prompt versengte er sich die zitternden Finger.

»Verdammt!« Er warf das Papier auf den Boden und schaltete den Herd aus. Er konnte es einfach nicht. Die Zettel zu verbrennen würde nichts ändern. Er liebte Lizzie mehr als das Leben und wollte verdammt noch mal die Erinnerungen nicht auslöschen. Er wollte Lizzie, wusste aber nicht, wie er mit diesem Mist umgehen sollte.

Als sein Handy klingelte, zog er es aus der Tasche. Trishs lächelndes Gesicht erschien auf dem Display. Sie war in Los Angeles. Warum um alles in der Welt rief sie ihn um diese unchristliche Zeit an?

»Hey.« Seine Stimme klang schneidend.

»Wow, B, alles in Ordnung?«, fragte sie.

»Ja, tut mir leid. Was gibt's, Schwesterherz? Stimmt was nicht?«

»Nein. Konnte nur nicht schlafen. Ich hab an Cash und Siena gedacht. Was hast du ihnen als Geschenk besorgt?«

»Du denkst an Geschenke? Wie spät ist es bei dir?«

Als sie seufzte, wusste er, dass etwas nicht stimmte. Sofort richtete er sich auf und seine Beschützerinstinkte meldeten sich.

»Trish? Was ist los?«

Er hasste es, dass sie so weit von ihm und seinen Geschwistern entfernt lebte.

»Nichts.«

Er atmete geräuschvoll aus. »Ich bin total schlecht in diesem Ratespiel. Das weißt du. Muss ich rüberkommen und irgendeinen Mistkerl verprügeln?«

Sie lachte. »Nein. Gott, B. Das kann ich selbst.«

»Was ist denn dann los? Und zuck nicht mit den Schultern, denn du weißt, dass ich das nicht hören kann.« Sie beide zuckten beim Telefonieren mit den Schultern, was ihre Geschwister wahnsinnig machte.

Erneut lachte sie auf. »Ich hab Tag und Nacht an diesem Film gearbeitet, und mir ist erst jetzt aufgefallen, dass ich noch kein Geschenk für die beiden habe. Ich brauche aber eins.«

»Tja, ich hab auch noch nichts, da bin ich kein Stück besser. Ruf Gage an. Er kriegt so was doch immer hin. Da kann er gleich für uns beide was besorgen.«

»Oh, tolle Idee. Er findet sicher eine Lösung.«

Wenn sich seine Probleme doch nur so einfach lösen lassen würden.

»Duke hat mir erzählt, dass du mit jemandem ausgehst. Bringst du sie zur Hochzeit mit?« Nun klang sie wieder mehr wie sie selbst.

Bei der Erinnerung daran, dass er Lizzie zur Hochzeit eingeladen hatte, zog sich seine Brust zusammen. Sie musste doch gewusst haben, wie er reagieren würde, wenn sie ihr Geheimnis offenbarte. Warum hatte sie also zugestimmt?

»Ich bin nicht sicher.«

So gern er auch mit seiner Schwester plauderte, war er gerade nicht in der Stimmung. Himmel, er war momentan für nichts in der richtigen Stimmung, abgesehen vielleicht davon, irgendetwas zu Brei zu schlagen. Aber er musste ein Versprechen halten und würde sicher nicht der Typ sein, der seine Verpflichtungen in den Wind schoss. Er beendete das Telefonat, duschte kalt, um nach dieser schlaflosen Nacht wieder wach zu werden, und fuhr zu Lizzie. Vielleicht konnten sie reden, damit er ihre Gründe besser verstehen konnte.

Die Einfahrt war wieder einmal leer, und er war gleichzeitig enttäuscht und erleichtert. Ihr Haus zu betreten war verstörend. Als er in der Küche stand, wurde ihm klar, dass er seit dem ersten Tag seiner Arbeit hier gehofft hatte, mit Lizzie zusammenzukommen. Wie konnte sich etwas zwischen zwei Menschen so richtig anfühlen, wenn einer von beiden ein so großes Geheimnis hatte?

War es möglich, das zu überwinden? Er wollte es. Gott, und wie er das wollte. Er liebte sie so sehr, war aber auch verletzt. Fassungslos und verletzt, dass sie so lange gewartet hatte, bis sie es ihm erzählte.

Er stellte seine Werkzeugkiste ab, und sein Blick fiel auf das Bild, das sie gemeinsam gemalt hatten, an der Wand im Wohnzimmer. Wie benebelt ging er darauf zu. Obwohl er das Bild betrachtete, sah er Lizzies Gesicht, das Funkeln in ihren Augen auf dem Festival, ihr Lächeln, das ihm direkt bis ins Herz geschossen war, als sie getanzt hatten, und die pure Sinnlichkeit, die sie ausgestrahlt hatte, als sie hinter der Bühne miteinander rumgeknutscht hatten. Er sah sie weinen, als sie ihm von ihrem Webcast erzählte, und hörte die Verzweiflung in ihrer Stimme. Sein Herz fühlte sich schon wieder an, als würde es brechen. Doch es kam noch schlimmer, als seine Gedanken zu ihren sexy Listen wanderten.

Hatten sie denselben Ursprung wie *The Naked Baker*? Hatte sie die auch mit der Welt geteilt?

Sechzehn

Lizzie sah zum x-ten Mal auf ihr Handy. Den ganzen Tag hatte sie nichts von Blue gehört. Auch auf ihre Nachricht heute Morgen hatte er nicht geantwortet und nun ging sie vom Schlimmsten aus. Ihr war klar, dass er sich melden würde, und trotzdem zuckte sie jedes Mal zusammen, wenn ihr Handy klingelte oder sie eine Nachricht bekam – und jedes Mal zog ihr Herz sich schmerzhaft zusammen vor Enttäuschung. Um sieben schloss sie den Laden, um sich auf den Kokedama-Kurs vorzubereiten, den sie am liebsten absagen würde, aber sie wollte die drei Leute, die sich dafür angemeldet hatten, nicht hängenlassen. Es war nicht ihre Schuld, dass sie sich ihr Leben versaut hatte.

Sie fuhr den Computer hoch, um die E-Mails zu lesen, für die sie gestern keine Zeit gehabt hatte. Wenn sie die *Naked-Baker*-Mails nicht regelmäßig durchschaute, sammelten sich einfach zu viele an, als sie ertragen konnte. Nicht, dass sie sich ihnen jetzt stellen wollte. Allein der Gedanke an die Show weckte in ihr den Wunsch, sofort damit aufzuhören. Und das konnte sich Maddy nicht leisten. Sie scrollte durch die Liste der Absender und erstarrte, als Sky an der Tür klopfte. Sie hatte ihre Freundin den ganzen Tag über gemieden, denn die würde die freundliche Maske sofort durchschauen, mit der sie heute bei den Kunden durchgekommen war.

In der Hoffnung, dass Sky verschwinden würde, richtete sie ihre Aufmerksamkeit wieder auf den Bildschirm, als hätte sie das Klopfen nicht gehört.

Doch Sky ließ sich nicht abwimmeln. »Lizzie! Mach auf!«

Widerwillig ging sie zur Ladenfront und überlegte, wie sie ihre Freundin wegschicken konnte, ohne unhöflich zu sein. Sie hatte Angst davor, zu lange mit Sky zu reden, da sie mit Sicherheit einknicken und ihr von dem ganzen Schlamassel erzählen würde. Sie musste den Kurs abhalten, und das Letzte, was sie gebrauchen konnte, waren Tränen in den Augen. Außerdem wusste sie, wie nah sich Sky und Blue standen, und wenn er Sky schon berichtet hatte, was passiert war, würde sie sich auch damit herumschlagen müssen.

Sie öffnete und wandte sofort den Blick ab, damit Sky die Emotionen in ihren Augen nicht sehen konnte.

»Ich hab den ganzen Tag versucht, dich zu erreichen«, beschwerte sich Sky. »Du hast nicht auf meine Nachrichten geantwortet, und als ich dich an der Bäckerei gesehen hab, hast du mich offenbar auch nicht gehört.«

»Tut mir leid.« Lizzie ging zurück zum Computer und konzentrierte sich auf ihre Mails. »Ich hatte heute wirklich viel zu tun.« *Und war abgelenkt von einem gebrochenen Herzen.* Sie überflog die E-Mails und blieb an einer vom Food Channel Network hängen, einem Kabelsender. Der Absender wollte Informationen über die Inhaberin der Show haben. Sky kam dem Computer viel zu nah, daher klappte Lizzie ihn zu, machte sich aber die gedankliche Notiz, nach dem Kurs noch einmal in die E-Mail zu sehen.

»Ich wollte wissen, ob Blue und du heute Abend mit uns

zum Barbecue zu Pete gehen wollt.«

Immerhin hatte sie eine gute Ausrede. »Liebend gern, aber ich hab gleich noch einen Kokedama-Kurs. Darauf sollte ich mich jetzt auch langsam vorbereiten.« Sie ging in den vorderen Teil des Ladens und hoffte, dass Sky den Hinweis verstand. Zum Glück tat sie es.

»Okay. Vielleicht können wir ja mal ein Doppeldate machen?«, fragte sie, als Lizzie ihr die Tür aufschloss.

Unwahrscheinlich. Bei dem Gedanken tat ihr Herz weh. »Ich hab so viel um die Ohren. Ich hab letztens die Inventur nicht geschafft, deshalb bin ich nicht sicher. Können wir das spontan entscheiden?«

»Sicher.«

»Danke für das Angebot, aber ich sollte jetzt …« Lizzie deutete nach hinten.

Sky drückte die Tür auf. »Geht's dir gut?« Sie senkte die Stimme. »Wartet Blue hinten auf dich?«

Schön wär's. »Nein, aber ich muss den Kurs vorbereiten. Ich komme morgen früh vorbei, okay?«

»Wehe, wenn nicht. Bist du sicher, dass alles in Ordnung ist? Du siehst wirklich müde aus.«

»Es war einfach ein langer Tag.« Lizzie bedankte sich für ihre Fürsorge und schloss hinter ihr ab, ehe sie sich an die Tür lehnte. Ihr stiegen schon wieder Tränen in die Augen. Offensichtlich hatte Blue ihr noch nichts erzählt. Sie hatte keine Ahnung, ob das gut oder schlecht war. Sie konnte nicht einmal annähernd klar denken. Aber wie sollte gerade irgendetwas gut sein?

Kurz bevor die drei angemeldeten Teilnehmer kamen, legte sie die Utensilien zurecht. Sie straffte die Schultern, hob das Kinn und setzte ein Lächeln auf. Eine Stunde – mehr musste sie nicht überstehen. Dann konnte sie nach Hause fahren und ihr gebrochenes Herz unter einem Kilo Schokolade begraben.

Lizzie gab alles und hoffte, damit die Sehnsucht nach Blue dämpfen zu können. Sie liebte es, Kokedama herzustellen, und obwohl sie sich nicht wie gehofft darin verlieren konnte, war es eine gute Ablenkung, Fragen zu beantworten und den anderen zu zeigen, wie man diese einzigartigen Gebilde erschuf.

Sie stand vor Julie und Mike, dem Pärchen, das sich Anfang der Woche angemeldet hatte, und Claudia, einer Blondine in den Zwanzigern, und sagte: »Als Erstes müsst ihr die Wurzeln von der Erde befreien.« Das zu tun, fühlte sich wie ein reinigender Prozess an.

Claudia nahm die Pflanze vorsichtig aus dem Topf und schüttelte sie. Julie und Mike folgten ihrem Beispiel, während sie sich verliebt ansahen. Lizzie versuchte, die Eifersucht zu ignorieren, die ihren Adrenalinspiegel nach oben trieb.

»Manchmal verhaken sich die Wurzeln im Topf. Wenn das bei euch der Fall ist, könnt ihr durch vorsichtiges Drücken die Erde lösen.« Wenn sie doch nur das Chaos lösen konnte, in das sich ihr Leben verwandelt hatte.

»Sobald ihr die Wurzeln befreit habt, taucht ihr sie in das bereitgestellte Wasser auf dem Tisch. Es hat Raumtemperatur, das ist wichtig.« Sie beobachtete, wie sich Julie und Mike anlächelten, als sie ihre Pflanzen ins Wasser tauchten, und stellte sich vor, das mit Blue zu tun – ein Lächeln zu teilen. Würden sie einander je wieder anlächeln? Oder würde er in ihr für immer das Flittchen sehen, das sich in Schürze und High Heels Fremden präsentierte?

»Ich glaube, meine ist zu nass geworden.« Claudia hob ihre Pflanze und sah stirnrunzelnd die durchtränkte Erde an, die auf den Tisch plumpste.

»Keine Sorge. Ich hab für den Fall immer Ersatz in der Nähe.« Lizzie half ihr, die Wurzeln der zweiten Pflanze von Erde zu befreien, ehe sie ihr zeigte, wie sie sie befeuchtete, ohne sie zu ertränken. Es hatte etwas Therapeutisches, sich die Hände schmutzig zu machen, und als sie gemeinsam darüber lachten, dass die Wurzeln wie Würmer aussahen, wurde ihr klar, dass sie doch lächelte.

»Jetzt wickeln wir das Moos um die Wurzeln und drücken das überschüssige Wasser heraus.« Sie demonstrierte, wie das Moos gewickelt werden musste, und erinnerte sich an ihr erstes Kokedama. Es hatte ihr das Gefühl gegeben, ein Kunstwerk zu erschaffen. Sie war stolz auf ihre Leistung gewesen, und während sie nun ihre lächelnden Schüler betrachtete, stellte sie fest, dass es ihnen wahrscheinlich ebenso erging. Der Stolz darauf, diejenige zu sein, die ihnen diese Freude machte, linderte ihren Schmerz ein wenig. Unvermittelt fragte sie sich, ob sich irgendjemand die *Naked-Baker*-Videos eigentlich wegen des Backens anschaute. Vielleicht bestand ihr Publikum doch nicht nur aus Perversen.

Der Gedanke brachte ihr Hoffnung und sie richtete ihre Aufmerksamkeit wieder auf ihre Schüler. »Nun werden wir den Baumwollfaden um die Wurzeln binden. Mike, Julie, ihr könnt euch gegenseitig helfen, und ich werde Claudia zur Hand gehen.« Sie zeigte ihnen, wie man den Faden um den Ball aus Erde und Moos wickelte. »Irgendwann wird sich dieser Faden auflösen und Wurzeln breiten sich durch das Moos in die Erde aus.«

»Wie die Liebe.« Julie lächelte Mike an. Sie hatte ihre langen dunklen Haare zu einem Pferdeschwanz gebunden. Mike beugte sich vor und zupfte sanft daran, und als er sie küsste, brach Lizzies Herz von Neuem.

»Wieso wie die Liebe?«, fragte Claudia, während sie den Faden um das Moos wickelte.

»Na ja, zuerst braucht die Liebe Arme, die man umeinander legt.« Julie schlang die Arme um Mike, ehe sie sich an Claudia wandte und fortfuhr: »Aber irgendwann hat die Liebe Wurzeln geschlagen, und du weißt, dass die Person, die du liebst, immer da ist, selbst wenn du loslässt.« Sie löste ihre Arme von Mike, doch ihre Körper berührten sich immer noch.

Oder du enthüllst, dass du nicht das bist, was die andere Person erwartet hat, und die Wurzeln brechen ab.

Claudia seufzte. »Ich hoffe wirklich, das eines Tages zu finden.«

Lizzies Kehle wurde eng, und sie versuchte schnell, den Kurs wieder in die richtige Bahn zu lenken. »Okay, kommen wir zum Ende, damit es nicht zu spät wird.«

Sie musste sich räuspern, denn ihre Stimme zitterte vor Traurigkeit. Hoffentlich hörte das niemand.

»Jetzt nehmen wir unsere Mischung aus Bonsaierde und Torfmoos und formen alles zu einem Ball.« Sie konzentrierte sich auf die Kugel aus Erde und Moos und knetete sie zu einem Ball in der Größe einer kleinen Grapefruit. Die anderen folgten ihrem Beispiel.

»Nun, da wir diesen wundervollen Ball aus Erde und Torfmoos geschaffen haben«, sie lächelte Julie an, »den Ball der Liebe …« – *Verfluchte Liebe. Blöde Liebe. Blödes Ich.* – »… reißen wir ihn in zwei Hälften, platzieren die Wurzeln dazwischen und formen den Ball neu um sie herum.« Ihre Erdkugel fiel auseinander. *Natürlich, wie alles andere in meinem Leben.*

»Wenn der Ball auseinanderfällt – denn genau wie die Liebe ist er anfangs schwach …« Als sie Julies entsetzten Gesichtsausdruck sah, fügte sie schnell hinzu: »Ich mache nur Witze. Wie bei der Liebe braucht es auch hier nur ein wenig Fürsorge, indem ihr etwas von der Erdmischung hinzufügt, um alles zusammenzuhalten.« Sie formte etwas mehr Erde zu einem perfekten Ball. »Seht ihr? Jetzt benutzen wir den Bindfaden, den ich neben das Laubmoos gelegt habe. Dieser Teil ist knifflig. Man braucht etwas Fingerspitzengefühl, um die Teile zusammenzuhalten. Wir hüllen den Ball in Laubmoos und schnüren dann alles mit dem Bindfaden ein, sodass nichts auseinanderfällt.«

»Hab ich doch gesagt. Wie bei der Liebe braucht man Fingerspitzengefühl«, erwiderte Julie besorgt, als wüsste sie genau, woran Lizzie gedacht hatte. »Nichts geht so einfach. Zumindest nichts, wofür es sich auch lohnt. Richtig, Mike?«

»Richtig, Jules.« Er beugte sich vor und küsste sie. »Binde mich«, sagte er und hielt den Erdball hoch.

Lizzie beobachtete, wie die beiden ein perfekt gebundenes Kokedama schufen, und wünschte sich, dass das Leben auch so einfach wäre. In weniger als einer Stunde hatten sie die perfekte Mischung aus Erde, Moos, Pflanze und Faden geschaffen – gestern Abend hatte sie nur Minuten gebraucht, um das Herz des Mannes zu zerreißen, den sie liebte.

Sie gab sich einen Ruck und läutete das Ende des Kurses ein. »Diese Pflanzen sind sehr pflegeleicht«, erklärte sie. »Füllt einfach einen Eimer mit etwas Wasser und weicht die Bälle einmal pro Woche darin ein.«

»Tropft das nicht?«, fragte Claudia.

Lizzie lächelte. »Es kann durchaus dreckig werden, deshalb empfehle ich, es in der Küchenspüle zu machen. Aber lasst das überschüssige Wasser nach dem Einweichen ablaufen, bis das Moos alles aufgesogen hat und es nicht mehr tropft.«

Julie starrte Lizzie an. »Schon wieder wie die Liebe. Man

muss den ganzen Mist ausspülen, damit die guten Sachen bleiben.«

»Bist du Eheberaterin?«, fragte Lizzie, als sie die Eimer einsammelte.

»Nein. Ich bin Beratungslehrerin an der Highschool. Irgendwie ist es dasselbe, nur dass die Ehen auf der Highschool etwa eine Woche halten und mit Tränen enden.« Sie nahm Mikes Hand. »Die wenigen, die länger halten, sind die mit der dreckigsten Spüle.«

Nach dem Tag in Lizzies Küche fuhr Blue zu seinem Cottage, um dort noch ein paar Stunden zu arbeiten und vielleicht etwas von seinem Frust loszuwerden. Als nicht mal das half, machte er sich auf den Weg zum Cahoon Hollow Beach, hielt am Rand des Parkplatzes und dachte an Lizzie und wie wichtig sie ihm geworden war. Nicht eine Minute verging, in der er nicht an sie dachte, sich fragte, was sie wohl machte und wie sie sich fühlte. Himmel, gestern Abend noch hatte er sich eine Zukunft mit ihr ausgemalt – und er konnte sie sich immer noch nicht ohne sie vorstellen. Er hatte behauptet, es gäbe nichts, womit er nicht umgehen konnte, und das sollte auch stimmen. Aber diese Situation stellte sich als ein Monster heraus, das sich nicht so leicht besiegen ließ.

Auch wenn es anders war als die Situation mit Sarah Jane, fühlte es sich sehr ähnlich an. Beide Frauen hatten sein Vertrauen missbraucht.

Warum tat das hier so viel mehr weh, als Sarah Jane mit einem anderen Mann zu erwischen? Lizzie hatte nie einen anderen Mann berührt, und er hatte die Videos gesehen – niemand würde die Blondine mit der Brille je mit der süßen, brünetten Lizzie Barber in Verbindung bringen. Sie hatte ihre Identität perfekt verschleiert. Selbst auf Who Is, einer Datenbank mit Informationen über Domainbetreiber, war sie nicht zu finden.

Er redete sich ein, dass es egal sein sollte, ob sie ihre Identität verheimlichte oder nicht. Sein Vertrauen hatte sie trotzdem missbraucht. Aber er wusste, dass das nicht stimmte. Nichts war egal. Lizzie war verdammt noch mal wichtig, und obwohl er verletzt und verwirrt war, füllte Lizzie immer noch sein Herz und seine Gedanken aus – und nun machte er sich auch Sorgen um sie.

Er fuhr wieder los und landete wenige Minuten später vor Lizzies dunklem, leerem Haus. Wo sie um diese Uhrzeit wohl war? Ihr Kurs war vor mehr als einer Stunde beendet gewesen. Vielleicht war sie bei Sky. Sky hatte ihn heute Nachmittag zwei Mal angerufen, aber er konnte einfach nicht mit ihr sprechen. Sie freute sich so sehr, dass sie endlich zusammen waren, und er wollte sich die *Keine Sorge, alles wird sich klären*-Rede nicht anhören, die Frauen immer parat hatten. Außerdem war er sauer auf Sky, weil sie ihn nicht vorgewarnt hatte.

Sein Handy vibrierte mit einer Nachricht, und sein Herz hoffte, dass sie von Lizzie war – obwohl er sich nicht vorstellen konnte, warum sie ihm schreiben sollte. Er hatte ihr heute Morgen ja nicht mal geantwortet. Er warf einen Blick auf das Display und es schmerzte zu sehr, sich die Enttäuschung einzugestehen, als er den Namen seiner Schwester las. Also schob er das Handy wieder in die Tasche, ohne Trishs Nachricht zu lesen, und fuhr davon.

Siebzehn

Nach einer weiteren schlaflosen Nacht war Blue bereits vor Sonnenaufgang geduscht und angezogen. Er musste zu Lizzie, um sich zu vergewissern, dass es ihr gut ging, und um sich zu entschuldigen, weil er sich wie ein Blödmann verhalten hatte. Er wollte verstehen, warum sie sich in diese Situation gebracht hatte. Falls sie überhaupt mit ihm reden würde, nachdem er sie so abgewürgt hatte. Nicht, dass er etwas gegen seine Reaktion hätte tun können. Es wäre untertrieben, zu sagen, dass die Enthüllung wie ein Schlag ins Gesicht gewesen war. Zu erfahren, dass Lizzy hinter *The Naked Baker* steckte, hatte ihn vollkommen überrumpelt.

Doch nicht mit Lizzie zusammen zu sein war ebenso unerträglich wie das Gefühl, hinters Licht geführt worden zu sein. Die Funkstille würde er jedenfalls nicht noch einen Tag aushalten, also fuhr er um sechs Uhr schon zu ihr, parkte vor dem Haus und wartete darauf, dass sich drinnen etwas regte.

Als die Lichter eingeschaltet wurden, ging er nach hinten zur Küchentür. Er hatte die Hand bereits zum Klopfen erhoben, zögerte jedoch und beobachtete Lizzie einen Moment, wie sie mitten in der Küche stand und auf die Spüle starrte. Was in ihrem Kopf wohl vorging? Ob sie genauso an ihn dachte wie er an sie? Plötzlich drehte sie sich um und ihre Blicke trafen sich. Hitze schoss seine Wirbelsäule hinab, und in ihren Augen breitete sich Traurigkeit aus, als sie ihn erkannte. Ein Knoten bildete sich in seinem Magen und sein Herz zog sich schmerzhaft zusammen.

Hunderte unbeantwortete Fragen standen zwischen ihnen. Erst eine volle Minute später straffte Lizzie die Schultern und hob das Kinn. Wie oft hatte sie sich wohl schon so wappnen müssen? Fiel es ihr schwer, Schürze und High Heels anzuziehen und vor der Kamera aufzutreten? Oder genoss sie es?

Blues Herz schlug mit jedem Schritt schneller, den sie in Richtung Tür machte. Er konnte kaum atmen.

Er hörte, wie sie aufschloss, ehe die Tür aufschwang. Da war sie, mit geschwollenen Augen, als hätte sie die ganze Nacht geweint, und ihre süßen Lippen, auf denen normalerweise ein Lächeln lag, waren nach unten gezogen. Es brachte ihn beinahe um.

»Hi«, brachte er hervor.

»Hi.«

»Tut mir leid, dass ich ohne Vorwarnung hier auftauche.«

Sie trat zur Seite, um ihn reinzulassen. »Ist schon in Ordnung. Du kannst in Ruhe an die Arbeit gehen. Ich bin gleich weg.«

Er trat ein und kämpfte gegen den Drang an, sie zu berühren und in den Armen zu halten, bis ihrer beider Traurigkeit verblasste. Sie zu küssen, bis sie vergaßen, warum sie überhaupt aufgewühlt waren. Sie schloss die Tür hinter ihm, und das Verlangen, ihr näher zu sein, war so groß, dass er nicht widerstehen konnte. Als sie einen Schritt zurück machte, berührte er ihre Schulter.

Lizzie drehte sich um und blinzelte ihn mit diesen unfassbar langen Wimpern an, was ihn noch mehr anzog.

»Können wir reden?« Er schob die Hände in die Taschen, damit er sie nicht festhielt, sodass sie nicht weggehen konnte. Es wäre so leicht, sie in die Arme zu nehmen, sie zu lieben und alles andere eine Weile zu vergessen. Aber er hatte es genauso vermasselt wie sie und wollte sie nicht zwingen, mit ihm zu reden.

Sie nickte und presste die Lippen zusammen.

»Ich hab mir die Videos angesehen«, gestand er und schämte sich, als hätte er etwas Schmutziges getan, und diese Scham verwandelte sich gleich wieder in Wut. Rasch bemühte er sich sehr, sie zu unterdrücken. Er wollte nicht wütend werden. Er wollte reden.

»Oh.« Lizzie senkte den Blick und der Kummer in diesem einzelnen Wort machte ihn aufs Neue fertig.

Er konnte es nicht ertragen, sie nicht zu berühren, und griff nach ihrer Hand. Damit wollte er sie genauso sehr trösten wie sich selbst. Selbst wenn es nur für eine Sekunde war, brauchte er die Verbindung. »Lizzie, ich weiß, dass ich dir vorgestern nicht die Chance gegeben habe, es zu erklären, und das tut mir leid. Es gab eine Menge Dinge, die ich verarbeiten musste, und ich bin nicht mal sicher, ob ich auch nur die Oberfläche angekratzt habe, aber ich muss es verstehen. Ich will es verstehen.«

»Was willst du wissen?«, fragte sie leise.

Wie kannst du mir so nah sein und mir das Gefühl geben, geliebt zu werden, während du diese Dinge vor den Augen anderer Typen tust? Er wandte den Blick ab und schob seine egoistischen Gedanken beiseite, um sich auf die wichtigeren Fragen zu konzentrieren.

»Wie bist du da reingerutscht und warum, wo du es doch nicht nötig hast?«

Sie nickte erneut und verengte die Augen, als würde sie sich an etwas Schmerzhaftes erinnern. »Ganz ehrlich, Blue, ich glaube nicht, dass irgendetwas, was ich sagen könnte, etwas ändert, wenn du schon entschieden hast, dass du nicht mit mir zusammen sein willst.« Sie wandte sich ab.

»Ich habe noch gar nichts entschieden. Wie könnte ich? Ich habe überhaupt keine Informationen, außer, dass du diese Videos machst.« *Und ich liebe dich, und Liebe kann man nicht einfach abstellen, als würde man einen Schalter umlegen.*

»Ja, ich mache Videos.« Mit plötzlicher Energie wirbelte sie herum. Es war negative Energie und sie richtete sich direkt auf ihn. »Ich mache Back-Videos, in denen ich nur eine Schürze trage. Ich hab auf dem College damit angefangen, um Geld zu verdienen, weil mein Vater krank wurde und meine Eltern das Gasthaus für ein halbes Jahr schließen mussten. Wir hatten kein Einkommen. Aber ich wollte meinen Abschluss machen. Weil man das nach der Highschool nun mal so macht. Man geht aufs College und tut das Richtige, damit man ein gutes Leben haben kann.« Ihre Stimme wurde immer lauter, während sie in der Küche auf und ab tigerte. »Ich habe immer das Richtige getan. Immer.«

»Lizzie, ich wollte nicht …«

»Nein, Blue. Du hast gefragt. Jetzt lass es mich bitte erklären.« In ihren Augen schimmerten Tränen, als sie die Arme vor der Brust verschränkte. »Ich habe Kredite aufgenommen und all die Dinge getan, die Collegestudenten tun, okay? Aber es hat mir nicht gereicht. Ich wollte nicht den Rest meines Lebens damit verbringen, Studienkredite bei zehn Dollar die Stunde abzuarbeiten. Ich wollte meinen eigenen Blumenladen haben. Vielleicht war das egoistisch von mir. Ich weiß es nicht.«

»Also hast du dich entschieden, halb nackt Videos zu machen?« Er konnte die Abneigung in seiner Stimme nicht verbergen und verabscheute sich dafür.

»Ja«, antwortete sie trotzig und erdolchte ihn mit Blicken. »Anfangs war es nur ein Witz. Eine Freundin meinte, dass wir ausprobieren sollten, ob wir damit Geld verdienen können. Ihr Bruder hat Videos über Computerspiele gemacht, hat aufgenommen, wie er sie durchspielt oder so was, und einen Haufen Kohle damit gemacht. Zuerst hab ich Nein gesagt, aber … Ich weiß es auch nicht so genau. Das Semester war zu Ende, und ich wusste nicht, wie ich das Geld für die Studiengebühren und die Bücher fürs nächste Semester auftreiben sollte. An den Wochenenden und an zwei Abenden pro Woche habe ich in so einem schäbigen Blumenladen gearbeitet, aber kaum genug Geld verdient, um Lebensmittel zu kaufen. Ich hab in meinem ganzen Leben nicht so viele Instant-Nudeln gegessen wie damals.« Sie tigerte weiter durch die Küche. »Aber das kannst du nicht nachvollziehen, Blue. Du kommst aus einer wohlhabenden Familie. Dein ganzes Leben war vorgezeichnet. Fürs College war gesorgt, genauso wie für Bücher und Essen. Du musstest dir um so etwas nie Sorgen machen.«

»Das stimmt nicht.« Schon als er es aussprach, wusste er, dass alles, was sie gesagt hatte, doch stimmte. Er hatte zwar während des Colleges gearbeitet, aber hätte er es nicht getan, hätten seine Eltern immer noch genug Geld gehabt, um ihn und alle seine Geschwister aufs College zu schicken – welches auch immer sie sich aussuchten. »Okay, schön, es stimmt, aber das heißt nicht, dass ich deinen Standpunkt nicht verstehe.«

Schnaubend verdrehte sie die Augen. »Oh doch, genau das heißt es. Du hast dich nie fragen müssen, wie du in Zukunft über die Runden kommen sollst, oder auf ein Blatt Papier gestarrt, auf dem steht, dass du wegen einer Ausbildung, die du nur gemacht hast, um deine Eltern glücklich zu machen, siebenundfünfzigtausend Dollar Schulden hast.«

»Okay. Ich verstehe, was du sagst, warum du Geld gebraucht hast. Aber weshalb ausgerechnet auf diese Weise? Ich bin sicher, dass der Bruder deiner Freundin in seinen Videos nicht so gut wie nackt war. Warum so? Warum nicht einfach nur Backen oder irgendwas mit Blumen, vollständig angezogen?«

»Als würde man damit Geld machen. Komm schon, Blue. Du bist nicht blöd. Du weißt warum.«

Er schnaubte frustriert. Was wollte er? Wollte er hören, dass alles nur erfunden war? Dass sie es nicht getan hatte? Sie konnte es nicht zurücknehmen. Er wusste nicht genau, was er wollte oder brauchte, aber er wusste, dass er *Lizzie* brauchte.

»Bin ich der Einzige, der nichts davon wusste? Ich hab dir vertraut, Lizzie. Ich dachte, du wärst ehrlich zu mir. Das ist alles, worum ich je gebeten habe. Was ich überhaupt nicht begreife, ist, wie du Sky dazu überredet hast, es vor mir geheim zu halten.« Nun verschränkte er die Arme vor der Brust und schuf eine Barriere zwischen sich und dem schrecklichen Gefühl, dass er zum Narren gehalten worden war.

Sie lehnte sich an die Arbeitsplatte und zog die Schultern nach vorn. »Gar nicht.«

»Klar. Du erwartest, dass ich glaube, Sky hätte es mir von sich aus verheimlicht? Du weißt verdammt gut, dass sie das niemals tun würde. Sie erzählt mir alles. Alles, Lizzie. Ich wusste noch vor dir von Sawyer.« Eine Sekunde lang schloss er die Augen und spürte den Stich seiner Worte. »Entschuldige. Ich wollte nicht …«

Sie hob eine Hand, um ihn zum Schweigen zu bringen. »Nein. Du hast recht. Du stehst Sky näher als ich, und ich bin sicher, dass sie es dir erzählt hätte, wenn sie es gewusst hätte.«

»Sie weiß es nicht?« Blue suchte in ihren Augen nach der Wahrheit und sie starrte ihm direkt entgegen.

Wortlos schüttelte Lizzie den Kopf.

»Was sagen deine Eltern dazu?«

Mit feuchten Augen sah sie ihn an. »Sie wissen es auch nicht. Sie sind der Grund, na ja, einer der Gründe, warum es niemand weiß. Du bist der Einzige, dem ich es erzählt habe.«

Es fühlte sich an, als hätte ihm jemand einen Hieb in den Magen verpasst. »Du hast alle belogen? Die ganzen Jahre über? Deine Schwester? Deine Eltern? Deine beste Freundin?« Erneut kochte die Wut in ihm hoch.

»Ich konnte es meiner Schwester oder Sky nicht sagen. Es hätte ihnen vor meinen Eltern herausrutschen können.«

Er machte einen Schritt auf sie zu, unfähig, die Wut und Enttäuschung zu unterdrücken, die in ihm aufwallten und aus seinem Mund sprudelten. »Du hast alle belogen, die du kennst? Hast du keinen Sinn für Loyalität? Auch nur einen Funken Vertrauen? Nein«, beantwortete er sich seine Frage, während er nun selbst in der Küche auf und ab ging. »Anscheinend nicht. Dir war es nur wichtig, deine Studienkredite abzuzahlen und deinen Laden zu eröffnen. Scheiß auf alle, die dir vertrauen.«

Mit loderndem Blick trat sie ihm entgegen. »Wie kannst du es wagen, mich so unfair zu verurteilen? Meinst du nicht, dass ich mich für das schäme, was ich getan habe? Denkst du etwa, ich wäre stolz darauf? Warte – vielleicht bin ich ein wenig stolz darauf, einen Weg aus den Schulden gefunden zu haben. Aber wie kannst du denken, dass ich es auf die leichte Schulter nehme oder dass mich meine Freunde und Familie nicht interessieren! Sie sind mir alle wichtig, und genau das ist der Grund, warum ich es ihnen nicht erzählt habe. Es würde meine Eltern umbringen! Und wenn Sky oder Maddy es wüssten und es ihnen in Gegenwart meiner Eltern herausrutscht, würde die Hölle losbrechen, und meine Eltern wären genauso wütend auf sie wie auf mich.«

»Und was ist mit deiner Selbstachtung, Lizzie? Hat die in all den Jahren keine Rolle gespielt, in denen du halb nackt für fremde Männer gebacken hast, die sich wahrscheinlich unzählige Male auf dich einen runtergeholt haben?« Die Wut, die aus ihm herausbrach, war nicht aufzuhalten, obwohl Lizzie Tränen über die Wangen rollten und Säure in seinem Magen brannte.

Ihre Stimme wurde kalt und ruhig, ebenso ihr Blick. »*Ich* bin nicht wichtig. Wieso kannst du das nicht verstehen? Maddy ist wichtig. Als ich angefangen habe, hab ich es vielleicht für mich getan, aber jetzt? Jetzt tue ich es, damit Maddy es nicht muss. Und weißt du was, Blue? Ich würde es wieder tun. Ich bin erwachsen. Ich habe mir die Suppe eingebrockt. Ich habe Fehler gemacht. Und ich werde für den Rest meines Lebens damit klarkommen müssen, aber Maddy muss es nicht. Sie bekommt die Ausbildung, die sie verdient und auf die sie stolz sein kann, ohne dass am Ende ein Schuldenberg auf sie wartet. Sie musste die Chance auf eine Zukunft bekommen, in der mehr als ein Job mit Mindestlohn auf sie wartet, und ich habe ihr diese Möglichkeit gegeben.«

Blue konnte nur den Kopf schütteln. Ihre Rechtfertigung spukte wie ein Echo durch seinen Kopf. »Du hast dir das alles fein zurechtgelegt, nicht wahr? Egal, was es kostet?«

Zitternd verschränkte sie die Arme vor der Brust und schob das Kinn vor. »Ich muss es tun.«

»Nein, Lizzie. Du musst nichts tun, was du nicht tun willst. Es gibt andere Wege, um Geld zu verdienen.«

»Nicht für mich. Und auch nicht für Maddy. Meinst du

nicht, dass ich sofort mit den Videos aufhören würde, wenn ich mit meinem Laden genug einnehmen würde?«

»Ich weiß es nicht. Würdest du? Wirst du je damit aufhören? Wird dir irgendetwas jemals so viel bedeuten, dass du das alles hinter dir lässt? Oder wird Geld für dich immer die treibende Kraft sein?«

»Das ist nicht fair.« Sie hielt seinen Blick fest. »Es ist ja nicht so, als würde ich Millionen wollen oder einen extravaganten Lebensstil führen. Wenn der Wasserschaden nicht gewesen wäre und die Versicherung die Zahlungen für die Reparaturen nicht abgelehnt hätte, hätte ich meine Küche niemals renoviert. Und ...« Lizzie wandte sich ab, und als sie sich schließlich wieder zu ihm drehte, atmete sie tief aus, als hätte sie kein Fünkchen Kraft mehr in sich.

»Weißt du was, Blue? Offensichtlich ist meine Urteilsfähigkeit getrübt. Ich war dabei, mich in dich zu verlieben. Ich dachte, wir hätten wirklich eine Verbindung, aber du kennst mich überhaupt nicht. Nicht wirklich. Nicht das von mir, was zählt, denn wenn es so wäre, wäre das Ganze vollkommen egal.«

Er streckte die Hand nach ihr aus, aber sie zog sich zurück.

»Wie kannst du das sagen, Lizzie? Du versteckst dich hinter diesem ganzen Mist. Ist es sexy? Verdammt, ja, das wäre es, wenn du es für mich – *für uns* – tun würdest. Privat, in unserem eigenen Zuhause. Aber du versuchst, diesen Mist auch noch schönzureden.«

Sie atmete tief ein und ihre Schultern bebten so heftig, dass sie sich an der Arbeitsplatte festhalten musste. »Ich bin stolz darauf, einen Weg aus den Schulden gefunden zu haben. Und ich bin stolz auf das, was ich für Maddy getan habe.«

Es war schwer, ihre Entschlossenheit nicht zu bewundern, beinahe genauso schwer, wie mit dem Verrat umzugehen.

»Wie kannst du dich so zur Schau stellen und gleichzeitig sagen, dass du dich in mich verliebst? Wenn du mich lieben würdest, könntest du nicht einmal darüber nachdenken, dich zwei Mal pro Woche auszuziehen und einen Haufen Fremder für Geld zu verführen.«

»Du hast mir gesagt, dass ich dir vertrauen soll, Blue. Du hast gesagt, dass du der Mann sein willst, dem ich meine Geheimnisse anvertraue, aber anscheinend wolltest du diese Geheimnisse vorher sorgfältig auswählen.«

Verloren, am Tiefpunkt und wie ein Wrack marschierte er zur Tür. Sein Herz war zu sehr gebrochen, um etwas anderes zu tun. Mit einer Hand auf dem Türknauf und ohne Lizzie anzusehen, sagte er: »Ich stehe zu meinem Wort. Ich werde die Renovierung zu Ende bringen und versuchen, dir nicht in die Quere zu kommen. Aber mach die Augen auf, Lizzie. Jemand, der stolz auf das ist, was er tut, lügt die Menschen nicht an, die ihn lieben.«

Achtzehn

Nachdem Blue gegangen war, zitterte Lizzie so heftig, dass sie eine ganze Stunde brauchte, um auch nur die Küche zu verlassen. So viele seiner Worte stimmten – sie legte sich tatsächlich Gründe zurecht, um ihren Webcast schönzureden, und wenn ihre Familie und Freunde davon erfahren würden, wären sie auch verletzt und beschämt. Aber richtig oder nicht, sie stand fest zu ihren Überzeugungen. Nicht jeder hatte den Luxus, im Leben nur richtige Entscheidungen zu treffen. Zwar betrachtete sie sich nicht als unterprivilegiert oder gezwungen, diese Dinge zu tun, aber wenn sie es wieder tun müsste, würde sie es auch. Es gab Dinge, die sie anders angehen würde, zum Beispiel würde sie Blue davon erzählen, bevor das mit ihnen zu tief ging, aber sie hätte trotzdem denselben Weg gewählt. Es war beschämend, aber ein Mittel zum Zweck.

Sie saß im Wohnzimmer auf dem Fußboden, betrachtete das Bild, das sie gemeinsam gemalt hatten, und versuchte erfolglos, ihre verstrickten Emotionen zu entwirren. War sie stur? Sollte sie mit der Show aufhören und Blue anflehen, zu ihr zurückzukommen? Sie fühlte sich leer und all des Guten zwischen ihnen beraubt. Das Loch, das er bei seinem Abgang hinterlassen hatte, würde vielleicht nie heilen. Wie konnte Liebe so sehr wehtun?

Sie tat immer das Richtige. *Immer.*

Oder nicht?

Blues Worte hallten schmerzhaft durch ihren Kopf. *Jemand, der stolz auf das ist, was er tut, lügt die Menschen nicht an, die ihn lieben.*

Verdammt, damit hatte er vollkommen recht. Sie kämpfte sich auf die Füße und ging ins Badezimmer, um sich wieder zu fassen. Warum nahm das Weinen Frauen immer so sehr mit? Ihre Augen und Nase waren rot und geschwollen und ihre Haare so zerzaust, als wäre sie den ganzen Tag durch einen Sturm gelaufen. Sie kämmte sich und wusch sich das Gesicht, verzichtete jedoch auf Make-up, denn sie hatte mit Sicherheit noch nicht alle Tränen vergossen.

Mit dem Laptop in der Tasche ging sie zu ihrem Auto, entschlossen, die Dinge geradezubiegen, mit denen Blue recht hatte. Sie hatte sich den Webcast schöngeredet und sich die Peinlichkeit ersparen wollen, indem sie es Sky nicht erzählte. Dabei würde Sky es am besten verstehen. Sie war nicht nur ihre engste Freundin, sondern auch ohne silbernen Löffel im Mund aufgewachsen.

Lizzie ließ gerade den Motor an, als Blues Pick-up vorfuhr. Sie schloss die Augen und atmete tief ein. Einer weiteren Konfrontation fühlte sie sich nicht gewachsen. Dennoch schluckte sie ihren Schmerz herunter, stieg aus und marschierte auf ihn zu. Dieses Mal würde sie standhaft sein.

»Was könntest du denn noch zu sagen haben?«, fragte sie und musterte ihn stoisch.

»Ich hab versprochen, die Arbeit zu beenden. Deshalb bin ich hier.« Als er ausstieg und sie die Traurigkeit in seinen Augen sah, zog sich ihr Herz zusammen. Er streckte die Hand nach ihr aus, doch sie wandte sich ab.

»Lizzie, bitte. Das ist für uns beide schwer.«

Sie versuchte nicht mal, ihm zu antworten, sie würde doch nur wieder in Tränen ausbrechen. Dann zog er sie an sich und legte seine starken Arme um sie, und der Drang, sich an ihn zu schmiegen, war überwältigend. Sie konnte die Tränen nicht aufhalten. Blues Trost fühlte sich zu gut an.

»Ich liebe dich zu sehr, um uns aufzugeben«, erklärte er so zärtlich, dass alles in ihr danach schrie, dasselbe zu sagen. »Ich will nicht, dass wir eines der Paare sind, bei denen alles im Chaos endet, Lizzie. So sind wir nicht. Wir müssen einfach reden, damit wir unsere Gefühle in den Griff bekommen und eine Lösung finden.«

Sie fühlte sich sicher und geborgen bei ihm, doch das war ein Trugschluss. Es stimmte nicht. Zumindest nicht in der Hinsicht, in der sie es brauchte.

»Du hast mir mal gesagt, dass du nie genug davon bekommen kannst, mich zu küssen, und ich habe dir gesagt, dass ich es nie bereuen würde, dir nah zu sein.« Sie zwang sich, seinem Blick zu begegnen. Seine Lippen waren so nah, und sie wusste, dass er den Kuss trotz seiner Bedenken, trotz allem, was zwischen ihnen passiert war, erwidern würde, wenn sie sich auf die Zehenspitzen stellte und ihre Lippen auf seine presste. Sie wollte ihn so sehr küssen, dass sie den Kuss bereits schmecken konnte. Aber das war nicht genug. Sie wusste tief in ihrem Herzen, dass es sie überhaupt nicht weiterbringen würde.

»Es tut mir leid, Blue, aber jetzt im Moment bereue ich es. Es tut weh. Jedes Mal, wenn ich dir in die Augen schaue, jedes Mal, wenn du mich berührst, wühlt es die Dinge auf, die du zu mir gesagt hast.« Sie hielt inne, um die Tränen zu unterdrücken, und stieß sich zitternd von ihm ab.

»Lizzie, ich habe noch so viel mehr zu sagen. Können wir bitte einfach darüber reden?«

»Nein. Ich kann im Moment nicht mit dir sprechen. Ich weiß, du denkst, ich hätte dir das angetan, aber obwohl es so aussieht, habe ich es nicht *dir* angetan. Vielleicht hätte ich es dir früher erzählen sollen, aber das hätte nichts an dem geändert, was ich tue und auch weiterhin für Maddy tun werde.« Bevor sie in Tränen ausbrach, fügte sie hinzu: »Ich muss los.«

Mit angehaltenem Atem rannte sie zu ihrem Auto, fuhr die Straße hinunter und um die Ecke, wo sie am Straßenrand hielt und den Motor abstellte. Erst dann ließ sie dem endlosen Schluchzen freien Lauf. Sie weinte, weil sie ihr Geheimnis so lange bewahrt hatte, und wegen des Ausdrucks in Blues Augen, als sie es ihm gebeichtet hatte. Sie weinte um die Eltern, die sie sich gewünscht hatte, und die Realität, die ihr nun mal bestimmt war, egal, wie sehr sie wünschte, ihr Leben könnte anders sein.

Eine Stunde später stand sie an der Hintertür zu Skys Tattoostudio, klammerte sich an ihren Laptop und fühlte sich wie ein begossener Pudel. Wenn sie nicht bereits gewusst hätte, dass sie furchtbar aussah, hätte Skys Blick ihr es ohne Zweifel verraten.

»Ach du je, was ist denn mit dir passiert?« Sky umarmte sie, und für einen Moment gestattete sich Lizzie, diesen Trost aufzunehmen.

So, wie Sky auf die Enthüllung reagiert hatte, dass Blue sie um ein Date gebeten hatte, erwartete sie jetzt bestimmt keine warme Umarmung, wenn sie erklärte, was sie noch vor ihr geheim gehalten hatte. Aber sie sollte verdammt sein, wenn sie jemanden in dem Glauben ließ, sie würde etwas Falsches tun.

Sky versuchte, sie hineinzuscheuchen. »Komm, setz dich.«

Lizzie schüttelte den Kopf. »Können wir kurz reden?«

»Ja, sicher.« Sky hielt sie an den Schultern fest und sah sie prüfend an. »Kommst du kurz allein klar, während ich vorn abschließe?«

Lizzie nickte und wartete nervös auf Skys Rückkehr. Sie setzten sich gemeinsam auf den Treppenabsatz, und die Sonne schien auf sie hinab, konnte aber die Kälte nicht vertreiben, die Lizzies Herz umschloss.

»Sky, ich glaube, Blue und ich haben uns getrennt.«

Sky nahm sie in die Arme. »Oh nein. Lizzie, kein Wunder, dass du so aussiehst. Was ist passiert?«

»Es ist meine Schuld.« Tränen stiegen ihr in die Augen und tropften auf Skys Arme. »Ich hab ihm etwas verheimlicht.«

Sky nahm ihre Hand. »Erzähl mir, was passiert ist. Ich bin sicher, dass ihr es überstehen werdet.«

Lizzie schüttelte den Kopf. »Da bin ich nicht so sicher. Und ich bin auch nicht sicher, ob du mir verzeihen kannst.«

»Dir verzeihen?« Sie lachte kurz auf. »Was meinst du damit? Du hast Blue doch nicht betrogen, oder? Denn du hast recht, das könnte ich dir vielleicht nicht vergeben. Er ist auch mein Freund.«

Erneut schüttelte sie den Kopf. »Ich war mit niemand anderem zusammen.« Es war viel schwerer, als sie gedacht hatte. Ihre Brust zog sich zusammen, als sie versuchte, die richtigen Worte zu finden.

»Was könnte ich dir denn dann niemals vergeben?«

Sie öffnete den Mund, aber ihr blieben die Worte im Halse stecken. Neue Tränen quollen hervor. »Verflucht. Das ist so schwer.«

Sky zog sie wieder an sich. »Lizzie, du kannst mir alles erzählen.«

»Nein. Nein, kann ich nicht. Die Leute sagen das, aber sie meinen es nicht wirklich so. Es ist, wie wenn dir jemand sagt, dass er dich für immer lieben wird, und du glaubst, dass es so ist. Allerdings denkt man dabei nicht an die Bedingungen, die zu dieser Liebe gehören.«

»Okay, langsam.« Sky umfasste ihre Schultern. »Mach langsam und klär mich auf, denn gerade ergibt das alles überhaupt keinen Sinn, und du machst mir ein wenig Angst.«

Lizzie atmete tief ein und langsam wieder aus. »Erinnerst du dich, als du wissen wolltest, wie ich meinen Laden finanziert habe, und ich gesagt habe, ich hätte Kredite aufgenommen?«

»Sicher.«

»Das stimmt nicht ganz.« Sie nagte an ihrer Unterlippe und rang die Hände. »Ich hatte genug Geld, um ihn direkt zu eröffnen.«

»Okay.«

Sie wandte den Blick ab, schaute abwechselnd auf den Boden und ihre Hände, nur nicht zu Sky. »Ich habe einen Webcast, wodurch ich meinen Laden und die Studienkredite bezahlen konnte. Und auch Maddys Studiengebühren und Bücher.«

»Einen Webcast? Na ja, das ist doch gut, oder? Ich meine, wenn du damit genug verdienst, um dir all das zu leisten, warum hast du es mir nicht einfach gesagt? Dachtest du, ich wäre eifersüchtig?«

Endlich sah sie Sky an. »Nein. Ich wusste, dass du niemals eifersüchtig sein würdest, aber ich schäme mich wegen der Art der Videos.«

»Reden wir von Pornos?« Bei der Möglichkeit riss Sky die Augen auf.

Lizzie schüttelte den Kopf. »Nein. Ich hab Klamotten an.

Nur nicht viele.« Sie öffnete den Laptop und legte ihn Sky auf den Schoß. Eines der Videos war bereits aufgerufen.

»*The Naked Baker?*« Sky klappte der Mund auf. »Heilige … Lizzie.«

Lizzie vergrub das Gesicht in den Händen. »Ich bin nicht nackt. Sieh dir einfach die ersten fünf Minuten an – dann bekommst du einen Eindruck.« Sie wandte sich ab, als Sky das Video startete. Der Klang ihrer Stimme hörte sich fremd an. Sie konnte den Unterschied zwischen der aufgesetzten Sinnlichkeit im Video und den echten Emotionen, die sie mit Blue ausgesprochen hatte, deutlich hören – diese Worte waren direkt von Herzen gekommen.

Eine Minute später klappte Sky den Laptop zu. »Ich kann mir das nicht ansehen«, sagte sie leise.

Lizzie wartete darauf, dass Sky ihr die Hölle heiß machte. Als sie jedoch nichts sagte, sondern einfach nur sanft eine Hand auf ihre Schulter legte, fielen weitere Tränen.

»Hat Blue das gesehen?«

Lizzie nickte, ohne sich zu ihr umzudrehen.

Sky schlang von hinten die Arme um sie und legte die Wange an ihren Rücken. »Alles wird gut.«

Unter Tränen konnte Lizzie nur den Kopf schütteln.

»Es wird wirklich alles gut«, versicherte Sky ihr.

Lizzie drehte sich in Skys Armen und weinte an ihrer Schulter. Gründe dafür hatte sie genug. Sie weinte, weil sie die Wahrheit vor all den Menschen verborgen hatte, die sie liebte. Sie weinte wegen all der erniedrigenden Dinge, die sie getan hatte, um Geld zu verdienen. Und sie weinte um den Mann, dem sie nie hatte wehtun wollen. Und dann, als sie glaubte, dass sie bereits alle Tränen vergossen hatte, lehnte sie sich zurück, sah Sky in die Augen und weinte um die Freundschaft, die sie wirklich verzweifelt brauchte, und die Frau, der gegenüber sie nicht fair gewesen war.

»Du hasst mich nicht?«, fragte sie.

»Dich hassen? Du hast mir nichts getan, außer mir dein schmutziges kleines Geheimnis nicht anzuvertrauen. Nein, ich hasse dich nicht.« Lächelnd wischte sie Lizzies Tränen weg. »Eigentlich liebe ich dich sogar noch mehr, weil du nicht so makellos und tugendhaft bist, wie du zu sein scheinst.«

Darüber mussten sie beide lachen. Lizzie wischte die Tränen ab, dankbar, dass sie nicht auch noch ihre beste Freundin verloren hatte. »Es tut mir leid, Sky. Es tut mir leid, dass ich dich angelogen habe. Auch darüber, dass Blue mich um Dates gebeten hat. Es tut mir so leid.«

»Schh. Ist okay.« Sie drückte ihre Hand auf den Laptop. »Blue hat die Videos also gesehen? Wie viele gibt es?«

Lizzie schloss die Augen. »Zwei pro Woche seit meinem zweiten Jahr auf dem College.« Als sie Sky wieder ansah, hatte die sich eine Hand vor den Mund geschlagen.

»Oh, Lizzie. Und er … Was? Was ist passiert?«

Ihr fiel eine Last von den Schultern, als sie Sky alles erzählte. Bis jetzt war ihr nicht klar gewesen, wie viel Kraft es kostete, ihr Geheimnis zu wahren.

»Ich werde es meiner Familie dieses Wochenende gestehen.«

Sky berührte ihre Hand. »Ich weiß nicht, ob ich das tun würde. Deine Eltern werden es definitiv nicht gut aufnehmen.«

»Ich weiß, aber Blue hat recht. Ich verberge es vor den Menschen, die ich am meisten liebe, und obwohl es mir peinlich ist, glaube ich nicht, dass sie mich deshalb verstoßen werden.« So streng, wie sie erzogen worden war, war sie da nicht so überzeugt, wie sie klang, aber es entfachte einen Funken Hoffnung, es laut auszusprechen.

»Lizzie, Blue kennt deine Eltern nicht so wie ich. Ich finde es falsch von ihm, dich dazu zu drängen, und glaube, du weißt auch, dass es falsch ist.«

»Er hat mich nicht gedrängt. Er hat mir nur die Augen geöffnet.« Sie nahm ihren Laptop. »Ich will dir noch was anderes zeigen.« Sie rief die E-Mail vom Food Channel Network auf und drehte den Laptop so, dass Sky sie lesen konnte.

»Klingt, als würden sie eine Fernsehsendung daraus machen wollen«, sagte Sky aufgeregt. »*The Naked Baker* im Fernsehen? Oh mein Gott! Was wirst du tun?«

Sie zuckte mit den Schultern. »Noch gibt es nicht wirklich etwas zu tun. Es ist nur eine Anfrage, wahrscheinlich ein Standardbrief oder so was. Ich hatte noch nicht mal Zeit, darüber nachzudenken. Außerdem ist es ja keine echte Option. Ich meine, ein Webcast ist eine Sache, aber einen Vollzeitjob daraus zu machen? Meinen Laden aufzugeben? Vom Cape wegzuziehen, weil ich woanders aufnehmen soll? Auf keinen Fall. Das war nie mein Plan. Es ist nur eine E-Mail. Wer weiß, was wirklich dahintersteckt. Aber wenn sie tatsächlich eine Fernsehsendung daraus machen wollen, ist das nichts, was ich in Erwägung ziehen kann.« Da gerade all ihre Beziehungen auf die Probe gestellt wurden, war die E-Mail gerade ihre letzte Sorge.

»Weiß Blue davon?«

»Nein. Es hätte die sowieso schon unhaltbare Situation nur schlimmer gemacht.« Ganz zu schweigen davon, dass sie ihm gesagt hatte, sie würde bereuen, mit ihm zusammen gewesen zu sein. Was nicht wirklich stimmte. Sie bereute es, *nicht* mit ihm zusammen zu sein, aber der Schmerz hatte ihre Gedanken verdreht.

»Lizzie, er kriegt sich schon wieder ein. Für einen Kerl ist das harter Tobak. Männer sind besitzergreifend. Sawyer hätte auf jeden Fall arg zu kämpfen, das weiß ich sicher, und kannst du dir vorstellen, was meine Brüder tun würden, wenn sie herausfinden, dass ich so was tue? Sie würden mich in einen Turm verbannen und den Schlüssel wegwerfen. Nicht, dass irgendetwas falsch daran ist, aber Typen reagieren seltsam auf solche Dinge.«

Lizzie ließ die Schultern sinken. »Ist das wirklich eine so große Sache? Tief in meinem Herzen wusste ich zwar, dass kein Typ mit einer Frau zusammen sein will, die so etwas tut, aber ich dachte, das zwischen Blue und mir wäre stärker. Ich dachte, es wäre anders und echt und könnte alles überstehen.«

»Ihr beide seid meine besten Freunde auf der ganzen Welt, und ich würde alles darauf verwetten, dass ihr eine Lösung findet.« Sky schüttelte den Kopf. »Aber deinen Eltern würde ich es trotzdem nicht erzählen.«

»Weißt du was? Ich will irgendwie reinen Tisch machen. Da ich Blue schon verloren habe, macht es keinen Unterschied mehr. Ich glaube, ich werde es ihnen sagen, einfach um alles ans Licht zu bringen, und vielleicht rede ich auch mit dem Food Channel Network. Zumindest denke ich dann nicht ständig daran, dass ich das Beste zerstört habe, was mir je passiert ist.«

Neunzehn

Blue erledigte an einem Tag die Arbeit einer ganzen Woche in Lizzies Küche. Er liebte sie so sehr. Wie hatte er glauben können, den ganzen Tag von ihren Dingen umgeben arbeiten zu können, ihr Parfüm zu riechen, über denselben Boden wie sie zu gehen, ohne dass diese Liebe dabei größer werden und sich tiefer verwurzeln würde? Er musste seine Probleme mit diesem *The Naked Baker*-Mist überwinden, denn nichts war es wert, Lizzie zu verlieren.

Hatte er sie nicht auch angelogen, als er behauptet hatte, er wolle der Mann sein, dem sie ihre Geheimnisse anvertraute? Offensichtlich war er ein ziemlich schlechter aufrichtiger Freund gewesen. Sie hatte sich ihm mutig geöffnet. Sie hatte ihm vertraut – und nur ihm –, genau wie auf ihrem Date, als sie ihn gebeten hatte, stark zu sein, weil sie wusste, dass sie es nicht sein konnte. Und er hatte sich zu sehr von seiner Wut und dem Schmerz vereinnahmen lassen, um ihr Geständnis richtig zu verstehen.

Als er nun den Ofen ausrichtete, wurde ihm klar, was er außerdem nicht erkannt hatte, weil seine Emotionen ihn geblendet hatten. Die ganze Zeit hatte sie all das allein durchgemacht. Sie hatte nachts gearbeitet, um ihre Schulden abzuzahlen und Maddy zu unterstützen. Ohne Hilfe. In seinen Augen war es vielleicht falsch gewesen, das geheim zu halten, aber welches Recht hatte er, sie zu verurteilen? Er kannte niemanden, der stärker war als sie. Sie hatte eine Lösung gebraucht, und einfach das getan, was sie gesagt hatte: Sie hatte sie gefunden. *Allein.* Ohne die Unterstützung von Freunden oder Familie. Oder ihm.

Er hatte sich wie ein Blödmann aufgeführt und sie mussten eine Menge klären. *Er* musste eine Menge klären. Trotzdem war er nicht sicher, ob er damit umgehen konnte, dass all diese Fremden sie in ihren sexy Videos sahen. Er war nicht mal sicher, ob er damit umgehen konnte, dass seine Familie und Freunde davon erfuhren. Er war ein eifersüchtiger Depp, und diese Erkenntnis sorgte dafür, dass er sich noch mehr wie ein mieser Idiot fühlte. *Er* war im Moment nicht wichtig. Wichtig war nur, sich bei Lizzie zu entschuldigen, damit sie wusste, dass sie nicht mehr allein war – dafür hätte er schon von Anfang an sorgen müssen. Aber verdammt, er war auch nur ein Mensch.

Blue sammelte am Abend gerade sein Werkzeug ein, als Lizzie durch die Küchentür kam. Ihre Jeans war am Knie aufgerissen und sie hatte Dreck an den Händen und im Gesicht. Bei ihrem Anblick zog sich sein Herz zusammen und augenblicklich rührte sich sein Beschützerinstinkt.

»Was ist passiert?« Er wollte sie in die Arme nehmen und den Schmerz und die Einsamkeit in ihrem Blick wegküssen, wusste aber, dass er es nicht tun sollte. Stattdessen hielt er ein Geschirrtuch unter warmes Wasser, um sie zu säubern.

»Ich bin auf dem Hügel am Friedhof ausgerutscht, als ich die Blumen hingelegt habe.« Sie zog ihre schmutzigen Schuhe aus und stellte den Blumenbeutel auf den Boden.

Er versuchte, sich auf den Dreck auf ihrer Wange und nicht

die Traurigkeit in ihren Augen zu konzentrieren, aber sein Herz schmerzte nach all dem, was sie einander gesagt hatten, einfach zu sehr. Die ganze Situation, all die verletzenden Dinge, die er ihr an den Kopf geworfen hatte, und dass sie ihm so eindringlich gesagt hatte, sie würde bereuen, ihm nah zu sein. Davon war ihm übel. Jetzt, wo er ihr so nah war und mit einer Hand ihr Gesicht umfasste, ihre Wange säuberte und in ihren Augen die Emotionen sah, von denen er nicht gewusst hatte, ob sie noch da waren, konnte er seine Gefühle kaum zurückhalten. Er wollte auf die Knie fallen und sich hundert Mal entschuldigen, doch was sie gerade brauchte, war seine Hilfe.

»Bist du verletzt?«

»Nein, nur genervt.« Sie griff nach dem Handtuch und legte ihre Hand auf seine. »Du musst nicht …«

»Ich möchte aber.« Ihre Blicke trafen sich und trotz ihres heftigen Streits wallte Hitze zwischen ihnen auf. Sie war bereits zu sehr ein Teil von ihm, als dass er den Riss zwischen ihnen noch größer werden lassen konnte. Aber zum ersten Mal in seinem Leben fühlte sich Blue unvorbereitet. Er hatte keine Ahnung, wie er diesen schrecklichen Zustand hinter sich lassen sollte, um wieder dorthin zu gelangen, wo sie hingehörten. Nachdem er ihr Gesicht gewaschen hatte, kniete er sich vor sie, um ihr Knie zu untersuchen und sich einen Moment zu sammeln.

»Deine Jeans ist ziemlich zerrissen.«

»Die ist alt. Ist schon in Ordnung.«

»Du blutest.« Er wünschte sich verzweifelt, all die verletzenden Dinge zurücknehmen zu können, die er gesagt hatte, und dass sie einfach noch mal von vorne anfangen könnten. Dass sie sich mit dem ganzen Thema auseinandergesetzt hätten, bevor sie zusammenkamen. Vielleicht würde es sich dann nicht so sehr wie Verrat anfühlen. Aber selbst das war jetzt nicht mehr wichtig. Entscheidend war nur, sich um Lizzie zu kümmern, und wenn sie ihm verzeihen konnte, würde er dafür sorgen, dass sie sich nie wieder allein fühlte.

Er wischte das Blut von ihrem Knie und versuchte, sich unter Kontrolle zu halten, als der Drang, sie in die Arme zu schließen, wieder in ihm aufwallte. Schließlich stand er auf und sah sie an.

»Du solltest dich umziehen, damit wir die Abschürfung säubern können.«

Sie öffnete den Mund, als ob sie antworten wollte, doch es gab so viel, was er ihr vorher sagen wollte, dass er ihr das Wort abschnitt.

»Lizzie.« Unwillkürlich berührte er ihre Wange und strich mit dem Daumen darüber. »Es tut mir leid, was ich gesagt habe. Ich hatte kein Recht, dich zu verurteilen, oder dir ein schlechtes Gewissen einzureden. Ich liebe dich so sehr, und du hast mir vertraut, aber ich war zu blind, um es zu sehen.« Ihre Unterlippe bebte und er trat näher. »Ich weiß nicht, wie wir weitermachen sollen, aber ich vermisse dich. Ich liebe dich. Ich kann nicht aufhören, an dich zu denken.«

Sie senkte den Blick. »Blue …«

Er hob ihr Kinn. »Wir müssen nicht jetzt darüber reden. Wir streiten nur wieder und das will ich nicht. Ich brauche einfach nur das hier. Dir nah sein. Selbst wenn es nur ein paar Minuten sind. Du sollst wissen, dass ich dich liebe und dass mir meine Worte aufrichtig leidtun.«

Nickend presste sie die Lippen zusammen, als bräuchte sie ihn auch. Und als sie in seine ausgebreiteten Arme trat, war es, als würde sie nach Hause kommen.

»Du riechst so gut, Lizzie.« Er legte ihr eine Hand in den

Nacken und sah ihr in die Augen. »Es fühlt sich an, als würdest du immer noch mir gehören, doch ich weiß, dass ich kein Recht mehr habe, so zu denken.«

Sie hob eine Schulter.

»Ich nehme es mir sehr übel, so überreagiert zu haben. Ich war verletzt, aber jetzt verstehe ich. Es tut mir leid, dass ich erst behauptet habe, für dich da zu sein, und es dann nicht war.« Er wand sich innerlich. »Es tut mir so leid, Süße.«

Er lehnte seine Stirn an ihre und schloss die Augen, atmete ihren Geruch ein, hoffte, betete, dass sie ihm noch eine Chance gab. »Kannst du mir je wieder vertrauen? Vermisst du mich überhaupt oder hab ich uns zerstört?«

»Ich …« Ihr Flüstern verstummte und sie klammerte sich an ihn. »Blue.« Sie grub die Finger durch den Stoff seines Shirts in seine Haut und schaute ihn mit einem sehnsüchtigen Blick an, als wüsste sie auch, dass es nicht helfen würde, wenn sie sich jetzt nah kamen, bräuchte es aber genauso wie er.

»Ich weiß, dass es nichts in Ordnung bringt, aber ich möchte dich so sehr küssen.«

Ihr Nicken war kaum erkennbar. Wie so oft stellte sie sich auf die Zehenspitzen und er senkte den Kopf. Die erste Berührung jagte eine Schockwelle durch ihn hindurch – dann kamen die Schuldgefühle. Ihr Mund war warm und zart, und als sie sich mit bestürztem Gesichtsausdruck von ihm löste, fürchtete er, alles noch schlimmer gemacht zu haben.

»Blue«, sagte sie scharf und legte sich zitternd eine Hand vor den Mund. »Wir dürfen das nicht. Du kannst mich nicht küssen. So werden wir das nie klären.«

»Es tut mir leid. Ich dachte, du wolltest es auch. Ich kann nicht anders. Ich empfinde einfach zu viel für dich.« Er trat einen Schritt zurück und rieb seinen verspannten Nacken. »Das alles verwirrt mich.«

»Mich auch, aber das wird nicht helfen.« Sie wich zurück.

Ihre Worte und Handlungen signalisierten ihm, dass er sich zurückhalten sollte, aber der Ausdruck in ihren Augen sorgte dafür, dass er den Abstand zwischen ihnen wieder überbrückte. Er konnte nicht reden oder denken, sondern nur fühlen und sie verdammt noch mal nicht gehen lassen.

Trotzig sah sie ihm in die Augen. Als sie sein Shirt packte und ihn in einen harten, schonungslosen Kuss zog, lösten sich seine Gedanken auf. Ihre Körper verschmolzen förmlich miteinander. Als seine Emotionen ins Schleudern gerieten und außer Kontrolle wirbelten, packte er grob ihre Hüften.

»Du hast Nein gesagt«, erinnerte er sie zwischen ihren Küssen.

»Aber ich brauche dich auch.« Sie versiegelte seine Lippen mit einem weiteren Kuss. »Berühr mich. Küss mich.«

Lizzie griff nach seinem Oberkörper, seinen Armen, allem, woran sie sich festhalten konnte, während er eine Hand an ihren wunderbaren Hintern und die andere an ihren Hinterkopf legte. Sie neigte den Kopf, damit er den Kuss vertiefen konnte. Er setzte sie auf der Arbeitsplatte ab, stellte sich zwischen ihre Beine, zog das Shirt aus ihrer Jeans und schob seine Hände darunter, während sie an seinem zog. Ihre wunderbare, heiße Haut entlockte ihm ein Stöhnen. Sie wölbte sich ihm entgegen, überließ sich ihm, als er ihren BH nach unten zerrte und sich über ihre wunderschönen Brüste hermachte und die rosigen Nippel reizte.

Mit einer Hand in seinen Haaren hielt sie ihn fest, während er an ihren Brüsten saugte. »Ja. Gott, ich brauche dich. Ich liebe dich, Blue. Es tut mir so leid.«

Ruckartig zog sie seinen Kopf zurück. Ihre Augen waren

dunkel und voller Lust, dann küsste sie ihn, besitzergreifend und zornig. Er kämpfte mit dem Knopf ihrer Jeans, und als er endlich aufsprang, erstarrten sie beide.

»Ich brauche dich mehr als die Luft zum Atmen«, gestand er knurrend. »Sag mir, dass ich aufhören soll. Sag mir, dass du mich nicht willst, Lizzie, und ich ziehe mich zurück.«

»Ich will dich, Blue.« Ihre Antwort kam so schnell, dass er eine Sekunde brauchte, um festzustellen, dass er nicht geträumt hatte.

Er schloss sie wieder in die Arme und verschlang ihren Mund, während er sie ins Schlafzimmer trug und sich einredete, dass er es schaffte. Er konnte sie lieben und mit ihr schlafen und ihnen trotzdem den Raum geben, alles zu überdenken.

Sobald ihre Füße den Boden berührten, zerrten sie sich die Kleider vom Leib und eroberten jeden Zentimeter freigelegter Haut. Er hob sie noch einmal hoch und senkte sie auf seine pulsierende Erektion.

»Oh, fuck, Lizzie. Du fühlst dich so gut an.«

Sie drückte eine Hand an seine Wange, während er ihre Hüften packte, und sah ihm in die Augen. »Lieb mich, Blue. Beweg dich. Schnell, hart, langsam, sanft. Aber beweg dich. Ich muss dich in mir spüren.«

Ihr Lust zu bereiten stand für ihn an erster Stelle, als er sie im Rhythmus seiner harten Stöße auf- und abbewegte. Rasend vor Verlangen trafen ihre Lippen aufeinander. Wut und Lust vermischten sich und legten sich wie glühende Hitze um sie. Sie klammerte sich an seine Arme.

»Ja. Oh ja. So gut … Mehr … *Omeingott* …«

Er spürte, wie sie von einem donnernden Orgasmus erfasst wurde, der auch ihn mitriss, sodass er in einer Explosion von Leidenschaft und Gier kam. Der ganze Raum schien vor

Energie zu pulsieren. Er hielt sie so fest wie möglich und konnte praktisch spüren, wie das Blut in ihren Adern raste. Es war dämlich gewesen, zu glauben, er könnte es schaffen. Auf keinen Fall konnte er Lizzie lieben und dabei seine Emotionen im Griff behalten. Er liebte sie einfach zu sehr, um jetzt wieder auf Distanz zu gehen. Er musste die Dinge richtigstellen.

Mit müden Muskeln und vor Überwältigung unfähig zu sprechen, taumelte er gegen die Wand. Blue legte seine Stirn zwischen ihre Brüste und Lizzie drückte ihm einen Kuss auf den Scheitel. Er spürte ihre Wange an seinem Kopf und wie sie träge über seine Schultern strich, während das Mondlicht durch die Vorhänge fiel und die Realität zurückbrachte.

In Lizzies Kopf herrschte Krieg, ein Kampf zwischen ihrer unleugbaren Liebe für Blue und dem Widerwillen, ihre Überzeugungen aufzugeben. Sie wusste, dass sie nicht mit ihm hätte schlafen sollen, weil es nichts änderte, aber sie hatte wieder in seinen Armen sein müssen. Und jetzt, als er den Kopf an die Wand lehnte und ein befriedigtes Lächeln sich auf seinen wunderschönen Lippen ausbreitete, bereute sie es kein bisschen.

»Lizzie«, flüsterte er. »Ich kann mich nicht von dir fernhalten.«

Ihr gesamter Körper entspannte sich. Sie hatte ihn nicht für immer verloren. *Gott sei Dank.* Wusste er, dass was er sagte oder tat, die Macht hatte, sie zu vernichten oder ihr Flügel zu verleihen? War ihm klar, dass das, was er ihr gesagt hatte, zwar wahnsinnig wehtat, ihr aber auch die Augen geöffnet hatte? Wusste er, dass sie ihn mehr liebte, als sie es je für möglich gehalten hatte? Dass sie sich auch nicht von ihm fernhalten konnte? Sie sollte ihm all das sagen, aber sie wollte nicht reden, denn einem weiteren Streit darüber, was sie mit ihrem Leben anstellte, war sie nicht gewachsen. Sie wollte einfach noch eine Weile in dieser Geborgenheit schwelgen. Das brauchte sie.

»Können wir nur fünf Minuten so tun, als wäre das unser Leben? Als gäbe es kein Problem?«, bat sie.

Er schloss die Augen, und sie glaubte, er würde sie auf die Füße stellen und ihr sagen, dass sie erwachsen werden musste. Stattdessen schlang er die Arme nur fester um sie, hielt sie schweigend.

»Lass mich dir ein Bad einlassen«, schlug er sanft vor.

In ihrem Hinterkopf ertönte eine mahnende Stimme, die sie daran erinnerte, dass sie heute Abend ihre Show aufzeichnen musste.

Das konnte warten.

Ein Bad klang wunderbar.

Mit Blue zusammen zu sein war wunderbar.

Ich möchte einfach noch eine Weile so tun, als wäre alles in Ordnung.

Blue führte sie ins Badezimmer, wo er die Kerzen auf dem Fensterbrett anzündete und die Wanne mit herrlich duftendem Schaum füllte. Dabei berührte er immer wieder ihre Schulter, lächelte liebevoll und schien sich nicht daran zu stören, dass er nackt und seine Haut noch immer schweißnass war. Er half ihr sogar in die Wanne.

»Sei vorsichtig. Die Schramme an deinem Knie könnte brennen.«

Obwohl er verletzt und aufgebracht war, war er immer noch so fürsorglich, und das berührte sie tief. Sie wusste, dass Sky recht hatte. Dieser Webcast war harter Tobak für einen Typen, völlig unabhängig von ihren Überzeugungen. Sie hielt sich an seiner Hand fest, während sie in den Schaum eintauchte. Als er zurücktreten wollte, hielt sie ihn fester. »Bleibst du, bitte?«

Er setzte sich an den Rand und nahm einen Waschlappen.

»Bei mir.« Sie deutete auf die Badewanne. »Bitte?« Sie rutschte nach vorn, sodass er sich hinter sie setzen und sie den Rücken an seine Brust lehnen konnte.

Noch nie hatte sie etwas gespürt, das ihr so viel Geborgenheit schenkte, wie von Blue geliebt zu werden.

»Lizzie«, flüsterte er ihr ins Ohr und küsste dann ihre Schulter, als würden ihm die Worte fehlen.

Ihr ging das Herz über vor lauter Emotionen.

Er schäumte den Waschlappen ein und wusch sanft ihre Arme. Er hielt sie um die Taille gefasst, während er ihre Schultern und ihr Dekolleté wusch und den Waschlappen dann in die andere Hand nahm, um sich ihren Brüsten und dem Brustkorb zu widmen. Er kümmerte sich so zärtlich um sie, während er flüsterte, wie sehr er sie liebte und wie leid es ihm tat. Er verteilte Küsse auf ihrer Schulter, und als er den Waschlappen zur Seite legte, beide Arme um sie schlang und den Kopf an ihre Wange lehnte, hörte sie ihn so tief einatmen, als wäre er dankbar für ihre gemeinsame Zeit.

Irgendwie hatte sie das Gefühl, dass keiner von ihnen wusste, wie sie nun weitermachen sollten, aber sie wollte den Zauber ihrer Nähe nicht brechen. Sie brauchte das hier. Und ihn. Gott, wie lange brauchte sie ihn schon? Ein Jahr war eine lange Zeit, wenn man gegen Gefühle ankämpfte, und genau das hatte sie getan. Das erkannte sie, als er sie zu sich umdrehte und an sich zog, sodass sie mit angezogenen Knien in seinen Armen saß. Sie wollte nicht mehr kämpfen. Es war anstrengend, sich selbst zu verteidigen und zu versuchen, nichts zu fühlen oder nicht zu lieben. Fast so anstrengend, wie eine Lüge zu leben.

»Es tut mir so leid, Lizzie. Ich weiß, dass wir nicht darüber reden wollen, aber es ist so schrecklich, was ich zu dir gesagt habe. Ich kann nicht behaupten, dass ich mich mit dem abgefunden habe, was du tust, aber ich werde nie wieder etwas Verletzendes sagen. Ich möchte so sehr Teil deines Lebens sein. Ich muss nur herausfinden, wie ich all das überwinden kann.«

Sie wollte ihn anflehen, es zu versuchen, aber das hatte sie schon zur Genüge getan. Er war durch und durch ehrlich. War er nicht schon aufrichtig gewesen, bevor sie miteinander ausgegangen waren? Blue verbarg nichts vor ihr. Er gab und gab und gab noch mehr.

»Es ist in Ordnung«, brachte sie schließlich heraus, obwohl nichts in Ordnung war. Sie wusste auch nicht, wie sie es schaffen sollten. Noch nie hatte sie so viel für jemanden empfunden, und wenn es eine Sache gab, der sie sich sicher war, dann, dass sie nicht wollte, dass diese Gefühle verschwanden.

Er küsste ihre Schläfe und drückte sie fester. »Nein, es ist nicht in Ordnung. Mein Herz tut weh, Lizzie. Ich möchte ein Mann sein, der alles an sich abperlen lassen kann, doch so bin ich einfach nicht. Aber ich bin bereit, es zu versuchen. Gott, Lizzie. Ich liebe dich so sehr. Für dich würde ich alles tun.«

»Ich will nicht, dass du dieser Mann bist, Blue. Du sollst der sein, der du bist, und nicht jemand, der seine wahren Gefühle ignoriert.« Sie legte den Kopf an seine Schulter und schlang die Arme um ihn. »Wir stehen an einem Scheideweg, und ich bin nicht sicher, welche Richtung wir einschlagen sollen.«

Er hielt sie, bis das Wasser kalt wurde und der Schaum sich auflöste. Dann wickelte er sie in ein Handtuch und trocknete sie vorsichtig ab, bevor er sich um sich selbst kümmerte. Schweigend zogen sie sich an, und dann streckte Blue wieder die Arme nach ihr aus, als wäre es das Normalste auf der Welt, trotz der Traurigkeit in seinen Augen. Lizzie wollte nicht, dass er ging. Ihr war klar, dass er auf ihre Bitte vielleicht mit Wut reagieren würde, aber sie musste es versuchen. Schließlich bemühte er sich. Er bemühte sich so sehr.

»Ich muss heute Abend meine Show aufnehmen«, sagte sie in der Sicherheit seiner Arme.

Sie spürte, wie er den Atem anhielt.

»Bleibst du bei mir?«, fragte sie in dem Wissen, dass er es wahrscheinlich nicht tun würde.

Er lehnte sich etwas zurück und sah sie verwirrt und unbehaglich und, so erstaunlich das auch war, mit nicht zu leugnender Liebe an. »Ich glaube nicht, dass ich das kann. So weit bin ich noch nicht.«

Sie nickte, obwohl sie die stechende Zurückweisung bis in die Zehenspitzen spürte.

Zwanzig

Lizzie ließ Blue in der Küche seine Sachen zusammenpacken und ging nach unten, um ihre Show aufzunehmen. Mit geschlossenen Augen stand sie am Fuß der Treppe, schlang die Arme um ihre Mitte und wollte wieder nach oben rennen – *Bleib bei mir. Ich werde mit den Videos aufhören. Lieb mich einfach, Blue. Lieb mich und lass mich dich lieben.*

Als sie die Augen öffnete und sich umdrehte, erhaschte sie einen Blick auf Madisons Foto an der Wand. *Zwei Jahre, Blue. Es sind nur noch zwei Jahre.* Eine Nacht war zu schwer für ihn. Zwei Jahre würden unmöglich sein. Sie musste ihn gehen lassen. Sie war es gewohnt, ihre Gefühle und sich selbst zurückzustellen. Es war notwendig. Obwohl ihr Tränen über die Wangen liefen, straffte sie die Schultern und ging ins Badezimmer.

Fünfzehn Minuten später stand sie in High Heels, ihrer treuen Schürze, der blonden Perücke und der Brille mit dem dicken Rahmen vor dem Computer und versuchte, ein Lächeln vorzutäuschen – und versagte. Stöhnend versuchte sie es erneut und lief durch den Raum, um die nervöse Energie loszuwerden. Sie fühlte sich nicht sexy oder verführerisch. Das Einzige, was sie fühlte, war, dass sie den einzigen Mann auf dieser Welt verletzt hatte, der ihr etwas bedeutete. Nach einem Blick auf

Maddys Foto räusperte sie sich, straffte zum x-ten Mal die Schultern und sagte sich, dass sie für fünfundvierzig Minuten oder eine Stunde alles tun konnte.

Eine Minute nach der anderen.

Sie schaltete die Kamera ein und bemühte sich, ihre Stimme heißer klingen zu lassen.

»Habt ihr mich vermisst? Denn ich habe euch sehr vermisst.« *Ich schaffe das. Ich schaffe das.*

Mit der Hand deutete sie auf die Backzutaten. »Heute habe ich eine besondere Überraschung für euch. Wir werden Nippel-Cupcakes backen.« Sie senkte die Lider und zwinkerte der Kamera zu, obwohl ihr schlecht war. »Mit genau der richtigen Menge an Glasur zum Ablecken.«

In den nächsten Minuten hatte sie damit zu kämpfen, den Schmerz und Stress des Tages, die Liebe, die sie mit Blue verband, seine zärtlichen Berührungen während des Bades und den Ausdruck in seinen Augen, als sie ihm eröffnet hatte, dass sie eine Folge aufnehmen musste, beiseitezuschieben. *Ich tue es für Maddy. Ich kann das. Ich muss es tun.* Eine gefühlte Ewigkeit konzentrierte sie sich auf das, was sie zwei Mal pro Woche tat. Das war nun wohl oder übel ihr Leben.

Blue stand an der Treppe, unfähig, sich von der Stimme aus dem Keller loszureißen. Selbst hier in ihrem Haus und in dem Wissen, dass sie dort unten nur mit einer Schürze bekleidet ihre Show aufnahm, konnte er die gespielt verführerische Stimme nicht mit der Frau in Einklang bringen, die er liebte. Er wusste nicht, was ihn antrieb – morbide Neugier oder Eifersucht –, aber er schlich leise nach unten und blieb stehen, als er sie entdeckte. Er hatte sie in den Videos mit blonder Perücke und Brille gesehen, war aber trotzdem schockiert, sie live so zu erleben. Die Schürze betonte die Form ihrer Brüste und Hüften und bedeckte kaum ihren Intimbereich. Sein Magen verkrampfte sich, als sie sich umdrehte und er den hautfarbenen String sah, der absolut nichts verhüllte.

Schweigend beobachtete er sie und nahm jedes ihrer Worte auf, während sie durch die Küche tänzelte, die Bleche im Ofen austauschte und dabei immer wieder verlockende Sätze von sich gab, als würde sie häppchenweise Zucker servieren. Blue war unwillkürlich gebannt, denn er sah nicht wie alle anderen die blonde Schönheit, die sorgfältig und perfekt die Cupcakes glasierte. Nein, er sah die Frau, die sich hinter dem Kostüm versteckte. Es war die Frau, die er in den Armen und seinem Herzen hielt, die sich heute Abend wieder einmal die Zeit genommen hatte, zum Friedhof zu gehen und dort das Andenken von Menschen zu ehren, die sie überhaupt nicht kannte, obwohl sie aufgewühlt und erschöpft war. Die Frau, die hier heruntergekommen war, um ihre Show aufzuzeichnen, damit ihre Schwester keinen Studienkredit aufnehmen musste, obwohl ihr Leben auf den Kopf gestellt worden war, obwohl es beinahe Mitternacht war und sie am Ende sein musste.

Die Frau, die er gleichermaßen liebte, bewunderte und um die er fürchtete.

Ein Teil von ihm hielt die Videos immer noch für herabsetzend. Sie war eine starke, intelligente Geschäftsfrau mit einem Herz aus Gold, deren Ausstrahlung einen ganzen Raum erhellte. Sie war die Frau, die ihn alles infrage stellen ließ, was er über Vertrauen, Loyalität, Lügen und den Glauben an die Menschen wusste. Alles, was er über sich selbst zu wissen geglaubt hatte.

Sie war die Frau, die er liebte, und er wünschte sich, ihr irgendwie helfen zu können, ihr finanzielles Ziel zu erreichen, ohne sie in eine solche kompromittierende Lage zu bringen. Doch eines wurde klar: Während er fürchtete, dass die Videos erniedrigend waren, hatte sie für Maddy einen Weg gefunden, diesen Aspekt zu überwinden.

Auf einmal kam er sich regelrecht dumm vor. Noch nie hatte er jemanden kennengelernt, der andere so an erste Stelle setzte wie sie.

Leise stieg Blue die Treppe hinauf, er wollte sie nicht unterbrechen. Er sammelte seine Sachen ein und fuhr nach Hause. Er musste einen Weg finden, die Situation in seinem Kopf mit der in seinem Herzen zu vereinbaren.

Einundzwanzig

Der Freitag verging wie im Flug. Nachdem sie früh aufgestanden war und den Cupcakes eine andere Glasur verpasst hatte, damit sie nicht wie riesige Nippel aussahen, brachte Lizzie sie zur Obdachlosenunterkunft. Schließlich kam sie zur Arbeit und hätte beinahe ihren Lieferanten verpasst. Am Nachmittag war im Laden zu viel los gewesen, um Blues Anrufe anzunehmen, und wenn sie ehrlich war, wollte sie auch nicht mit ihm sprechen. Auch wenn sie wirklich verstehen konnte, warum er letzte Nacht nicht geblieben war, wünschte sie sich doch, dass er keine Probleme mit dem Webcast hätte.

Ihr Leben war ein Widerspruch, und sie wusste nicht, wie sie ihn auflösen sollte. Sie wusste zwar, dass sie etwas tat, was er nicht einfach so akzeptieren konnte und wofür sie sich schämte – obwohl sie auch stolz darauf war, damit für ihre und obendrein Maddys finanzielle Sicherheit zu sorgen –, doch es einfach nicht mehr zu tun, kam nicht infrage. Und sie fühlte sich in dieser ganzen Situation leer und verloren.

Aber gestern Abend in Blues Armen hatte sie sich wieder vollständig gefühlt. Nicht mehr verloren, sondern *gefunden*. Sie versuchte, die heikle Situation nicht zu analysieren, in die sie sich gebracht hatte, ebenso wenig wie die Tatsache, dass sie sich von ihren eigenen Wünschen in die Ecke gedrängt fühlte – hin- und hergerissen zwischen dem Mann, den sie liebte, und dem Bedürfnis, ihrer Schwester zu helfen. Zwar wollte sie Blue anrufen, wusste aber, dass sie zu emotional war, um beim Autofahren zu telefonieren, außerdem war es bereits nach vier. Sie hatte ihren Eltern versprochen, um halb sieben mit Maddy da zu sein, weshalb sie ihren Hintern sofort zur Harborside University schwingen musste, wenn sie es noch rechtzeitig schaffen wollte. Sie schnappte sich ihre Handtasche und schloss ab.

»Fährst du weg?«

Blues Stimme erschreckte sie und sie legte sich eine Hand aufs Herz. Blue stand ein paar Meter entfernt, teuflisch gut aussehend, und sein Blick schwankte zwischen Selbstbewusstsein und Unsicherheit. *Das ist meine Schuld. Ich habe sein Vertrauen in uns zerstört.* Bei der Erkenntnis wurde ihr Herz schwer.

Sie atmete tief aus. Sie konnte jetzt nicht in dieses Loch fallen. »Ich muss Maddy abholen. Bin spät dran.«

»Ich hab den ganzen Tag versucht, dich zu erreichen.« Er klang nachdenklich, nicht sauer oder nachtragend, als er ihr zu ihrem Auto folgte.

Er war hier. Und gestern Abend war er auch da gewesen. Plötzlich wurde ihr klar, dass es nicht seine Sehnsucht nach ihr war, die ins Wanken geraten war. Sondern eher sein Vertrauen, und das tat noch mehr weh.

»Ich weiß. Tut mir leid. Es war ein verrückter Tag, und es wird auch nicht ruhiger, bis ich Maddy heute Abend wieder zur Uni bringe. Sie kann doch nicht übers Wochenende bleiben, weil in der Bar eines Freundes eine Talentshow stattfindet oder etwas in der Art.«

»Bar? Sie ist neunzehn.«

Seine Sorge überraschte sie, und als sie ihre Tasche ins Auto warf, bemerkte sie einen Schimmer von Entschlossenheit in seinen Augen. »Ja, schon. Aber es ist ein Restaurant mit angeschlossener Bar. The Taproom, wenn ich mich nicht irre. Dort gibt es keinen Alkohol. Sie geht nur wegen der Veranstaltung dorthin.«

Er berührte ihren unteren Rücken und sein Blick wurde nachdenklich. »Ich hatte gehofft, dass wir reden können. Es tut mir leid, dass ich gestern Abend nicht geblieben bin.«

»Aber das ist okay. Ich verstehe es ja.« Sie versuchte zu lächeln, schaffte es aber nicht, obwohl sie bereits so viel glücklicher war als gestern. Im Moment war sie in Eile und verwirrt. Eigentlich wollte sie gern hierbleiben und die Dinge mit ihm besprechen, damit sie gemeinsam vorankamen und zu diesem magischen Ort zurückfanden, den sie geteilt hatten – aber sie hatte panische Angst davor, dass sie es nicht schaffen würden.

»Danke für die süße Nachricht heute Morgen«, sagte er mit einem warmen Lächeln, das ihr den Atem raubte, »aber ich hab meinen Leckerbissen vermisst.«

»Ich war nicht sicher, ob du ihn noch haben willst, jetzt, da du weißt, warum ich so oft backe.« Sie hatte ihm eine Tasse und frischen Kaffee hingestellt und dazu einen Zettel, auf dem sie sich für sein Verständnis bedankte, war jedoch zu zwiegespalten gewesen, um ihm einen Cupcake hinzustellen.

»Lizzie, es gibt so viel, worüber wir reden müssen.«

»Ich weiß, dass du Zeit brauchst, um herauszufinden, ob du mit mir zusammen sein willst, und das verstehe ich.«

»Ich will mit dir zusammen sein, Lizzie.« Sein Tonfall wurde ernst und gleichzeitig sanft. So etwas schaffte ganz sicher nur er.

»*Wollen* ist nicht das Problem. Das musst du wissen. Und ich wollte dich letzte Nacht nicht verärgern, indem ich gegangen bin.«

»Ich war nicht verärgert. Es hat einfach wehgetan, und ich weiß nicht, wo wir stehen ...«

»Ich will versuchen, es zu schaffen. Wir müssen viel besprechen, aber ich weiß, dass wir es überwinden.«

»Du ... Wirklich?«

»Ja, Lizzie.«

Die Aufrichtigkeit in seiner Stimme rührte ihr Herz. Aber sie hatte jetzt keine Zeit, ausführlich mit ihm zu sprechen. Sie musste Maddy abholen, doch was sie ihm gestern Abend hatte sagen wollen, wollte sie jetzt trotzdem loswerden.

»Ich hab mich gestern gar nicht dafür bedanken können, dass du mich überzeugt hast, es Sky zu erzählen. Ich bin ja überhaupt nicht dazu gekommen, viel zu sagen, weil mein Herz verrückt gespielt hat und mein Kopf ausgeschaltet war – auf die bestmögliche Art natürlich.« Sie spürte, wie ihre Wangen rot wurden.

Ohne den Blick von ihr zu lösen, trat er näher und legte die Hände auf ihre Hüften. Seine Stimme war voll, geschmeidig und beruhigend. »Ich hab nicht versucht, dich von irgendetwas zu überzeugen, und es tut mir leid, dass ich überreagiert habe.«

Sie wusste, dass sie etwas auf seine Entschuldigung erwidern sollte, war sich aber immer noch nicht im Klaren darüber, ob er wirklich überreagiert hatte. Sie wusste nur, dass sie ihm sagen sollte, was ihr durch den Kopf ging.

»Das weiß ich, aber ich hab Sky vom Webcast erzählt, und es hat sich angefühlt, als würde ich unter einer dunklen Wolke hervorkriechen. Ich wusste gar nicht, wie schwer das Geheimnis auf mir lastet, aber du hattest recht. Um weitermachen zu können, habe ich es mir schöngeredet. Ich möchte es heute Abend Madison und meinen Eltern sagen. So schwierig es auch war, reinen Tisch zu machen, es war auch befreiend, und ich bin dankbar, dass du mir die Augen dafür geöffnet hast, was aus meinem Leben geworden ist.«

»Du hast es Sky erzählt?«

Sie sah die Überraschung in seinen Augen, und als er sie näher zog, sprudelte auch der Rest hervor.

»Ja, hab ich, und Blue, mit dir zusammen zu sein ist alles. Ich hätte nie gedacht, dass ich dich nach nur einem Tag so sehr vermissen kann. Aber wenn wir getrennt sind, fehlt ein Teil von mir. Ich hab den ganzen Tag nicht klar denken können und fühle mich einfach leer. Nach unserem Abend gestern musste ich darüber nachdenken, was ich wirklich will und brauche. Ich will mit dir zusammen sein, Blue.«

Erleichtert seufzend umarmte er sie. »Gott sei Dank, denn ich kann keinen einzigen Tag ohne dich sein.«

Sie zwang sich, sich von ihm zu lösen, da sie weder sich noch ihm etwas vormachen wollte. »Du bist mir sehr wichtig, und ich weiß, dass ich dir genauso wichtig bin, und das gibt mir Hoffnung. Aber nachdem ich möglicherweise zu viel darüber nachgedacht habe, bin ich zu dem Schluss gekommen, dass ich für Maddy mit dem Webcast weitermachen sollte.«

Verwirrt runzelte er die Stirn.

»Ich habe mich ihrer Bildung verpflichtet und dieser Verpflichtung will ich mich einfach nicht entziehen. Es sind nur noch zwei Jahre, die sich für dich sicher wie eine Ewigkeit anfühlen müssen.« Als sie eine Hand auf seine Brust legte, weil sie die Verbindung spüren musste und ihm klar machen wollte, wie ernst ihre Worte waren, war sie überrascht, wie schnell sein Herz schlug. »Wenn du das so lange machen würdest wie ich, wäre dir klar, dass zwei Jahre schnell vergehen. Ich kann immer noch nicht glauben, dass du dich ein Jahr um mich bemüht hast, bevor ich endlich zu Verstand gekommen bin. Ein Jahr ist schnell vergangen, oder nicht, Blue?« *Bitte sag ja. Bitte, bitte sag ja.*

»Das war das längste Jahr meines Lebens«, antwortete er leicht verzweifelt *und* lächelnd. »Du hast dich in meine Träume geschlichen und warst jede Minute in meinem Kopf. Zwei Jahre sind verdammt lang. Das ist alles neu für mich, deshalb weiß ich nicht recht, womit ich es zu tun habe, aber ich weiß, was ich will, Lizzie, und ich will mit dir zusammen sein.«

Mit angehaltenem Atem wartete sie auf ein Aber.

Er schluckte schwer, wodurch sein Kehlkopf hüpfte. »Ich hab dir gestern Abend bei der Aufnahme zugesehen. Ich hab nur ein paar Minuten geguckt, aber …«

»Du hast mir zugesehen?« *Oh Gott. Das ist der Todesstoß.*

»Ich konnte nicht anders. Ich hab dich reden hören, als ich gerade gehen wollte, und … Es tut mir leid. Ich bin runtergegangen und hab ein paar Minuten von der Treppe aus zugesehen.« Er legte eine Hand an ihre Wange. »Aber was ich gesehen habe, war eine Frau, die etwas vorgespielt hat, nicht meine Lizzie. In gewisser Weise habe ich das schon die ganze Zeit verstanden, aber auf einer tieferen, intimeren Ebene hat immer noch etwas an mir genagt.«

Es war beinahe zu viel für sie. Sie senkte den Blick, denn sie stand bereits am Abgrund und befürchtete, mit nur einem starken Windstoß hinabgeweht zu werden.

Er hob ihr Kinn an und sah ihr in die Augen. »Mir ist klar geworden, dass ich schon so lange keine Eifersucht mehr gespürt habe, dass ich sie nicht erkannt habe.«

Sie krallte sich in sein Shirt und unterdrückte ein erleichtertes Lachen. Zu lachen wäre wirklich nicht richtig, aber sie hatte solche Angst vor seinen Worten gehabt, dass sie kaum etwas anderes zustande brachte.

»Eifersucht? Wegen Typen, die ich nicht kenne und die mir egal sind?«

»Was soll ich sagen? Mein Mädchen macht mich eben eifersüchtig.« Seine Mundwinkel hoben sich und in dieser Sekunde veränderte sich etwas zwischen ihnen. »Als ich mit der Renovierung deiner Küche angefangen habe, war ich dein Freund, habe aber gehofft, mehr zu werden. Und mit jedem Zettel, jedem Gebäck, jedem Aufblitzen deiner hinreißenden Grübchen habe ich diese Grenze mehr überschreiten wollen. Und plötzlich warst du da und hast mir gehört. Ich war der glücklichste Mann der Welt. Dann hab ich herausgefunden, dass du andere Männer mit denselben Süßigkeiten und einer sexy Stimme verführst, obwohl du mit mir zusammen bist. Ich mache dir keinen Vorwurf. Bei dieser Sache geht es nicht um dich. Sondern um mich. Ich kann nichts gegen meine Eifersucht tun und das gebe ich zu. Ich bin so eifersüchtig, wie der Tag lang ist.«

»Nein, du kannst wohl nichts dagegen tun.« Sie klammerte sich noch immer an sein Shirt und versuchte, auf dieser Achterbahn der Gefühle nicht den Halt zu verlieren. So erleichtert sie auch war und so sehr sie auch wusste, dass sie weiter darüber reden mussten, die Zeit drängte und ihr Geständnis ihrer Familie gegenüber stand ihr bevor, was sie noch nervöser machte.

»Ich muss jetzt leider los und Maddy abholen, aber wir beide müssen uns sicher sein. Ich weiß, dass zwei Jahre in deinen Augen lang erscheinen, aber ich mache das schon so lange, dass ich endlich Licht am Ende des Tunnels sehe. Ich hoffe, dass du dort auf mich wartest, wenn ich es erreiche.«

Zweiundzwanzig

Maddy redete ununterbrochen, seit sie das Universitätsgelände verlassen hatten, sodass Lizzie nicht zu Wort kam. Sie brachte es einfach nicht übers Herz, die Tiraden ihrer Schwester über die Probleme und Sorgen des College-Lebens zu unterbrechen – immerhin stimmte sie ihr zu.

»Ich meine, ernsthaft, Lizzie. Wie kommen diese Typen darauf, dass ein Mädchen flachgelegt werden will, nur weil sie auf eine Party geht? Ich mag Partys, aber das heißt nicht, dass ich nach einem Typen fürs Bett suche.« Maddy steckte sich eine Lakritzschlange in den Mund und schob sich die langen, honigfarbenen Haare von den Schultern. »Alles, was ich will, ist mein Abschluss, Spaß mit meinen Freundinnen und *vielleicht* einen netten Typen kennenlernen. Versteh mich nicht falsch, ich habe nicht generell etwas gegen Sex, aber … Gibt es da draußen auch irgendwo nette Typen? Gibt es Typen, die nicht zu sehr damit beschäftigt sind, sich zu betrinken und jedes Mädchen zu vögeln, das nicht bei drei auf dem Baum ist?«

Lizzie lachte, dachte aber: *Ja, die gibt es. Und ich hoffe, dass ich den besten von ihnen nicht verloren habe.*

»Es gibt sie, Maddy, aber auf dem College sind sie schwer zu finden. Stell dir hundert Jugendliche vor, die wie wir aufgewachsen sind – keine Dates, Ausgangssperre um halb zehn – und jetzt zum ersten Mal frei sind. Natürlich stürzen sie sich auf alles, was sie in die Finger bekommen. Sie rebellieren, probieren sich aus und leben ihr Leben so, wie sie es bisher nie durften. Aber das macht sie nicht zu schlechten Menschen.«

»Nur dauergeil«, erwiderte Maddy lachend. »Gott, ich hab die ganze Zeit geredet. Tut mir leid. Ich hab es nur so satt, und die Mädels sind genauso schlimm, aber damit werde ich jetzt nicht auch noch anfangen.« Sie schaute Lizzie an, als könnte sie das Unwohlsein spüren, das ihre Haut kribbeln ließ. »Was hast du in letzter Zeit getrieben? Wie läuft der Laden?«

»Super, aber ich muss mit dir über etwas sprechen.«

»Wenn es um meine Bücher geht, ich hab nächstes Semester einen Job im Buchladen. Dort bekomme ich Rabatt und hoffe, genug Geld zu verdienen, um sie selbst zu bezahlen.« Stolz schimmerte in den grünblauen Augen ihrer Schwester. »Siehst du? Du warst ein gutes Vorbild. Ich versuche, mich selbst zu finanzieren, damit sich Mom und Dad keinen Stress machen müssen und du dein hart verdientes Geld nicht mir zuschieben musst.«

»Genau darüber wollte ich mit dir reden. Du weißt, dass ich gerne für deine Ausgaben zahle, oder? Und dass Mom und Dad es auch gerne tun würden, wenn sie könnten.«

Maddy nahm noch eine Lakritzschlange aus ihrer Tasche und winkte ab, ehe sie damit auf Lizzie zeigte. »Das weiß ich, aber ich fühle mich trotzdem schlecht deswegen.«

»Tja, das musst du nicht.« Lizzie nahm die Abfahrt nach Brewster und fuhr zum Haus ihrer Eltern. »Maddy, ich hab dir nicht ganz die Wahrheit darüber gesagt, woher ich das Geld fürs College nehme.«

Maddy bot ihr eine Lakritzschlange an.

»Nein, danke. Mom macht Abendessen«, sagte Lizzie.

Daraufhin zog Maddy ein Snickers aus ihrer Tasche und wedelte vor Lizzies Gesicht damit herum. »Du weißt, dass du es willst.« Sie öffnete die Verpackung und reichte Lizzie die köstliche Schokolade.

»Gott, ich liebe dich.« Sie biss ein großes Stück ab, während Maddy an ihrem Lakritz knabberte.

»Hast du gehört, was ich gesagt habe, Mad? Ich hab dich angelogen.«

»Kann nicht sein. Du lügst nie. Du bist noch prüder als ich.«

»Nicht wirklich. Das scheint nur so.« Sie hielt auf dem Parkplatz ihrer alten Grundschule und stellte den Motor ab, damit sie Maddy ihre volle Aufmerksamkeit schenken konnte.

»Oh nein, was kommt denn jetzt?« Maddy ließ die Hände in den Schoß fallen und Sorge breitete sich auf ihrem wunderschönen, jungen Gesicht aus.

»So schlimm ist es nicht. Na ja, vielleicht schon, aber … Als ich auf dem College war und Dad krank wurde, musste ich selbst für alles aufkommen und hatte wahnsinnig hohe Studienkredite. Ich hab schon vor mir gesehen, wie ich den Rest meines Lebens für den Mindestlohn arbeite und deshalb nie meine Träume verwirklichen kann, also habe ich einen Ausweg gefunden. Und so habe ich meine Kredite abbezahlt, den Laden gekauft und kann mir jetzt auch für dich das College leisten.«

»Sag mir einfach, was es ist, Lizzie. Du klingst wie Mom, wenn sie um ein Thema herumeiert, über das sie nicht reden will.«

»Ich habe einen Webcast. *The Naked Baker* – aber ich bin nicht nackt. Ich trage eine Schürze. Damit verdiene ich das Geld, um dir das College zu bezahlen.«

Maddy presste die Lippen zusammen, ehe sie in Gelächter ausbrach. Sie lachte so heftig, dass sie den Kopf zurücklegte. »Oh mein Gott, kurz hattest du mich. Du? *The Naked Baker?* Du bist eher eine anständige Bäckerin.«

Ihr Lachen war ansteckend, aber es ärgerte Lizzie auch, dass alle in ihr nur das brave Mädchen sahen. »Madison, ich sage die Wahrheit.«

Maddy schüttelte den Kopf. »Nein, du willst mich nur aufziehen.«

Lizzie bedachte sie mit ihrem besten Große-Schwester-Blick.

Maddy keuchte. »Ernsthaft? Warum? Ich dachte, du würdest mit dem Blumenladen genug verdienen.«

Lizzie schüttelte den Kopf und ihre Wangen brannten vor Scham. Sie erzählte Maddy die ganze schäbige Geschichte, und als sie fertig war, schwiegen sie so lange, dass Lizzie schlecht wurde.

»Hasst du mich?«, fragte sie schließlich.

»Dich hassen? Nein. Ich kann nur nicht glauben, dass du das tust. Nicht, dass irgendetwas falsch daran ist … aber irgendwie auch doch.« Maddys Blick wurde entschuldigend. »Wissen Mom und Dad davon?«

Lizzie schüttelte den Kopf.

»Bitte sag es ihnen nicht. Das können sie nicht ertragen, Lizzie. Ich hab wahrscheinlich immer irgendwie gewusst, dass du alles für mich tun würdest, und jetzt, da der anfängliche Schock vorbei ist, kann ich es verstehen. Aber für sie wäre es niemals in Ordnung. Gott, ich kann mir nicht mal vorstellen, wie du das machst. Mom und Dad werden einen Herzinfarkt bekommen.«

»Hey, ich gebe eine tolle Blondine ab und meine Beine sind gar nicht schlecht.«

Maddy verdrehte die Augen. »Du bist total umwerfend, aber …« Sie nahm Lizzies Hand. »Danke, dass du all das tust, aber vielleicht solltest du damit aufhören. Ich fühle mich verantwortlich. Ich *bin* verantwortlich. Oh nein, ich werde auf direktem Weg in die Hölle kommen, weil ich meine Schwester in eine Online-Nutte verwandelt habe!«

»Wow, Maddy, gib dir bloß keine Mühe, deine Worte abzumildern.« Hin- und hergerissen zwischen einem Lachen und Missfallen, schaute Lizzie zum Fenster hinaus.

»So hab ich das nicht gemeint. Es ist nur … Lizzie, jetzt, da ich weiß, was du tust, kann ich dein Geld nicht weiter annehmen.«

»Du kannst und du wirst.« Lizzie ließ den Motor an. »Und ich muss es Mom und Dad sagen. Ich kann nicht weiter alle belügen.«

»Sie werden es nicht verstehen und dann ist das auch noch meine Schuld.«

»Maddy, ich bin erwachsen. Das hat nichts mit dir zu tun, sondern nur mit mir und meinen Entscheidungen. Egal, wie Mom und Dad es aufnehmen, es ist nicht deine Schuld.«

Eine Stunde später wünschte sie, Maddys Rat befolgt zu haben. Ihre Eltern saßen sich am Esstisch gegenüber und beide hatten schmerzerfüllt das Gesicht verzogen. Ihre Mutter legte zitternd eine Hand vor den Mund. Sie hatte die dünnen Brauen zusammengezogen. Ihr Vater machte eine finstere Miene und Enttäuschung brannte in seinen Augen.

»Dad, sag was. Irgendwas«, flehte Lizzie.

»Du bist nicht das Mädchen, das ich großgezogen habe.« Vernon Barber stieß sich vom Tisch ab und mied jeden Blickkontakt mit Lizzie. Dann beugte er sich hinab und drückte Maddy einen Kuss auf den Kopf. »Danke, dass du zum Essen nach Hause gekommen bist, Madison.«

Vielleicht war es das oder die vielen heftigen Gefühle der letzten Tage. Lizzie war nicht sicher, was ihr den Rest gab, aber sie warf die Serviette auf den Tisch und stand ruckartig auf.

»Ich zahle für die Ausbildung, die ihr euch nicht leisten konntet. Wie wäre es, wenn ihr stattdessen sagt: *Danke. Wir halten das zwar nicht für den besten Weg, aber gut gemacht.*«

»Lizzie!«, fauchte Maddy.

Lizzie hatte ihrem Vater gegenüber noch nie die Stimme erhoben, und sie wusste, dass sie sich auf dünnem Eis bewegte, aber sie war zu wütend, um aufzuhören.

Ihr Vater wartete, bis sie fertig war, ehe er schweigend den Raum verließ.

»Vernon«, flüsterte ihre Mutter barsch. Margaret Barber sah zu, wie ihr Mann nach oben ging, dann nahm sie ihre Gabel und sagte, ohne Lizzie oder Maddy anzusehen: »Lasst uns unsere Mahlzeit beenden.«

Maddys Blick war eindeutig. *Ich hab's dir ja gesagt!*

»Mom, ich möchte darüber reden. Es tut mir leid, dass ich es Dad und dir nicht früher erzählt habe.« Lizzies Bauch tat weh, aber es war nicht die Traurigkeit, die sie antrieb, sondern Wut. Wut darüber, dass sie die ganze Sache überhaupt hatte geheim halten müssen, Wut darüber, sich selbst in diese Position gebracht zu haben. Wut darüber, dass ihr Vater gegangen war.

Als ihre Mutter nichts erwiderte, drängte sie weiter. »Redest du bitte mit mir?«, flehte sie.

Ihre Mutter legte die Gabel neben den Teller und faltete die Hände im Schoß. Sie sah traurig und verwirrt aus, aber die Liebe in ihrem Blick war nicht zu übersehen. »Elizabeth, ich weiß, dass du es für deine Schwester getan hast. Und vorher für dich selbst, aber das macht es nicht richtig.«

»Es macht es auch nicht falsch«, warf Madison überraschend ein.

Ihre Mutter atmete langgezogen aus. »Euer Vater wird lange brauchen, um darüber hinwegzukommen.«

»Und du?«, hakte Lizzie nach und hielt sich am Tisch fest, damit sie nicht aus dem Zimmer rannte.

»Du bist meine Tochter und ich liebe dich.« Sanft drückte sie ihre Hand. »Wir alle machen Fehler. Manche sind nur größer als andere.«

Sie aßen schweigend weiter, und als Lizzie und Madison gingen, umarmte ihre Mutter sie beide und sagte: »Es wird nur etwas Zeit brauchen.«

Als Lizzie ihre Schwester beim Studentenwohnheim absetzte, zog Maddy sie fest in die Arme. »Du bist die beste Schwester, die ich mir vorstellen kann, und ich liebe dich und schätze deine Fähigkeit, insgeheim eine Nutte zu sein.«

Maddy hatte Lizzie schon immer aufmuntern können und nach diesem angespannten Essen mit ihrer Mutter und der Reaktion ihres Vaters war der Witz ihrer Schwester eine Erinnerung daran, warum sie die Show überhaupt machte. Und wenn es um Maddy ging, war kein Zugeständnis zu groß.

Dreiundzwanzig

Blue machte sich den ganzen Abend Sorgen um Lizzie und ihren Plan, ihrer Familie von dem Webcast zu erzählen. So stolz er auch auf sie war, weil sie ihnen endlich die Wahrheit sagen wollte, wurde er immer unruhiger, je mehr er darüber nachdachte. Er hatte stundenlang Zeit gehabt, um sich gedanklich mit Lizzies Webcast zu beschäftigen, und unter anderem war er zu dem Schluss gekommen, dass für ihn absolute Aufrichtigkeit zwar entscheidend war, das aber nicht auf alle anderen zutreffen musste. Er wollte nicht, dass sie in ein leeres Haus zurückkam, falls es nicht so gut gelaufen sein sollte, also war er vor einer halben Stunde zu ihr gefahren und wartete seitdem auf der Veranda.

Als sein Handy klingelte, hoffte er, dass es Lizzie war, war aber nicht überrascht, Skys Namen auf dem Display zu sehen. In dem Wissen, dass er ihr gegenüber auch nicht fair gewesen war, nahm er den Anruf an. »Es tut mir leid, dass ich dich nicht zurückgerufen habe.«

»Ich hoffe, dass du es wiedergutgemacht hast. Was sollte das, Blue?«

»Meinst du nicht, dass diese ganze Sache ein ziemlicher Schlag für mich war?« Er tigerte umher. »Erst stiehlt sie mein

Herz, dann verkündet sie, dass sie in Schürze und High Heels für Fremde posiert. Es ist ja nicht so, als wäre sie vollständig bekleidet bei *Das Große Backen* oder so.«

»Sie ist ja nicht nackt, Blue. Ich hab mir ein Video angesehen. Ich finde, dass sie als Blondine ziemlich heiß ist.«

»Sie würde selbst mit Glatze noch heiß aussehen.« Der Gedanke entlockte ihm ein Lächeln. »Darum geht es nicht. Ich gehöre ihr, Sky. Mit Leib und Seele und jetzt …«

»Du gehörst ihr? Und davon höre ich zum ersten Mal? Wer hat jetzt wen umgehauen?«

Er lächelte. Wenn jemand wusste, wie viel es für Blue bedeutete, sich in eine Frau zu verlieben, dann Sky. Sie war in den letzten Jahren immer an seiner Seite gewesen und wusste, dass er nur selten mit Frauen ausgegangen war, geschweige denn sich abgesehen von seiner Familie jemandem geöffnet hatte.

»Ich hätte mich melden sollen. Es tut mir leid. Die Woche war verrückt und jetzt haben wir eine Menge zu klären. Aber, Sky, bei einer Sache kannst du dir sicher sein. Ich liebe und bewundere sie – ich muss lernen, mit dem anderen Mist umzugehen.«

»Oh, Blue.« Sky seufzte, ehe ihre Stimme wieder ernst wurde. »Als ich Sawyer kennengelernt habe und mit dem Boxen ein Problem hatte, hast du mir gesagt, dass das Boxen ihn nicht ausmacht, sondern nur etwas ist, was er tut. Wie kommst du also darauf, Lizzie diese Sache vorzuhalten?«

Er stellte sich ihre finstere Miene mit zusammengezogenen Brauen vor. »Das ist es ja gerade. Ich halte es ihr nicht vor. Ich versuche, mit meiner eigenen Eifersucht klarzukommen – und du kennst mich, Sky. Ich werde nie eifersüchtig. Außerdem ist das was anderes. Du hattest etwas gegen das, was er tat, nicht …«

Er unterbrach sich und ging um das Haus herum nach hinten, weg von den Verandalichtern, die ihm das Gefühl gaben, entblößt zu sein. Sein Magen brannte, als er herunterschluckte, was er wirklich sagen wollte. *Ich liebe sie so sehr, dass es wehtut, und kann nichts tun, um sie und ihren Ruf vor all dem Mist zu beschützen, der online über sie verbreitet wird.*

»Nicht was?«, hakte Sky nach.

»Du hattest etwas gegen Sawyers Boxkämpfe, aber – und wage es nicht, auch nur eine Sekunde anzunehmen, dass *ich* das glauben würde –, aber er hat ja nichts getan, bei dem die Leute geglaubt hätten, er wäre nuttig. Ihm haben keine Frauen zugesehen, wie er professionell die Kamera verführt hat.«

»Na und? Sie kann eben gut verführen. Darauf kann sie stolz sein. Du benimmst dich wie ein Idiot. Das weißt du hoffentlich.«

»Hast du mir nicht zugehört? Ich hab dir doch gesagt, dass ich nicht so denke. Aber ich hab den Mist gelesen, den die Leute online über *The Naked Baker* schreiben, und das weckt Mordfantasien in mir.« Sofort kochte der Ärger in ihm wieder hoch. Er wünschte, er wüsste, wie er sich in die Lage versetzen konnte, diese Dinge zu ignorieren, aber sie weckten in ihm den Wunsch, den Leuten wehzutun, die sie geschrieben hatten.

Sky seufzte. »Also, was willst du machen?«

»Das Beste, was ich kann. Ich versuche, meinen eigenen Mist zu klären. Das ist unsere größte Hürde. Und du weißt, dass sie das für Maddy macht, oder? Für ihre Schwester. Sie ist einfach unglaublich. Wer würde so etwas sonst machen?«

»Jemand, der die Familie an erste Stelle setzt.« Die Wut in ihrer Stimme vibrierte mit einer Kraft in ihr, die sie noch nie zuvor gespürt hatte. »Ich dachte, dass gerade du das verstehen würdest.«

Blue wirbelte herum und ließ das Handy sinken. Er hatte sie offenbar nicht mal kommen hören. »Lizzie!«

»Wie dumm ich doch war. Ich hab deine Nachrichten bekommen und bin sofort hergekommen, nachdem ich Maddy abgesetzt habe. Ich dachte, du wolltest wirklich reden, aber das …«

»Es ist Sky!« Er streckte ihr das Handy entgegen. »Sie hat angerufen, um mir den Marsch zu blasen.«

Lizzie stürmte an ihm vorbei zur Küchentür. Sie hörte, wie er Sky sagte, dass er auflegen musste, als sie ins Wohnzimmer stapfte. Sekunden später griff er von hinten nach ihrem Arm.

»Lass los, Blue.« Sie war zu sauer, um vernünftig zu reden. »Ich bin einfach nuttig und verführe professionell die Kamera.«

»Himmel, Lizzie, das ist total aus dem Zusammenhang gerissen.« Er streckte die Hand nach ihr aus, doch sie schüttelte ihn ab. »Verdammt, Lizzie. Ich habe das nicht so gemeint, wie es für dich klingt. Denkst du wirklich, ich würde dich für nuttig halten? Wenn du das mitgekriegt hast, dann hast du auch gehört, wie ich gesagt habe, dass ich online die Dinge über dich gelesen habe und die Leute umbringen will, die sie geschrieben haben. Ich verteidige dich, Lizzie, ich setze dich nicht herab.«

Sie ließ sich auf die Couch fallen, sie konnte nicht länger stehen. »Ich weiß nicht, was ich denken soll. Oder fühlen.« Sie wischte sich Tränen der Wut aus den Augen und hatte das Weinen so verdammt satt, dass sie am liebsten schreien würde.

Blue hockte sich vor sie und senkte die Stimme. »Ich würde dich nie so nennen. Ich habe Sky erklärt, was der Unterschied zwischen ihren Schwierigkeiten mit Sawyers Boxen und meinem Problem mit deinen Videos ist. Mir macht Sorgen, was die Leute über dich denken könnten.« Er keuchte. »Mist. Das klingt auch völlig falsch.«

Lizzie sah ihn finster an. Sie wusste ganz genau, was er sagen wollte, denn das war einer der Gründe, warum sie niemandem davon erzählt hatte. Aber es tat trotzdem weh, es von ihm zu hören.

Er legte die Hände auf ihre Oberschenkel, und als sie den Blick abwandte, berührte er ihr Kinn, sodass sie ihn wieder ansah. »Lizzie, Süße, was du gehört hast, war meine Frustration. Du bist mir so wichtig. Wie soll ich dich vor anonymen Zuschauern beschützen, die online obszöne Sachen über dich posten? Wie kann ich deinen Ruf schützen?«

»Du musst weder mich noch meinen Ruf schützen. Begreifst du das nicht?« Sie hatte das jahrelang sehr gut allein geschafft, indem sie es geheim gehalten hatte.

»Aber ich bin ein Mann und ich liebe dich. Das ist für mich dasselbe, wie dich nachts nicht allein in eine schlimme Gegend zu lassen oder dich zu wärmen, wenn es kalt ist.« Sein Tonfall war aufrichtig und er sah sie so entschuldigend an, dass es ihr direkt ins Herz schnitt.

»Und das ist nicht sexistisch, hm?« Sie verschränkte die Arme vor der Brust und wandte sich ab. Blue kam jedoch näher, schlang die Arme um sie und zog sie an sich, sodass sie die Minze in seinem Atem praktisch schmecken konnte.

»Kannst du es nicht verstehen? Das hab ich versucht, Sky zu erklären. Nicht, dass *du* nuttig bist. Aber du musst doch wissen, dass es online so viel Mist über *The Naked Baker* gibt. Und wie soll ich mich dabei fühlen? Männer fantasieren über Sex mit dir, *mit ihr*, und ich kann sie nicht zu Brei schlagen, weil sie sich hinter Elektronik verstecken. Sie sind anonyme Trolle.«

»Anonyme Trolle, die Maddys College finanzieren – ebenso wie meins und auch den Blumenladen. Ich lese diese Sachen nicht. Als ich mit dem Webcast angefangen habe, habe ich mir geschworen, so etwas nie zu lesen, weil es zu aufwühlend ist.«

»Richtig. Ganz genau.«

»Na und? Lies es doch einfach auch nicht.« Der Ausdruck in seinen Augen verriet deutlich, dass diese Bitte nicht fair war.

»Ernsthaft? Das würde nichts an der Tatsache ändern, dass ich weiß, was sie schreiben. Anonym oder nicht. Sag mir eins. Willst du immer noch mit mir zusammen sein?« Die Hoffnung und Liebe in seinem Blick waren wie eine zärtliche Berührung, die ihr die Wahrheit entlockte.

»Mehr als alles andere.« Sie atmete tief ein, um ihre Emotionen im Zaum zu halten.

»Baby, dann finden wir gemeinsam eine Lösung. Das alles macht mir eine Heidenangst. Ich wünschte, ich könnte dir einfach sagen, dass es verdammt sexy ist, und dir bei den Aufnahmen zusehen. Und ich versuche es. Gott weiß, dass ich versuche, mein Problem damit zu überwinden. Wenn du das tun willst, finden wir einen Kompromiss, mit dem wir beide leben können, denn ich weiß, dass ich nicht ohne dich sein will.«

»Ich kann mit Maddys Zukunft nicht wirklich Kompromisse eingehen, und ich werde nicht zulassen, dass du für ihr College bezahlst.«

Er lachte. »Du wusstest, dass ich das vorschlagen würde, hm?«

»Etwa nicht?«

Er nahm ihre Hand und küsste ihre Fingerknöchel. »Babe, es gibt nichts, was ich nicht für dich tun würde, aber wenn ich eine Sache in unserer gemeinsamen Zeit gelernt habe, dann, dass du zu stolz bist, um mich das übernehmen zu lassen. Das ist deine Sache, deine Verpflichtung. Ich will nur einen Weg finden, mit dem wir beide leben können, und vielleicht macht es mich egoistisch, dass ich es nicht einfach akzeptieren kann. Aber das kann ich nun mal nicht. Es zerreißt mir das Herz, dabei zuzusehen, wie du dich in eine Position begibst, in der Leute widerliche Dinge über dich schreiben können.«

»Ich weiß. Ich verstehe dich, kenne aber die Lösung nicht.«

»Ich auch nicht. Vielleicht hilft es, wenn ich dafür sorge, dass ich nie da bin, wenn du die Show aufnimmst. Ich kann einen Elektroschocker an meinem Laptop installieren, der mir einen Schlag verpasst, wenn ich versuche, mich durch die Foren zu klicken, um zu sehen, was über dich geschrieben wird. Dex, der Bruder von Cashs Verlobter, ist ITler. Ich wette, dass er mir was basteln kann.« Sein neckendes Lächeln erwärmte ihr Herz.

»Wow, du würdest dir für mich Stromschläge versetzen lassen? Also das ist wahre Liebe.« Lizzie biss sich auf die Unterlippe und nahm ihren Mut zusammen, um ihm den Rest ihrer Neuigkeiten zu erzählen, damit keine Geheimnisse mehr zwischen ihnen standen. »Da ist noch mehr.«

»Mehr?«

»Ja. Mein Vater redet nicht mehr mit mir, und ich hab keine Ahnung, was meine Mutter tun wird.« Die Erkenntnis, dass ihr Vater ihr den Rücken zugewandt hatte, brachte sie schon wieder den Tränen nahe.

»Er hat gesagt, dass ich nicht das Mädchen bin, das er großgezogen hat, als wäre ich eine Verbrecherin.« Tief einatmend ließ sie sich fest von Blue in die Arme nehmen. »Zumindest hat meine Mutter mit uns gegessen, obwohl sie offensichtlich mitgenommen war. Aber mein Dad …«

»Alles wird gut. Er ist dein Vater *und* ein Mann, das ist also doppeltes Pech, aber du hast auch den Vorteil der bedingungslosen Liebe an deiner Seite. Er wird einlenken.«

Sie schnaubte. »Ich glaube nicht, dass mein Vater weiß, was bedingungslose Liebe ist.« Sie zog sich zurück und wischte sich über die Augen. »Er wollte mich nicht mal ansehen.«

Blue war das schlechte Gewissen anzusehen. »Das ist meine Schuld. Ich hätte dir nicht vorwerfen sollen, dass du es deiner Familie nicht gesagt hast. Es tut mir so leid, Lizzie. Ich wünschte, ich könnte es zurücknehmen.«

»Nein. Ich bin trotz allem froh darüber. Es ist schwer, ein geheimes Leben zu führen, und obwohl es gerade auch heftig ist, fühlt es sich irgendwie ein wenig besser an. Immerhin hasst Maddy mich nicht. Kurz dachte ich, dass ich alle verlieren würde.« Sie atmete scharf ein und dann langsam wieder aus. »Ich hab noch mehr Neuigkeiten, weiß aber nicht, ob sie gut sind.«

»Schieß los, denn mittlerweile gibt es kaum etwas, womit wir nicht umgehen können.«

»Das Food Channel Network möchte mit mir über die Möglichkeit sprechen, aus dem Webcast eine Fernsehshow zu machen.« Sie biss sich auf die Unterlippe, damit sich ihr Stolz nicht in einem Lächeln zeigte.

»Das Food Channel Network? FCN? Wirklich? Das ist beeindruckend. Du musst etwas an dir haben, was ihrer Meinung nach ein Vermögen einbringt.«

»Na ja, ich habe bei jeder Folge mehr als eine halbe Million Zuschauer, also ja.«

Seine Augen weiteten sich. »Was, mehr als eine halbe Million Zuschauer?«

Sie nickte. »Manchmal mehr, manchmal weniger.«

»Das sind eine Menge Kerle, die dir zusehen.« Er hob verspielt einen Mundwinkel und schien bemerkt zu haben, dass der Kommentar ihr wehgetan hatte, denn er fügte hinzu: »Baby, das war ein schlechter Witz. Tut mir leid. Ich weiß nicht viel über Online-Statistiken, aber die Zahl klingt ziemlich toll. Ich schätze, die wirkliche Frage ist, ob du mit der Show weitermachen willst, oder ob du eine andere Möglichkeit wählen würdest, wenn du damit genauso viel Geld verdienen kannst.«

Sie konnte sehen, wie die Rädchen in seinem Kopf arbeiteten. »Das ist wohl keine Option. Komm mit.«

Gemeinsam gingen sie in den Keller, wo sie die Notizhefte für den Webcast auf die Arbeitsplatte legte. »Sieh dir die Zahlen an. Es steht alles hier drin. Ich verdiene eine Menge mit der Show. Ich müsste einen zweiten Job annehmen, um so viel zu bekommen.« Es fühlte sich seltsam an, dass er gleich sehen würde, wie genau sie die Informationen aufzeichnete. Anfangs hatte sie die Zuschauerzahlen und die Einnahmen nur notiert, um herauszufinden, ob es ein Muster gab, doch dann hatte sie angefangen, die Folgen genau zu analysieren und eine gewisse Besessenheit entwickelt. Sie nutzte ihre Statistik, um jede Folge ein wenig zu verbessern, sodass sie eine kleine Steigerung erwarten konnte. Sie fürchtete, dass er glauben könnte, sie würde sich aus den falschen Gründen zu sehr dafür interessieren. Die Show war zu einem so großen Teil ihres Lebens geworden, dass es ihr tatsächlich wichtig war, dass sie gut lief. *Für Maddy.* Das war alles für Maddy. »Ich warte oben.«

Sie ließ ihn über den Zahlen grübeln. Kurze Zeit später kam er jedoch mit den Büchern unterm Arm zu ihr und setzte sich neben sie auf die Couch. Dann verschränkte er ihre Finger und drückte einen zärtlichen Kuss darauf.

»Darf ich mich zu dir setzen, während ich sie fertig ansehe?

Wenn wir das zusammen angehen wollen, habe ich ein paar Fragen.«

Hoffentlich waren die Fragen nicht zu schmerzhaft. Nachdem sie zugestimmt hatte, blätterte er die Bücher durch und stellte Fragen über die Statistiken und wie sie auf die Ideen gekommen war, um die Zuschauerzahlen zu steigern. Es dauerte eine Weile, bis er durch war, und als er die Bücher schließlich zur Seite legte, rieb er sich den Nacken und sah sie ernst an.

»Lizzie, du hast ein rentables Geschäftsmodell geschaffen, nicht nur einen Webcast«, stellte er ungläubig fest.

»Zumindest reicht es, um Maddy zu helfen.« Sie lehnte sich zurück und zog die Beine auf die Couch.

Blue legte sich die Bücher wieder auf den Schoß und bedeutete ihr, näher zu kommen.

»Du hast einfach alles aufgezeichnet und ausgewertet. Angefangen von den besten Sendezeiten, bis hin zu den Faktoren, die deine Bewertung erhöhen – Gesichtsausdrücke, Kommentare und Handbewegungen.« Er blätterte ein paar Seiten durch und zeigte auf eines der Diagramme. »Du hast deine Shows Minute für Minute auseinandergenommen, alles ausgewertet und in Dollar und Cent umgerechnet.«

Röte schoss ihr in die Wangen. »Ich bin ein wenig übergenau, fürchte ich. Anscheinend hat sich mein Business- und Marketingabschluss doch bezahlt gemacht, hm?«

»Babe, du bist brillant.« Sein flirtendes Grinsen ließ ihr Herz schneller schlagen. »Und später kannst du gern unter Beweis stellen, *wie* genau du sein kannst.«

Sie schubste ihn spielerisch, und er lachte, ehe er sie wieder in eine Umarmung zog. Erleichterung machte sich in ihr breit. Vielleicht würden sie es wirklich gemeinsam schaffen.

»Ich bin nicht ganz sicher, aber ich wette, dass du die Rechte für deine Show für mehr verkaufen kannst, als du in den nächsten zwei Jahren verdienen würdest, wenn du weitermachst.«

»Auf keinen Fall.« Sie lachte. »Das ist nur ein Wunschtraum. Es ist nur ein mickriger kleiner Webcast.«

»Nein, er ist überhaupt nicht mickrig. Wenn es möglich wäre, würdest du darüber nachdenken? Wenn du dadurch das Geld bekommst, das du für Maddy brauchst? Mich würde es natürlich sehr beruhigen, wenn für Maddy gesorgt ist und du dich nicht halb nackt präsentieren musst, aber ich möchte nicht, dass du es nur meinetwegen sein lässt.« Er sah sie suchend an, und sie wusste, dass er die Hoffnung in ihren Augen erkennen konnte.

»Meinst du das ernst? Wenn das wirklich eine Option wäre, würde ich nicht zögern. Ich hoffe bei jeder Aufnahme, dass es die eine Folge ist, mit der ich genug Geld verdiene, um aufhören zu können. Meinst du wirklich, dass es einen Versuch wert ist?«

»Ich glaube, es lohnt sich, mit Duke darüber zu sprechen. Der weiß mehr über die Bewertung von Unternehmen als irgendjemand sonst. Wenn jemand es einschätzen kann, dann er. Und er kann uns über Fallstricke und solche Sachen aufklären, die wir – die du in Betracht ziehen musst.«

Sie drückte seine Hand. »Wir. Das *wir* gefällt mir besser.« Mit neu gewonnener Hoffnung auf Dinge, die sie nicht aufzählen wollte, weil sie fürchtete, sie damit zu beschreien, atmete sie tief ein. »Aber was, wenn es nicht funktioniert? Ich kann dich nicht zwei Mal verlieren, Blue. Das wäre nicht zu ertragen. Ich muss wissen, dass du immer noch mit mir zusammen sein willst, auch wenn wir keine Lösung finden und ich den Webcast weiter machen muss. Denn wenn es nicht funktioniert, werde ich nicht aufhören. Andernfalls …«

Er zog sie an sich und sie spürte seinen sicheren, stetigen Herzschlag. »Ich werde dich nicht wieder verlieren, Lizzie. Es gefällt mir vielleicht nicht, dass dich eine halbe Million Kerle angaffen, aber das ist mein Problem. Und ich werde daran arbeiten. Zweifle nicht daran, wie sehr ich mit dir zusammen sein will. Ich vergöttere dich. Das ist nur ein Test unserer Stärke. Ich werde dich zu einhundert Prozent unterstützen, egal, wofür du dich entscheidest.« Er lehnte sich ein Stück zurück und sein Blick wurde ernst. »Am wichtigsten ist mir, dass es von jetzt an keine Geheimnisse mehr zwischen uns gibt. Denn als du es mir zum ersten Mal gesagt hast, habe ich mich so betrogen gefühlt, als würde ich das Drama mit Sarah Jane noch einmal durchleben.«

Sein Geständnis tat weh, aber sie verstand seine Gefühle und schob ihren eigenen Schmerz beiseite, um sich zu erklären. »Ich habe dich nie verletzen wollen. Ich wollte es dir sagen, aber ganz egoistisch auch mehr Zeit mit dir haben, bevor ich es tue.«

»Ich weiß, Babe. Siehst du es nicht? Es war und ist nur mein Problem und das verstehe ich jetzt. Ja, wahrscheinlich hättest du es mir eher sagen müssen, aber mein Stolz stand trotzdem im Weg. Es tut mir leid, dass ich so heftig reagiert habe, und ich weiß, dass du nicht die Art Mensch bist, die andere hintergeht. Du bist unglaublich selbstlos und tust auf eigene Kosten alles für andere. Ich war etwas schwer von Begriff. Jetzt sehe ich nicht nur alles deutlicher, sondern bewundere dich und deine Selbstlosigkeit.«

Lizzie senkte den Blick, denn sie hatte das Gefühl, dieses Kompliment nicht zu verdienen. Blue hob ihr Kinn wie schon so oft zuvor und sah sie eindringlich an.

»Ich habe ernsthaft noch niemanden getroffen, der so viel

für andere tut, und ich bin sicher, dass ich bis jetzt nur einen kleinen Teil deiner Großzügigkeit gesehen habe. Diese ganze Sache hat vielleicht angefangen, damit du dich von den Schulden befreien konntest, aber wie viel von dir hast du für Maddy da hineingesteckt? Wie sehr hast du dein Leben dafür zurückgestellt? Das ist inspirierend, egal, was du anhast – oder nicht anhast«, erklärte er und grinste wieder neckend.

Als seine Lippen ihre berührten, lösten sich die Verteidigungsmechanismen auf, an die sie sich geklammert hatte, und sie wurde von einer großen Welle der Erleichterung erfasst. An dieser Erleichterung und an Blue hielt sie sich fest, während sie ihre Differenzen wegküssten und er ihr den Zweifel mit seiner Liebe austrieb.

Vierundzwanzig

Sonnenstrahlen fielen durch die Vorhänge in Lizzies Schlaf-zimmer und wärmten Blues Beine. Trotz des Aufruhrs der letzten zwei Tage zweifelte er nicht an seinen Gefühlen für Lizzie. Sie bemühten sich beide, es war ein Lernprozess, und ja, er war schmerzhaft und nicht einfach. Ihre Situation stellte in Hinsicht auf Liebe und Treue alles auf den Prüfstand, woran Blue bis jetzt geglaubt hatte. Aber sie machte auch sehr deutlich, wie sehr er sie liebte und dass er alles tun würde, um ihr zu beweisen, dass er auf Dauer mit ihr zusammen sein wollte.

Die Traurigkeit in Lizzies Augen gestern Abend hatte ihn fertiggemacht, und er hatte direkt zu ihren Eltern fahren und ihren Vater schütteln wollen, bis er wieder klar sah – aber Lizzie brauchte ihn mehr als ihr Vater eine Erkenntnis. Natürlich war Lizzie genau die Person, die er großgezogen hatte. Alle Moral-vorstellungen und Sitten, die er ihr beigebracht hatte, hatten sich in sie eingebrannt, und genau aus diesem Grund hatte sie den Webcast. Hoffentlich würde ihr Vater bald erkennen, wie unglaublich seine Tochter war, und seine Meinung schnell ändern.

Blue drehte sich auf die Seite, schlang einen Arm um Lizzie und zog sie an sich.

»Wie geht's meinem Mädchen?« Er küsste ihre Wange.

»Mmh, jetzt besser.« Sie drehte sich zu ihm um. Sexy und verschlafen blickte sie ihn aus halb geschlossenen Augen an, doch er konnte auch einen Hauch von Sorge darin erkennen. »Ist zwischen uns alles gut? Ich meine, wirklich gut?«

»Ja, ist es.« Er küsste sie. »Wir hatten eine schwierige Phase, aber wir haben es hindurchgeschafft.«

Ein süßes Lächeln breitete sich auf ihren Lippen aus, die Sorge verschwand. »Eine ziemlich ätzende schwierige Phase.«

»Mehr als ätzend, aber das wird nicht mehr passieren.«

Sie drückte einen Kuss mitten auf seine Brust, was einen erregenden Schauer in ihm auslöste. »Das hört sich gut an.«

Sie ließ ihre Hände über seinen Oberkörper tanzen und der sinnliche, verführerische Ausdruck in ihren Augen weckte jede Zelle seines Körpers. Ihre Mundwinkel hoben sich, als sie über seinen Nippel leckte und Hitze durch ihn hindurchjagte.

»Mmh, das gefällt dir«, stellte sie verspielt fest und ließ eine Hand zwischen seine Beine sinken, um mit seiner bereits harten Länge zu spielen. Mit den Lippen zog sie eine heiße Spur zu seinem Bauch, packte seine Hüften und malte jeden Muskel mit der Zunge nach. Es machte ihn wahnsinnig.

»Ich wünschte, ich hätte Sahne«, sagte sie mit rauer Stimme, als sie zu ihm aufsah.

»Das lässt sich arrangieren.«

Heiß und unnachgiebig sahen sie sich an, während Lizzie über seine Erektion leckte, mit der Zunge die Eichel umspielte und lustvoll stöhnend den ersten Tropfen ableckte. Blue krallte sich in die Laken, um sich davon abzuhalten, sie in die Arme zu nehmen und sich in ihr zu versenken.

Sie nahm ihn tief in sich auf und entlockte ihm ein Stöhnen. Erst streichelte, saugte, leckte und reizte sie ihn, dann presste sie ihre Hände gegen die Innenseiten seiner Oberschenkel und schluckte ihn förmlich, sodass er kurz vor dem Höhepunkt stand.

»Lizzie ...«

Er rutschte auf dem Kissen nach oben und beobachtete, wie sie ihn mit Hand und Mund verwöhnte. Es war das Erotischste, was er je gesehen hatte. Sein Adrenalinspiegel schoss in die Höhe, als sie den Griff um seinen Schaft verstärkte und etwas mit der Zunge anstellte, das seine Selbstbeherrschung zerschellen ließ. Er musste sie jetzt sofort haben. Gröber als beabsichtigt hob er sie hoch und senkte sie auf seine pulsierende Erektion herab.

»Ah, Lizzie«, presste er hervor. »Du fühlst dich so gut an.«

Sie war vor Verlangen ganz feucht. Er war hart wie Stahl. Als er ihre Brust in den Mund nahm, legte sie stöhnend den Kopf nach hinten, und ihr leises, sexy Keuchen gab ihm beinahe den Rest. Er schlang einen Arm um ihre Taille und drehte sich mit ihr um, brachte sie unter sich, damit er sie tiefer und härter nehmen konnte. Er ließ seine Hand zu ihren Hüften wandern und packte sie so fest, dass er schon fürchtete, blaue Flecken zu hinterlassen, aber als er den Griff lockerte, drückte sie auf seine Hände.

»Härter. Es fühlt sich so gut an«, flehte sie und steigerte seine Erregung noch.

Ihre Körper bewegten sich synchron, ein herrlicher Stoß nach dem anderen. Er spürte, wie sich ihre Beine anspannten und wie sie sich in die Matratze krallte. Dringlichkeit überkam ihn, er beschleunigte das Tempo und vertiefte seine Stöße. Lizzie riss die Augen auf und die Welt verblasste. Er verlor sich in dem Gefühl ihrer Kurven, ihrer atemlosen Stimme, die seinen Namen schrie, und ihrer pulsierenden Hitze an seinem

Schaft. Ihre Nägel markierten seinen Rücken mit köstlichem Schmerz. Seit er sie das erste Mal gesehen hatte, war er ihr verfallen, und jetzt stürzten ihn der selige Ausdruck auf ihrem Gesicht und die Röte ihrer Haut in einen Strudel der Ekstase, während sie gemeinsam von ihrem Höhepunkt überwältigt wurden. Noch nie hatte er sich so lebendig gefühlt, so voller Liebe, und als sein Mund ihren wiederfand, wusste er, dass alles, was er je gewollt hatte – alles, was er je gebraucht hatte –, hier in seinen Armen war.

Obwohl Blue auf ihr lag, seine Muskeln schweißnass glänzten, er zufrieden lächelte und sie mit seinen umwerfenden blauen Augen voller Liebe ansah, wollte Lizzie immer noch mehr. Mehr von seiner Stärke, mehr von seiner Liebe, mehr von *ihm*.

Sie hatten noch ein paar Minuten Zeit, bevor sie sich fertig machen musste, und als er sie küsste, konnte sie sich keine bessere Beschäftigung vorstellen, als sich noch einmal von ihm lieben zu lassen. Sein Oberkörper drückte gegen ihren, als ihre Zungen erneut einen hungrigen Rhythmus fanden – und dann bahnte sich die Realität wieder einen Weg in ihren Kopf und ihr wurde klar, dass sie vergessen hatte, den Webcast zu bearbeiten, der heute laufen sollte.

Lizzie riss die Augen auf. »Oh nein«, sagte sie an seinem Mund.

»Das ist nicht ganz die Reaktion, auf die ich gehofft hatte.«

»Ich hab vergessen, das Video für heute zu bearbeiten, und muss in vierzig Minuten im Laden sein, weil der Lieferant kommt.« Sie rutschte unter ihm hervor. »Es tut mir so leid. Ich würde dich am liebsten immer und immer wieder spüren, aber ...« An der Bettkante schlang er von hinten einen Arm um sie.

»Blue, das ist nicht witzig. Ich brauche über eine Stunde, um so ein Video zu bearbeiten.« Sie versuchte, aufzustehen, doch er hielt sie fest.

»Ich hab gesagt, dass ich für dich da bin, und das meine ich auch so. Sag mir, was ich bei dem Lieferanten beachten muss, und ich fahre hin.«

Ihr blieb beinahe das Herz stehen. Sie drehte ruckartig den Kopf und sah sein aufrichtig warmes Lächeln und seine leuchtenden Augen.

»Aber du musst an dem Cottage arbeiten.«

»Und ich habe eine Hütte, in der ich wohnen kann. Es hat keine Eile. Ich hab es wirklich ernst gemeint, dass ich für dich da bin. Sag mir einfach, was zu tun ist.« Er setzte sich neben sie.

Seine Körperwärme durchdrang sie von der Schulter bis zur Hüfte. Nackt hier zu sitzen war nicht fair. Sie wollte ihn zurück auf die Matratze drücken und wieder über ihn herfallen und nicht das blöde Video bearbeiten. Der Gedanke, auf ihn zu klettern, entlockte ihr ein Lächeln.

Er hob ihr Kinn mit dem Finger an, sein Lächeln wurde sündig und sein Blick verlangend. In dem Moment stellte sie fest, dass sie seine beträchtliche Erektion angestarrt hatte.

»Wenn du mich weiter so ansiehst, wirst du gar nichts schaffen.«

Hitze schoss durch ihren Körper, als sein Blick über sie wanderte, und ihre Gedanken verfingen sich in einem sehr unanständigen Netz. Innerhalb einer Sekunde war er über ihr – und in ihr –, eroberte ihren Mund, füllte ihren Körper aus und brachte ihre Gedanken zum Schweigen. Sie bewegten sich drängend, küssten, krallten und stießen dem Höhepunkt entgegen.

Sie öffnete gerade lang genug die Augen, um zu sehen, wie er an seinen Fingern saugte.

»Alles, was du tust, macht mich an«, hauchte sie atemlos.

Ein teuflisches Grinsen zeichnete sich auf seinen Lippen ab, ehe er sie wieder küsste. Er schob eine Hand unter sie, spreizte ihre Pobacken und – oh Gott – reizte mit dem Finger ihre engste Stelle. Sie wölbte sich ihm auffordernd entgegen. Das hatte sie noch nie gemacht, aber mit Blue wollte sie es. Oh, und wie sie es wollte. Mit ihm wollte sie alles. Er neckte sie, während er weiter mit den Hüften stieß, und sie überraschte sich selbst damit, dass sie versuchte, sich in Position zu bringen, um seinen Finger in sich zu spüren. Blue folterte sie jedoch weiter voller Sinnlichkeit und trieb sie dem Höhepunkt immer weiter entgegen.

»Blue«, flehte sie. »Bitte.«

»Bitte was?« Er hob eines ihrer Beine und drückte es gegen seine Brust, hörte nicht auf, sie so himmlisch zu verwöhnen.

Beschämt von ihrem Wunsch, zog sie ihn in einen Kuss. Er erwiderte ihn so leidenschaftlich, dass sie erschauerte und nicht mehr nur diesen Finger in sich spüren wollte. Sie sehnte sich danach. Es war *mehr* und sie wollte alles davon.

»Nimm mich dort«, verlangte sie zwischen ihren Küssen. »Sei unanständig mit mir. Ich will ganz dir gehören.«

Er vergrub sich tief in ihr und zog sich dann immer wieder langsam zurück, ohne ihr zu geben, was sie wollte. Aber, oh, er wusste, wie er ihr Lust schenken konnte. Ihre Haut fühlte sich an, als würde sie brennen, alles in ihr griff nach ihm und der Orgasmus war bereits spürbar. Sie wackelte mit dem Hintern an seinem Finger, sie wollte ihn verzweifelt überall in sich spüren und sich ihm auf jede erdenkliche Art hingeben. »Bitte, Blue«, flehte sie unwillkürlich.

Er brachte sie mit seinem Mund zum Schweigen und stieß erneut heftig in sie, während er mit dem Finger in ihre intimste Stelle eindrang. Flammen breiteten sich in ihrem Körper aus und ihr entglitt jegliche Kontrolle. Ihre Hüften zuckten, ihr Herz raste und Millionen Sterne explodierten hinter ihren geschlossenen Lidern. Jeder Teil ihres Körpers pulsierte vor Hitze. Blue legte den Kopf an ihre Halsbeuge, während er keuchend seinen eigenen Höhepunkt erreichte, sie mit seiner Liebe füllte und ihr Herz für sich beanspruchte.

Fünfundzwanzig

Nach dem Treffen mit dem Lieferanten am Samstagmorgen fuhr er zurück zu Lizzies Haus, wo sie gerade die Bearbeitung ihres Webcasts beendete. Jedes Mal, wenn er sie sah, tat sie etwas für jemand anderen. Er wusste nicht, wie sie jeden Tag mit einer so positiven Einstellung anging, vor allem jetzt, da ihr Vater nicht mehr mit ihr sprach und sie dennoch zwei Geschäfte am Laufen hielt.

Der nächste Morgen, ein Sonntag, war für den Herbst ungewöhnlich warm. Lizzie rief ihren Vater an, aber er wollte nicht mal ans Telefon gehen. Blue wollte nach Brewster fahren und ihm die Meinung sagen, doch er wusste, dass Lizzie ihn an ihrer Seite brauchte.

Die letzten Handgriffe in ihrer Küche waren in ein paar Stunden erledigt. Danach rief er seinen Bruder Gage an, um sicherzugehen, dass der sich wirklich um ein Geschenk für Cash und Siena kümmerte. Anschließend telefonierte er mit Trish, um sie auf den neuesten Stand zu bringen und sich zu vergewissern, dass sie nicht sauer war, weil er letztens so hastig aufgelegt hatte. Sie war so begeistert, dass Lizzie mit zur Hochzeit kam, dass sie ihm ein Dutzend Fragen stellte, die er alle mit Freuden beantwortete. Nach Trishs Verhör bereiteten Lizzie und er sich auf ein Gespräch mit Duke vor.

Lizzie war sichtlich nervös, als sie sich gemeinsam ins Wohnzimmer setzten.

»Das Food Channel Network hat auf meine Mail geantwortet – am Wochenende, stell dir das mal vor«, sagte sie. »Sie wollen wissen, ob ich offen dafür wäre, mir ein Übernahmeangebot anzusehen, also hab ich ihnen gesagt, dass ich an ihren Ideen interessiert bin.«

»Wow, das ist unglaublich. Die Verantwortlichen sind an deiner Show wohl sehr interessiert. Der Ball ist jetzt in ihrem Feld, das gibt dir Zeit, dich gut aufzustellen, aber nur, wenn du es auch wirklich willst.«

»Wenn das funktioniert, bin ich der glücklichste Mensch überhaupt. Ich habe den besten Freund auf der Welt und ich würde endlich aus diesem anstrengenden Kreislauf rauskommen.«

Die Erleichterung war ihr deutlich anzuhören, aber er musste sich erst noch davon überzeugen, dass sie die Rechte nicht nur seinetwegen verkaufen wollte.

Als hätte sie seine Gedanken gelesen, berührte sie seine Hand und lächelte ihn liebevoll und aufrichtig an. »Blue, ich will das. Ich will es von ganzem Herzen. So stolz ich auch darauf bin, ohne Hilfe einen Ausweg gefunden zu haben, habe ich mich auch immer für die Show geschämt. Als wäre sie mein schmutziges kleines Geheimnis. Ich will nicht mehr fürchten müssen, dass ein Kunde im Blumenladen mich als die Frau aus dem Webcast erkennen könnte. Oder dass ich eines Tages meine Kinder zur Schule bringe und von jemandes Ehemann erkannt werde. Oder einem Lehrer. Kannst du dir vorstellen, wie peinlich das wäre?«

Blue hatte das Gefühl, in den letzten vierundzwanzig Stunden so oft von Erleichterung durchflutet worden zu sein, dass er mittlerweile schweben müsste. Sie waren sich definitiv einig, und die Erwähnung von Kindern weckte in ihm die Frage, ob sie auch in dieser Hinsicht einer Meinung waren.

»Ja, so was könnte peinlich sein, aber solange ich bei dir bin, wird niemand auch nur ein einziges herabsetzendes Wort sagen. Falls doch, kümmere ich mich darum.« Er drückte ihr einen Kuss auf die Schläfe, als sie den Laptop öffnete, und er spürte, wie sie erschauerte.

»All meine schlimmsten Befürchtungen werden wahr.« Mit leerem Blick starrte sie den Bildschirm an. »Mein Vater will nicht mal mit mir reden, und meine Bekannten erfahren, was ich nach Feierabend mache.«

Er wusste, dass Lizzie wegen des Gesprächs mit Duke nervös war, und das nicht wegen der Statistiken oder der Einnahmen. Es lag an der Vorstellung, dass Duke die Videos sah, was er unweigerlich würde tun müssen.

Lizzies Tonfall wurde nachdenklich. »Ich weiß nicht warum, aber das erinnert mich an etwas mit Maddy. Sie war sechzehn und ist auf eine Party gegangen. Natürlich wussten meine Eltern nichts davon, aber als ich sie abgeholt habe, war sie überhaupt nicht sie selbst. Irgendwann hat sie mir erzählt, dass sie beinahe mit einem Jungen geschlafen hätte.«

Blue spannte bei dem Gedanken, dass ihre kleine Schwester schon in dem Alter mit einem Typen schlief, die Kiefermuskeln an.

»Ich dachte immer, dass ich die wirklich coole große Schwester sein würde, wenn es um diese Dinge geht. Du weißt schon, ihr auf den Rücken klopfen, ihr sagen, dass sie klug genug ist, um die richtigen Entscheidungen zu treffen, und dass es ihr Körper und ihre Wahl ist, solange sie sicher ist. Ich habe ihr vertraut.« Lizzie sah ihm in die Augen. »Aber so habe ich mich nicht verhalten. Ich war sauer und habe Dinge gesagt, die ich besser nicht hätte sagen sollen, weil ich Angst um sie hatte. Ich konnte sie nicht beschützen und wusste, dass, wenn sie es getan und die anderen Kids es herausgefunden hätten … Na ja, du weißt, wie grausam Teenager sein können.«

Sanft drückte er ihre Hand. »Das hat sie bestimmt verstanden.«

»Hat sie nicht, zumindest nicht, bis sie aufs College gegangen ist. Nach dem ersten Semester hat sie mir endlich verziehen und alles wurde wieder normal. Nicht, dass wir nicht miteinander gesprochen hätten oder so, aber sie hat mir nicht mehr alles erzählt. Bis jetzt habe ich nicht mehr daran gedacht, aber ich glaube, dass zwischen uns beiden dasselbe passiert ist. Du machst dir Sorgen darum, was andere Leute sagen oder denken, und daran kannst du nichts ändern.«

»Ich war auch ein eifersüchtiger Idiot. Das sollten wir nicht vergessen.« Er zog sie an sich und küsste sie. »Ich liebe dich, und ich finde es wunderbar, dass Maddy dir so wichtig ist, dass du sie beschützen willst.«

»Ich wollte sie schon immer beschützen, aber darauf wollte ich nicht hinaus. In der Nacht damals hab ich gelernt, dass ich mich eines Tages damit abfinden muss, dass sie sich einem Mann hingibt und ich ihrem Urteilsvermögen vertrauen muss.« Sie hielt erneut inne, musterte sein Gesicht und sah ihm dann in die Augen. »Ich glaube, ich will mich bei dir bedanken, Blue, weil du meinem Urteilsvermögen genug vertraust, um hier bei mir zu sein.«

»Lizzie, du musst dich nicht bedanken. Nach meiner Reaktion habe ich nicht das Gefühl, deinen Dank zu verdienen. Und ich hoffe, du weißt, dass du nicht mit Duke reden musst. Und auch nicht mit den Leuten vom Fernsehen. Du kannst so weitermachen wie bisher, und ich verspreche, dass ich bei dir bin.«

Sie schlang die Arme um seinen Nacken und küsste ihn. »Das weiß ich. Jetzt ruf deinen Bruder an, bevor ich es mir doch anders überlege und deiner Familie nicht von der anderen Seite deiner Freundin erzähle.«

Blue lachte leise und rief Duke an.

»Hey, B. Was gibt's?«, fragte Duke mit seiner Wochenend-stimme, die etwas quirliger war als sein professioneller Tonfall.

»Hi, Duke. Ich würde dir gerne ein paar Fragen über Fir-menübernahmen stellen. Passt es dir?«

Lizzie ging nervös auf und ab.

»Klar, was hast du im Sinn?«

»Es geht eigentlich nicht um mich, sondern um Lizzie. Sie hat einen Webcast und verdient damit ziemlich gutes Geld, und jetzt hat das Food Channel Network bei ihr angeklopft.«

»Das ist eine große Sache. FCN spielt in der obersten Liga. Was ist es für ein Webcast?«, fragte Duke.

Blue erklärte ihm das Konzept von *The Naked Baker*, wäh-rend Lizzie feuerrot anlief. Er streckte die Hand nach ihr aus, doch sie bedeckte ihr Gesicht, als könnte Duke sie durchs Handy sehen.

»Alter, solche Shows sind gerade der totale Renner. Hat FCN schon gesagt, was sie sich vorstellen? Haben sie Zahlen genannt?«

Blue war erleichtert, dass Duke positiv reagierte und nichts Negatives über diese Art von Show sagte. Allerdings hätte er vielleicht anders reagiert, wenn Lizzie nicht seine Freundin gewesen wäre. »Noch nicht.« Er lächelte Lizzie an und sagte stumm: *Alles in Ordnung. Entspann dich.*

Als sie auf ihrer Unterlippe kaute, wollte er sie an sich ziehen und beruhigen, aber er musste sich zuerst auf das Gespräch mit Duke konzentrieren.

»Okay, wenn sie wirklich darüber nachdenkt, zu verkaufen, könnt ihr mir gern ihre Zahlen und den Businessplan schicken, damit ich mal draufschauen kann. Wir sorgen dafür, dass sie perfekt vorbereitet ist, wenn sie dort reingeht. FCN ist hier in Manhattan. Ich kenne eine der Verantwortlichen für Akquisitionen. Carly Christianson. Sie ist knallhart.«

»Super, darauf können wir uns freuen«, erwiderte er sarkastisch. »Wir stellen die Unterlagen zusammen und schicken dir alles Ende der Woche.«

»Solche Verhandlungen können schwierig sein. Sorg dafür, dass Lizzie mental darauf vorbereitet ist. Große Medienunternehmen sind bekannt dafür, bei den kleinen Leuten reinzuschneien und sie auszunehmen, bevor man noch Danke sagen kann.«

Blue sah Lizzie an, die am Fenster stand und immer noch an ihrer Unterlippe knabberte. Er wusste, dass ihre Unsicherheit verschwinden würde, wenn es hart auf hart kam. »Meine Freundin kommt mit allem klar.« Er warf ihr einen Luftkuss zu, und sie fasste in die Luft, als würde sie ihn fangen, und drückte ihn sich auf die Wange. Diese kleine, liebevolle Geste ließ ihn ganz warm werden.

»Ich recherchiere ein bisschen, höre mich bei Leuten aus der Branche um und sehe mir vergleichbare Transaktionen und Kennzahlen an.« Duke sprach schnell. Offensichtlich hatte er in den Investoren-Modus geschaltet. »Sie werden Geschäftsvorfälle und Kapitalflussanalysen prüfen, obwohl ich mir nicht vorstellen kann, dass es in der Hinsicht viel zu analysieren gibt, es sei denn, sie hat Handlungsbevollmächtigte und betreibt einen

Haufen Marketing. Online-Investoren tendieren normalerweise dazu, schlicht die Rendite für ihre Einschätzung heranzuziehen, weil es angesichts der meist spärlichen Datenlage einfacher ist. Aber ich sehe mir das alles an. Schickt mir die Finanzdaten der letzten drei Jahre, Prognosen für die nächsten zwei und ein bisschen Statistik: Klicks, Verweildauer und so weiter, und ich kümmere mich um den Rest.«

»Danke, Mann. Wir stellen das zusammen.« Als er seinen Bruder auf der Tastatur tippen hörte, stellte er sich vor, wie Duke Lizzie in Schürze und High Heels verführerisch in die Kamera schnurren sehen würde, und die Eifersucht kochte in ihm hoch.

Doch ein Blick auf Lizzie genügte, um dieses grünäugige Monster zu erschlagen, bevor es Schaden anrichten konnte. Er beendete das Telefonat mit Duke und nahm sie in die Arme.

»Und?«, fragte sie leise.

»Bereite dich auf die Fahrt deines Lebens vor, Süße. Die Ryder-Jungs stehen hinter dir.«

Sechsundzwanzig

Während der nächsten anderthalb Wochen entwickelten Lizzie und Blue so mühelos eine Routine, wie sie bei ihrem ersten Date zusammengefunden hatten. Blue arbeitete tagsüber an seinem Cottage auf den Klippen und schickte Lizzie süße Nachrichten, damit sie wusste, dass er an sie dachte, während sie im Blumenladen arbeitete. Manchmal kam er nachmittags vorbei, um ihr etwas zu essen zu bringen und nach ihr zu sehen. Sie wusste, dass er sich Sorgen um sie machte, weil ihr Vater nicht mit ihr sprach, und seine Liebe war eine tröstende Erinnerung daran, dass man jedes Hindernis überwinden konnte, wenn man jemanden liebte. Wenn doch ihr Vater das nur erkennen würde.

Die Leute vom Food Channel Network hatten sich zurückgemeldet und für Freitag ein Treffen in New York vereinbart. Sie war mehr als aufgeregt und nervöser, als sie je für möglich gehalten hatte.

Abends hatte sie gemeinsam mit Blue unermüdlich daran gearbeitet, ihre Bücher durchzugehen, Diagramme und Statistiken herauszusuchen und die aussagekräftigsten Unterlagen zu sammeln und alles an Duke weiterzuleiten. Lizzie unterdrückte den Impuls, ihren Vater anzurufen und sich bei ihm zu bedanken, weil er sie gedrängt hatte, ihren Abschluss zu machen, denn genau dieser hatte ihr in den letzten Jahren gewaltig geholfen. Aber einem Mann zu danken, der nicht mit ihr reden wollte, wäre nicht nur schwierig, sondern herzzerreißend.

Blue war noch nicht so weit, ihr bei der Aufnahme einer Folge zuzusehen. Sie sah ihm an, dass er gegen seine Eifersucht kämpfte, und wusste, wie sehr er sich bemühte, sie zu überwinden und Lizzie zu unterstützen. Eigentlich war sie sogar ganz froh, dass er ihr nicht zusehen wollte, denn die Vorstellung machte sie nervös. Sie befürchtete, sich nur auf ihn zu konzentrieren oder aber zu übereifrig zu wirken und dadurch die Folge zu vermasseln.

Obwohl es ihm unangenehm war, ihr bei der Aufnahme zuzusehen, wollte er ihr heute Abend bei der Videobearbeitung helfen, damit er das Prozedere besser verstand. *Kleine Schritte.*

Sie saßen gemeinsam vor dem Laptop und warteten darauf, dass das Video lud. Es war eine Sache, über die Videos zu reden oder dass Blue sie sich allein ansah, doch obwohl ihr Herz sagte, dass ihre Beziehung stark genug dafür war, hatte sie Angst, was passieren würde, wenn sie sich die Folge gemeinsam ansahen.

Lizzie warf verstohlen einen Blick auf den Mann, der unermüdlich drangeblieben war, der sie herausgefordert hatte und erstaunlicherweise an ihrer Seite geblieben war. Noch nie hatte sie einen Mann wie Blue getroffen, der selbst bei seinen Schwächen so schonungslos offen war. Sie kannte nicht einen einzigen Mann, der bereitwillig zugeben würde, dass Eifersucht zwischen ihm und dem stand, was er wollte, oder dass sein Beschützerinstinkt und ihr Ruf ihm zu schaffen machten. Sie hatte sich selbst immer für ehrlich gehalten, stellte aber schnell fest, dass ihre Vorstellung von Aufrichtigkeit nicht annähernd so klar definiert war wie seine. Er hatte ihr mehr über bedingungslose Liebe gezeigt als ihr eigener Vater und dafür liebte sie ihn nur noch mehr.

Er schaute auf, erwischte sie beim Starren und nahm ihre Hand. Sie liebte seine zärtlichen Berührungen genauso wie die wilden, lustvollen.

»Wie wäre es, wenn du versuchst, deinen Dad zu erreichen, bevor wir anfangen?« Er streichelte ihr über den Rücken. Irgendwie schien er immer zu wissen, was sie brauchte.

Seit dem verunglückten Abendessen hatte sie täglich versucht, ihren Vater anzurufen, doch er weigerte sich immer noch, ans Telefon zu gehen. Ihre Mutter versuchte, sich normal zu verhalten, aber Lizzie hörte die Anspannung in ihrer Stimme und spürte die Belastung in ihrer Beziehung. Es war scheußlich, sich wie eine Enttäuschung zu fühlen, aber sie hatte es so weit gebracht. Jetzt würde sie nicht klein beigeben.

»Ich bin zu nervös, um ihn heute anzurufen, weil du das Video sehen wirst.«

Sein Blick wurde wärmer und er nahm sie in die Arme. Das tat er immer, jetzt sogar noch öfter als vor der Enthüllung ihres Geheimnisses. Normalerweise sprang sie morgens aus dem Bett, aber in Blues Armen aufzuwachen, hatte alles verändert. Sie hatte es nicht mehr eilig, das Haus zu verlassen, denn draußen konnte sich unmöglich etwas so gut anfühlen, wie von dem Mann gehalten zu werden, den sie liebte.

»Ich hab dir gesagt, dass ich bereit bin«, beharrte er. »Ich werde dich nicht enttäuschen, und sobald du siehst, dass ich mir die Shows anschauen kann, wirst du dir weniger Sorgen um meine Familie machen.«

»Was, wenn deine Familie so reagiert wie mein Vater?« Beinahe hätte sie für Cashs Hochzeit wieder abgesagt, aber sie wusste, dass es Blue gegenüber nicht fair war, vor allem, da er solche Mühen auf sich nahm, um seine Probleme mit dem Webcast zu überwinden und ihre Entscheidungen zu unterstützen.

»Dann bin ich bei dir, um ihnen den Kopf zurechtzurücken. Aber das wird nicht passieren. Duke ist Geschäftsmann. Er ist so beeindruckt von dem, was du getan hast, dass er dich bei jeder Gelegenheit lobt. Und all meine Brüder haben eine Schwäche für schöne Frauen, also werden sie es verdammt sexy finden.« Er lehnte seine Stirn an ihre. »Ich warne dich … Du solltest darauf vorbereitet sein, den eifersüchtigen Freund in mir zu Gesicht zu bekommen, wenn sie dich anmachen.«

»Das würden sie doch nicht tun.« Der Gedanke brachte sie zum Lachen, obwohl Jake mit ihr und bestimmt mit jeder anderen Frau, die letzten Sommer seinen Weg gekreuzt hatte, geflirtet hatte. Sie hatte aber auch erlebt, wie Jake und Blue füreinander eintraten, und wusste, dass Jake diese Linie nie übertreten würde, da er nun wusste, dass sie zusammen waren.

»Nicht, wenn sie wissen, was gut für sie ist. Ruf deinen Dad an und dann legen wir los. Irgendwann muss er zur Vernunft kommen.« Er küsste sie. »Denk daran, Süße, ich bin stolz auf dich, Maddy ist stolz auf dich, Sky ist stolz auf dich – und dein Vater wird es irgendwann auch sein. Er muss nur erst über seinen Schatten springen.«

»Du kennst meinen Vater nicht.« Sie nahm ihr Handy und ging zur anderen Seite des Zimmers. Ihre Mutter nahm nach dem dritten Klingeln ab.

»Hi, Mom.«

»Hi, Liebling. Wie geht's dir?«, fragte ihre Mutter leise, und Lizzie wusste, dass ihr Vater in der Nähe sein musste. Es machte sie krank, dass sie ihre Mutter in diese Lage gebracht hatte. Zu wissen, dass ihr Vater sich so mühelos von ihr hatte abwenden können, war ebenso schlimm.

»Mir geht's gut. Es würde mir noch besser gehen, wenn Dad mit mir reden würde. Ist er da?«

»Ja. Warte kurz.«

Sie hörte, wie ihre Mutter den Hörer abdeckte, sodass die Unterhaltung ihrer Eltern zu gedämpft war, als dass sie etwas verstehen konnte. Als ihre Mutter zurück am Hörer war, verriet ihr Seufzen alles, was Lizzie wissen musste, bevor sie auch nur ein Wort gesagt hatte.

»Es tut mir leid, Liebling.«

»Ist okay.« Lizzie schloss die Augen, um den Stich der Zurückweisung zu ertragen. Doch als sie die Augen wieder öffnete, zerriss etwas in ihr. Sie war kein kleines Mädchen, das dumme Fehler machte. Sie war erwachsen und stand zu dem, was sie tat. Warum flehte sie förmlich um die Zustimmung ihres Vaters?

»Weißt du was, Mom? Es ist nicht okay. Ich tue dir das nur ungern an, aber da er nicht mit mir redet, könntest du mich bitte auf laut stellen?«

»Liebling, ich halte das für keine gute Idee.«

Sie spürte Blues Hand auf ihrer Schulter, und als sie zu ihm aufblickte, sah sie Stolz in seinen Augen. Das gab ihr neue Kraft.

»Bitte, Mom?«

»Okay, ich habe den Lautsprecher eingeschaltet.«

»Ist Dad im Zimmer?« Sie würde nicht den Fehler machen, ihn direkt zu fragen.

»Ja, Schätzchen«, antwortete ihre Mutter.

Blue verschränkte die Arme über der Brust, sein Bizeps zuckte und er verengte die Augen. Wenn er könnte, würde er wahrscheinlich durchs Telefon klettern und ihren Vater so lange durchschütteln, bis er nachgab. Von dieser Stärke zehrte sie und hob das Kinn.

»Dad, ich hoffe, dass du lang genug im Raum bleibst, um mich ausreden zu lassen. Mein ganzes Leben hast du mir beigebracht, das Richtige zu tun. Du hast mir beigebracht, dass ich immer auch anderen etwas geben sollte, egal, wie viel ich habe. Als ich aufs College verzichten und es mit einem Blumenladen versuchen wollte, hast du gesagt, dass ich auf dem College Dinge lernen würde, von denen ich noch gar nicht wüsste, dass ich sie brauche.« Sie erwartete, jeden Moment zu hören, wie ihr Vater aus dem Zimmer stürmte. Aber sie musste loswerden, was ihr auf dem Herzen lag, egal, was er tat oder nicht tat.

»Und du hattest recht. Ich habe viel über Wirtschaft gelernt und es hat mir mit dem Blumenladen unglaublich geholfen. Und es hat mir geholfen, Zahlen zu analysieren, Strategien zu finden und mit meinem Webcast für Maddys Ausbildung zu sorgen. Ich weiß, dass du nicht gutheißt, was ich tue, aber ich bin immer noch deine Tochter.« Tränen der Wut und des Schmerzes stiegen ihr in die Augen und Blue schlang die Arme um sie. »Ich hoffe, dass du eines Tages erkennst, dass ich sehr wohl das Mädchen bin, das du großgezogen hast. Allerdings bin ich jetzt stärker und besser in der Lage, gute Entscheidungen zu treffen. Entscheidungen, die mir und Maddy geholfen haben.«

Sie atmete mühsam ein und ignorierte den Schmerz, den das Schweigen ihres Vaters auslöste.

»Ich hab dich lieb, Dad, und ich bitte dich nur, einen Schritt zurückzutreten und mich als das zu sehen, was ich bin, und nicht als die Enttäuschung, in die ich mich deiner Meinung nach verwandelt habe.« Zitternd ließ sie die Hand sinken, legte auf und vergrub das Gesicht an Blues Brust.

Blue wünschte, ihrem Vater einen Besuch abzustatten und ihm etwas Verstand einzubläuen, aber Lizzie brauchte ihn jetzt. Er hatte einmal den Fehler gemacht, sie allein zu lassen, als sie ihn gebraucht hatte, und lieber sollte er verdammt sein, als das noch einmal zu tun. Ihr Vater konnte warten. Blue war so stolz darauf, dass sie sich behauptet hatte. Er konnte sich nicht vorstellen, dass irgendein Vater eine so aufrichtige Bitte ignorieren konnte. Aber falls ihr Vater auf Abstand bleiben sollte, würde sich Blue auf keinen Fall zurückhalten und zusehen, wie die Frau, die er liebte, wieder verletzt wurde.

»Geht's dir gut?«

Sie atmete scharf ein, und als sie sich von ihm löste, war ihr Blick voller Entschlossenheit.

»Ja. Endlich geht es mir mehr als gut.« Sie wischte sich über die feuchten Augen und lächelte.

Er konnte ihre Stärke deutlich spüren, aber er hatte schon die ganze Zeit gewusst, wie stark sie war. Sie war vor ihm nicht eingeknickt. Warum sollte sie es bei jemand anderem tun?

»Als ich zu meinem Vater gesprochen habe, ist mir klar geworden, dass er mir beigebracht hat, so zu sein. Woher nimmt er also das Recht, mich zu verurteilen?« Wütend wedelte sie mit der Hand und trat einen Schritt zurück. »Ich meine, vielleicht ist er nicht damit einverstanden, dass ich nur eine Schürze trage, aber er hat mir beigebracht, anderen zu helfen, und das tue ich jeden Tag. Und ich bin genauso bekleidet wie mit einem Badeanzug. Das muss zählen.«

Bevor er etwas erwidern konnte, fügte sie hinzu: »Und weißt du, was mich noch sauer macht? Ich bin nicht die Einzige, die meine Mutter in diese Lage gebracht hat. Das liegt größtenteils an ihm.«

»Hoffentlich bist du endlich zu ihm durchgedrungen. Wenn er seine Meinung nicht ändert, verrät das sehr viel darüber, was für ein Mensch er ist.«

»Er ist kein schlechter Kerl, Blue.« Schützend verschränkte sie die Arme vor der Brust.

Zu sehen, wie sie ihren Vater beschützen wollte, obwohl sie so aufgebracht war, ließ ihm das Herz aufgehen.

»Sicher. Er ist nur ein Vater, der auf seine Tochter aufpasst. Ich will damit nur sagen, dass er hoffentlich erkennt, was für eine unglaubliche Frau du bist, und bald zur Vernunft kommt. Ich will nicht, dass du deswegen leidest. Ich hätte nie sagen sollen, dass du dich vor deinen geliebten Menschen nicht verstecken darfst.«

»Oh, doch, das war genau richtig. Du hast mir die Augen geöffnet und noch wichtiger, mir den Unterschied zwischen bedingungsloser Liebe wie unserer und dem gezeigt, was auch immer mein Vater für mich empfindet.« Sie nahm seine Hand und führte ihn zum Laptop. »Bearbeiten wir dieses verdammte Ding, damit wir den nervenaufreibenden Teil des Abends hinter uns bringen und zum unterhaltsamen Teil übergehen können.«

»Ah, der unterhaltsame Teil.« Er küsste sie. »Zum Beispiel deine Schleck-Liste?«

»Ich hab eher an die andere Liste gedacht.« Sie wackelte mit den Brauen.

»Verdammt, Frau, du machst es mir nicht leicht, mich zu konzentrieren.«

»Das war der Plan …«

Sie nahmen den Laptop mit nach oben und stellten ihn zwischen sich auf den Tisch. In den letzten Tagen waren sie jede einzelne Statistik durchgegangen, die Lizzie je erstellt hatte, und hatten sie aus jedem Blickwinkel analysiert. Er hatte schnell gelernt, dass Lizzie nicht nur eine wunderschöne, talentierte Floristin und intelligente Geschäftsfrau war, sondern auch einen brillanten Verstand und analytische und strategische Fähigkeiten hatte. Sie hatte ein Unternehmen aufgebaut, das in allen Ranglisten kontinuierlich aufstieg. Ranglisten, von denen er noch nie zuvor gehört hatte. Zum Beispiel das »Alexa Ranking« – hier wurden Websites nach Klicks und der Verweildauer auf der Seite aufgelistet. Kein Wunder, dass sich das Food Channel Network um sie bemühte. Wenn sie die Sache Vollzeit durchziehen würde, könnte sie mit Leichtigkeit hunderttausende Dollar verdienen. Offensichtlich stellte sie sich nicht zur Schau, um Reichtum und Berühmtheit zu erlangen, sonst würde sie mehr Videos produzieren und ihren Blumenladen aufgeben. Noch etwas, was er an ihr bewunderte.

Blue wappnete sich für eine unangenehme Erfahrung, als sie mit der Bearbeitung begannen. Jeder Muskel in seinem Körper verspannte sich, als er sah, wie die Frau, die sein Herz gestohlen hatte, die Kamera verführte, und er spürte wieder einmal, wie die Eifersucht ihre Krallen ausfuhr. Er presste die Hände auf seine Oberschenkel und zwang sich, sich auf die Show zu konzentrieren und nicht auf den sexy Ausdruck in den Augen seiner Freundin, oder wie sie sich mit der Geschmeidigkeit einer Katze auf der Jagd bewegte.

Während das Video lief und Lizzie auf problematische Kamerawinkel hinwies, ihm erklärte, wie sie manche Szenen optimierte, indem sie ein oder zwei Sekunden wegschnitt, falsche Lichtverhältnisse ansprach, wegen denen sie einige Abschnitte der Show neu aufnehmen wollte, und ungefähr ein Dutzend weitere Einzelheiten, die er sich nie hätte vorstellen können, erläuterte, wurde Blue immer tiefer in den Prozess hineingezogen. Es war unglaublich, wie sie jede Einzelheit bedachte, von ihrem Tonfall über ihre Blicke bis zu ihren Bewegungen. Sie war dabei genauso detailorientiert wie Blue bei seiner Handwerksarbeit.

Blue stellte fest, dass er das Video ausschließlich aus einer unternehmerischen Perspektive analysierte, ohne die Eifersucht, die ihn anfangs geplagt hatte. Als sie fertig waren, hatte Lizzie zwei ganze Blätter vollgeschrieben. Sie notierte, was sie mochte und was nicht, was sie verbessern wollte, und welche Unterschiede es zwischen dieser und der letzten Folge gab, damit sie die Ergebnisse vergleichen konnte. Sie war so darauf fokussiert, das Video perfekt zu machen, dass man leicht verstehen konnte, wie sie sich so zur Schau stellen und gleichzeitig ein normales Leben leben konnte, in dem sie sich in ihn verliebte. Sie hatte sich von *The Naked Baker* abgekoppelt. Es war ganz klar ein Geschäftsmodell, das sie sehr ernst nahm. Ob sie nun eine Kamera verführte oder wunderschöne Blumensträuße zusammenstellte, sie gab immer alles.

Lizzie klappte den Laptop zu und runzelte angespannt die Stirn.

»Wir haben es überlebt«, sagte er und küsste ihre Hand. Die Anspannung verschwand aus ihrem Gesicht.

»Ja, haben wir.« Sie zog erneut die Brauen zusammen. »Du fühlst dich nicht komisch? Was hast du dabei gedacht?«

»Nicht im Geringsten. Ich finde dich noch unglaublicher als vorher.« Er hob sie auf seinen Schoß. Sie sollte sich keine Sorgen machen, schon gar nicht, dass sich seine Gefühle für sie jemals ändern könnten. Er konnte Lizzie genauso wenig im Stich lassen wie seine Familie. Als er ihr eine Haarsträhne hinters Ohr schob, lächelte sie erleichtert.

»Als du mir das erste Mal davon erzählt hast, konnte ich mir nicht vorstellen, wie du dein Kamera-Ich von deinem Alltags-Ich trennen kannst. Aber als wir gerade gearbeitet haben – und dank der letzten Tage, in denen du mich in deine Webcast-Welt eingeführt hast –, ist mir klar geworden, dass du mit Herz und Seele versuchst, das Ganze erfolgreich zu machen. Genauso machst du es auch mit deinem Blumenladen. Genauso machst du es mit Maddy. Und mit mir.« Blue drückte ihr seine Lippen auf. »Ich glaube, dein Vater sollte ein Video mit dir bearbeiten.«

Sie lachten. »Ja, klar.«

»Ich mach nur Witze. Ein bisschen. Wenn du mit ihm die Schritte durchgehen würdest und er alle Aspekte dieses unglaublichen Unternehmens verstehen würde, hätte er einen besseren Einblick. Ich glaube wirklich, dass dein Vater seine Meinung ändern würde, wenn er die Tatsache ausblenden könnte, dass seine Tochter nur in einer Schürze bekleidet herumläuft, und stattdessen deine unternehmerischen Bemühungen sieht.«

»Das bezweifle ich.« Sie strich oberhalb seines Kragens über seine Haut, sodass er sich nur schwer konzentrieren konnte.

»Ich glaube auch, dass deine Arbeit für das, was FCN will, wie geschaffen ist.«

Sie legte die Arme um seinen Nacken. »Meinst du wirklich, dass ich das Richtige tue? Was, wenn sie Nein sagen?«

»Dann geht es dir nicht schlechter als jetzt. Aber dir ist schon klar, dass das für die ein Selbstläufer ist, oder? Wenn sie mit einer anderen Schauspielerin einen fließenden Übergang schaffen und dabei die Dynamik mitnehmen, die du schon aufgebaut hast, verdienen sie sich eine goldene Nase.«

Sie runzelte die Stirn, und er küsste sie schnell, denn er wusste, dass sie sich genau darum Sorgen machte.

»Und falls nicht, kenne ich deinen Plan, damit weiterzumachen, bis Maddy ihren Abschluss hat. Und ich werde an deiner Seite sein.« Er drückte sie auf die Couch, beugte sich über sie und sagte nah an ihrem Mund: »Oder vielleicht bin ich lieber hier über dir.«

»Oder vielleicht …« Sie warf einen Blick zur Haustür. »Wärst du lieber nackt in deinem Pick-up mit mir am White Crest Beach.«

Er blinzelte überrascht. »In meinem Pick-up?«

»Den hab ich auf meine Sex-Liste gesetzt«, erklärte sie mit gespielter Unschuld.

Die würde er ihr nur zu gern wegküssen. Allein das Wort Sex-Liste aus ihrem Mund zu hören, machte ihn an. »Das hast du? So, so. Und wann?«

Ihre Wangen wurden rot. »Vor ungefähr zehn Monaten.«

»Vor zehn Monaten? Als du mir bei jeder Gelegenheit einen Korb gegeben hast?«

Verlangen brannte in ihren Augen. *Mach's gut, Unschuld.*

Hastig stand er auf und hob sie hoch. Sie schlang kichernd die Beine um ihn.

»Ja, verdammt«, brachte er hervor, während er sie zur Haustür trug. »Haken wir den ersten Punkt auf deiner Sex-Liste ab.«

»Den zehnten Punkt«, korrigierte sie ihn.

Er blieb wie angewurzelt stehen und fragte sich, was die ersten neun Punkte auf der Liste waren. »Zehn?«

Sie nickte noch einmal. »Den ersten Punkt haben wir schon abgearbeitet. Den Strand.«

»Das ist nicht fair. Ich wusste nicht, dass wir an der Liste arbeiten. Ich hätte es unvergesslicher machen können.« Er ging nach draußen und zog die Tür hinter ihnen zu.

»Dadurch hat es noch mehr Spaß gemacht, und ob wir nun

die Liste abarbeiten oder einfach nur Spaß haben, es ist immer unvergesslich, dir nah zu sein. Außerdem habe ich der Liste schon einen elften Punkt hinzugefügt.« Sie lehnte sich vor und flüsterte: »Den Leuchtturm.«

Siebenundzwanzig

Das Brewster Inn war ein bescheidenes, einladendes Gasthaus an einer Kreuzung im Wohn- und Geschäftsviertel im Herzen von Brewster. Am Mittwochnachmittag trat Blue durch die Pforte in dem weißen Lattenzaun und folgte dem Weg aus Schieferplatten durch einen wunderschönen Garten zur Eingangstür. Mit Sicherheit hatte Lizzie bei diesen hübschen Arrangements ihre talentierten Finger im Spiel. Ihre Kreativität war spürbar in der Anordnung von unterschiedlichen Größen, Höhen und Formen der Blumen und Büsche. Der Gedanke an Lizzie bestärkte seine Entschlossenheit, die Dinge zwischen ihr und ihrem Vater wieder geradezubiegen. Er hatte den Mann noch nie getroffen, jedoch die ganze Nacht darüber nachgedacht, was Lizzie so lange ganz allein gestemmt hatte. Es war an der Zeit, dass sie die Unterstützung bekam, die sie verdiente, und wenn auch nur der Hauch einer Chance bestand, dass ein Gespräch mit ihrem Vater dabei half, würde er die Mühe auf sich nehmen.

Als er an der Tür klopfte, fiel ihm auf, dass das wahrscheinlich nicht der beste Weg war, die Eltern seiner Freundin kennenzulernen, aber daran konnte er nun nichts mehr ändern. Er würde nicht länger mitansehen, wie sie litt. Sie war in dieser

Sache nicht allein, egal, wie ihr Vater mit der Situation umging, und Blue wollte, dass sie das bei jedem Schritt wusste – obwohl Lizzie keine Ahnung von diesem Besuch hatte.

Eine schlanke Frau, die kaum größer als eins fünfzig sein konnte, mit seidig dunklen Haaren und denselben nach oben gebogenen Mundwinkeln wie Lizzie öffnete die Tür. Als sie lächelte, erschienen Grübchen auf ihren Wangen.

»Hallo.« Sie begrüßte ihn mit einem neugierigen Ausdruck in ihren grünbraunen Augen.

In ihrem Gesicht erkannte er Lizzie in zwanzig Jahren, konnte sogar ihren lieben Tonfall hören, und seine Brust zog sich zusammen, weil er wusste, dass Lizzies Mutter gerade zwischen den Stühlen saß.

»Hi, Mrs. Barber?«

»Ja.«

»Ich bin Blue Ryder, Lizzies Freund. Hätten Sie einen Augenblick Zeit für mich? Ich hatte gehofft, mit Ihnen und Ihrem Mann sprechen zu können.«

»Lizzies Freund?« Ihr Lächeln wurde breiter, doch sie trat auf die Veranda und senkte die Stimme. »Es tut mir leid, ich wusste gar nicht, dass sie einen Freund hat.«

Blue war nicht überrascht, dass Lizzie ihre Beziehung nicht erwähnt hatte, wenn man bedachte, was zwischen ihr und ihrem Vater gerade los war und wie konservativ ihre Eltern waren. Aber es versetzte ihm trotzdem einen Stich, und das befeuerte einen anderen Teil von Blue, der aus einer sehr offenen und aufgeschlossenen Familie kam. Er wünschte sich, dass Lizzie genau wie er immer die Unterstützung ihrer Familie hatte, egal, was gerade in ihrem Leben vor sich ging.

»Das ist keine Überraschung«, gestand er. »Sie können sie anrufen, wenn Sie möchten. Ich warte gern.«

Ihr Blick glitt einen Augenblick lang über sein Gesicht, als würde sie entscheiden wollen, ob er wirklich vertrauenswürdig war. Lächelnd trat sie einen Schritt zurück und bedeutete ihm, hereinzukommen. »Das ist nicht nötig.«

Sie führte ihn in ein Wohnzimmer, das Blue an das Haus seiner Großmutter erinnerte. Ein orientalischer Teppich lag auf dem Holzfußboden, und die Möbel sahen so altmodisch aus, als wären sie schon seit dreißig Jahren da. Das Sofa war mit einem dunkelrot-weiß-gestreiften Stoff bezogen und die preiselbeerfarbenen Ohrensessel hatten das typische Diamantmuster an der Rückenlehne. In der Ecke stand ein antiker Porzellanschrank und zwischen den zwei großen Fenstern an der hinteren Wand befand sich ein altmodischer Schreibtisch.

»Ich hole meinen Mann. Bitte entschuldigen Sie mich einen Moment.« Mrs. Barber ging durch den Flur, dann hörte Blue, wie sie die Treppe hinaufstieg, die er vom Eingangsbereich aus gesehen hatte.

Sein Blick fiel auf die Bücher auf dem Couchtisch: *Inns of Cape Cod* und *Gardens of New England*. Er versuchte, sich vorzustellen, wie Lizzie in diesem Haus aufgewachsen war und wie es für sie gewesen sein musste. Bei ihm zu Hause war es immer laut und geschäftig gewesen, ein starker Kontrast zur Stille des Inns. Allerdings rannten hier auch nicht sechs Kinder herum. Im Haus seiner Eltern war es jetzt auch ruhiger, obwohl es immer noch die Energie der ungestümen Ryder-Familie ausstrahlte, auch wenn nicht alle da waren.

Als schwere Schritte erklangen, drehte er sich um. Lizzies Vater war ein wenig kleiner als Blue mit seinen eins neunzig. In dem blau-weiß gestreiften Hemd und mit den kurzen braunen Haaren, die an den Schläfen bereits ergrauten, sah Mr. Barber eher wie ein Geschäftsmann aus der Stadt aus als wie ein Mann, der ein gemütliches Gasthaus führte. Nichtsdestotrotz strahlte er durch seine aufrechte Haltung, die breiten, gestrafften Schultern, seine eindrucksvolle Brust und die dunklen Augen eine gewisse Autorität aus.

»Ich bin Vernon Barber. Meine Frau sagt, Sie sind Lizzies Freund?« Er hob das Kinn und musterte Blue eindringlich. Die Falte zwischen seinen Brauen war so tief, dass Blue vermutete, sie wäre immer da und nicht nur wegen seines Überraschungsbesuchs. Sein strenger Ausdruck stand im Widerspruch zu den weicheren Zügen seiner Frau, die Jeans und ein Strickoberteil trug.

»Ja, Sir. Blue Ryder. Es freut mich, Sie kennenzulernen, und danke, dass Sie sich die Zeit nehmen, mit mir zu reden.« Blue schüttelte seine Hand und war von dem festen Griff ganz und gar nicht überrascht.

Vernon deutete auf einen Sessel. »Bitte, setzen Sie sich.«

»Möchten Sie etwas trinken?«, fragte seine Frau.

»Nein, danke, Mrs. Barber. Es dauert nicht lange.« Blue setzte sich in den Ohrensessel, während die beiden ihm gegenüber auf dem Sofa Platz nahmen.

»Margaret und Vernon, bitte«, bot sie freundlich lächelnd an.

Blues Blick blieb an dem Bücherregal hinter dem Sofa hängen, und ihm wurde klar, dass er nicht ein einziges Familienfoto gesehen hatte. Bei seiner Familie waren die Wände praktisch damit tapeziert. Er machte sich klar, dass dieses Haus nicht nur ihr Heim, sondern auch ein Gasthaus war. Allerdings hatten sein Vater und seine Geschwister auch in ihren Büros viele Familienfotos.

»Wie geht es meiner Tochter?« Vernon legte den Fuß auf sein Knie, lehnte sich zurück und faltete die Hände im Schoß.

Die Art, wie er *meine Tochter* sagte, stieß Blue auf. Es fühlte sich an, als würde er sich von ihr distanzieren.

»Lizzie geht es gut, trotz der Probleme zwischen ihnen beiden.« Blue hielt inne und wartete auf eine Reaktion. Ihm war bewusst, dass er mit der Tür ins Haus fiel, hatte aber den Eindruck, dass das der beste Weg wäre. »Sie ist eine der stärksten Frauen, die ich kenne.«

Margaret lächelte und richtete sich ein wenig auf. Vernons Gesichtsausdruck blieb unverändert, als er nickte.

»Lizzie war schon immer willensstark«, sagte Margaret.

Das hätte ihn vielleicht nicht stören sollen, doch das tat es. *Willensstark* war etwas anderes als *stark*. Langsam begriff er, wie Lizzie aufgewachsen war und mit was sie es auch derzeit aufnahm, und das ließ seine Zuneigung für sie nur wachsen. Sie war sogar stärker, als er gedacht hatte.

»Mir ist klar, dass Sie mich nicht kennen, und ich habe bestimmt kein Recht, für Lizzie zu sprechen, aber ich liebe sie und hoffe, dass wir einen Weg finden, die Kluft zu schließen, die sich zwischen ihnen gebildet hat.« Blue hatte nicht vorgehabt, die Unterhaltung in diese Richtung zu lenken. Er hatte einfach nur versuchen wollen, Frieden zwischen Lizzie und ihrem Vater zu stiften, damit er verstand, was für eine großzügige Person und talentierte Geschäftsfrau seine Tochter war und dass sie es nicht verdiente, von ihm ausgeschlossen zu werden. Aber so funktionierte Blue nicht. Er hatte sich schon immer von seinem Herzen leiten lassen und heute war keine Ausnahme.

»Blue, ich glaube nicht, dass ich diese Unterhaltung mit Ihnen führen möchte.« Vernon erhob sich und sah zu seiner Frau, die sitzenblieb und die Lippen zusammenpresste. »Margaret?«

»Ich möchte hören, was er zu sagen hat.« Sie griff nach

seiner Hand. »Und ich wünschte, du würdest es auch tun.«

Vernon verschränkte die Arme vor der Brust, als Blue aufstand und dem respekteinflößenden Mann in die Augen schaute.

»Danke, Margaret«, sagte Blue sanft, ehe er Vernon seine ganze Aufmerksamkeit schenkte. »Sir, ich habe keine Tochter und kann nicht behaupten zu wissen, wie es ist, zu erfahren, dass meine Tochter so eine Show macht.« Er verspürte das Bedürfnis, den Namen der Show auszusprechen, um ihrem Vater zu zeigen, dass es ihn nicht störte und er sich nicht dafür schämte. »Aber meine Freundin, Ihre Tochter, eine Frau, die ich vergöttere, eine Frau, von der ich nie gedacht hätte, dass sie so etwas tut, ist tatsächlich die Frau hinter *The Naked Baker*.«

»Und offensichtlich haben Sie keine Probleme damit.« Vernons Tonfall war absolut ruhig und sollte ihn wohl einschüchtern. »Wahrscheinlich gehören Sie zu diesen Männern, die sich das ansehen und dazu noch ein Dutzend andere pornographische Videos im Internet.«

Blue wandte keine Sekunde den Blick ab. »Wie ich sehe, beschränkt sich ihre Fähigkeit, Menschen falsch einzuschätzen, nicht nur auf Familienmitglieder.« Er würde sich vor diesem Mann nicht rechtfertigen. Er hatte nur ein Ziel – *ebne den Weg für eine Versöhnung mit Lizzie* –, und es würde wohl ein harter Kampf werden. Aber Blue gab nicht so leicht auf. Vernon musste als Vater und Ehemann einige ausgleichende Eigenschaften haben, wenn Margaret all die Jahre bei ihm geblieben war, und Blue hoffte, einige davon aufzudecken.

Als er nicht reagierte, fuhr Blue fort. »Ich frage mich, Vernon, wissen Sie, was ihre Tochter abgesehen von diesem Webcast macht?«

»Sie ist Floristin«, antwortete er leicht gelangweilt.

»Und?« Bei dieser kurzen, kalten Antwort hob Blue eine Braue. Margaret rutschte genauso herum wie Lizzie, wenn sie nervös war, und das verriet ihm, dass sie sich auf die Zunge biss. Vielleicht unterdrückte sie auch den Wunsch, ihren Mann dazu zu bringen, mehr zu sagen.

»Lassen Sie mich Ihnen verraten, was ich über Lizzie erfahren habe«, sagte Blue stolz. »Wussten Sie, dass sie nach einem zehn- bis zwölf-Stunden-Tag im Blumenladen – dem Blumenladen, den sie aus eigener Kraft eröffnet hat und seitdem erfolgreich führt – die übrigen Blumen zum Friedhof bringt und sie auf die Grabsteine legt, um die sich keiner kümmert?« Er bemerkte den skeptischen Blick in Vernons Augen und sprach etwas weniger eindringlich weiter. »Manchmal bringt sie sie auch in ein Heim für betreutes Wohnen oder zur Feuerwache oder zum Polizeirevier. Sie ist auch dafür bekannt, Blumen an Fremde zu verteilen, die nach Feierabend am Laden vorbeikommen.«

Blue schaute Lizzies Mutter an. »Und wussten Sie, dass sie das Gebäck, das sie in ihrer Show produziert, zur Obdachlosenunterkunft bringt? Ganz richtig. Morgens um halb sieben, wenn sie einen anstrengenden Arbeitstag vor sich hat, bringt sie die frisch gebackenen Köstlichkeiten zu denen, die sie brauchen.«

»Das wusste ich nicht«, erwiderte ihre Mutter wehmütig.

Als ihr Vater immer noch nicht reagierte, fuhr Blue fort: »Und die Show, die sie auf die Beine gestellt hat? Meistens arbeitet sie nachts daran, nachdem sie in der Obdachlosenunterkunft war, den ganzen Tag in ihrem Blumenladen gearbeitet und Blumen zu den Menschen gebracht hat, die sie ihrer Meinung nach am meisten brauchen.« In dem Moment entschied Blue, nichts darüber zu sagen, wie erfolgreich ihr Webcast geworden war, oder dass sie mit einem Medienunternehmen in Verhandlungen stand. Er glaubte nicht, dass ihr Erfolg in irgendeiner Art und Weise etwas ändern würde, und was Lizzie ausmachte, hatte nichts mit ihrem Erfolg zu tun. Wenn ihr Vater nicht erkannte, wie fürsorglich, selbstlos und unglaublich großzügig seine Tochter war, war es sein Verlust.

Zu Blues Überraschung ließ Vernon kaum merklich die Schultern sinken. Wenn Blue nicht so sehr auf Anzeichen geachtet hätte, dass dieser Mann ein bisschen weicher wurde, hätte er es vielleicht übersehen.

»Lizzie ist eine verdammt gute Geschäftsfrau, aber wichtiger ist, dass sie der großzügigste Mensch ist, den ich kenne.« Blue schob lässig die Hände in die Hosentaschen und zuckte mit den Schultern. »Ich dachte einfach, dass Sie das wissen sollten, und ich bin sicher, Sie wissen bereits, dass die Einnahmen aus ihrem Webcast direkt in Maddys Ausgaben fürs College fließen. Sie behält nicht einen Cent für sich, obwohl sie dadurch höhere Steuern auf die Einnahmen aus dem Blumenladen zahlen muss.«

Er reichte Vernon die Hand, und der Mann öffnete den Mund, als würde er etwas sagen wollen, doch er schwieg und ließ den Handschlag über sich ergehen.

Diese Unterhaltung ist noch lange nicht vorbei.

Blue behielt seine Gedanken für sich, während er Margaret die Hand schüttelte und sich bedankte, dass sie sich die Zeit genommen hatten, mit ihm zu sprechen. Unsicher, ob er etwas verändert hatte, sagte er auf dem Weg nach draußen: »Danke, dass Sie eine so wunderbare Tochter großgezogen haben. Sie war so entschlossen, ihr Privatleben hintanzustellen, um sich ganz darauf zu konzentrieren, genug Geld für Maddys Bildung zu verdienen, dass sie sich ein ganzes Jahr lang geweigert hat, mit mir auszugehen. Was sie nicht weiß, ist, dass ich auch zehn Jahre gewartet hätte, wenn das nötig gewesen wäre.«

Achtundzwanzig

Sky wirbelte mit zwei Tüten von Wild Rice, einem Klamotten-
geschäft am westlichen Ende der Commercial Street, in den
Laden. Die Sachen dort waren hochpreisig und schicker als das,
was Sky normalerweise trug, und als Lizzie hinter dem Tresen
hervorkam, um sie zu begrüßen, fragte sie sich, zu welchem
Anlass Sky etwas so Besonderes anziehen wollte.

»Abendessen mit Sawyers Eltern?«, riet sie.

»Ha! Wohl kaum. Die sind für dich, meine Liebe.« Sky
stellte die Tüten auf den Tresen und wühlte darin herum. »Ich
wusste, dass du keine Zeit hast, dir vor dem großen Termin in
New York ein anständiges Outfit zu kaufen. Und machen wir
uns nichts vor.« Skys Blick glitt über Lizzies T-Shirt mit dem
Logo ihres Ladens und die Jeans. »Der Cape-Cod-Aufzug ist für
die Großstadt nicht angemessen.«

Sky zog einen wunderhübschen blauen Rock und eine dazu
passende weiße Bluse hervor, die Lizzie sehr gefielen. Das Outfit
sah professioneller aus als alles, was sie je besessen hatte.

»Das hättest du nicht tun müssen.« Unwillkürlich strich
Lizzie mit den Fingerspitzen über die Seidenbluse.

Sky drückte ihr beides in die Hand, ehe sie ein Paar Absatzschuhe und ein niedliches Paar Ohrringe hervorzog, um das

Ganze abzurunden.

»Ich weiß nicht, was ich sagen soll.« Lizzie war absolut verdattert. Seit Jahren hatte ihr niemand mehr Kleidung gekauft. Sky hatte in New York gelebt, bevor sie vor ein paar Jahren zum Cape zurückgekommen war. Wenn jemand das perfekte Outfit für ein so wichtiges Treffen aussuchen konnte, dann Sky. Ihr Stil war eher locker, genau wie Lizzies, aber sie hatte für den Geschäftstermin die perfekte Mischung aus professionell und lässig gefunden. Lizzie wusste, dass sie sich in diesen Klamotten pudelwohl fühlen würde.

»Sag nichts. Probier es einfach an.« Sky scheuchte sie ins Badezimmer im hinteren Teil des Ladens und wartete vor der Tür. »Ich passe auf den Laden auf, während du verrätst, wie es mit Blue läuft. Ich hab heute Morgen mit ihm gesprochen und er hat sehr befriedigt geklungen.«

Lizzie lachte. »Er ist definitiv befriedigend«, antwortete sie und bewunderte das Outfit im Spiegel. »Das ist wirklich hübsch. Aber, Sky?« Sie öffnete die Tür und drehte sich, damit Sky sie mustern konnte. »Sehe ich wie der Fisch auf dem Trockenen aus, wie der ich mich fühle?«

»Schätzchen, du siehst aus wie der einzige Fisch im Wasser. Umwerfend. Du wirst sie umhauen.«

»Meinst du wirklich? Es fühlt sich an, als würde ich mich verkleiden. Lieber würde ich in Jeans und T-Shirt hingehen – nicht, dass das eine Option wäre, aber trotzdem.«

Sky drehte sie an den Schultern herum, sodass sie in den Spiegel sah. »Sprich mir nach.«

Lizzie setzte eine ernste Miene auf. »Okay. Das ist gut. Ich muss üben, weil ich verdammt nervös bin.«

Sky lächelte sie im Spiegel an. »Okay, bereit?« Als Lizzie nickte, sagte Sky: »Hi. Ich bin Lizzie Barber, die Königin des

Nackt-Backens.«

Lizzie brach in Gelächter aus. »Das ist keine Hilfe. Aber das Outfit ist perfekt. Du darfst den Titel als beste Freundin weiter behalten.«

Lizzie schlüpfte wieder in ihre Jeans, während Sky ihr erklärte, was sie in New York zu erwarten hatte: wie voll es in den U-Bahnen war, wie man ein Taxi heranwinkte und wie anstrengend die Hektik der Stadt war. Lizzie hatte nicht viel über diese Dinge nachgedacht. Sie war schon nervös genug, weil sie mit Menschen, die sie nicht kannte, über ihre Show reden würde.

»Blue hat gesagt, dass er dich begleitet, also wird alles gut.«

»Ja, aber nicht zu dem Meeting, sondern nur nach New York. Ich will das wirklich allein machen. Obwohl er mich total unterstützt, werde ich sicher noch aufgeregter sein, wenn er mit im Raum ist. Außerdem kann er so seine Familie besuchen. Wir übernachten am Freitag sogar bei seinen Eltern. Samstagvormittag kommen wir zurück.«

»Er ist so stolz auf dich, Lizzie. Er ist überzeugt, dass du das rockst und ein Angebot bekommst. Wie denkst du darüber?«

Lizzie hängte das Outfit an einen Kleiderhaken und Sky folgte ihr durch den Laden, während sie ein paar Pflanzen neu ausrichtete.

Lächelnd drehte sie sich zu ihrer Freundin um. »Ich kann kaum glauben, dass ich tatsächlich wieder ein normales Leben haben könnte. Es ist so viele Jahre her, seit ich mal einen Abend frei hatte, dass ich nicht sicher bin, was ich mit der Zeit anfangen soll. Aber ich stelle mir schon Spaziergänge am Strand mit Blue und Lagerfeuer mit dir und den anderen vor.« Sie biss sich auf die Unterlippe, um ihre Begeisterung zu dämpfen.

»Blue hat erzählt, dass du fast jeden Abend an der Show

arbeitest. Ich hatte keine Ahnung, dass das so viel Zeit in Anspruch nimmt, und weiß wirklich nicht, wie du den ganzen Tag mit dieser endlosen Energie hier rumhüpfen kannst, wenn du so viel machst.«

»Mein Arbeitspensum ist verrückt, aber ich bin es gewohnt. Die Sachen für die Show erledige ich immer abends. Ich nehme zwei Mal pro Woche auf und bearbeite die Folgen jeweils am Tag danach. Wenn die Videos das erste Mal laufen, sehe ich mir den Anfang an, um sicherzugehen, dass es keine Probleme gibt, und nehme mir dann an den Sonntagen frei.«

Sky folgte ihr in den Kühlraum, wo Lizzie die welkenden Blumen einsammelte, die sie heute Abend verschenken wollte.

»Kein Wunder, dass du so selten mit mir ausgehst, wenn ich dich frage. Wenn die Sache klappt, wird sich dein Leben verändern.« Sky beobachtete, wie sie die Blumen in einen Beutel steckte.

»Und wie. Ich kann vor Aufregung kaum stehen. Und ich hab auch total Bammel davor, seine Eltern kennenzulernen. Es werden also ein paar nervenaufreibende Tage.«

»Du wirst seine Familie lieben. Ich kenne bis jetzt nur seine Brüder, aber die sind alle bodenständig. Sicher sind auch seine Eltern wunderbar.«

»Es macht mich ein wenig unruhig, dass sie von der Show erfahren. Sieh dir nur an, wie mein Dad reagiert hat.« Lizzie lehnte sich an den Tresen. Sie hatte versucht, nicht daran zu denken, wie weh es tat, dass ihr Vater sie einfach so wegschieben konnte, aber manchmal war der Schmerz unausweichlich. So wie jetzt.

Sky umarmte sie. »Keine Sorge. Dein Vater liebt dich zu sehr, um nicht zur Vernunft zu kommen.« Sie lehnte sich zurück. »Weißt du, genau deshalb verhält er sich so. Deshalb hat er dich und Maddy immer so beschützt. Er liebt euch beide so sehr, dass er nicht weiß, was er sonst tun soll. Ähnlich wie bei meinen Brüdern, die immer überfürsorglich waren, was mich anging.«

»Ich hoffe, dass du recht hast, denn wenn aus dieser Übernahme nichts wird, habe ich noch zwei Jahre als *The Naked Baker* vor mir, und ich werde Maddy nicht hängen lassen, nur um meinem Vater zu gefallen – egal, wie lieb ich ihn hab.«

»Da wir gerade von Liebe sprechen ...« Sky hob lächelnd eine Braue.

Lizzie grinste.

Sky quietschte. »Ich wusste es! Ich freu mich so für dich!« Sie schlang die Arme um Lizzie und sie lachten gemeinsam.

»Blue hat mein Leben auf so viele Arten verändert, und auch dass er anfangs eifersüchtig war, mag ich irgendwie. Es wäre sicher komisch gewesen, wenn es für ihn einfach in Ordnung gewesen wäre, dass ich die Show mache. Ich will jedenfalls definitiv nicht, dass er für Frauen spärlich bekleidet herumhüpft – online oder offline.« Lizzie seufzte. »Ich kann mir mein Leben ohne ihn nicht vorstellen, und um ehrlich zu sein, kann ich mir nicht mal mehr eine Nacht ohne ihn denken.«

Neunundzwanzig

Als Lizzie am Freitagmorgen in New York City ankam, war ihr Adrenalinspiegel so hoch, dass es sie nicht gewundert hätte, wenn sie aus ihrem Sitz im Flugzeug gehüpft wäre. Mindestens hundert Mal hatte sie geprobt, was sie im Meeting sagen wollte, und als das Taxi vor dem Gebäude des Food Channel Networks in Manhattan hielt, überschlug sich ihr Magen.

Wie war sie auf die Idee gekommen, dass sie das hinkriegen könnte? Die Unterhaltung mit Duke gestern Abend hatte sie noch nervöser gemacht, obwohl er bestätigt hatte, dass sie gut vorbereitet war und ihre Unterlagen perfekt aussahen. Was er jedoch über Carly Christianson gesagt hatte, die Frau, die die Akquiseabteilung leitete, war nicht annähernd so beruhigend: *Sie ist knallhart. Du musst bereit sein, zu verhandeln, als würde es um dein Leben gehen. Sie wird versuchen, dich zu unterbieten, und wenn sie das tut, bedankst du dich sehr höflich für ihre Zeit, sagst ihr, dass das Meeting vorbei ist, und gehst, ohne dich noch mal umzudrehen.*

Wie um alles in der Welt sollte sie das tun? Sie musste sich ja schon bemühen, das Atmen nicht zu vergessen.

Blue stand schützend zwischen Lizzie und den Fußgängern, als sie aus dem Taxi stieg. Sie war noch nie in New York gewesen, und die schiere Anzahl an Menschen und das dauerhafte Hupen der Autos erstaunten sie. Beim Anblick der hohen Gebäude wurde ihr ein bisschen schwindlig. Mit einer Hand klammerte sie sich an Blue, während sie mit der anderen den Riemen ihrer Tasche festhielt.

»Du siehst umwerfend aus und deine Unterlagen sind perfekt. Du wirst das super machen«, versicherte Blue ihr.

»Bist du sicher, dass ich nicht fehl am Platz wirke? Wie ein Mädchen vom Strand, das wie ein Stadtmädchen aussehen will?«

Blues Blick wurde heiß, als er näher trat, wodurch ihr Magen auf eine angenehmere Art bebte. »Du wirst immer *mein* Mädchen vom Strand sein, aber ich glaube, du hast bewiesen, dass es egal ist, welche Klamotten du trägst. Dein Verstand ist schärfer als irgendein anderer in diesem Gebäude. Du hast ganz allein zwei Unternehmen gegründet. Vergiss das nicht, Babe. Egal, was sie sagen, du gibst den Ton an. Du triffst die Entscheidungen. Wenn sie dich ausspielen wollen, folgst du Dukes Rat und marschierst mit erhobenem Kopf raus. Sie brauchen dich mehr als du sie.«

Lizzie schlang die Arme um Blue und freute sich, dass ihre Absatzschuhe den Größenunterschied fast ausglichen. Ihr Mund war zwar immer noch nicht auf einer Höhe mit seinem, aber sie würde jeden Zentimeter nehmen, den sie bekommen konnte. »Ich brauche dich mehr als alles andere auf der Welt, Blue. Ich bin so froh, dass du bei mir bist.«

»Du brauchst mich nicht, Süße. Aber ich freue mich, dass du mich *willst*.« Er drückte seine Lippen auf ihre Wange, und sie wusste, dass er darauf achtete, ihren so ungewohnten Lippenstift nicht zu verschmieren. »Jetzt geh da rein und zeig ihnen, wie großartig du bist. Sicher, dass ich nicht mitkommen soll?«

Beinahe hätte sie vor Nervosität kein Wort herausgebracht. »Ja, ganz sicher.«

»Okay. Schreib mir, wenn du fertig bist, dann treffen wir uns hier. Viel Glück.«

Sie spürte Blues Blick noch lange, nachdem sie das einschüchternde Gebäude durch die Glastüren betreten hatte. Seine Stärke begleitete sie, als sie mit dem Fahrstuhl in den zehnten Stock fuhr, wo sie einer überkorrekt aussehenden Frau in einen leeren Konferenzraum folgte, der größer war als ihr Blumenladen und einen tollen Ausblick über die Stadt bot. Sein aufmunterndes Lächeln und die beruhigenden Worte trugen sie, während ihr Herz so heftig in ihrer Brust hämmerte, dass sie fürchtete, einen Knopf ihrer Bluse zu verlieren.

Die Tür des Konferenzraums öffnete sich, und eine dunkelhaarige Frau mit mandelförmigen Augen in einem maßgeschneiderten weißen Kostüm, das ihren kurvigen Körper nicht verbarg, kam herein. Bei ihrer kerzengeraden Haltung und der kühlen, professionellen Miene prickelte Lizzies Haut. Ihre braunen Haare waren perfekt gestylt und sie hatte einen Leberfleck auf der linken Wange. Diese Frau könnte mühelos einen Eva-Mendes-Doppelgängerwettbewerb gewinnen.

»Lizzie, es freut mich sehr, Sie kennenzulernen.« Sie streckte ihren schlanken Arm aus und schenkte ihr Gott sei Dank ein aufrichtiges Lächeln, das ihre perfekte Erscheinung ein wenig abmilderte. »Ich bin Carly Christianson. Es ist wirklich sehr schön, dass Sie herkommen konnten.«

Carly bewegte sich mit einer Präzision und der Anmut einer Katze, als sie sich auf den Stuhl am Kopfende des Tisches setzte.

»Danke. Es freut mich auch.« Dankbar, dass ihre Stimme tatsächlich funktionierte, glaubte Lizzie langsam wieder daran, dass sie es schaffen konnte. Carly schien nicht so schroff zu sein, wie Duke gesagt hatte. Vielleicht hatte er sie auf das Schlimmste vorbereiten wollen.

Lizzie breitete ihre Unterlagen auf dem Tisch aus und straffte die Schultern, bereit für den Vortrag, den sie während des Flugs vom Cape hierher geübt hatte, als die Tür hinter Carly aufging und drei Männer in Anzügen mit ernsten Gesichtern und neugierigen Blicken hereinkamen. Ihnen folgten zwei gut gekleidete Frauen, die einen Wirbelsturm aus Nervosität mitbrachten, der Lizzie mitten in die Brust traf.

»Darf ich Ihnen unser Team vorstellen?«, sagte Carly. »Kerry Michaels, Marketingchef, Bradley Manion, Leiter der Finanzabteilung ...«

Sie sprach schnell und betonte jedes Wort sorgfältig. Lizzie versuchte, sich die Namen und Positionen zu merken, die zu den jeweiligen Gesichtern gehörten. Aber das Blut rauschte so laut in ihren Ohren, dass es ihr schwerfiel. Wie sollte sie es durch ein Verkaufsgespräch schaffen, wenn sie sich nicht mal auf die Vorstellung konzentrieren konnte?

»Wir sind sehr beeindruckt von Ihrem Webcast und würden gern erfahren, wie es dazu gekommen ist. Online gibt es nur wenige Informationen darüber, Sie haben Ihre Identität gekonnt verschleiert. Wir haben quasi das ganze Internet durchforstet, konnten aber nicht eine einzige Verbindung zwischen Lizzie Barber und *The Naked Baker* finden.«

»Ja, das ist so gewollt.« Lizzie war erstaunt, dass ihr die Antwort so leichtfiel. Sie erklärte, wie sie auf dem College von einem Freund von Proxy-Servern erfahren hatte, und erläuterte dann, wie sich *Cooking with College Girls* zu *The Naked Baker* entwickelt hatte. Sie war überrascht, wie selbstbewusst sie klang, und sogar noch zufriedener darüber, dass sie mit jedem einzelnen Mitglied des FCN-Teams Blickkontakt herstellen konnte, ohne in ihren Ausführungen ins Stocken zu geraten.

Eine der Frauen aus der einschüchternden Gruppe, eine Blonde mit kantigen Gesichtszügen und scharfem Blick, sagte: »Wir würden gern Ihren Steuerbescheid sehen, um die Zahlen zu bestätigen, die Sie uns haben zukommen lassen.«

»Ja, natürlich.« *Himmel, Steuerbescheid?* Sie mussten es ernst meinen. »Ich kann ihn Ihnen am Montag schicken.«

Einer der gut aussehenden Männer fragte: »Hatten Sie jemals Geschäftspartner?«

»Nein. Seit Beginn bin ich die Einzige, die daran arbeitet.«

Während der nächsten Dreiviertelstunde bombardierten sie sie von allen Seiten mit Fragen, und Lizzie hoffte, dass sie sich einigermaßen gut schlug. Mehr als ehrlich konnte sie nicht sein.

Carly räusperte sich und hob das Kinn. Alle Blicke richteten sich auf sie und in diesem Moment sah sie noch königlicher aus als bei ihrem ersten Auftritt. Da sie nun sah, wie sehr die anderen Mitarbeiter sie respektierten, setzte plötzlich das einschüchternde Gefühl ein, das Lizzie hatte vermeiden wollen.

»Lizzie, Sie haben den Verkauf der Rechte an der Sendung angeboten, aber Ihnen ist klar, dass Sie die Sendung sind, oder?«

Lizzie klappte der Mund auf und sie suchte hektisch nach einer Antwort. Blue hatte mit ihr darüber gesprochen. Duke hatte ihr Tipps gegeben, was sie sagen sollte, aber ihr Kopf war wie leergefegt. Ihr Puls beschleunigte sich und sie spürte, wie sie rot wurde. Wenn sie sich nicht bald unter Kontrolle bekam, würde sie eine Panikattacke bekommen.

Sie konzentrierte sich und rief sich in Erinnerung, was Duke und Blue ihr gesagt hatten. *Sie ist knallhart. Du musst bereit sein, zu verhandeln, als würde es um dein Leben gehen. Du triffst die Entscheidungen. Sie brauchen dich mehr als du sie.*

Mit diesen Ratschlägen fand sie ihre Stimme wieder – und ihre Antwort. »Richtig, bis zu diesem Punkt war die Show ganz allein mein Werk. Von der Planung über die Aufnahme und die Bearbeitung bis zur Auswertung. Aber vor der Kamera trage ich eine blonde Perücke und eine dicke, dunkle Brille, und wie Sie schon festgestellt haben, ist meine Identität geheim geblieben. Wenn die richtige Schauspielerin diese Rolle übernimmt, damit das Zuschauererlebnis im Grunde unverändert bleibt, wird es niemand bemerken. Darüber hinaus kann ich die Show nur zwei Mal pro Woche aufnehmen, weil ich noch ein Unternehmen führe, aber jemand anders könnte vielleicht an sieben Tage pro Woche produzieren und dadurch mehr Einnahmen generieren.«

»Sieben Tage pro Woche ist der Plan«, sagte Carly leicht herablassend mit einem ironischen Lächeln.

»In einem gewissen Rahmen wäre ich auch bereit, als Beraterin zu fungieren, sofern solche Besprechungen so ausgerichtet werden können, dass sie mein anderes Unternehmen nicht beeinträchtigen.« Sie hatte keine Ahnung, woher dieser Vorschlag kam, aber es klang gut durchdacht, und das war definitiv ein Pluspunkt für sie. Erneut wurde sie mit Fragen gelöchert, und während sie den Ball immer wieder mühelos zurückspielte und sich mit ihren Fähigkeiten selbst überraschte, wurde ihr klar, dass sie natürlich mit kultivierten Stadtmenschen an diesem Tisch sitzen und sich gut schlagen konnte, wenn sie das Selbstbewusstsein aufgebracht hatte, *The Naked Baker* zu sein.

Das Nightcaps war ein beliebter Treffpunkt für Blues Brüder und ihre Freunde. Die Bar gehörte Dylan Bad, der jedem das Gefühl geben konnte, willkommen zu sein, und genau aus diesem Grund war es hier immer brechend voll. Auch dieser Nachmittag war keine Ausnahme. Blue saß mit seinen Brüdern Cash und Duke in einer Ecke, seitdem er Lizzie abgesetzt hatte, und bisher hatte es nicht eine ruhige Minute gegeben.

Normalerweise störten Blue Menschenmengen und Lärm nicht, aber nun war er bereits angespannt, weil er sich sorgte, wie Lizzies Treffen mit den Verantwortlichen von FCN lief.

»B, dein Bein zuckt, seit wir hergekommen sind, ununterbrochen. Würdest du dich bitte entspannen? Sie wird das toll machen.« Duke nippte an seinem Bier und musterte eine Brünette an der Bar. Er war direkt aus dem Büro gekommen und trug noch Anzug und Krawatte. Duke hatte unter den Ryder-Männern den besten Modegeschmack, und Blue war irgendwann klar geworden, dass es egal war, ob Duke von der Arbeit kam oder nicht. Er war immer schick gekleidet und zog Polo-Shirt und Stoffhose der Kombination aus T-Shirt und Jeans vor.

»Ich mache mir keine Sorgen darüber, wie sie sich schlägt.« Dass sie gut klarkommen würde, wusste er. »Ich bin nervös, weil ich weiß, dass sie sich Sorgen macht.«

Cash fuhr sich mit einer Hand durch seine dunkelblonden Haare, während er Blue musterte. »Oh Mann.«

»Was?« Blue sah Duke fragend an, der jedoch nur mit den Schultern zuckte.

»Du hast dich in sie verliebt.« Ein wissendes Lächeln breitete sich auf Cashs Gesicht aus.

Blue konnte sein Grinsen nicht verbergen. »Ich werde nicht mal versuchen, das zu leugnen.«

»Verdammt. Und schon hat noch ein Ryder-Mann seine Frau gefunden.« Cash klopfte ihm auf den Rücken.

»Erst kaufst du das Grundstück, das wir uns teilen wollten, für dich allein und jetzt liebst du auch noch die Frau, die ich um ein Date bitten wollte?« Blue konnte an Dukes hochgezogenen Augenbrauen erkennen, dass er ihn nur aufzog.

»Du bist zu langsam, zu alt und nicht so gut aussehend wie ich«, spöttelte Blue, während er zum mindestens zehnten Mal seit ihrer Ankunft auf sein Handy schaute.

»Haha. Ich suche in keinerlei Hinsicht nach der Liebe. Genießt ihr mal die Hölle der Monogamie.« Duke deutete mit dem Kinn auf die Frau an der Bar, die er schon die ganze Zeit beobachtete. »Andere Mütter haben auch schöne Töchter.«

»Du verpasst was, Mann. Nichts ist besser, als diese eine besondere Person zu haben, mit der man sein Leben teilen will.« Blue trank sein Bier aus. »Da wir gerade davon sprechen, ich kann nicht hier rumsitzen und auf eine Nachricht von ihr warten. Ich will da sein, wenn sie aus dem Gebäude kommt. Ich fahre jetzt rüber. Wir sehen uns später bei Mom und Dad.« Er warf etwas Geld auf den Tisch und winkte Dylan hinter der Bar zu.

»Warte«, sagte Cash, als er wie erwartet mit Duke hinterherkam. »Du bist nur ein paar Stunden hier. Glaubst du wirklich, dass wir jetzt getrennte Wege gehen? Duke wird uns zu Mom fahren. Lass mich nur schnell Siena schreiben, damit sie sich mit uns treffen kann. Wo findet Lizzies Meeting statt?«

Blue nannte ihm die Adresse und Cash schrieb Siena auf dem Weg nach draußen eine Nachricht. Sie gingen die wenigen Blocks zu FCN zu Fuß und Blue kaufte unterwegs einen Snickers-Riegel und einen Strauß Rosen.

»Snickers?« Cash lachte. »Was ist das nur mit Frauen und

Schokolade? Siena ist genauso. Sie liebt das Zeug.«

»Das Snickers ist für den Fall, dass es nicht gut gelaufen ist. Die Rosen sind für den Erfolgsfall.« Sie kamen an einem Juwelier vorbei, und Blue blieb stehen, um einen Blick ins Schaufenster zu werfen, was nicht nur ihn, sondern auch seine Brüder überraschte. Während er die funkelnden Verlobungsringe betrachtete, hatte er keinen Zweifel daran, dass ein ganzes Leben genau das war, was er sich mit Lizzie wünschte. Aber eines dieser glitzernden Dinger zu kaufen, war es nicht.

»Ernsthaft, Alter?« Duke schlang einen Arm um Blues Schulter. »Sieh dich nur an, so erwachsen. Verdammt. Ich bin beeindruckt.«

Blue warf ihm einen deutlichen Blick zu.

»Geh schon rein. Schau mal, wie es ist.« Cash stieß ihn Richtung Tür.

»Nee. Ich wollte nur mal gucken.« Blue setzte sich wieder in Bewegung und seine Brüder folgten ihm. Mann, wie er es vermisst hatte, sie um sich zu haben, ihr Klugscheißer-Grinsen zu sehen und einfach nur ihre Energie zu spüren. Es war schwer gewesen, ihnen nicht von Lizzies Webcast zu erzählen. Duke wusste zwar Bescheid, war aber professionell genug, es für sich zu behalten. Das würde er mit allen vertraulichen Informationen so machen. Blue wusste, dass Lizzie nervös war, weil der Rest der Familie davon erfahren würde. Sie hatte ihn nie gebeten, ihnen nicht zu erzählen, welcher Art ihr Webcast war, aber das musste sie auch nicht. Auch wenn er vollstes Vertrauen in seine Familie hatte, dass sie ihr deswegen nicht das Leben schwer machen würden.

Gerade als sie ankamen, stieg Siena aus einem Taxi und sah in Skinny-Jeans, High Heels und einem übergroßen Strickoberteil wie immer umwerfend aus. Sie gehörte zu den Topmodels, war aber so bodenständig und familienorientiert, dass sie nie damit angab.

»Da ist ja mein Mann«, begrüßte sie Cash, während sie die Arme um ihn schlang und sie sich küssten. Dann sah sie Blue mit ihren leuchtend blauen Augen an und umarmte auch ihn. »Ich hab dich so vermisst! Und ich freue mich, dass du deine Freundin zur Hochzeit mitbringst!«

»Danke, Siena. Ich mich auch.«

Als Nächstes umarmte sie Duke. »Obwohl ich dich ständig sehe, vermisse ich dich trotzdem.«

»Wie könntest du auch nicht?«, stichelte Duke.

»Hey, Babe, wo sind deine Taschen?«, fragte Cash sie.

»Oh nein. Ich wusste, dass ich was vergessen habe.« Sie zog eine Grimasse und Cash zog sie in die Arme, um sie erneut zu küssen.

»Das ist mein Mädchen, immer unvorbereitet. Wie gut, dass ich eine Tasche für den Fall gepackt habe, dass du es vergisst. Sie ist in Dukes Auto.«

»Oh, Baby.« Sie drückte ihm erneut die Lippen auf und Blue verspürte Sehnsucht nach Lizzie. »Siehst du? Es gibt einen Grund, warum wir zusammen sind.«

»Ja, du brauchst jemanden, der auf dich aufpasst.« Cash lachte, und in dem Moment kam Lizzie hinter ihnen aus dem Gebäude.

Sie hielt den Kopf gesenkt, sodass ihr die Haare ins Gesicht fielen, während sie in ihrer Handtasche kramte.

»Lizzie!« Blue lief schon auf sie zu. Traurig sah sie ihn an und seine Brust zog sich zusammen. Er nahm sie in die Arme und flüsterte: »Es ist okay. Was auch immer passiert ist, es ist okay.«

Dreißig

Lizzie versuchte, sich nicht von der Tatsache den Nachmittag ruinieren zu lassen, dass sie gerade das wahrscheinlich wichtigste Treffen ihres Lebens verlassen hatte. Doch die Enttäuschung drang ihr bis in die Knochen.

»Was ist passiert?«, fragte Blue leise.

»Sie meinten, dass es ohne mich keine Show gibt, also hab ich Dukes Rat befolgt, mich höflich bedankt und bin mit erhobenem Kopf rausgegangen.« Sie schluckte gegen das Gefühl der Reue an, das in ihrer Kehle aufstieg.

»Oh, Babe. Es tut mir so leid, aber weißt du was? Pfeif auf sie.« Blue nahm sie erneut in die Arme. »Ganz genau. Du bist auch ganz allein großartig. Du brauchst sie für gar nichts.«

Duke umarmte sie herzlich. »Er hat recht, Lizzie. Du hast das Richtige getan. Du bist mit Würde gegangen, und ob du es glaubst oder nicht, du bist jetzt im Vorteil. Wahrscheinlich sitzen sie jetzt da oben und fragen sich, was zum Teufel sie falsch gemacht haben.«

»Hey, stellt uns mal jemand vor?«, fragte Cash.

Den muskulösen, gut aussehenden dunkelblonden Mann erkannte sie von den Fotos in Blues Haus als seinen Bruder Cash, und Siena Remington hatte sie schon auf vielen Werbeplakaten gesehen, aber leibhaftig war sie sogar doppelt so schön. Sie alle – die drei Ryder-Männer und Siena – hätten Models sein können. Alle lächelten freundlich und empfingen sie mit offenen Armen, was sie noch attraktiver machte.

»Männer.« Siena umarmte Lizzie. »Ich bin Siena und freue mich sehr, dich kennenzulernen. Es wurde auch Zeit, dass ein weiterer Ryder-Mann von der Junggesellenliste fliegt.«

»Warum wollen alle, dass wir sesshaft werden? Nur weil Cash in den sauren Apfel beißen musste, heißt das nicht, dass wir es auch müssen«, sagte Duke. Sein Grinsen verriet ihr, dass er nur Spaß machte.

»Willkommen im Chaos«, sagte Cash, als auch er sie herzlich umarmte. Seine Brüder und Siena waren so freundlich und einladend, dass sie sich sofort in ihrer Gegenwart wohl fühlte. »Das Meeting ist also nicht so verlaufen, wie du es dir erhofft hattest?«

Lizzies Blick huschte zu Blue. Ob Cash und Siena von dem Webcast wussten? Blue schüttelte den Kopf, und sie war dankbar, dass sie einander so gut verstanden, dass er genau wusste, worüber sie sich Sorgen machte.

»Ja, aber es ist keine große Sache.« Als sie das aussprach und Blue ihre Finger miteinander verschränkte, wallte erneut Enttäuschung in ihr auf. Ihr war nicht klar gewesen, wie sehr sie diesen Deal gewollt hatte. Sie hatte schon von der zusätzlichen Zeit mit Blue geträumt, ohne den Stress, den der Webcast mit sich brachte.

Zum Glück hakte sich Siena bei ihr unter und klebte förmlich an ihrer Seite, stellte ihr Fragen über sie und Blue und lenkte damit von der gescheiterten Verhandlung ab. Die Fahrt zu Blues Eltern war fröhlich. Die Männer unterhielten sich über die Arbeit und zogen sich gegenseitig auf, während Siena und

Lizzie sich schnell anfreundeten und über Cash und Blue und das Leben in New York sprachen.

Blues Eltern lebten knapp außerhalb der Stadt auf einem Waldgrundstück. Als sie das Haus erreichten, wusste Lizzie alles über Sienas Familie und die anstehende Hochzeit ihres Zwillingsbruders Dex mit seiner Verlobten Ellie. Sie hatte nicht so schnell geschaltet und begriff erst jetzt, dass Sienas Bruder Kurt Remington einer der Bräutigame auf der Vierer-Hochzeit gewesen war, auf der Blue und sie sich kennengelernt hatten.

»Es ist Schicksal«, sagte Siena, als sie auf das zweistöckige Haus im Kolonialstil zugingen. »Ihr seid füreinander bestimmt, und es war vorhergesehen, dass wir alle uns kennenlernen.«

Cash beugte sich hinab und drückte Siena einen Kuss auf den Kopf. »Das ist meine Verlobte. Sie sieht überall Verbindungen.«

Blue legte einen Arm um Lizzies Schultern, als seine Eltern zur Tür herauskamen. »Alles in Ordnung? Willst du irgendwo reden, bevor wir mit den anderen zusammensitzen?«, flüsterte er.

Sie liebte seine Rücksicht, aber nach ihrem Gespräch mit Siena und mit all der fröhlichen Stichelei fühlte sie sich bereits viel besser. »Du machst dir wirklich Sorgen um mich, hm? Du siehst deine Familie zum ersten Mal seit Monaten und trotzdem komme ich für dich an erster Stelle.«

»Hast du je daran gezweifelt?« Er küsste sie, und die Hitze, die ihre Küsse immer mit sich brachten, erfüllte ihren ganzen Körper.

»Nicht eine Sekunde«, erwiderte sie. »Alle waren so nett und unkompliziert, das hilft sehr. Aber danke für das Angebot.« Beim Anblick seiner Eltern flatterte ihr Magen vor Nervosität, doch als sie Hand in Hand auf die Veranda traten, lächelten die beiden freundlich.

Die schulterlangen Haare seiner Mutter waren ebenso dunkelblond wie Cashs, und hinter ihrer bernsteinfarbenen Brille erkannte Lizzie auch seine warmen braunen Augen. Sein Vater trug ebenfalls eine Brille, hatte dunkle Haare wie Blue, die jedoch von silbernen Strähnen durchzogen waren, und sein grauer Unterlippenbart ließ ihn jünger und trendiger aussehen, als Lizzie erwartet hatte. Wie seine Söhne war er weit über eins achtzig groß, mit breiter Brust, und als er schnurstracks auf Blue zuging, um ihn zu umarmen, bemerkte sie, dass er auch den selbstbewussten Gang und die warmen blauen Augen seines Sohnes hatte.

»Ich hab dich vermisst, mein Junge.« Seine Stimme war tiefer als Blues und klang gerührt, während er seinen Sohn länger festhielt, als Lizzie jemals von ihrem Vater umarmt worden war.

»Baby«, sagte Blues Mutter. »Oh, Liebling, ich hab dich so vermisst.« Sie hielt ihn an den Schultern, während sie ihn prüfend musterte. »Du siehst glücklich aus.«

Blue lächelte Lizzie an. »Mehr als glücklich, Mom. Und das habe ich alles Lizzie zu verdanken. Lizzie, das sind meine Mom Andrea und mein Dad Ned.«

»Hi. Freut mich sehr«, sagte Lizzie.

»Wir begrüßen uns hier mit Umarmungen«, erklärte Andrea und breitete die Arme aus. Lizzie war überrascht, wie angenehm und natürlich es sich anfühlte, von seiner Mutter in die Arme geschlossen zu werden. Wie sehr sich ihre Art der Begrüßung doch von der ihrer Eltern unterschied. »Willkommen bei uns.«

»Hereinspaziert, junge Dame«, sagte Ned mit offenen Armen. Er umarmte sie genauso fest wie Cash und Duke es getan hatten.

Blue blieb in ihrer Nähe und legte eine Hand auf ihren unteren Rücken, während ihre Eltern auch die anderen begrüßten und anschließend alle ins Haus gingen. Wenn *Liebe* und *Familie* einen Geruch hatten, wurde sie in dem Moment davon eingehüllt, in dem sie durch die Tür trat. Alles war hier in Erdtönen gehalten und die Wände hingen voller Familienfotos. Wie groß der Familiensinn hier war, konnte Lizzie überall spüren. Jacken hingen an Haken im Eingangsbereich, anstatt fein säuberlich weggeräumt zu werden, und auf der ersten Treppenstufe stand ein Paar Hausschuhe, was dem Haus einen bewohnten Charakter gab. Wie würde es wohl sein, zu dieser warmen und herzlichen Familie zu gehören?

Es gab gerahmte Fotografien von Siena als Model, obwohl sie noch nicht mal offiziell Teil der Familie war. Neben Bildern von Ned und Andrea und Blues Geschwistern hingen auch Fotos von ihm an der Wand: stolz grinsend vor seinem Haus am Cape, die Grünfläche davor frisch bepflanzt.

Als sie das Wohnzimmer betraten, entdeckte Lizzie weitere Fotos der Jungs, wie sie lauthals lachten, oder beim Toben im Garten. Bilder von Trish, die Blue und Duke anhimmelte, oder Arm in Arm mit ihrer Mutter oder ihrem Vater dastand. Auf einem Foto hatte Duke seinen Bruder Jake im Schwitzkasten und grinste über beide Ohren. Überall war so viel Liebe und Lachen zu sehen, dass die positive Energie dieser Familie praktisch aus den Bildern herausstrahlte.

»Setzen wir uns, damit wir uns ein wenig unterhalten können«, schlug seine Mutter vor.

Blues Eltern nahmen nebeneinander auf der Couch Platz und Ned griff sofort nach Andreas Hand. Lizzie liebte es, dass sie ihre Zuneigung so offen zeigten, ganz anders als bei ihren eigenen Eltern. Selbst nach dieser kurzen Zeit bestätigte sich bereits, was sie in ihrem Herzen schon immer gewusst hatte. Sie wollte diese Art von Beziehung und ein so einladendes Zuhause. Sie sah zu Blue, der über etwas lachte, was Cash gesagt hatte, und spürte, wie ihr das Herz aufging. Sie wollte diese Dinge mit Blue.

Cash und Siena ließen sich auf dem Zweisitzer nieder, und Siena zog die Füße aufs Polster, um dann den Kopf liebevoll auf Cashs Schulter zu legen. Duke nahm auf der Sofalehne bei seinen Eltern Platz und Lizzie und Blue sicherten sich eine weitere Couch. Ein dicker Teppich lag auf dem Holzfußboden, und trotz der Größe des Raumes, der hohen Decke, den Bücheregalen und den Doppeltüren, die hinaus in den umwerfenden Garten führten, fühlte der Raum sich behaglich an. Sie wusste, dass es nichts mit dem Raum an sich zu tun hatte, sondern ausschließlich mit den Menschen darin.

Sie unterhielten sich über den Flug vom Cape und ihren Blumenladen, und Lizzie bemerkte, dass sich Siena und Cash die ganze Zeit über berührten und miteinander flüsterten. Hin und wieder lächelte Blues Mutter die beiden an, während Ned mit liebevollem Blick ihre Hand drückte.

Sie konnte sich nicht vorstellen, dass sich ihr Vater auch nur annähernd – wenn überhaupt – so wohl damit fühlen würde, wenn Blue und sie ihre Zuneigung so offen bekundeten. Deshalb hielt sie ein wenig Abstand – und Blue bemühte sich, sie genau davon abzuhalten, indem er sie jedes Mal an sich zog, wenn sie wegrutschte.

»Lizzie, ich habe gehört, dass du wegen eines Geschäftstermins nach New York gekommen bist. Ich hoffe, es lief gut«, sagte Andrea, als sich Duke neben seinen Vater setzte. Ned legte einen Arm auf die Rückenlehne und Duke rutschte näher heran.

Lizzie konnte den Blick nicht von den beiden Männern

abwenden, die einander die Köpfe zugewandt hatten und sich leise unterhielten, wobei Neds erwachsener Sohn quasi im Arm seines Vaters saß. Sie sehnte sich nach der Nähe in Blues Familie, die bei ihnen offensichtlich natürlich war. In diesem Haus, in dem in jeder Ecke Liebe zu spüren war, erschien ihr das gescheiterte Meeting nicht mehr so wichtig.

Ihr wurde bewusst, dass Andrea auf eine Antwort wartete, und so sagte sie schließlich: »Es lief nicht so gut, wie ich gehofft hatte, aber das ist okay. Es war ein Wunschtraum.«

Blue küsste ihre Schläfe. »Du brauchst sie nicht, Babe.«

»Ging es um deinen Blumenladen? Möchtest du expandieren?«, fragte Ned.

Lizzies Magen zog sich zusammen. Sie wollte Blues Eltern nicht anlügen, aber nachdem sie bei ihren Eltern reinen Tisch gemacht hatte und mit den Nachwirkungen der Reaktion ihres Vaters zurechtkommen musste, wollte sie nicht riskieren, bei ihrem ersten Treffen mit Blues Familie etwas Ähnliches auszulösen. Auch wenn sie alle ziemlich tolerant zu sein schienen.

Blue kam ihr zu Hilfe. »Es ging um ihre Online-Backshow.«

Er wusste immer, was er sagen oder tun musste. Seine Antwort war simpel und doch keine Lüge, aber jetzt hatte sie das Gefühl, dass er sie decken musste, und das fühlte sich auch nicht gut an.

»Es tut mir leid, dass es nicht gut lief, aber ich freue mich, dass du nach New York gekommen bist. Auf der Hochzeit wird so viel los sein, dass ich dort bestimmt keine Zeit hätte, dich kennenzulernen.« Seine Mutter stand auf, doch Ned ließ ihre Hand nicht los. »Möchte jemand etwas trinken? Ich hole Limonade aus der Küche.«

»Siena?«, fragte Cash.

»Ich hab Durst, hole es aber selbst.« Siena stand auf, ließ sich aber noch einmal für einen schnellen Kuss von Cash nach unten ziehen. Erneut lächelte Andrea bei dem Anblick. »Und du, Cash?«

»Nein, danke. Ich trink nachher mit den Jungs ein Bier.«

»Babe?«, fragte Blue an Lizzie gewandt.

»Ich gehe mit deiner Mom in die Küche.« Blue lächelte, als sie sich erhob. »Möchtest du was?«

»Nur dich.« Er stand ebenfalls auf und rieb mit der Nase über ihren Hals. Ihre Wangen wurden heiß und seine Mutter lachte leise.

»Gott, es ist schön, meine Söhne so glücklich zu sehen.« Sie schaute zu Duke hinüber. »Wenn wir jetzt nur die richtige Frau für unseren ältesten Junggesellen finden könnten.«

Duke schnaubte abfällig. »Du hast drei andere Kinder, die du nerven kannst, Mom.«

»Oh, bitte. Gage und Sally werden eines Tages erkennen, dass sie füreinander bestimmt sind.« Sie beugte sich hinab und küsste Duke auf die Stirn. »Und Trish will sich bald eine Auszeit nehmen, das weißt du ja. Ich glaube, sie denkt darüber nach, sesshaft zu werden. Und Jake? Tja, eine Mutter darf hoffen, aber dieser Junge ist immer auf der Suche nach dem nächsten Abenteuer. Ich weiß nicht, ob er jemals wirklich zur Ruhe kommen wird.«

»Und das ist auch in Ordnung«, fügte sein Vater hinzu. »Nicht jeder muss heiraten, auch wenn wir der Meinung sind, dass es kein größeres Glück gibt, als die eine Person zu finden, die jeden Tag heller und bedeutungsvoller macht.«

Lizzie konnte diese Unterhaltung kaum fassen. Ihr Vater verschloss sich allein bei der Vorstellung, dass seine Töchter Partner hatten.

Siena hakte sich bei Lizzie unter, ehe sie Andreas Hand nahm und sagte: »Mädelszeit, jippie.«

Sie gingen in die Küche, wo Lizzie beim Einschenken der Limonade half.

Andrea berührte ihre Schulter. »Ich bin froh, dass du mitgekommen bist, um mit uns zu quatschen.«

»Die Jungs werden über Sport und die Arbeit reden«, fügte Siena hinzu. »*Limonade* ist unser Codewort für eine Mädelsrunde.«

»Aah, verstehe. Das gefällt mir!« Lizzie folgte ihnen auf die Terrasse, wo sie sich auf den Schaukelstühlen niederließen und den Garten überblicken konnten. Das Haus stand auf einer kleinen Anhöhe, sodass sie einen wunderbaren Blick auf den Wald und die Sonne hatten, die hinter den Bäumen unterging. Die Luft war klar und roch nach Holz mit einem Hauch von Kiefern und Glück.

»Bist du nervös wegen der Hochzeit?«, fragte Lizzie Siena.

Siena lachte. »Schön wär's. Das würde mich etwas normaler machen, oder? Aber ich bin so schlecht darin, irgendetwas vorzubereiten, dass mich eigentlich nichts mehr nervös macht. Beim Modeln kann ein falscher Schritt das gesamte Shooting versauen, und wenn ich mir Sorgen mache, passiert meistens genau das. Also mache ich mir keine Sorgen mehr. Außerdem haben Cash und Andrea zum Glück den Großteil der Hochzeit geplant. Mit meiner Mom natürlich.« Sie drückte Andreas Hand. »Solange ich weiß, dass ich den Mann heirate, den ich liebe, ist nichts anderes wichtig. Ich weiß, dass die Hochzeit wunderschön werden wird.«

»Das hat dir gar nichts ausgemacht?« Die Worte waren heraus, bevor sie sie aufhalten konnte. »Nichts für ungut, Andrea, aber will nicht jede Braut ihre eigene Hochzeit planen?«

»Nicht unsere Siena. Sie hat es gern uns überlassen, und Cash, nun ja, er plant gern. Das hat er schon immer getan, seit er ein kleiner Junge war. Er hatte einen fertig gepackten Überlebensrucksack unter dem Bett – nur für den Fall. Jake ist genauso. Sie waren so süß mit ihren kleinen Rucksäcken voller Landkarten und Walkie-Talkies.« Die Erinnerung brachte Andrea zum Lächeln.

»Er hätte mich sowieso in den Wahnsinn getrieben und mir ständig über die Schulter geschaut«, fügte Siena hinzu und hob die Brauen. »Wir sind das perfekte Paar. Er ist vorbereitet, und ich bin darauf angewiesen. Aber genug von unserer Hochzeit. Ich will etwas über dich und Blue hören. Ist es ernst zwischen euch?«

Lizzie war überrascht, dass sich ein so erfolgreiches Model so wenig um ihre Hochzeit kümmerte. Andererseits war Siena so gelassen, dass sie sicher keine extravagante Hochzeit brauchte. Es würde eine kleine Zeremonie mit der Familie und engen Freunden in einem von Dukes Hotels werden.

Am liebsten hätte sie über Blue geschwärmt und erzählt, wie sehr sie ihn liebte und wie er zu ihr hielt, ohne ihr seine wahren Gefühle für *The Naked Baker* zu verheimlichen, aber das würde bedeuten, dass sie ihnen alles über die Show verraten musste. Und bei dem Gedanken tat ihr der Bauch weh.

»Ja, es ist ziemlich ernst«, erwiderte sie stattdessen.

Andrea nippte an ihrer Limonade und strich mit dem Finger über den Rand des Glases. »Ich erzähle euch etwas über meinen Blue. Ihr wisst, dass manche Kinder immer unterwegs sind? Jake war so. Er ist ständig in den Wald gerannt oder war bei Freunden. Trish war immer gesellig und bei allen beliebt, das einzige Mädchen eben. Duke und Gage waren schon immer etwas ernster, aber Blue? Blue war der Junge, der streunende

Hunde mit nach Hause gebracht hat. Und Vögel und Kaninchen. Er hat sich schon als Kind von seinem Herzen leiten lassen, und dazu hat immer gehört, sich um die zu kümmern, die er liebt. Einmal hat er während der Ferien ein Fort für Jake gebaut. Ist jeden Morgen früh losgestiefelt und hat Stunden im Wald verbracht. Wir wussten nicht genau, was er da macht, aber er ist bei Sonnenaufgang mit seinem Werkzeugkasten losmarschiert und zum Abendessen wieder zurückgekommen, dreckig und grinsend, als hätte er die Keksdose gestohlen. Später hat er uns erzählt, dass er sich Sorgen um Jake gemacht hat – er bräuchte doch einen Unterschlupf, wenn es regnet.« Sie lächelte Lizzie an.

»Damals hat er noch nicht gewusst, dass Jake eines Tages zu einem der besten Bergungs- und Rettungsspezialisten an der Ostküste werden würde – und zu einem verdammt guten Überlebenskünstler. Aber so war Blue. Er hat alles mit Herz und Seele getan, und meistens war es etwas für andere. Er hat mit seinem Dad im Garten gearbeitet oder ihm bei der Reparatur des Autos oder des Dachs geholfen. Er wollte immer etwas mit den Händen machen. Als Trish wegen eines Jungen traurig war, hat er sie abgelenkt, ist mit ihr ausgegangen und hat sie aufgemuntert.« Erneut sah sie Lizzie an. »Es ist schön zu sehen, dass er sich dir öffnet, Lizzie. Er gibt so gern, und nun ja, er hat sein Herz so lange verschlossen, dass ich mir Sorgen um ihn gemacht habe. Ich war mir nicht sicher, ob er jemals wieder jemanden an sich heranlassen würde.«

»Er ist der großzügigste und liebevollste Mann, den ich kenne«, erwiderte Lizzie unwillkürlich. In diesem Moment wurde ihr klar, dass sie Andrea und Siena gegenüber aufrichtig sein wollte. Blue und sie waren verliebt und sie gestattete sich, sich eine Zukunft mit ihm auszumalen, eine Familie, ein Leben ohne *The Naked Baker*, auch wenn das noch zwei Jahre dauerte. Sie wollte keine Geheimnisse mehr. Also versuchte sie, ihre Unsicherheiten beiseitezuschieben, aber noch war sie nicht so weit. »Ich habe noch nie einen Mann getroffen, der so offen mit seinen Gefühlen umgeht«, sagte sie stattdessen.

»Oh, das ist so eine Ryder-Sache. Bei Cash hat es etwas gedauert«, warf Siena kopfschüttelnd ein. »Aber er hat nur Zeit gebraucht. Als ich ihn kennengelernt habe, schien er nur aus harten Kanten zu bestehen, aber darunter ist er ganz weich und sanft.«

Andrea lachte. »Ich glaube, niemand sonst würde Cash als weich und sanft bezeichnen.«

Lizzies Herz schlug so schnell, dass sie beinahe einen Rückzieher machte. Doch sie mochte diese Frauen, und wenn sie auf eine Zukunft mit Blue und ein gutes Verhältnis zu seiner Familie hoffen wollte, musste sie ehrlich sein.

»Ich muss euch etwas sagen, aber es ist ein wenig peinlich. Ich könnte verstehen, wenn ihr deshalb weniger von mir haltet, aber ich möchte aufrichtig sein. Eigentlich mit der ganzen Familie, aber …«

Andrea runzelte die Stirn und nahm Lizzies Hand. »Süße, du siehst aus, als würde das, was auch immer es ist, ziemlich schwer auf dir lasten. Wir sind tolerante Leute, mach dir darum keine Sorgen, aber wenn es dir unangenehm ist, musst du dich nicht genötigt fühlen, es uns anzuvertrauen.«

Lizzie war dankbar für ihr Verständnis, aber sie hatte sich lange genug versteckt, und nun war sie der Grund dafür, dass Blue etwas vor seiner Familie verbarg. Auch Duke wahrte ihr Geheimnis, und das wollte sie nicht.

»Danke, aber ich möchte es euch sagen.« Also erzählte sie ihnen alles über *The Naked Baker*, erklärte, wie sie dazu gekommen war, bis zur Reaktion ihres Vaters und dem Meeting mit FCN. Als sie fertig war, fühlte sie sich befreit. Befreit und beschämt, weshalb sie den Blick auf ihren Schoß senkte und auf die Vorwürfe wartete, denn die würden unweigerlich folgen.

Sie war den Tränen nahe, als Siena zu ihr kam und sie umarmte. »Deine kleine Schwester kann sich verdammt glücklich schätzen und dein Vater sollte sich schämen. Ich glaube, Andrea und ich sollten mal mit ihm reden.«

»Du bist wirklich eine einfallsreiche Frau, hm?«, sagte Andrea. »Warum um Himmels willen solltest du dich dafür schämen?«

Lizzie blinzelte sie an und versuchte, den Kloß in ihrem Hals herunterzuschlucken. »Hab ich erwähnt, dass ich nur eine Schürze und High Heels trage und die Verführerin spiele?« Sie fragte sich auf einmal, ob sie diese Details nur in Gedanken erklärte hatte.

»Schon«, antwortete Andrea. »Aber du hast auch gesagt, dass die Zuschauer deinen Intimbereich nicht sehen können. Was ist also schon dabei?«

»Ich mache Dessous-Werbung«, fügte Siena lächelnd hinzu. »Das ist im Prinzip dasselbe. Und die Kamera muss ich immer verführen, egal für welche Art Werbung. Cash hatte anfangs sehr damit zu kämpfen. Aber hey, das gehört zum Job. Wie hat Blue reagiert?«

Da sie den Blick seiner Mutter auf sich spüren konnte, antwortete Lizzie aufrichtig. »Er war ein wenig verletzt, dass ich es ihm nicht erzählt habe, bevor wir uns nähergekommen sind, und ihm gefällt die Vorstellung nicht, dass irgendwelche Männer mich beobachten. Doch er hat ziemlich schnell eingelenkt. Ich mache ihm keinen Vorwurf. Ich hätte es ihm früher sagen müssen und weiß, dass das für einen Mann harter

Tobak ist.«

»Alle Männer sind so«, sagte Siena und senkte die Stimme. »Cash hat die Magazine, in denen ich abgebildet war, vor den Jungs auf der Feuerwache versteckt, als wir zusammengekommen sind.« Sie lächelte. »Er war so süß.«

»Lizzie, die Reaktion deines Vaters tut mir leid. Hast du versucht, allein mit ihm zu reden?«

Lizzie konnte nicht glauben, dass sich Andrea mehr Gedanken über die Reaktion ihres Vaters machte als über die Videos an sich. »Er will nicht mit mir reden.«

»Es ist schade, dass er so etwas zwischen sich und seine Tochter kommen lässt. Das muss dir sehr weh tun.« Sie umarmte Lizzie und lächelte sie an. »Mach dir keine Sorgen, Schätzchen. Liebe ist stärker als Stolz. Da bin ich mir hundertprozentig sicher. Dein Vater hat deshalb wahrscheinlich seine eigene kleine Krise, die nichts mit dir zu tun hat. Sobald ihm klar wird, dass es nicht nur um ihn geht, wird er einlenken.«

»Ich bin nicht sicher, ob ich das verstehe.«

»Als Eltern ist es schwierig, nicht alles unter die Lupe zu nehmen, was die Kinder tun, und darüber nachzudenken, was andere Leute davon halten oder wie das auf die Eltern zurückfällt. So etwas in der Art könnte dein Vater gerade durchmachen.«

»Mein Vater hatte anfangs auch Probleme mit Werbeaufnahmen, in denen ich spärlich bekleidet war«, sagte Siena. »Er war früher beim Militär, musste seine Erwartungen an mich also ziemlich ändern. Aber er ist zur Vernunft gekommen, deshalb bin ich sicher, dass deiner es auch tun wird.«

»Wirklich? Jetzt fühle ich mich ein wenig besser.«

»Gib ihm Zeit, Schätzchen«, sagte Andrea. »Das eigene Ego abzustreifen ist nicht leicht.«

»Wer streift hier was ab?«, fragte Blue, der gerade mit seinem Vater und seinen Brüdern im Schlepptau auf die Terrasse kam.

Als Blue ihre Hand nahm, fühlte sich Lizzie noch mehr geliebt und akzeptiert. Niemand würde je den Platz ihres Vaters einnehmen können, aber mit Blues Liebe und der Unterstützung der anderen war sie nicht mehr annähernd so verzweifelt wie nach jenem Abend in ihrem Elternhaus.

»Hast du mich vermisst?«, flüsterte ihr Blue ins Ohr.

»Wieso sollte ich?« Sie hatte bereits das Gefühl, zum inneren Kreis seiner Familie zu gehören. »Ich liebe dich so sehr, dass du sogar bei mir bist, wenn du nicht hier bist.«

Einunddreißig

Später am Abend lag Lizzie in einem Spitzenhöschen und einem von Blues Tanktops, das ihr von der Schulter rutschte, bäuchlings auf dem Bett in seinem ehemaligen Kinderzimmer und hatte den Laptop vor sich. Mondlicht fiel durch die Vorhänge.

»Bist du nicht müde?« Blue legte sich in seinen Boxershorts neben sie und strich über ihren Oberschenkel.

»Schon, aber die Folge wird morgen ausgestrahlt. Ich muss sie noch fertig bearbeiten.«

Er schlang einen Arm um sie und küsste ihre Schulter. »Wie wäre es, wenn du das morgen früh machst, bevor wir zum Cape zurückfliegen?«

»Ich kann nicht riskieren, es nicht zu schaffen.« Als sie den Kopf schief legte, sah sie viel zu sexy aus. »Das Treffen mit FCN hat mir nur wieder ins Bewusstsein gerufen, dass ich weitermachen muss – aber ich werde es ihnen zeigen. Ich finde einen Weg, für noch bessere Bewertungen zu sorgen.«

»Das wirst du bestimmt. Es tut mir wirklich leid für dich, dass das Meeting nicht so gelaufen ist, wie du es dir erhofft hast. Aber Lizzie, ich gehe nirgendwohin. Ich bleibe bei dir.«

»Ich weiß. Mir war nur nicht klar, wie sehr ich mich darauf verlassen habe, mehr Zeit mit dir zu haben und ein normales

Leben zu führen. Ich hab mir vorgestellt, wie wir die Nächte draußen in deinem Cottage verbringen, ohne dass ich mir Sorgen um die Arbeit an den Videos machen muss. Diese Show hat schon so viel von meiner Lebenszeit eingenommen.«

Lizzies Traurigkeit traf Blue mitten ins Herz. Er schob eine Hand unter ihr Shirt auf ihre warme Haut und legte ein Bein über ihres, da er ihr näher sein und sie trösten wollte.

»Mein Lieblingsmensch hat mir gesagt, dass zwei Jahre gar nichts sind. Dass sie schnell vorbeigehen. Ich war mir da nicht so sicher, aber jetzt weiß ich, dass wir alles überstehen, solange wir zusammen sind. Zwei Jahre, zwei Jahrzehnte. Ein ganzes Leben.« Er drückte seine Lippen auf ihre Wirbelsäule, ehe er sich nach oben zu ihrem Nacken küsste, während sie versuchte, sich auf die Bearbeitung des Videos zu konzentrieren.

Einen Moment lang schloss sie die Augen, und er spürte, wie die Anspannung aus ihrem Körper wich.

»Du machst mir die Arbeit nicht leichter«, sagte sie atemlos.

»Es ist nicht meine Schuld, dass du den hier hart machst.« Er rutschte über sie und drückte seine Erektion an ihren Hintern.

Sie kicherte. »Ich muss das fertigmachen.«

»Okay«, flüsterte er an ihrem Hals. Er liebte sie so sehr, dass seine Brust wehtat. »Du arbeitest und ich werde einfach …« Blue schob die Hände unter ihren weichen Körper und umfasste ihre Brüste. Als er mit den Daumen über ihre harten Nippel strich, seufzte sie.

»Blue …« Sie legte den Kopf zur Seite, damit er besseren Zugang zu ihrer warmen Haut hatte. »So schaffe ich das nie.« Ein süßer, hingebungsvoller Laut perlte von ihren Lippen, als sie sich auf den Rücken drehte und ihn anlächelte. »Du lenkst mich ab.«

»Das war das Ziel.«

»Aber … das Video.« Sie schlang die Arme um seinen Nacken.

»Ich helfe dir dabei, nachdem ich deinen Körper so verwöhnt habe, wie er es verdient hat.« Er küsste sie.

»Aber deine Eltern«, hauchte sie und wölbte sich ihm entgegen.

»Ich glaube nicht, dass sie dein Video bearbeiten wollen«, stichelte er, während er an ihrem Körper hinabglitt und ihre Brust küsste. »Aber ich kann sie fragen, wenn du willst.«

Damit entlockte er ihr ein weiteres Kichern, hakte einen Finger in den Bund ihres Höschens und zog es ihr aus, bevor er sich ebenfalls seiner Unterwäsche entledigte. Ihr wohlgeformter Körper lockte ihn, als er über ihre Beine strich und mit den Daumen die feuchte Stelle dazwischen neckte.

»Blue«, flüsterte sie verlangend.

Sie spreizte die Beine und er drang langsam in sie ein, um die enge Hitze, den verführerischen Blick in ihren Augen und das Gefühl ihrer Finger an seinen Hüften zu genießen. Die Zärtlichkeit wurde von Drängen abgelöst, als er sie küsste und sie die Hüfte wiegte, um ihn mit jedem Stoß tiefer aufzunehmen. Ihr Atem ging schnell und keuchend, als er über den Lustpunkt glitt, den er gesucht hatte – der, der sie direkt an den Abgrund treiben würde.

»Blue.« Sie hielt ihn fester und riss die Augen auf.

»Genau so, Baby. Lass dich von mir verwöhnen.« Er schob die Hände unter sie, umfasste ihre Pobacken und drückte sie fester an sich, bis sie sich so nah waren, dass nicht einmal mehr Luft zwischen sie passte. Er konnte ihr nicht nah genug sein und wusste, dass sich daran nie etwas ändern würde.

»Mehr« war alles, was sie sagte, und etwas anderes musste er auch nicht hören, bevor er ihre Pobacken auseinanderdrückte und die enge Öffnung reizte. Lizzie hob die Hüften »*Mehr.*«

Das Drängen in ihrem Tonfall spornte ihn an. Er schob einen Finger in sie und sie stöhnte lustvoll. Das Geräusch trieb ihn beinahe über die Klippe.

»Tu das nicht«, flüsterte er ihr ins Ohr. »Du bringst mich noch zum Kommen.«

»Mmh.« Sie stöhnte erneut, ehe sie leise lachte.

Das Geräusch vibrierte in ihrer Brust und das machte es ihm noch schwerer.

»Härter«, hauchte sie. »Ich brauche mehr von dir.«

Die Einladung entlockte ihm ein feuriges Knurren. Während er mit einem Finger ihren Hintern verwöhnte und mit seiner harten Länge in sie eindrang, fanden sich ihre Münder und ihre Körper übernahmen die Führung. Ihre Beine spannten sich an und ihre Atmung wurde flacher. Er spürte ihren Höhepunkt in den Schauern, die sie erfassten. Er wollte – musste – sehen und fühlen, wie sie sich in der Wildheit ihrer Liebe verlor. Deshalb löste er den Kuss, fuhr neckend mit der Zunge über ihre Unterlippe und biss dann hinein. Ihre dunklen, von Lust erfüllen Augen öffneten sich. Hitze schoss über seinen Rücken und brachte ihn an den Rand des Orgasmus.

»Blue …«

Er fing ihre Lustschreie mit seinem Mund auf, als ihr Körper nachgab und vom Höhepunkt erfasst wurde, sodass sie beide vom Sturm der Leidenschaft mitgerissen wurden. Alles um ihn herum wurde dunkel, bis es nur noch ihn und Lizzie gab. Sie atmeten schwer oder kaum, da war er sich nicht so sicher. Er konnte nicht einen klaren Gedanken fassen, als er sich neben sie rollte und sie an sich zog.

»Liebe dich.« Mehr brachte er nicht heraus. Aber dabei

würde es nicht bleiben. Er würde verdammt noch mal dafür sorgen, dass er sein Versprechen erfüllte und das Video fertig wurde. Und wenn es ihn seine letzte Energie kostete. Nachdem er Lizzie mit seiner Familie gesehen hatte, wie sie lachte und mit ihnen scherzte, wie sie voller Selbstbewusstsein über ihren Webcast gesprochen, ihre Fragen beantwortet und ihre Freundlichkeit förmlich aufgesogen hatte, liebte er sie noch mehr. Noch nie war er stolzer auf jemanden gewesen – sowohl auf Lizzies Entschlossenheit als auch die bedingungslose Unterstützung seiner Familie. Die Ryders neigten dazu, ihre Herzen zu öffnen und Menschen mit offenen Armen zu empfangen, und Blue wünschte sich so sehr, Lizzie würde das auch bei ihrer eigenen Familie erleben. Obwohl Lizzie das Leben bei den Hörnern packte und sich von nichts und niemandem lange runterziehen ließ, war Blue noch nicht damit fertig, es bei ihrem Vater zu versuchen. Er würde es sich zur Aufgabe machen, die Dinge geradezubiegen, damit sich die Frau, die er liebte, wieder vollständig fühlte.

Ihm fiel wieder ein, wie seine Mutter ihn vor dem Schlafengehen zur Seite genommen und gefragt hatte: *In welcher Phase bist du?*

In der allerbesten, hatte er geantwortet, denn er wusste, dass sie damit die Phasen der Liebe meinte.

Nicht mal annähernd, hatte sie widersprochen. *Die Zeit bringt mehr Glück. Eines Tages wirst du zurückblicken und erkennen, dass ihr zwei eine Geschichte habt. Und dann wird es wirklich magisch.*

Er lag neben Lizzie und lauschte ihrem ruhiger werdenden Atem. Wenn das nicht der Gipfel der Liebe war, würde er dennoch gern sein ganzes Leben hierbleiben, denn er konnte sich nicht vorstellen, dass es noch besser werden konnte.

Zweiunddreißig

Nach ihrer Rückkehr aus New York setzte die Realität wieder ein. Blumenbestellungen für eine Brautparty und eine Hochzeit wurden kurzfristig aufgegeben, und Lizzie würde in den nächsten Wochen damit beschäftigt sein, sich mit Braut und Bräutigam zu treffen. Widerwillig hatte sie ihre *The Naked Baker*-Routine wiederaufgenommen und das störte sie. Früher war sie nicht widerwillig gewesen. Selbst wenn sie ihre Abende nicht unbedingt gerne mit Videoaufnahmen und -bearbeitung hatte verbringen wollen, hatte sie es immer bereitwillig getan. Das lag daran, dass es nie einen Weg gegeben hatte, die Show hinter sich zu lassen und trotzdem genug Geld für Maddy zu verdienen. Aber die Mail der Fernsehgesellschaft hatte das geändert. Sie hatte es gewagt, auf ein Leben mit Blue zu hoffen, auf Abende, an denen sie tun konnte, was sie wollte, anstatt sich an ihren strengen Webcast-Plan zu halten.

Der Vorteil dieser ganzen Situation war, dass Blue sie wie versprochen wahnsinnig bei der Show unterstützte und ihr bei jedem Schritt zur Seite stand. Die Nächte verbrachten sie momentan bei ihr und sie spürte seine Anwesenheit überall. Seine Kleidung war in ihrem Schrank und in zwei Schubladen in der Kommode. Einige Hygieneartikel standen in ihrem

Badezimmer und an der Wand neben der Küchentür hatte er einen Haken für ihre Schlüssel angebracht. Es fühlte sich an, als wären sie schon immer zusammen, aber noch stärker als diese greifbaren Dinge fühlte sie seine Liebe, die jeden Winkel ihres Lebens erreichte. Sie spürte sie in der Luft, die sie atmete, und im Ausdruck in seinen Augen. Und wenn er nicht bei ihr war, blieb seine Liebe trotzdem.

Blue stand jeden Morgen früh auf, und das liebte sie, denn so konnten sie sich gemeinsam für die Arbeit fertig machen, sich unter der Dusche lieben, beim Anziehen herumalbern. Manchmal brachen sie etwas spät auf, weil sie dem Drang nicht widerstehen konnten, einander in die Arme zu fallen. Blue brachte ihr jeden Nachmittag etwas zu essen und Kaffee in den Laden. Hin und wieder sah er auch einfach nur nach ihr. Sie liebte es, dass er sich dafür Zeit nahm, andererseits war es typisch für ihn. Er gab und gab und gab. Er hatte sogar angeboten, Duke einzuspannen, um herauszufinden, ob sie das Interesse eines anderen Käufers für die Show wecken konnte, aber Lizzie hatte genug davon. Sie wollte nicht mehr darauf hoffen, einen Weg aus dem Webcast zu finden. Es war leichter, ihr Schicksal zu akzeptieren und nach vorn zu blicken, auch wenn sie für das Akzeptieren länger brauchte, als ihr lieb war.

Die einzige dunkle Wolke in ihrem Leben war die Beziehung zu ihrem Vater. Sie hatte ihn mehrmals angerufen und er wollte immer noch nicht mit ihr reden. Gestern hatte sie sich sogar eine Stunde freigenommen, um zum Gasthaus zu fahren und mit ihm zu sprechen, aber er hatte sich geweigert, sie auch nur zu sehen. Ihre Mutter hatte gesagt, dass er sich mit jemandem traf, was sicher nur eine Ausrede war. Wie sollte sie damit umgehen, dass ihre Mutter ihn deckte?

Sicher war es nicht die beste Lösung gewesen, ihre Mutter

ausrichten zu lassen, dass sie ihre Versuche aufgeben würde, aber sie war angesichts seiner Weigerung so am Boden zerstört, dass sie mit ihrem Latein am Ende gewesen war. Ein Mensch konnte nur ein gewisses Maß an Ablehnung ertragen, bevor er zusammenbrach oder ging. Und sie würde nicht zulassen, dass seine konservativen Ansichten die Dinge für Maddy oder sie ruinierten. Sie hatte einen unglaublichen Mann, der sie vergötterte, und Freunde und Familie – abgesehen von ihrem Vater –, die sie akzeptierten und unterstützten. Er war selbst schuld.

Wenn es nur nicht so wehtun würde.

Doch es stimmte, dass es zusammenschweißte, wenn man schwierige Zeiten gemeinsam durchstand. Auf Blue und sie traf das auf jeden Fall zu. Noch nie hatte sie sich so geliebt, geschätzt oder unterstützt gefühlt.

Es war Donnerstagabend. Sie hatte Blue vorhin geschrieben, dass sie noch Blumen zum Friedhof bringen und ihn dann zu Hause treffen würde. Gedanklich war sie bei der Folge heute Abend, während sie die Blumen zusammenpackte und zum Auto ging. Vielleicht sollte sie etwas Verrücktes machen und einen Kuchen in Form eines Hinterns backen. Dann wanderten ihre Gedanken wieder zu Blue – er war nie weit entfernt. Die Erinnerung daran, wie sie auf dem Rückweg von New York dafür gesorgt hatten, dass sie Sex im Flugzeug von ihrer Sex-Liste streichen konnte, ließ sie erschauern. Sie hatte nie gedacht, dass Toiletten in Flugzeugen so klein waren, aber das hatte das Ganze nur lustiger gemacht, als sie sich gemeinsam hineingeschlichen hatten.

Sie lächelte vor sich hin, als sie die Autotür aufschloss. Wie gut, dass ihr Vater nichts von diesen Listen wusste. Sonst würde er noch frühzeitig im Grab landen.

»Peanut?«

Lizzie erstarrte. Tränen sprangen ihr in die Augen, als sie die Stimme ihres Vaters und den Kosenamen hörte, den er seit über einem Jahrzehnt nicht mehr benutzt hatte. Haltsuchend klammerte sie sich an die Tür, während sie sich in der Dämmerung zu ihm umdrehte. Er wirkte traurig und seine Schultern hingen herab, wie sie es an ihm noch nie gesehen hatte, was ihr Bild von ihrem starken Vater durcheinanderbrachte.

Das Blut rauschte in ihren Ohren. Sie kannte ihn wütend, glücklich und unbeeindruckt, aber die Reue, die in seinen tiefliegenden Augen schimmerte und ihm seine Kraft nahm, war so erschreckend unvertraut, dass es sie einen Moment betäubte.

»Dad?«, presste sie schließlich hervor.

Er trat näher, und als er sprach, war sein Tonfall zärtlich und versöhnlich. »Als du ein kleines Mädchen warst, hast du mir gesagt, dass ich schief gucke. Ich war nicht sicher, was du damit gemeint hast, und als du versucht hast, es zu erklären, ist dir nur eingefallen, dass ich die Dinge verdreht sehe.« Seine Lippen verzogen sich zu einem zögerlichen Lächeln.

Sie konnte sich nicht daran erinnern, aber es überraschte sie nicht. Wahrscheinlich stammte das aus der Zeit, bevor sie gelernt hatte, den Mund zu halten.

»Mein ganzes Leben habe ich zu meinen Überzeugungen in Bezug auf Moral und Ethik und den Regeln, wie wir unser Leben leben sollten, gestanden«, erklärte er ohne einen Hauch seines üblichen Selbstbewusstseins.

»Ich weiß, und es tut mir leid, dass ich dich enttäuscht habe.« Es zerriss ihr das Herz. Auf der einen Seite wollte sie ihn zufriedenstellen, auf der anderen aber auch nicht nachgeben. »Aber ich werde nichts an dem ändern, was ich tue. Nicht einmal für dich.«

Er nickte feierlich. »Das weiß ich. Elizabeth, anscheinend habe ich dich falsch eingeschätzt, und jemand anderes als meine eigene Familie musste mir zeigen, wie falsch ich lag.«

»Was meinst du?« *Niemand aus der Familie?*

»Weißt du, warum ich dich nicht sehen konnte, als du gestern vorbeigekommen bist?«

Weil du nicht wolltest. Sie konnte sich nicht zu einer Antwort durchringen.

»Ich hatte in dieser Woche jeden Tag einen Besucher. Jemand, dem du offensichtlich sehr wichtig bist, jemand, der wollte, dass ich verstehe, was für eine Tochter ich großgezogen habe.« Ihr Vater senkte erneut den Blick. »Ich schäme mich, zugeben zu müssen, dass ein anderer Mann mir zeigen musste, wie verdreht mein Blickwinkel ist. Ein Mann, der kein Nein akzeptiert hat. Ein Mann, der fast jeden Tag ins Gasthaus gekommen ist und im Wohnzimmer saß, bis ich endlich wirklich gehört habe, was er zu sagen hatte.«

Tränen stiegen ihr in die Augen. *Blue.* Sie verstärkte ihren Griff um das kalte Metall der Autotür.

»Er hat mich gezwungen, zuzuhören, Lizzie, und das hat nicht mal deine Mutter geschafft. Seit das alles angefangen hat, hat sie kaum zwei Worte mit mir gesprochen, außer, um mir zu sagen, dass ich ein sturer alter Narr bin.« Daraufhin lächelte er. »Sie hat recht und darauf bin ich nicht stolz.«

»Dad, du solltest dich nicht dazu zwingen lassen, mich zu akzeptieren.« Sie bebte und es kostete sie all ihre Entschlossenheit, das auszusprechen.

»Blue hat nichts erzwungen … nur die Wahrheit. Er hat mir von den Dingen erzählt, die du für andere tust und wie hart du Tag für Tag arbeitest. Und er hat mich auf etwas sehr Wichtiges hingewiesen, das ich irgendwie übersehen habe.« Nun schaute er sie wieder an und ihr Herz schmerzte noch mehr. »Er hat mir klar gemacht, dass es keine Rolle spielen sollte, ob du den *The Naked Baker*-Webcast machst. Es beschämt mich, aber ich muss zugeben, dass du auch schon versucht hast, mir das zu sagen. Wahrscheinlich hast du die größte Vorarbeit mit meinem Dickschädel geleistet, und er hat einfach noch den Rest erledigt.«

»Aber es spielt sehr wohl eine Rolle. Du bist furchtbar wütend deswegen, und ganz ehrlich, Dad, ich schäme mich auch dafür, es zu tun. Deshalb habe ich es dir nicht erzählt.«

»Wahrscheinlich schämst du dich wegen meiner Moralvorstellungen, Liebling, aber dein Freund hat recht. Es sollte keine Rolle spielen. Wenn man einen Menschen liebt, liebt man, was ihn im Inneren ausmacht, und muss darauf vertrauen, dass seine Entscheidungen für ihn die besten sind. Er hat mir gezeigt, dass meine Reaktion dasselbe ist, als wenn *du* dich von *mir* abwenden würdest, weil ich nicht dieselben Vorstellungen habe. Aber du hast unsere Beziehung nicht weggeworfen, Peanut. Du bist immer wieder zurückgekommen. Ich war der Idiot. Ich war derjenige, der den Fehler gemacht hat.«

Lizzie wischte sich die Tränen von den Wangen. »Also bist du nicht wütend?«

»Wütend? Nein. Ein wenig verlegen, dass ich für meine eigenen Töchter nicht vorsorgen konnte, und gewaltig beschämt wegen der Art, wie ich dich behandelt habe. Aber jetzt, da ich die Dinge klarer sehe, bin ich stolz darauf, dass du geschafft hast, was ich nicht konnte. Es war falsch zu sagen, dass du nicht die Tochter bist, die ich großgezogen habe. Du bist hundert Mal stärker, als ich dachte, denn du stehst zu deinen Überzeugungen, auch wenn es bedeutet, dass du andere verlierst – und du tust es nicht nur für dich selbst, sondern auch für deine jüngere Schwester. Das, Elizabeth, macht dich zum stärksten

Menschen, den ich kenne. Ich war einfach zu sehr in meinen eigenen Vorstellungen gefangen, um es zu sehen.«

Lizzie konnte kaum atmen. Tränen liefen ihr über die Wangen, als sie versuchte zu sprechen. »Danke, Daddy.«

»Bedank dich nicht bei mir. Ich bin ein alter Narr und habe viel zu lange gebraucht, um einsichtig zu werden. Bedank dich bei deinem Freund, von dessen Existenz ich nicht mal wusste, bis er plötzlich bei uns aufgetaucht ist. Ich bin sicher, das ist ein weiteres Versagen meinerseits. Wenn du das Gefühl hast, mir gewisse Dinge nicht erzählen zu können, nun, dann werde ich auch daran arbeiten, Peanut. Ich hoffe nur, dass es noch nicht zu spät ist, mir zu vergeben.«

Er breitete die Arme aus und sie ließ sich ohne Zögern hineinfallen.

»Ich verzeihe dir.«

»Dein Freund …«

»Blue, Daddy. Er heißt Blue.« *Ich liebe ihn so sehr.* Sie wollte nichts mehr verschweigen, denn sie hatte gesehen, welchen Schmerz das verursachen konnte. »Ich liebe ihn, Dad. Ich liebe ihn so sehr.«

»Das hab ich in deinen Augen gesehen, mein Kleines. Aber eines muss ich wissen: Was ist denn Blue bitte für ein Name?«

»Dad!« Sie versuchte, sich aus seinen Armen zu lösen, aber er hielt sie einfach zu fest.

»Ich mach nur Witze.« Sein Lachen heilte den Riss in ihrem Herzen wieder. »Er … *Blue* hat mir erzählt, welche Probleme er mit deinen Videos hatte und wie ihm seine Liebe zu dir die Kraft gegeben hat, seine eigenen Unsicherheiten zu überwinden. Man muss ein starker Mann sein, um seine Schwächen einzugestehen.«

»Du siehst schon wieder schief, Dad. Das sind seine Stärken.«

Dreiunddreißig

Blue hörte die Haustür und wusste, dass Lizzie endlich zu Hause war. Er zupfte am Saum seiner Schürze und sah sich in der Küche um, in der er den ganzen Nachmittag gearbeitet hatte.

»Blue?«, rief sie, als sie an der Kellertür vorbeikam.

»Hier unten«, antwortete er. Ihm rutschte der Magen in die Kniekehlen, doch er ging zur Treppe und stemmte nervös eine Hand in die Hüfte. Dann fühlte er sich jedoch lächerlich unsicher und schüttelte die Hand aus, stemmte dann aber beide Hände in die Hüften, als sie nach unten kam.

Ihr Mund klappte auf und ihr fielen beinahe die Augen aus dem Kopf, aber das anerkennende Lächeln und die erröteten Wangen waren die Mühe wert.

»Du trägst meine Schürze.« Sie kam die Treppe herunter und musterte hungrig seine nackten Beine.

»Jap.«

Das Wissen, dass sie seinen nackten Hintern sehen konnte, als sie ihn umkreiste, machte ihn an, und als sie ihn packte, raste die Lust direkt in seinen Schritt. Keine Chance, seine Erregung zu verbergen.

»Du trägst keine Unterwäsche.«

»Nope.« Er lachte.

Als sie wieder vor ihm stand, strich sie unter der Schürze über seinen Schenkel und ganz leicht über seine Erektion. »Mir gefällt dieses Willkommen-Zuhause-Outfit.«

»Mir offensichtlich auch«, stellte er fest.

Sie umfasste seine harte Länge, während er mit den Lippen über ihre glitt und sagte: »Damit solltest du besser aufhören. Wir müssen eine Show aufnehmen.«

Ihre Hand erstarrte. »Was?«

»Deine Schürze ist im Badezimmer. Ich schlage vor, dass du dich umziehst, bevor ich dich noch ausziehe und über dich herfalle, denn sobald ich das tue, wirst du nicht wieder aufstehen, um irgendwas zu filmen, so viel kann ich dir versprechen.«

Er spürte sie erschaudern.

»Wie sollen wir das mit …?« Sie deutete mit dem Blick auf die Beule in seiner Schürze.

»Kamerawinkel, Baby. Es kommt alles auf den Winkel an.«

»Bist du sicher, dass du nicht erst spielen und dann aufnehmen willst?«

Verdammt ja, ich will zuerst spielen. »Nein. Erst die Arbeit, dann das Vergnügen. Das hat mir mein Mädchen beigebracht.«

Sie zog diesen sexy Schmollmund, der ihn all seine Pläne vergessen lassen wollte. Deshalb zwang er sich, aufs Badezimmer zu zeigen. »Geh.«

Einen Augenblick später kam sie in High Heels und Schürze aus dem Badezimmer, hatte aber auf den hautfarbenen String verzichtet, den sie normalerweise trug.

»Verdammt, bist du sexy.« Er zog sie wieder an sich, und dieses Mal küsste er sie, genoss das Gefühl ihres heißen, feuchten Mundes und ihrer Zunge, die seine umspielte. Er drängte sie an die Wand, drückte ihre Hände über den Kopf und verschlang ihren Mund, während er seine Hüften an sie presste.

Plötzlich löste sie sich schwer atmend. »Du warst bei meinem Dad.«

Jetzt war es Blue, der erstarrte. Nach seinem ersten Besuch bei Lizzies Vater war klar gewesen, dass er nicht wirklich verstanden hatte, was Blue sagen wollte. Deshalb war er noch drei Mal zu ihm gefahren, weil er einfach nicht aufgeben wollte, bis er ihm nicht nur zugehört, sondern ihn auch wirklich verstanden hatte – und hoffentlich seine Meinung änderte. Er war nicht sicher, wie weit er damit gekommen war. Vernon hatte stoisch dagesessen, sich jedes Wort angehört, aber keinen Hinweis darauf gegeben, wie es in seinem Kopf aussah. Soweit Blue wusste, konnte es noch eine Woche, einen Monat oder ein Jahr voller Besuche bedeuten, bevor der Mann endlich die Augen aufmachte.

Lizzie musste seine Verwirrung bemerkt haben, denn sie sagte: »Er ist heute zum Laden gekommen und hat sich entschuldigt.«

Blue stieß den Atem aus, den er unbewusst angehalten hatte. »Wirklich? Bist du sauer, weil ich mit ihm geredet habe?«

Sie strich über sein Schlüsselbein und sein gesamter Körper reagierte auf diese sinnliche Berührung. »Nein, ich bin ganz und gar nicht sauer auf dich, aber irgendwie stört es mich, dass du mit ihm reden musstest, damit er einlenkt. Andererseits ist er dickköpfig, und ich bin froh, dass er endlich ein Einsehen hatte.«

»Er liebt dich, Lizzie.«

»Ich weiß. Ich glaube, Sky hatte recht, als sie meinte, dass mein Vater mich zu sehr liebt und deshalb so aufgebracht war.«

»Liebe kann einem wirklich den Kopf verdrehen.« Er trat einen Schritt zurück und deutete auf seine Schürze. »Wie du siehst, machen die Leute verrückte Sachen für die Liebe.«

Darüber mussten sie beide lachen, und er küsste sie noch einmal, ehe er sie in ihre frisch renovierte Küche führte. »Ich habe mir die Freiheit genommen, hier ein bisschen was in Ordnung zu bringen. Ich konnte die Vorstellung nicht ertragen, dass du mit einem uralten Ofen klarkommen musst, oder mit Arbeitsplatten, die aussehen, als hätten sie deiner Oma gehört.«

Sie machte große Augen. »Du hast meine Küche renoviert?«

»Ich hab versucht, alles an den alten Look anzupassen, damit es in deinen Videos nicht so auffällt. Ich hoffe, es stört dich nicht.«

»Das hast du an einem Tag geschafft? Warum hast du für die Küche oben dann Wochen gebraucht?«

Er lächelte verlegen, weil sie es so schnell begriffen hatte. »So hatte ich die Chance, dir näher zu sein. Kannst du mir einen Vorwurf daraus machen?«

»Weil du einen Job in die Länge gezogen hast, damit du mich sehen kannst?« Sie lachte. »Wohl kaum. Aber ich mache dir einen Vorwurf, weil ich deinetwegen früher aufstehen musste, damit ich immer schon aus dem Haus war, bevor du mich siehst.«

»Warum hast du das gemacht?« Er nahm sie in die Arme.

»Weil ich wusste, dass ich deine Einladungen nur mit Mühe ablehnen kann, wenn ich mit dir allein bin. Und ich wusste auch, dass du es mir am Gesicht ablesen oder in meiner Ausstrahlung merken würdest oder so was.«

Er rieb mit der Nase über ihren Hals und atmete ihren süßen, blumigen Duft ein. »Ich liebe deine sexy Ausstrahlung.«

Sie schlang die Arme um seinen Hals und stellte sich auf die

Zehenspitzen. Das war seine Lieblingsposition, denn so waren ihre Körper und ihre Münder aneinandergepresst. Sie küssten sich, als wäre es das erste Mal, langsam und berauschend, sodass er das Backen ganz überspringen wollte.

»Danke«, sagte sie, ehe sie ihm erneut ihre Lippen aufdrückte. »Danke, dass du mich liebst, für alles, was du für mich tust, und …« Ihr Blick huschte zu den Backzutaten auf der Arbeitsplatte. »… dass du mit mir backst.«

Er zwang sich, seinen Mund von ihrem zu lösen, und sie kicherte, als ihr Blick zu seiner Erektion wanderte.

»Wir sollten besser anfangen, bevor ich dich über die Arbeitsplatte lege und über dich herfalle.«

»Das ist Punkt 13 auf meiner Sex-Liste«, sagte sie, während sie über seine Kinnlinie strich.

Er unterdrückte einen Fluch. »Wie soll ich denn mit dem Gedanken arbeiten können?«

Sie musterte ihn von oben bis unten. »Ich könnte dasselbe sagen. Bist du sicher, dass du das tun willst? Du hast gesagt, dass du mir beim Aufnehmen nicht zusehen kannst, dass es zu hart ist.«

»Offensichtlich ist es *zu hart*«, neckte er und zog sie wieder an sich. »Mir ist bei den Gesprächen mit deinem Vater klar geworden, dass ich diese Grenze überschreiten muss. Es ist die einzige, die übrig ist, also lass es uns tun.«

»Die einzige? Mir fallen noch ein Dutzend ein.« Sie hob die Brauen.

»Himmel, Lizzie, bloß ein Dutzend? Baby, ich werde dir Grenzen zeigen, an die du nicht mal im Traum gedacht hast.« Der nächste Kuss ließ ihn am ganzen Körper beben. »Ich meinte Grenzen in Bezug auf deinen Webcast.«

»Was, wenn ich es nicht kann?« Nervös biss sie sich auf die

Unterlippe.

»Was meinst du? Du machst das doch mehrmals pro Woche.«

»Aber nicht, wenn du dabei bist. Vor dir die Kamera zu verführen, ist mir peinlich.«

Er legte eine Hand in ihren Nacken und zog sie an sich. Gott, wie er sie liebte. »Nicht halb so peinlich, wie es für mich ist, mit einem Ständer eine Schürze zu tragen. Zusammen können wir alles schaffen. Hast du das noch nicht verstanden?«

Lizzie fragte sich, womit sie so viel Glück verdient hatte. Blue hatte eine Brille mit schwarzem Rand aufgesetzt, die ihrer glich, und dazu eine Baseballkappe. Sie brachte es nicht übers Herz, ihm zu sagen, dass ihre Zuschauer wahrscheinlich hauptsächlich Männer waren und wohl nicht unbedingt einem Kerl zusehen wollten. Andererseits, was wusste sie schon? Vielleicht wollten sie es doch.

Beim Backen lachten sie die ganze Zeit, und sie stellte fest, dass es ihr überhaupt nicht gefiel, wenn er die Kamera verführte. Es machte sie viel eifersüchtiger, als sie zugeben wollte. Diese Seite hatte sie bisher nicht am eigenen Leib kennengelernt, und jetzt verstand sie völlig, warum das alles Blue so unter die Haut gegangen war. Sie wollte sich am liebsten zwischen ihn und die Kamera stellen, damit keine anderen Frauen seinen umwerfenden Bizeps, seine Brustmuskeln unter der Schürze oder die harten Muskelstränge an seinem Rücken sehen konnten, und ihn so wollten, wie sie es tat.

Er bewegte sich selbstbewusst, jeder Muskel erwachte schon

bei der kleinsten Bewegung zum Leben, und das machte ihn beim Anrühren der Glasur noch attraktiver.

»Jeder weiß, dass man zwischendurch kosten muss«, sagte er mit rauer Stimme, tauchte einen Finger in die Glasur und hielt ihn Lizzie an die Lippen.

Als er den Finger in ihren Mund schob und sie dabei mit versengendem Blick ansah, schien ihr ganzer Körper zu glühen. Sie ließ ihre Zunge um seinen Finger kreisen, während sie selbst einen in die Glasur steckte, damit über seine Unterlippe strich und der Spur mit der Zunge folgte. Mit einem leichten Knabbern an seiner Unterlippe brachte sie ihn zum Stöhnen, ehe sie zurücktrat und sich bückte, um ein Blech aus dem Ofen zu nehmen. Sie spürte seine Körperwärme, noch bevor er seine Erektion an sie drückte. Es kostete sie all ihre Konzentration, sich vor der Kamera nicht anmerken zu lassen, dass sie plötzlich wahnsinnig erregt war.

Sie stellte das Blech auf den Ofen, drehte sich mit verführerischem Blick zur Kamera um und wedelte sich Luft zu. »Puh, es wird gerade ziemlich heiß hier drin.«

Blue kam wieder neben sie, tauchte schon wieder seinen Finger in die Glasur und leckte ihn mit einem Blick ab, der sogar Stahl hätte schmelzen können. Sie verengte die Augen und nahm dieses Mal seine offensichtliche Herausforderung an. Auf keinen Fall würde sie zulassen, dass er die Kamera besser verführte als sie.

Gleich drei Finger tauchte sie in die Glasur, richtete ihren Blick auf die Kamera und sagte: »Glasur kann man einfach für so vieles verwenden, nicht wahr, und wie wir alle wissen, sind es die kleinen, sinnlichen Überraschungen, die uns das meiste Vergnügen bereiten.« Sie schob die Hand unter seine Schürze – sie wusste ja, dass die Zuschauer nur sehen würden, wie sie unter der Arbeitsplatte verschwand – und schloss ihre glasierten Finger um seine Erektion.

Blue klappte der Mund auf.

»Oh je, wie es aussieht, ist es für meinen Backpartner ziemlich hart.« Mit dem Handtuch von der Anrichte wischte sie sich die Hände ab. Blue durchbohrte sie mit Blicken so voller Verlangen, dass sie es praktisch schmecken konnte – und oh, wie sehr sie ihn schmecken wollte!

»Lass uns diese großen starken Arme doch mal in Aktion sehen, hm?« Sie richtete den Blick wieder auf die Kamera. »Ein Mann in der Küche ist wirklich heiß, nicht wahr?« Sie reichte ihm den Spatel, während er die Zähne zusammenbiss. »Du verteilst die Glasur und ich werde ...« Übertrieben ließ sie das Handtuch fallen. »Hoppla!« Sie sank auf die Knie, hob seine Schürze an und leckte über seine *glasierte* Länge.

Er griff nach der Arbeitsplatte, als sie ihn mit Händen und Mund verwöhnte. Während sie seine Eichel umspielte, umfasste sie seinen Hodensack und nahm ihn dann tief in sich auf.

»Lizzie«, sagte er mit zusammengebissenen Zähnen.

»Die Kamera läuft«, flüsterte sie, obwohl sie sie längst mit der Fernbedienung unter der Arbeitsplatte ausgeschaltet hatte. Er versuchte, den Kuchen zu glasieren, hielt jedoch alle paar Sekunden inne, atmete schwer oder fluchte leise. Da sie wusste, dass er gleich explodieren würde, zog sie sich zurück und leckte erneut über die Spitze.

»Fuck«, hauchte er.

»Oh? Okay.« Sie warf ihm über die Schulter einen verführerischen Blick zu, während sie sich über die Arbeitsplatte beugte und die Beine spreizte, sodass ihr nackter Hintern entblößt war.

Sofort stellte er sich zwischen sie und die Kamera. »Lizzie.«

Sie schob sich ihm entgegen und drückte ihren Hintern an

ihn, ehe sie ihn zwischen ihre Beine führte. »Was ist los? Kamerascheu? Ich hab nur gerade noch einen Punkt auf meiner Schleck-Liste abgehakt.« Verspielt leckte sie sich über die Lippen. »Mmh, Glasur. Lecker.«

»Deiner … Oh, ich zeig dir eine Schleck-Liste.« Er riss sich Kappe und Brille herunter und warf beides zur Seite. Dann nahm er eine Handvoll Glasur, verteilte sie zwischen ihren Beinen, drehte sie um und sank auf die Knie. Bei der ersten Berührung seiner Zunge bebte sie am ganzen Körper.

Sie vergrub die Hände in seinen Haaren, während er sich eines ihrer Beine über die Schulter legte und die Glasur ableckte, ehe er mit der Zunge in sie eindrang und seine Finger geschickt ins Spiel brachte. Innerhalb von Sekunden zersprang sie vor Lust und schrie seinen Namen, während er mit den Fingern in sie stieß und sie immer wieder an den Rand des Höhepunkts brachte. Sie konnte kaum atmen, kaum denken, als er aufstand und beide Schürzen löste.

»Du bist so verdammt sexy, Lizzie. Wir löschen die Aufnahme, aber ich muss dich haben.«

Lizzie verteilte etwas Glasur auf ihren Nippeln. »Viel Spaß.«

»Oh, ich werde sehr viel Spaß haben.«

Sie ließ Brille und Perücke zu Boden fallen und lehnte sich wieder an die Arbeitsplatte, während er ihren Körper verschlang. Er saugte an ihren Nippeln, seine Hitze glühte auf ihrer Haut, seine Zähne schabten über die harten Spitzen und sie war vollständig in ihm verloren. Es gab keine Worte für die Empfindungen, die sie erfassten: so vollständig geliebt zu werden, sich nach weiteren Berührungen zu sehnen, seine rauen Stoppeln an ihrer Haut zu spüren, von seinen zärtlichen Worten umworben zu werden, während er alles von ihr kostete. Pure Wollust durchströmte sie und sie wollte noch unanständigere

Dinge mit Blue anstellen – *nur mit Blue.*

»Dreh dich um.« Es klang wie ein Befehl, und sie wusste, dass er sich genauso in ihnen verlor wie sie. Er drückte ihre Hände auf die Arbeitsplatte und beugte sie vornüber.

Mit ineinander verschränkten Fingern hielt er sie fest, während er ihre Beine spreizte und dann mit einem einzigen Stoß in sie eindrang, der sie beide nach Luft schnappen ließ.

»Blue.« Ihre Stimme verhallte in Glückseligkeit.

Er presste seinen Oberkörper an ihren Rücken, während sich ihre Körper gemeinsam bewegten.

»Gott, ich liebe dich, Lizzie«, sagte er an ihrem Nacken. »Ich muss dich sehen.«

Als er sich zurückzog, wimmerte sie, doch er drehte sie schnell herum und hob sie auf die Platte, zog sie nah an den Rand.

»Sieh dich nur an. Du bist umwerfend. Atemberaubend.« Ein Schauer erfasste ihren Körper, als er mit einem Finger über ihr Schlüsselbein strich. Er folgte der Spur mit dem Mund, vergrub das Gesicht wieder zwischen ihren Beinen und verwöhnte sie, bis sie sicher war, die Hitze in ihrem Inneren würde ihre Haut verbrennen. Er umspielte ihre Klit mit der Zunge, verstärkte ihre Ekstase noch, bis ihr gesamter Körper bebte und sie endlich wieder kam. Wohlig wölbte sie sich ihm entgegen, während sie unter der Intensität ihres Höhepunkts zuckte und bereits kurz vor dem nächsten stand.

Mehr würde sie nicht aushalten. Sie war so erregt, beinahe schon überreizt, all ihre Nervenenden waren entflammt und jede Berührung würde sie mit Sicherheit in einen Strudel reißen, doch sie sehnte sich nach mehr. Also riss sie seinen Kopf zurück, zog ihn auf die Füße und küsste ihn. Sein Geschmack übermannte ihren eigenen, und als er wieder in sie eindrang, legte sie lustvoll den Kopf zurück.

»Blue ...« Er zog sich zurück, hatte sichtbar Sorge, dass er ihr wehgetan haben könnte. Sie zog an seinen Hüften. »Hör nicht auf.«

Seine Mundwinkel hoben sich, als er wieder in sie stieß. Ohne sich zurückzuziehen, hob er sie auf seine Arme, brachte sie beide zu Boden, wobei er mit dem Ellbogen Zucker und Mehl von der Arbeitsplatte stieß und sie in weißen Staub hüllte. Sie lachten gemeinsam, während er ihr die Backzutaten von den Lippen, vom Hals und vom Kinn küsste und ihr Verstand sich wieder in liebesgetränktem Nebel auflöste.

»Heirate mich, Lizzie.« Er schaute sie fest an und hielt nicht inne. Und was sie in seinen Augen sah, all diese Liebe, die ihr galt, verschlug ihr die Sprache. »Heirate mich. Ich will, dass du mir gehörst. Und ich will dir gehören. Ich werde dein Nacktbacken in jeder Hinsicht unterstützen.«

Sie konnte kaum atmen, musste aber trotzdem lächeln. »Du willst *The Naked Baker* heiraten?«

»Mehr als alles andere auf der Welt. Sag Ja, und ich werde jeden Tag, jeden Augenblick an deiner Seite sein. Wir restaurieren den Leuchtturm so, wie du es willst. Und in zwei Jahren gründen wir eine Familie, wenn du mit der Show aufhörst. Oder wir machen damit weiter, was auch immer du willst. Solange wir zusammen sind.«

Sie schlang die Beine um seine Mitte und lächelte ihn an. »Ich würde Ja sagen, aber ich glaube, dass du mich nur wegen meiner ausgezeichneten Backfähigkeiten willst.«

Lachend verengte er die Augen, als wolle er sagen: *Ist das dein Ernst? In so einem Moment ziehst du mich auf?* Aber er spielte mit, und sie verfiel ihm noch mehr. »Ist das so offensichtlich?«

»Ja, aber du bist irgendwie süß und schenkst mir gute Orgasmen, also ...« Sie wollte sich diesen Moment ganz genau einprägen, den Ausdruck in seinen Augen, das Mehl in seinen Haaren, der Geruch ihrer Liebe, der sich mit dem Duft des frisch gebackenen Kuchens vermischte. Sie wollte sich an die Fülle und die Freude in ihrem Herzen erinnern, die so groß waren, dass es keinen Raum für Zweifel gab.

»Moment«, sagte Blue und griff nach der Schürze. »Das hätte ich beinahe vergessen.«

»Moment? Du willst keine Antwort?« Sie musste wieder lachen. Doch als er den elegantesten Diamantring aus der Schürzentasche zog, den sie je gesehen hatte, blieb ihr beinahe das Herz stehen. Auch das Schmuckstück war mit weißem Staub überzogen, den er nun wegpustete. Dann schaute er ihr wieder in die Augen.

»Ich hab dich noch nie mit Schmuck gesehen und bin davon ausgegangen, dass du beim Arbeiten einfach nicht irgendwo hängenbleiben willst. Ich hoffe, dieser hier wird gehen, und wenn ich falsch lag und du einen anderen Ring möchtest, etwas Größeres, Schickeres ...«

Tränen liefen ihr über die Wangen, als sie ihm einen Finger auf die Lippen drückte. »Seit wir uns kennengelernt haben, hast du mich nicht einen Tag lang falsch eingeschätzt. Ja, ich will dich heiraten, Blue. Ja, ja, ja!« Ihre Körper waren immer noch vollständig verbunden, während sie ihn küsste.

Als er ihr den Ring an den Finger steckte, sagte er: »Ich liebe dich, Lizzie, und werde den Rest unseres Lebens dafür sorgen, dass du die glücklichste Frau der Welt bist.«

»Das ist alles schön und gut, aber können wir jetzt bitte weitermachen, denn ich will noch einen Punkt auf meiner Liste abhaken.«

Lachend küsste er sie wieder. »Und der wäre?«

»Blue glücklich machen.«

»Baby, du hast mich gerade zum glücklichsten Mann auf diesem Planeten gemacht.«

»Oh, vertrau mir. Ich glaube, dass wir dich noch glücklicher machen können.« Sie kam unter ihm hervor, stand auf und nahm zwei Dosen Schlagsahne aus dem Kühlschrank.

»Du bist gerade *noch* attraktiver geworden.« Er hob sie hoch und trug sie zur Treppe. »Wir werden deiner Liste Dinge hinzufügen, die du dir nicht vorstellen kannst.«

Epilog

Blue konnte den Blick nicht von Lizzie abwenden, die mit Trish und Siena auf der anderen Seite des Raumes stand. Eigentlich sollte die Braut die schönste Frau auf ihrer Hochzeit sein, aber in diesem Fall stimmte es nicht, zumindest für Blue. Obwohl Siena umwerfend aussah, war sie nichts im Vergleich zu seiner atemberaubenden Verlobten. Lizzie war in dem blauen Kleid, das ihre Kurven betonte, mit den hochgesteckten Haaren und den Strähnen, die ihr wunderschönes Gesicht umrahmten, eine wahre Augenweide. Es war nach Mitternacht und viele Gäste waren bereits gegangen. Blue konnte es nicht erwarten, Lizzie wieder in die Arme zu schließen.

»Bruderherz, du wirst sie noch erdolchen, wenn du sie weiter so anstarrst«, sagte sein älterer Bruder Gage, als er mit Jake, Cash und Duke zu ihm kam.

»Es gibt schlimmere Dinge im Leben, als sich zu der Frau hingezogen zu fühlen, die man liebt.« *Die Frau, die ich liebe.* Blue hatte sich nicht vorstellen können, diese Worte jemals zu denken, und nun konnte er sich keinen Tag ausmalen, an dem sie ihm nicht mindestens ein dutzend Mal in den Sinn kamen.

»Wo ist deine Frau?«, fragte Blue.

»Es gibt keine nennenswerte Frau«, antwortete Gage, woraufhin seine Brüder schnaubten. Gage stand seiner Freundin und Kollegin Sally Tuft so nahe, wie es zwei Menschen nur konnten, ohne ein Paar zu sein. Aber ihre Freundschaft war nicht wie die zwischen Blue und Sky. Jeder konnte die gegenseitige Anziehung zwischen den beiden erkennen – bis auf die beiden selbst. Der ernste Ausdruck in Gages blauen Augen verriet ihm, dass er diese Unterhaltung nicht schon wieder führen wollte.

»Okay, na schön«, lenkte Blue ein und beließ es dabei.

»Warum hast du Sally nicht mitgebracht?«, hakte Duke nach und stieß Gage den Ellbogen in die Rippen.

»Sie besucht Rusty an der Harborside University.« Rusty war Sallys Sohn.

»Sie hatte es satt, dass Gage sie nicht um ein Date bittet.« Jake nahm einen Schluck von seinem Drink. »Man kann eine Frau nur eine gewisse Zeit lang hinhalten.«

»Sagt der Mann, der sich mit keiner Frau lange genug einlassen kann, um ihr einen Drink zu spendieren.« Duke hob das Kinn, um seinen Seitenhieb zu untermauern.

»Tja, warum einen Drink spendieren, wenn man den Schnaps umsonst bekommt?« Jake musterte eine Brünette an der Bar. »Da wir gerade davon sprechen, wir sehen uns später. Ich sehe da eine einsame Dame, die sich eine schöne Zeit wünscht.«

»So, wie er die Frauen verschleißt, sollte er Aktien von Kondomfirmen kaufen«, spottete Blue. In diesem Moment warf Lizzie ihm ein Lächeln zu und sein Herzschlag beschleunigte sich. Er würde es nie satthaben, ihr Lächeln, diese hinreißenden Grübchen oder die Liebe in ihren Augen zu sehen. Er hob das Kinn und krümmte den Finger. Sie sagte etwas zu Trish und Siena, ehe alle drei zu ihnen kamen.

»Ihr stellt wirklich alle anderen in den Schatten. Die Ryder-Jungs, ein Adonis neben dem anderen«, zog Siena sie auf, während sie nach Cash griff. »Und ich hab den stattlichsten von allen bekommen.«

»Da bin ich anderer Ansicht.« Lizzie schlang einen Arm um Blue. »Meiner sieht in einer Schürze am besten aus.«

Blue fluchte.

»Einer Schürze? Erzähl!« Trish war drauf und dran, eine geschwisterliche Frotzelei zu beginnen. Doch ihr Blick fiel auf einen Typen auf der anderen Seite des Raumes. Er hatte sich die Hemdsärmel nach oben geschoben, wodurch seine volltätowierten Unterarme sichtbar waren. »Wer ist das?«, fragte Trish, bevor Lizzie weiter ausholen konnte.

»Feuerwehrmann, für dich tabu«, antwortete Cash.

»Damit ist er gerade noch interessanter geworden.« Trish hob die Brauen und ging auf den attraktiven Mann zu.

Cash wollte ihr folgen, aber Siena hielt ihn auf. »Lass sie in Ruhe. Sie ist ein großes Mädchen.«

»So ist das, wenn man heiratet. Man verliert die Fähigkeit, Entscheidungen zu treffen.« Cash zog Siena in seine Arme und küsste sie.

»Da wir gerade von Entscheidungen sprechen, wollt ihr nicht die Flitterwochensuite einweihen, die ich für euch gebucht habe?« Duke zwinkerte Cash zu, der Siena etwas zuflüsterte, was sie erröten ließ.

Blue schlang einen Arm um Lizzies Taille und zog sie fest an sich. »Müde?«

»Nicht *zu* müde«, antwortete sie und ihre Augen funkelten verführerisch.

Er drückte seine Wange an ihre und flüsterte: »Wenn wir jetzt verschwinden, können wir uns zum Pool schleichen und nackt baden.«

Lächelnd biss sie sich auf die Unterlippe. »Im Hotel?«, raunte sie. »Der Pool ist doch geschlossen.«

Er zog den Schlüssel für den Pool aus seiner Tasche, den Duke ihm vorhin gegeben hatte.

Sie gähnte gespielt vor den anderen. »Der Champagner haut mich um. Ich glaube, wir machen für heute Schluss.«

»Oh, wirklich?«, fragte Siena.

Blue täuschte ebenfalls ein Gähnen vor. »Ja, ich bin auch fertig.«

»Darauf wette ich«, murmelte Duke.

Blue und Lizzie umarmten Cash und Siena und verabschiedeten sich vom Rest der Familie, dann eilten sie den Flur hinunter zum Pool.

»Ich kann nicht glauben, dass du das organisiert hast«, sagte sie und klammerte sich an seinen Arm.

»Baby, es gibt nichts, was ich nicht für dich tun würde.« Er schloss die Tür auf. Im Raum war es bis auf das Licht aus dem Flur, das durch die Innenfenster fiel, dunkel. Blue gab den Code in das Keypad hinter einem Bild an der Wand ein – *Danke, Duke* – und schwarze Vorhänge schlossen sich vor den Fenstern.

»Oh mein Gott, das ist großartig.« Lizzie zog bereits ihre Absatzschuhe aus.

Blue öffnete ihr Kleid und schob es ihr von den Schultern, ehe er ihre erhitzte Haut küsste und der Stoff an ihren Füßen zu Boden fiel. Somit war sie nur noch in Seide und Spitze gekleidet, ein Anblick der Schönheit, dem Blue nicht widerstehen konnte. Er schloss sie in die Arme.

Ihre wunderschönen Grübchen entfalteten ihre volle Pracht, als sie ihn anlächelte. Sie knöpfte sein Hemd auf und küsste jeden Zentimeter Haut, den sie freilegte.

»Ich will dir alles geben, was du dir je gewünscht hast, Lizzie.« Er schlüpfte aus seiner Hose, während sie ihr seidenes Unterkleid abstreifte, und zog sie dann wieder an sich, um ihre Hüften zu streicheln. »Bereust du es, unseren Familien von der Show und dem geplatzten Deal mit FCN erzählt zu haben?«

»Ich bereue nur, dass ich ein Jahr lang gewartet habe, bevor ich mit dir ausgegangen bin«, sagte sie, während sie ihren BH auszog. »Bereust du es, mit mir zusammen zu sein? Es stört dich wirklich nicht, mit mir so unanständig zu sein? Ich fürchte, ich habe dich verdorben«, fuhr sie fort, als sie in den Pool stiegen.

Als sie ins Wasser eintauchten, zog er ihren nackten Körper fest an sich.

»Baby, du könntest mich nicht mal verderben, wenn du es versuchen würdest. Erinnerst du dich, dass ich gesagt habe, die Liebe käme in Etappen und dass wir jede davon angehen, wenn wir bereit sind?«

»Ja«, erwiderte sie ein wenig atemlos und unglaublich sexy.

»Du hast deine Listen. Ich meine Etappen. Meine Etappe für heute Abend ist es, deine Listen umzustoßen.«

»Sehr witzig«, sagte sie, während sie die Beine um ihn schlang und ihre Körper sich vereinten. »Ich hab das Gefühl, dass meine Liste gewinnen wird. Immerhin steht da *Stoßen* drauf.«

»Gott, ich liebe dich.« Ihre Lippen fanden sich, und hier in der Dunkelheit des Pools mit Lizzie in seinen Armen und Liebe im Herzen, wusste er, dass er richtig gelegen hatte – jeder Augenblick seines Lebens hatte ihn zu ihr geführt –, und er würde jeden Moment seiner Zukunft damit verbringen, sie zu lieben.

Machen Sie sich bereit für Duke Ryder!

Eins

Duke Ryder klemmte sich das Handy zwischen Ohr und Schulter, ging über den klapprigen hölzernen Kai zu dem weißen Sandstrand und lauschte seinem Kumpel und Investmentpartner Pierce Braden, der von ihrem neuesten Anlageobjekt sprach.

»Die Kaianlage ist möglicherweise das Stabilste auf der ganzen Insel«, sagte Pierce gerade. »Genieß die Sonne und den Sand, solange du da bist. Sie sind der beste Teil von Elphita Island.«

Duke fielen sofort die ausladenden Eichen auf, von denen er schon gelesen hatte. Wie Wachtposten säumten sie die baumreichen Ländereien dahinter. Ihre langen, dicken Äste waren mit

Moos bewachsen und sahen aus wie träge Arme, die sich ausstreckten. Aber nach was? Ein schneller Blick rundum verriet ihm, dass es nicht viel gab, bis auf ein Gebäude, das eher wie eine vergessene mediterrane Villa wirkte als wie das Empfangszentrum der kleinen Südstaaten-Insel. Eine breite Veranda mit steinernen Säulen zog sich über die gesamte linke Seite des Gebäudes aus Stein und Holz. Ein Spalier, an dem ganz bezaubernde Blumen rankten, spendete dem Bereich Schatten. Obwohl das Gebäude selbst renovierungsbedürftig war, wurde es von einem perfekt gepflegten Ziergarten eingefasst, der einen starken Kontrast zu den wuchernden und struppigen Büschen weiter hinten auf dem Grundstück bildete.

»Die Entfernung zum Festland ist nicht schlecht«, sagte Duke zu Pierce. Er stellte seinen Koffer in den Sand und schaute auf den Atlantik. »Ich habe nur eine Stunde fünfzehn bis hierher gebraucht.« Elpitha war die kleinste der Ferieninseln vor der Küste von South Carolina und mehr als die Hälfte des Landes gehörte seit Jahrhunderten der Familie Liakos. Sie war nur knapp einundzwanzig Quadratkilometer groß, und nicht viele Investoren wollten so wenig Land oder sich mit einer Familie herumschlagen, die so verwurzelt war, wie es die Liakos' zu sein schienen. Andere Eigentümer mochten sich vielleicht untreu werden, würden sich aber mit Zähnen und Klauen gegen Veränderungen wehren, was auf einer so kleinen Insel zu Gerede führen konnte. Duke und Pierce hatten sich davon nicht beirren lassen. Die begrenzte Größe des Objekts würde letztlich den Wert nur erhöhen und die Insel zu einem exklusiven Urlaubsort für die Elite machen.

»Jetzt, wo Hilton Head und die anderen Inseln so überrannt sind«, fuhr Pierce fort, »ist Elpitha einfach reif für die Erschließung. Wobei wir noch eine Lösung für den Namen finden müssen. Wer will schon auf eine Insel namens Elpitha? Klingt eher nach einer Krankheit als nach einer Insel.«

Duke kniff die Augen gegen das grelle Sonnenlicht zusammen und lockerte seine Krawatte. »Ich weiß nicht. Mir gefällt er irgendwie.« In der Ferne hinter den Bäumen entdeckte er ein Haus im Plantagen-Stil. »Dass es hier wirkt wie eine Mischung aus mediterranen und Südstaaten-Einflüssen, war nicht übertreiben. Das könnte interessant werden.« Duke wusste bereits ein wenig über die Geschichte der Insel. Zwar verstand er immer noch nicht, warum Griechen in die US-Südstaaten auswanderten und versuchten, die Atmosphäre ihrer Heimat nachzubilden, doch es war auch nicht wirklich wichtig. Falls Pierce und er entschieden, das Land zu kaufen, würden sie sowieso alle Gebäude abreißen und der Insel eine Generalüberholung im Stile der Südstaaten verpassen, um sie zum begehrenswertesten Urlaubsziel im Süden zu machen.

»Chuck hat vorhin angerufen und erzählt, dass Liakos' Enkelin Gabriella Anwältin ist«, erklärte Pierce. »Er glaubt, dass sie sie heranziehen werden. Offensichtlich sind die Familienbande sehr eng. Sei also nett, wenn du sie triffst.«

Das hohle Klacken einer sich schließenden Fliegengittertür erregte Dukes Aufmerksamkeit. Eine Frau stand auf der Veranda des alten Hauses und schirmte mit einer Hand ihre Augen von der Sonne ab, während sie aufs Meer hinausblickte. Die langen dunklen Haare reichten bis zur Hälfte ihres Rückens. Duke war zu weit weg, um ihr Gesicht zu erkennen, aber ihr kurviger Hintern und die vollen Brüste waren nicht zu übersehen, ganz zu schweigen von ihren scheinbar endlos langen Beinen in dem kurzen Sommerkleid. Duke betrachtete sie interessiert, während Pierce ihm die neuesten Informationen der Anwälte und Ingenieure erläuterte.

Die Frau warf einen Blick auf ihre Uhr, ehe sie die Hand auf die Hüfte stützte. Aus dem Gebäude erklang eine Stimme und die hübsche Frau eilte wieder hinein.

»Ich habe soeben Lebenszeichen entdeckt.« Er betrat den Sandweg. »Ich rufe dich an, sobald ich mehr herausgefunden habe.«

Auf dem Weg zum Haus verloren seine schwarzen Lederschuhe durch den Staub schnell ihren Glanz. Stimmen drangen aus den offenen Fenstern, als er die Treppe hinaufging. Er warf einen Blick durch die Fliegengittertür und entdeckte die Brünette, die er gerade gesehen hatte. Sie hatte ihm den Rücken zugewandt, während sie lautstark auf Griechisch sprach und mit den Händen wedelte, während ihre entnervte Stimme immer höher wurde.

Ein beleibter Mann mit grau melierten Haaren saß an einem Tisch neben der Anrichte. Belustigung funkelte in seinen Augen, während weiter die Brünette vor einer älteren Frau ausließ. Der Mann sagte etwas, was Duke nicht hören konnte.

»Argh! Baba!« Die junge Frau warf die Hände in die Luft und rauschte durch die Fliegengittertür, die Duke beinahe ins Gesicht schlug.

Er taumelte zurück und machte einen Bogen um die wütende Frau, die über die Veranda stapfte. Sie murmelte etwas auf Griechisch, verschränkte die Arme, hob die Schultern und ließ sie dann laut schnaubend wieder sinken. Duke nahm unwillkürlich die Röte auf ihren glatten, sonnengeküssten Wangen wahr. Ihre Nase war klein und gerade und ihre mandelförmigen, dunklen – und gerade vor Wut blitzenden – Augen wurden von langen Wimpern umrahmt.

Da Duke mit einer jüngeren Schwester aufgewachsen war, machte er sich nicht sofort bemerkbar, denn er wollte nicht zum

Ziel ihrer Verärgerung werden.

Sie atmete tief ein, sodass sich ihre Brüste hoben und gegen den zarten Stoff drückten, dann senkten sie sich wieder, als sie seufzend ausatmete. Ihre Schultern sackten nach unten und der angespannte Zug um ihren Mund löste sich. Mit einem atemberaubenden Lächeln auf ihren vollen Lippen wandte sie sich an Duke, als wäre sie nicht gerade aus einem Feuersturm gekommen.

»Mein Vater denkt, dass ich immer etwas anderes höre, egal, was er sagt.« Sie legte nachdenklich den Kopf schräg und im Bruchteil einer Sekunde trat etwas Widerspenstiges in ihren Blick, was sie noch attraktiver machte. »Dabei sind Hören und Zustimmen einfach zwei Paar Schuhe.«

Was ihr Vater wohl gerade gesagt hatte, dass sie sich so aufregte? Jedenfalls fand er sie so in Rage völlig unangebracht aufregend und sexy. Himmel noch mal, er musste sich wieder einkriegen.

»Ich bin Gabriella Liakos. Willkommen auf Elpitha Island.«

Die Enkelin? Es würde kein Problem sein, zu dieser temperamentvollen Schönheit nett zu sein. Duke schüttelte ihr die Hand und hielt sie etwas länger fest, als er es wahrscheinlich sollte. Er war noch immer von dem Wirbelsturm aus Energie gefesselt, der sie umgab. »Duke Ryder. Freut mich, Sie kennenzulernen. Ich wollte nicht stören.«

»Auf Elpitha stört niemand«, erwiderte sie herzlich.

Duke richtete den Blick auf die Fliegengittertür und sie lachte leise. Es war eine seltene Art von Lachen, das schwebte wie ein Lufthauch und nicht leicht zu vergessen war.

»Wir sind Griechen«, sagte sie schulterzuckend, als würde das alles erklären.

Er hob eine Braue.

»Wenn man einen griechischen Vater mit einer Mutter aus den Südstaaten kombiniert, die sich die besten griechischen Eigenarten angeeignet hat, kommt das dabei heraus. Essen, Geschrei, Vorwürfe, mehr Essen. Wunderbare Liebe. Verrückte Liebe. Noch mehr Essen. So sind wir eben.« Sie musterte ihn von seinem Anzug bis zu seinen Schuhen, stemmte wie vorhin eine Hand in die Hüfte und tippte sich mit einem Finger an die Lippen.

Duke hätte nichts dagegen, seinen Mund für etwas *verrückte Liebe* auf diese vollen Lippen zu drücken.

»Sie sind der Investor, der sich unsere Insel ansieht, damit Sie sich die Taschen vollmachen können, richtig?«

Er konnte nicht beurteilen, ob der Ausdruck in ihren Augen neckend oder ernst war, aber ihre scharfe Zunge weckte sein Interesse nur weiter. Duke respektierte selbstbewusstes Auftreten, und auch wenn das nicht die Begrüßung war, auf die er gehofft hatte, gefiel es ihm, dass sich Gabriella nicht die Butter vom Brot nehmen ließ.

»So was in der Art«, antwortete er lässig.

Als Immobilieninvestor wusste Duke, dass seine Kunden verletzlich waren und häufig ein Angebot annahmen, das ihnen nicht wirklich gefiel. Denn wenn es so weit war, dass er hereinschneite, um die Situation zu retten, hatten sie schon eine ordentliche Kostprobe von Versagen bekommen. Das war immer eine bittere Pille. Deshalb machte es Duke nichts aus, dass Gabriella ihm mit solcher Skepsis begegnete. Während andere Investoren kaltherzige Haie waren, hatte Duke es nie geschafft, das Blut in seinen Adern durch Eis zu ersetzen. Aber er erreichte dennoch immer, was er wollte.

Ihr Blick glitt zum Wasser, wo sich ein weiteres Boot dem Kai näherte, und ihr Lächeln wurde wieder aufrichtig, als ihr eine Handvoll Kinder vom Boot aus zuwinkte. Sie winkte mit beiden Armen zurück und rief etwas auf Griechisch, ehe sie die Hände in die Hüften stemmte und beobachtete, wie die Kinder vom Boot strömten.

»Es war nett, Sie kennenzulernen, Gabriella«, sagte Duke und hoffte, sie später wiederzusehen. Auf der Insel lebten nur etwas mehr als zweihundertfünfzig Menschen, weshalb es schwer vorstellbar war, den Leuten während seines Aufenthalts nicht mehrmals zu begegnen. »Ich gehe dann mal rein und frage nach meinem Zimmer und der Inseltour.«

»Sie haben Glück«, erwiderte sie und sah ihn fest an. »Ich bin ihre Tour-Leiterin.« Ohne eine Antwort abzuwarten, öffnete sie die Tür und rief etwas auf Griechisch hinein. Mit einem Blick über die Schulter sagte sie zu Duke: »Ich hole schnell die Schlüssel und einen Wagen. Dann führe ich Sie herum und bringe Sie zu Ihrer Unterkunft.«

Es dauerte einen Moment, bis er sich daran erinnerte, dass hier auf der Insel Golfwagen oder Fahrräder zur Fortbewegung dienten. Autos waren verboten.

Sie eilte ins Haus, direkt zu ihrem *Baba* – jetzt wusste Duke, dass es wohl ihr Vater sein musste – und sagte etwas zu ihm, das ihn zum Lachen brachte. Als sie sich vorbeugte, um ihrem Vater einen Kuss zu geben und ihn zu umarmen, rutschte ihr Kleid hoch, wodurch die Rückseite ihrer Oberschenkel entblößt wurde und sich der Stoff an ihren Hintern schmiegte. Duke versuchte zu ignorieren, dass ihn bei dem Anblick ein Stoß durchfuhr. Sie nahm hinter dem Empfangstresen einen kleinen Schlüsselbund vom Haken und legte dann der Frau, mit der sie vorhin gesprochen hatte, einen Arm um die Schultern.

»Mama«, sagte Gabriella zu der Frau. Die Haare ihrer Mutter waren einen Hauch heller als ihre eigenen. »Bring ihn bitte zur Vernunft, ja?« Sie flüsterte noch etwas, ehe sie auch ihr einen Kuss gab.

Die Frau wischte sich die Hände an der Schürze ab und lächelte Duke an, als sie seinen Blick bemerkte. »Willkommen auf unserer Insel. Ich bin Peggy Ann und das ist mein Mann Niko.«

Ihr warmer Südstaatenakzent überraschte Duke, nachdem er sie in fließendem Griechisch hatte reden hören, und gleichzeitig wurde ihm klar, wie unsinnig das war. Schließlich waren sie hier im Süden.

Er trat ein. »Es ist mir eine Freude, hier zu sein und Sie beide kennenzulernen.«

Gabriellas Vater nickte. »Nett, Sie kennenzulernen, Mr. Ryder.«

»Ich warte draußen auf Sie«, sagte Gabriella, nahm einen großen Korb von der Anrichte und verschwand durch eine Tür im hinteren Bereich des Raums.

Als er auf die Veranda trat, hatte Duke das Gefühl, dass Pierce mit seiner Annahme, der Sand und die Sonne wären das Beste an der Insel, falsch lag. Sie waren nichts im Vergleich zu der faszinierenden Frau, die gerade durch die Hintertür geschlüpft war.

Ende des Auszugs

Wenn Ihnen die Vorschau gefallen hat, können Sie *Von der Liebe erobert* gleich bei Ihrem Online-Buchhändler bestellen!

Blue Ryder haben Leser der Reihe »Love in Bloom – Herzen im Aufbruch« schon in der Serie *Seaside Summers* kennengelernt. Viel Spaß mit der Vorschau auf den ersten Band: *Träume in Seaside*

Sie beginnt gerade ein neues Leben auf Cape Cod, er hat als alleinerziehender Vater und Polizist keine Zeit für eine Beziehung. Doch das Schicksal hat andere Pläne.

Bella Abbascia ist wie jeden Sommer in die Ferienhaussiedlung Seaside in Wellfleet, Cape Cod zurückgekehrt. Doch in diesem Jahr hat Bella mehr vor, als mit ihren Freundinnen in der Sonne zu liegen und sich beim Nacktbaden zu vergnügen. Sie hat ihren Job gekündigt, ihr Haus in Connecticut verkauft und jeglichen Männergeschichten abgeschworen, um sich an ihrem Lieblingsort auf Erden ein neues Leben aufzubauen. Der Plan steht – zumindest bis ein Streich der stets zu Scherzen aufgelegten Bella eine böse Wendung nimmt und ein sündhaft attraktiver Police

Officer vor ihr steht.

Der alleinerziehende Vater und Polizist Caden Grant hat Boston den Rücken gekehrt, nachdem sein Partner im Dienst getötet wurde. In dem kleinen Ferienort Wellfleet hofft er auf ein sichereres Leben mit seinem vierzehnjährigen Sohn Evan. Als er während einer nächtlichen Streife Bella kennenlernt, wird ihm bewusst, dass er plötzlich gefunden hat, was er sich nie zu erträumen erlaubte – und von dem er nie wusste, dass es ihm fehlt.

Nachdem er sich vierzehn Jahre lang nur auf seinen Sohn konzentriert hat, kann Caden der starken Anziehungskraft der schönen Bella nicht widerstehen, und Bella ist der Intensität ihrer aufkeimenden Liebe ebenso machtlos ausgeliefert. Aber der Neuanfang gestaltet sich schwieriger, als sie beide es sich ausgemalt haben, und dann gerät Evan an die falschen Freunde. Cadens Loyalität wird auf eine harte Probe gestellt. Wird er alles aufgeben, um seinen Sohn zu beschützen – sogar Bella?

Bestellen Sie *Träume in Seaside* bei Ihrem Online-Buchhändler.

**Wenn Sie mehr über Cash Ryder und Siena Remington lesen
möchten: Ihre Liebesgeschichte *Herzen in Flammen* gehört
zur Serie *Die Remingtons,* die mit *Spiel der Herzen* beginnt.**

Ellie Parker ist ein Profi, wenn es darum geht, Mauern um ihr
Herz zu errichten. In ihrem ganzen Leben war Dex Remington
der einzige Mensch, der immer an sie geglaubt hat und für sie
da war. Doch vor vier Jahren suchte sie einmal Trost bei Dex,
nur um dann wie eine Verbrecherin des Nachts zu verschwinden und ihn als gebrochenen Mann zurückzulassen.

Dex Remington ist einer der führenden Game-Designer in
den USA. Er sieht unverschämt gut aus, ist klug und immun
gegen Gefühle. So absolut immun, dass er zweifelt, ob er jemals
wieder einen Grund finden wird, etwas zu fühlen.

Ein zufälliges Wiedersehen entfacht tiefe Sehnsüchte in Ellie
und Dex. Sehnsüchte, die in ihr den Fluchtreflex wecken – und

in ihm den Wunsch zu fühlen. Eine Mischung aus Begehren und Angst führt diese jungen Liebenden auf einen gefährlichen Weg. Können sie eingerissene Brücken erneut überqueren? Oder ist es ihr Schicksal, für immer getrennt zu sein?

Bestellen Sie *Spiel der Herzen* bei Ihrem Online-Buchhändler.

Neu bei »Love in Bloom – Herzen im Aufbruch«?

Ich hoffe, Ihnen hat es genauso viel Vergnügen bereitet, die Ryders kennenzulernen, wie mir, über sie zu schreiben. Falls dieser Band Ihr erstes Buch aus der Reihe »Love in Bloom – Herzen im Aufbruch« ist, warten noch jede Menge Geschichten über unsere sexy, selbstbewussten und loyalen Heldinnen und Helden auf Sie.

Die Ryders ist nur eine der Serien aus meiner großen Sammlung von Liebesromanen mit Tiefgang, Humor und Happy-End-Garantie. In allen Büchern finden Sie eine abgeschlossene Geschichte, die auch für sich allein gelesen werden kann. Figuren aus den einzelnen Serien und Büchern der weitverzweigten »Love in Bloom – Herzen im Aufbruch«-Familien tauchen immer wieder auch in den anderen Bänden auf. So verpassen Sie nie eine Verlobung, eine Hochzeit oder eine Geburt. Wenn Sie mögen, lernen Sie doch auch die anderen Serien der Reihe kennen! Eine vollständige Liste aller auf Deutsch erschienenen und geplanten Bücher gibt es am Ende des Buches und unter dem folgenden Link finden Sie weitere Informationen:

www.MelissaFoster.com/Herzen-im-Aufbruch

Danksagung

Ich habe lange darauf gewartet, über die Ryders zu schreiben, und es hat so viel Spaß gemacht, in ihre Welt einzutauchen und auch wieder einmal Zeit mit Siena und Cash aus *Herzen in Flammen* zu verbringen. Ich freue mich schon darauf, die nächsten Ryders-Geschichten zu erzählen. Für diejenigen, die mir Rückmeldungen zu den »Love in Bloom Hunky Heroes« geschickt haben: Ich kann Ihnen versichern, dass ich Ihre Nachrichten erhalten habe und Duke Ryder mindestens so sexy sein wird wie auf den Bildern.

Meinen großartigen Lesern, Freunden, Fans und dem fantastischen Streetteam, die mich stündlich aufs Neue inspirieren, bin ich unendlich dankbar. Christy, deine visuelle Stimulation (damit meine ich die Hunky-Hero-Bilder) ist geradezu ehrfurchtgebietend. Aimee Suter, ich hoffe, dass du einen Helden wie Blue Ryder findest, der dich und deine wunderbar unanständigen Listen verdient. Danke, dass ich sie mir für diese Geschichte ausborgen durfte. Ich hoffe, dass ich ihnen gerecht geworden bin.

Ich weise ausdrücklich darauf hin, dass das Food Channel Network (FCN) ein fiktionaler Sender ist. Es handelt sich weder um den echten Sender »Food Network« noch um einen Fehler.

Für die kommenden Jahre sind einige neue Bücher und Serien geplant. Um auf dem neuesten Stand zu bleiben, können Sie

sich hier für meinen Newsletter anmelden:
www.MelissaFoster.com/Newsletter_German

Wenn Sie mir noch nicht auf Facebook folgen: Sie sind herzlich eingeladen! Wir haben dort so viel Spaß dabei, über unsere liebenswerten Helden und frechen Heldinnen zu reden, und ich versuche immer, die Fans auf dem Laufenden darüber zu halten, was in den Welten unserer fiktionalen Buch-Boyfriends so los ist:
www.Facebook.com/MelissaFosterAuthor

Danke an mein Redaktionsteam: Kristen Weber, Penina Lopez, Jenna Bagnini, Juliette Hill, Marlene Engel und Lynn Mullan, sowie an mein deutsches Team: Anne Sommerfeld, Stephanie Schottenhamel, Judith Zimmer. Und wie immer unendlichen Dank an meine Familie.

Die Bradens (Peaceful Harbor)

Geheilte Herzen
Voller Einsatz für die Liebe
Liebe gegen den Strom
Vereinte Herzen
Melodie der Liebe
Sieg für die Liebe
Endlich Liebe – ein Braden-Flirt

Die Remingtons

Spiel der Herzen
Im Dschungel der Liebe
Herzen in Flammen
Herzen im Schnee
Liebe zwischen den Zeilen
Von der Liebe berührt

Die Bradens & Montgomerys (Pleasant Hill – Oak Falls)

Von der Liebe umarmt
Alles für die Liebe
Pfade der Liebe
Wilde Herzen
Schenk mir dein Herz
Der Liebe auf der Spur
Verrückt nach Liebe
Liebe süß und sündig
Und dann kam die Liebe
Eine unerwartete Liebe

Die Whiskeys: Dark Knights aus Peaceful Harbor

Tru Blue – Im Herzen stark
Truly, Madly, Whiskey – Für immer und ganz
Driving Whiskey Wild – Herz über Kopf
Wicked Whiskey Love – Ganz und gar Liebe
Mad About Moon – Verrückt nach dir
Taming My Whiskey – Im Herzen wild
The Gritty Truth – Kein Blick zurück
In For A Penny – Süßes Glück
Running on Diesel – Harte Zeiten für die Liebe

Seaside Summers

Träume in Seaside
Herzen in Seaside
Hoffnung in Seaside
Geheimnisse in Seaside
Nächte in Seaside
Herzklopfen in Seaside
Sehnsucht in Seaside
Geflüster in Seaside
Sternenhimmel über Seaside

Die Ryders

Von der Liebe bestimmt
Von der Liebe erobert
Von der Liebe verführt
Von der Liebe gerettet
Von der Liebe gefunden

Entdecken Sie Melissa Fosters Bücher auch auf:
www.MelissaFoster.com/Herzen-im-Aufbruch

www.ingramcontent.com/pod-product-compliance
Lightning Source LLC
Chambersburg PA
CBHW061041190726
48286CB00006B/1555